Der elfte Fall für Zorn und Schröder

Ein nackter Mann läuft mit einem Holzkreuz auf der Schulter durch die Stadt. Er ist ausgemergelt, sein Mund wurde mit Garn zugenäht. Als die Polizei den Mann aufgreift, reicht er einen Timer an Hauptkommissar Zorn und Schröder weiter. Der Countdown besagt, dass noch elfeinhalb Stunden verbleiben. Doch was passiert dann, um vier Uhr nachts?
Am nächsten Morgen wissen die Ermittler es: Der Mann wurde gekreuzigt, mit einem Druckluftgerät an die Rathaustür genagelt. Mit vier Nägeln, bei jedem Glockenschlag einer, so dass es niemand hören konnte. Daneben wurde mit Blut ein umgedrehtes A aufgemalt. Während Zorn und Schröder sich noch den Kopf zerbrechen, ob ihnen der Mörder eine Botschaft senden will, wird ihnen erneut ein Timer zugespielt. Sie haben noch genau zwölf Stunden. Zwölf Stunden, bis wieder ein Mensch sterben wird. Nur wer? Und wo? Als sie zu einem Hochhaus in der Südstadt gerufen werden, machen sie sich auf das Schlimmste gefasst – zu Recht.

**Stephan Ludwig** arbeitete als Theatertechniker, Musiker und Rundfunkproduzent. Er hat drei Töchter, einen Sohn und keine Katze.

Zum Schreiben kam er durch eine zufällige Verkettung ungeplanter Umstände. Er lebt und raucht in Halle.

Außerdem bei FISCHER erschienen:

»Zorn – Tod und Regen«, »Zorn – Vom Lieben und Sterben«, »Zorn – Wo kein Licht«, »Zorn – Wie sie töten«, »Zorn – Kalter Rauch«, »Zorn – Wie du mir«, »Zorn – Lodernder Hass«, »Zorn – Blut und Strafe«, »Zorn – Tod um Tod«, »Zorn – Zahltag«, »Unter der Erde. Thriller«
Die Bände 1 - 5 der Zorn-Reihe sind mit Stephan Luca und Axel Ranisch in den Hauptrollen fürs Fernsehen verfilmt.

*Weitere Informationen finden Sie auf www.fischerverlage.de*
*Claudius Zorn ist auch auf Facebook.*

**Stephan Ludwig**

# ZORN

## OPFERLAMM

Thriller

FISCHER Taschenbuch

Aus Verantwortung für die Umwelt hat sich der S. Fischer Verlag zu einer nachhaltigen Buchproduktion verpflichtet. Der bewusste Umgang mit unseren Ressourcen, der Schutz unseres Klimas und der Natur gehören zu unseren obersten Unternehmenszielen.

Gemeinsam mit unseren Partnern und Lieferanten setzen wir uns für eine klimaneutrale Buchproduktion ein, die den Erwerb von Klimazertifikaten zur Kompensation des $CO_2$-Ausstoßes einschließt.

Weitere Informationen finden Sie unter: www.klimaneutralerverlag.de

FSC® www.fsc.org
MIX
Papier aus verantwortungsvollen Quellen
FSC® C083411

Originalausgabe

Erschienen bei FISCHER Taschenbuch
Frankfurt am Main, November 2021



Redaktion: Volker Jarck
Satz: Fotosatz Amann, Memmingen
Druck und Bindung: CPI books GmbH, Leck
Printed in Germany
ISBN 978-3-596-70583-2

# ERSTER AKT

## Passion

Ich bin gekommen, um Feuer auf die Erde zu werfen.
Wie froh wäre ich, es würde schon brennen!

*(Evangelium nach Lukas)*

## Eins

Der Schmerzensmann ist müde.

Langsam schleppt er sich durch die Fußgängerzone, sein nackter Körper krümmt sich unter der Last des Kreuzes. Er geht so tief gebeugt, dass die Spitzen seines langen Haares über die Betonplatten schleifen. Seine Haut glänzt ölig, ist überzogen mit einer schmierigen Schicht aus Schweiß, Dreck und getrocknetem Blut.

Die Menschen strömen mit ihren Einkäufen vorbei. Es ist Ende Oktober. Die Herbstsonne spiegelt sich in den Schaufenstern. Diejenigen, die ihm zu nahe kommen, rümpfen die Nasen und weichen angewidert aus.

Der Schmerzensmann stinkt.

Einige bleiben tuschelnd stehen, sehen ihm kopfschüttelnd nach und gehen dann weiter. Sie halten das Blut für Farbe, die Stacheldrahtkrone für ein harmloses Requisit und die Wunden für das Werk eines Maskenbildners. Im nächsten Moment haben sie ihn wieder vergessen, in ihren Augen ist der nackte Mann mit dem riesigen Kreuz ein Freak, ähnlich wie der ältere Herr mit dem pomadisierten Haar, der schräg gegenüber mit einer Bierflasche in der Hand im Schatten eines Hauseingangs steht und mit schiefer, lallender Stimme einen italienischen Schlager singt.

Der Schmerzensmann hat Mühe, einen Fuß vor den anderen zu setzen. Seine nackten Sohlen hinterlassen dunkle Spuren auf den Betonplatten. Das Kreuz lastet schwer auf seiner Schulter. Ein Arm schlingt sich um den Querbalken, das Ende des Längsbalkens schleift hinter ihm über den Boden. Sein Gesicht ist hinter dem in wirren Strähnen herabhängenden Haar verborgen.

Tief gebückt läuft er an einem Imbissstand vorbei. Bratwurstduft weht über den Boulevard. Aus dem Eingang eines Modegeschäfts wummert dumpfer Technobeat. Die Stimme des betrunkenen Sängers verhallt hinter ihm.

*O sooole mioooo!*

Zwei Kinderfüße erscheinen in seinem Blickfeld. Gelbe Kniestrümpfe und rote Sandalen. Ein Mädchen versperrt ihm den Weg.

»Was machst du hier?«

Der Schmerzensmann bleibt stehen.

Die Kleine sieht ihn neugierig an. Sie hält eine Eistüte in der Hand. Ihr lockiges Haar wird von zwei roten Plastikspangen über den Schläfen gehalten.

»Bist du Jesus?«

Der Schmerzensmann hebt den Kopf, ohne sich aufzurichten.

Ihre Blicke treffen sich.

Die Augen des Mädchens werden groß. Sie öffnet den verschmierten Mund. Stößt einen Schrei aus. Lässt das Eis fallen und weicht zurück. Eine junge Frau zerrt sie am Arm weiter, herrscht sie an, sich gefälligst *nicht mit diesem Spinner abzugeben.*

»Seine Lippen!«, schluchzt das Mädchen. »Mama, die Lippen …«

Der nackte Mann mit dem Kreuz taumelt einen Schritt vor. Die Eistüte zerbirst knackend unter seinem Fuß. Als er weitergeht, ändert sich die Spur hinter ihm. Abwechselnd hell und dunkel.

Blut und Vanilleeis.

Er schleppt sich voran. Vorbei an Drogerien, Bäckereien und Secondhandläden. Allmählich nähert er sich dem oberen Ende des Boulevards. Die Menschenmenge lichtet sich. Es gibt kaum etwas zu kaufen, die meisten Geschäfte sind geschlossen.

Seine Finger krallen sich in das splittrige Holz. Er läuft an einem schiefen Bauzaun entlang, nähert sich dem Tunnel, der unter dem Kreisverkehr und der Hochstraße zum Bahnhof führt. Die Gegend wird trostloser, links reckt sich der schmucklose Betonklotz eines Hotels in den wolkenlosen Himmel, auf der anderen Seite reihen sich die schmutzigen Schaufenster der verwaisten Läden.

Auf einer Bank vor einem längst geschlossenen Nagelstudio sitzen drei Teenager und lassen einen Joint kreisen. Einer von ihnen, ein stiernackiger Junge mit raspelkurz geschnittenem Haar, betrachtet den Mann mit dem Kreuz eine Weile aus glasigen Augen, erhebt sich und kommt breitbeinig näher.

»Na, Christus? Alles fit im Schritt?«

Er trägt ein schwarzes *Camp David*-Kapuzenshirt und zerbeulte Adidashosen. In seine linke Augenbraue sind dünne Striche rasiert. Seine Stimme ist rau, als habe er den Stimmbruch erst kürzlich hinter sich gebracht.

»Was ist?«, ruft er, um sicherzugehen, dass die anderen beiden ihn hören können. »Nimmste mir die Beichte ab?« Er läuft gebückt neben dem Schmerzensmann her. »Ich hab 'ne Menge zu beichten!«

Ein Kichern dringt herüber. Seine Kumpane sind ebenfalls aufgestanden. Sie sind ähnlich gekleidet; das blonde Haar und die kleinen, engstehenden Augen lassen darauf schließen, dass sie Brüder sind.

»Hey! Ich rede mit dir!«

Der Stoß ist nicht kräftig, eher beiläufig. Trotzdem verliert der blutende Mann das Gleichgewicht. Er stolpert zur Seite, das Kreuz rutscht von seiner Schulter, poltert neben einem Papierkorb zu Boden. Der Knall hallt zwischen den schmutzigen Fassaden wider, ein paar zerzauste Tauben flattern von den Dächern auf.

»Alter, du stinkst.« Der Glatzkopf stützt die Hände auf die Knie, reckt schnüffelnd das Kinn. »Hast du eingeschissen?«

Der Schmerzensmann gibt keinen Laut von sich. Er kniet auf dem Beton, tastet nach dem Kreuz. Als seine Hand grob weggestoßen wird, richtet er sich langsam auf, bleibt mit hängenden Schultern und gesenktem Kopf stehen. Die Krone aus Stacheldraht glänzt wie ein stählerner Heiligenschein.

»Was für'n Freak.«

Glatzkopf kneift ein Auge zusammen, mustert die ausgemergelte Gestalt. Strichförmige Narben bedecken Arme und Oberschenkel, auf der schmalen Brust bilden zwei klaffende Schnittwunden ein blutendes Kreuz.

»Der ist total zugedröhnt«, meldet sich der ältere der Brüder mit schwerer Stimme hinter ihm und zieht an seinem Joint. Es klingt, als wäre er neidisch.

»Ich will auch mal!«, nörgelt der jüngere. Er ist einen halben Kopf kleiner, nicht älter als vierzehn.

»Du hast genug«, befiehlt Glatzkopf und greift selbst nach dem Joint. »Habt ihr schon mal so 'nen kleinen Schwanz gesehen?«, fragt er über die Schulter. »Ich wette, der hat Filzläuse.«

Sein Lachen klingt wie berstendes Glas unter dem Schlag eines Hammers.

Irgendwo kracht eine Haustür ins Schloss. Ein junger Anzugträger mit streng gescheiteltem Haar nähert sich, er zieht einen Rollkoffer hinter sich her. Die Räder rattern über den rissigen Beton, verstummen, als der Mann stehen bleibt und misstrauisch herübersieht.

Der Glatzkopf dreht sich um.

Ein paar Sekunden vergehen.

»BUH!«, schreit Glatzkopf plötzlich aus vollem Hals.

Der Mann zuckt zusammen. Als er hastig weitergeht, holpert der Rollkoffer hinter ihm wie ein kleiner, störrischer Esel. Glatzkopf beobachtet zufrieden, wie er im Schatten der Unterführung verschwindet, wendet sich dann wieder um.

»Was hast du da?«

Der Schmerzensmann steht teilnahmslos in der Sonne. Glatzkopf deutet auf seine linke, zur Faust geballte Hand. Zwischen den schmutzigen Fingern ragen die Enden eines Kästchens aus schwarzem Plastik hervor.

»Was ist das?« Glatzkopf beugt sich neugierig vor. Grinst. »Die zehn Gebote?«

»Quatsch!«, brummt der ältere der beiden Brüder. »Das war 'ne Steintafel, die müsste viel größer sein. Außerdem war das nicht Jesus, sondern ...«, er runzelt die Stirn, überlegt einen Moment, »Petrus.«

»Nee«, piepst der jüngere, »Moses!«

»Halt die Fresse!«

Glatzkopf zieht an seinem Joint. Nähert sich dem Schmerzensmann und stößt eine Wolke süßlichen Rauches aus. Keine Reaktion. Nur das schmutzige Haar bewegt sich ein wenig vor dem Gesicht.

»Zeig mal«, sagt Glatzkopf sanft. »Oder muss ich's dir wegnehmen?«

Langsam, ganz langsam, hebt der Schmerzensmann den Arm. Eine mechanische, vom Rest des Körpers isoliert wirkende Geste. Wie eine Marionette, an der ein einzelner Faden gezogen wird.

Die Finger öffnen sich.

»Das ist 'n stinknormaler Wecker«, stellt der ältere der Brüder enttäuscht fest.

»Nee«, korrigiert der jüngere, »ein Timer!«

Die drei betrachten das Kästchen. In der linken unteren Ecke blinkt ein rotes Lämpchen. Auf einem kleinen Display sind Zahlen zu sehen, die in rascher Folge rückwärts laufen.

»Ein Countdown«, erklärt Glatzkopf. »Vielleicht«, er nimmt einen letzten Zug, zertritt den Joint auf dem Boden, »ist das ja ’ne Fernzündung? Für ’ne Bombe?«

Er greift nach dem Kästchen, doch die verkrusteten Finger des Schmerzensmanns schließen sich, der Arm sinkt wieder herab.

»Gib mir das Ding. Oder ich hau deine Rübe zu Brei.«

Eine Weile geschieht nichts. Als der Schmerzensmann endlich den Kopf hebt, erinnert die Bewegung erneut an eine Marionette, an der ein anderer Faden gezogen wird.

Das verklebte Haar teilt sich.

Die drei prallen zurück.

»Ach du Scheiße«, flüstert der Kleine.

Die Augen des Schmerzensmanns sind riesig. Dunkle, tief in den Höhlen liegende Löcher. Die Wangen sind eingefallen, knochig, als wäre die dünne, pergamentartige Haut direkt über den Schädel gespannt. Sein Mund muss schon vor einer Weile zugenäht worden sein, die Stiche sind bereits verheilt. Das grobe schwarze Garn verschließt seine Lippen in senkrechten, parallel verlaufenden Strichen. Sein Blick ist traurig, und doch erinnert sein Gesicht an einen grinsenden Totenschädel.

Er sieht den Glatzkopf an. Schüttelt kaum merklich den Kopf. Der Stacheldraht hat tiefe, kreuz und quer verlaufende Wunden in seine Stirn gegraben. Ein dünner Blutfaden läuft über seine Nase, tropft von der Spitze auf den Boden.

»Alter …« Die Stimme des Glatzkopfs zittert. »Der ist völlig plemplem.« Er lässt den Zeigefinger neben der Schläfe kreisen. »Los, wir hauen ab.«

Ein letzter Blick, er zieht den Rotz durch die Nase hoch, spuckt aus, wendet sich ab und schlendert betont lässig davon. Die Brüder sehen sich unschlüssig an, folgen ihm dann. Als die drei in der Unterführung verschwinden, dröhnen ihre Schritte zwischen den Betonwänden, verhallen allmählich.

Der Schmerzensmann öffnet die Faust. Betrachtet das Display:

**13:14:08**

Noch dreizehn Stunden. Vierzehn Minuten. Und acht Sekunden.

Er geht in die Knie.

Schultert das Kreuz.

Sein Weg ist noch lang.

## Zwei

Claudius Zorn und der dicke Schröder waren beschäftigt. Stumm, über ihre Schreibtische gebeugt, saßen sie einander gegenüber, jeder in seine Aufgabe vertieft. Die Atmosphäre im Büro erinnerte an die Stille in einer Bibliothek, nur ab und zu unterbrochen von einem gelegentlichen Räuspern, dem Kratzen eines Stiftes oder einem Stuhlknarren.

Die Zeit verging.

Sekunden reihten sich zu Minuten.

»Blechblasinstrument mit vier Buchstaben.«

Es war Zorn, der sich nach über einer Stunde halblaut zu Wort gemeldet hatte.

»Horn«, erwiderte Schröder, ohne den Kopf zu heben. Er las in einem dicken Wälzer, daneben lag ein Zettel, auf dem er sich Notizen machte.

Zorn zählte in Gedanken die Buchstaben nach. Nickte. Beugte sich über sein Kreuzworträtsel. Stutzte und schüttelte den Kopf.

»Dann«, er sah stirnrunzelnd auf, »würde der niederländische Maler *Rombrandt* heißen.«

Seine Augen wirkten unnatürlich groß hinter den dicken Brillengläsern. In den letzten Monaten hatte sein Sehvermögen merklich nachgelassen, also hatte er sich auf Friedas Anraten eine Lesebrille zugelegt. Das Lesen funktionierte somit ganz gut, doch alles, was mehr als einen Meter entfernt war, mutierte zu einem diffusen, verschwommenen Brei.

»Tuba«, sagte Schröder und blätterte um.

Claudius Zorn dachte nach. Nickte erneut.

»Hä?« Der Bleistift verharrte über dem Papier. »*Rumbrandt*?«

Schröder reagierte nicht.

»Kennst du 'nen Maler, der …«

»Nein«, unterbrach Schröder, »ich kenne niemanden dieses Namens. Weder einen Maler noch sonst jemanden.«

»Dann«, seufzte Zorn, »ist die Tuba auch falsch.«

»Man könnte natürlich prüfen«, Schröder kritzelte in seinen Notizen, »ob der Nachname Rumbrandt in den Niederlanden überhaupt existiert. Ganz abwegig erscheint mir das nicht. Der Personenkreis dürfte allerdings überschaubar sein. Vielleicht«, er wandte sich wieder dem Buch zu, »findet sich sogar ein ambitionierter Hobbymaler. Statistisch gesehen würde ich das eher bezweifeln, aber …«

»Ich hab's!« Zorn hob triumphierend den Bleistift. »Oboe!«

Sorgfältig, einen nach dem anderen, trug er die Buchstaben ein. Kontrollierte das Ergebnis. Seine Miene verfinsterte sich.

»Scheiße. Jetzt heißt der Maler …«

»Ja?«

Zorn holte tief Luft: »*Rrrrr-bbbbbb-mmmmm-brandt.*«

»Klingt unwahrscheinlich.«

»Allerdings«, brummte Zorn enttäuscht.

»War auch abzusehen.«

»Warum?«

»Weil«, erwiderte Schröder, »nach einem Blechblasinstrument gefragt wurde. Und die Oboe …«

»Ja?«

»… ist ein Holzblasinstrument.«

Zorn sah Schröder an. Seine Augen schwammen hinter den dicken Brillengläsern wie Goldfische in einem Aquarium.

»Und was machen wir jetzt?«

Schröder bat um ein wenig Geduld; er müsse noch ein Seminar vorbereiten für den Kurs, den er einmal pro Woche an der Polizeischule hielt. Das würde noch zwei, höchstens drei Stunden dauern. Danach, fügte er tröstend hinzu, würden sie gemeinsam nach einer Lösung für Zorns wichtiges Problem suchen.

»Na gut«, seufzte Zorn.

Schröder bedachte ihn mit einem aufmunternden Blick und widmete sich wieder seinen Notizen. Seine Glatze glänzte wie frisch poliert, über dem karierten Hemd trug er einen grauen Wollpullunder mit V-Ausschnitt. Die Strahlen der Herbstsonne fielen schräg durch die großen Fenster. Inmitten der umhertanzenden Staubkörnchen wirkte er wie ein kleines, übergewichtiges Relikt aus längst vergangenen Zeiten.

Zorn nahm die Lesebrille ab, setzte die andere auf. Sah zum Fenster. Begann, Schröders Topfpflanzen zu zählen (fünf). Die toten Fliegen auf dem Fensterbrett (drei). Die Aktenordner im Regal (zu viele).

»Mir ist langweilig, Schröder.«

»Herrje, tut mir leid.«

»Früher konnte ich wenigstens Büroklammern gerade biegen, wenn mir langweilig war.« Zorn warf einen betrübten Blick auf seine verbliebene Hand. »Das geht ja jetzt nicht mehr.«

Schröder klappte sein Buch zu. »Du warst ein toller Büroklammerverbieger.«

»Ich war der beste«, stimmte Zorn ernst zu.

»Vielleicht findest du ja was anderes, das du verbiegen kannst.«

»Und was?«

»Keine Ahnung.«

Lärm drang vom Parkplatz vor dem Präsidium herauf. Die Türen eines Streifenwagens wurden zugeschlagen, Rufe wurden laut. Zorn erhob sich behäbig, schlurfte zum Fenster und sah hinaus.

»Es gibt übrigens Neuigkeiten«, sagte Schröder hinter ihm.

»Aha.«

»Ich werde …«

»Sag mal«, unterbrach Zorn, »ist schon wieder Ostern?«

»Nicht, dass ich wüsste. Warum?«

Zorn kniff die Augen hinter der Brille zusammen.

»Weil wir Besuch kriegen.«

»Ach.« Schröder stand ebenfalls auf. »Und von wem?«

»Von Jesus.«

## Drei

Der Schmerzensmann schleppt sich über einen Grünstreifen. Hagebuttensträucher zerkratzen seine nackten Waden. Das Kreuz hat seine linke Schulter wundgescheuert; die Haut ist geplatzt, raues Holz scheuert auf rohem, blutigem Fleisch. Hinter ihm schleift das Ende des Längsbalkens durch das Gestrüpp, gräbt eine Furche in die weiche Erde.

Schwere Schritte dröhnen über den Asphalt. Die Rufe nähern sich. Polizistenstimmen. Nicht aufgeregt, eher belustigt.

Kein Wunder.

So steht es schließlich geschrieben.

Dass sie ihn *verlachen.*

Der Schmerzensmann atmet gepresst durch die Nase. Er hat seit Tagen nichts gegessen. Nur ein wenig getrunken. Sein Körper muss funktionieren. So lange, bis er am Ziel ist.

Tief gebückt nähert er sich dem Präsidium. Die hohen Fenster reflektieren die Sonne. Wie riesige Scheinwerfer, die sich auf den Parkplatz richten. Die Polizisten laufen neben ihm her. Es sind zwei. Er sieht ihre Hosenbeine. Dunkelblauer, grober Stoff. Schwarze Lederschuhe. Kiesel knirschen unter den dicken Sohlen.

Der eine will wissen, *wohin die Reise denn gehen* solle.

Der andere fragt nach einem Ausweis.

»Geht nicht«, erwidert der erste gut gelaunt. »Greif 'nem nackten Mann in die Tasche.«

Der Schmerzensmann humpelt an einem Fahrradständer vorbei. *DIESER BEREICH WIRD VIDEOÜBERWACHT!* ist auf einem blauen Schild zu lesen. Das Kreuz verhakt sich. Er zerrt mit aller Kraft. Klappernd fällt ein Fahrrad um.

»Es reicht jetzt«, sagt der erste Beamte. »Schluss mit dem Theater.«

Der Schmerzensmann hat die breite Treppe zum Eingang erreicht. Gekrümmt steht er an der untersten Stufe. Oben öffnen sich die Glastüren. Die Treppe vibriert unter eiligen Schritten. Braune Ledersandalen erscheinen in seinem Blickfeld. Eine sanfte Stimme will wissen, was hier los sei.

»Keine Ahnung«, erwidert einer der Polizisten.

Der Schmerzensmann rührt sich nicht. Der Mann mit den Sandalen beugt sich zu ihm hinab.

»Kann ich Ihnen helfen?«

Die blutenden Finger des Schmerzensmanns lösen sich, er lässt das schwere Kreuz vorsichtig zu Boden gleiten. Verharrt einen Moment in seiner gebückten Haltung und richtet sich dann auf. Sein Haar teilt sich. Als sein Gesicht zum Vorschein kommt, erbleichen die beiden Uniformierten. Der Mann mit den braunen Sandalen allerdings verzieht keine Miene.

Er ist älter, als seine helle Stimme vermuten lässt. Sein Schädel ist kahl, das Gesicht rund. Die Augen unter den rötlichen Brauen von einem tiefen, auffälligen Blau. Obwohl er eine Stufe höher steht, sind ihre Köpfe auf gleicher Höhe.

Er wiederholt seine Frage. Ruhig und freundlich.

Der Schmerzensmann reicht ihm das schwarze Kästchen. Die Zahlen flimmern auf dem Display:

**12:09:07**

Zwölf Stunden. Neun Minuten. Sieben Sekunden.

Er hat die nächste Station seines Kreuzwegs erreicht.

Es ist nicht die letzte.

## Vier

»Er schweigt«, sagte Schröder, schloss die Bürotür und nahm hinter dem Schreibtisch Platz.

»Würde ich an seiner Stelle auch«, sagte Zorn. »Jedenfalls, wenn mir der Schnabel zugetackert wäre.«

Er hatte nur einen kurzen Blick auf den seltsamen Besucher geworfen und – wie immer – Schröder die Initiative überlassen. Nachdem er zwei Zigaretten auf dem Parkplatz geraucht hatte, war er zurück ins Büro gegangen, um sich wieder seinem Kreuzworträtsel zu widmen. Erfolglos natürlich, dementsprechend war auch seine Laune.

»Und?«, fragte Zorn. »Was wird jetzt aus ihm?«

»Wir wissen seinen Namen. Er heißt Arvid Walkow und …«

»Ach«, unterbrach Zorn. »Wie hast du das denn rausgekriegt? Durch Rauchzeichen? Oder kannst du jetzt Gebärdensprache?«

Schröder erklärte ein wenig gereizt, dass der nackte Mann seine Personalien auf einen Zettel geschrieben habe. »Kollege Brettschneider ist dabei, die Angaben zu prüfen. Wenn alles stimmt und nichts weiter gegen ihn vorliegt, werden wir ihn gehen lassen müssen.«

»Und was ist mit …«, Zorn überlegte einen Moment, »Erregung öffentlichen Ärgernisses?«

»Kann sein, dass es zu einer Anzeige kommt. Aber festhalten kann man ihn nicht. Er hat keinerlei Widerstand geleistet, und wie's aussieht, hat er sich die Verletzungen selbst beigebracht.«

Zorn dachte fröstelnd an die zusammengenähten Lippen. »Was ist mit diesem … Ding, das er dir gegeben hat?«

»Ein ganz normaler Timer.« Schröder langte in die Tasche seiner Cordhose, holte das Kästchen hervor. »Die Technik sagt, dass nichts manipuliert wurde.«

Zorn beugte sich über den Schreibtisch, griff nach dem Timer und musterte die blinkenden Zahlen:

**11:30:05**

»Elfeinhalb Stunden«, sagte er. »Wenn das Ding abläuft, ist es …«

»… genau vier Uhr früh.«

»Und dann? Was passiert dann?«

»Ich hab ihn gefragt«, seufzte Schröder. »Er hat mich nur angesehen und den Kopf geschüttelt. Auch, als ich wissen wollte, ob er einen Arzt will. Oder sonst irgendwelche Hilfe.«

»Vier Uhr«, überlegte Zorn. »Das ist mitten in der Nacht.«

»*Exactamente*.«

»Vielleicht sagt er ja ’n Gedicht auf.«

»Unwahrscheinlich.«

»Stimmt. Er kriegt ja den Mund nicht auf.«

Schröder sah zum Fenster. Die Sonne stand tief über dem Einkaufszentrum auf der anderen Seite des Parkplatzes.

»Es klingt vielleicht komisch, aber er schien mir völlig klar im Kopf. Als ob er genau wüsste, was er will.«

»Nee«, widersprach Zorn. »Der ist völlig durchgeknallt. Oder was würdest du sagen, wenn *ich* morgen früh nackig mit ’nem Kreuz hier auftauchen und dir ’nen Wecker in die Hand drücken würde?«

Das, musste Schröder zugeben, war eine äußerst beklemmende Vorstellung.

»Aber du hast recht«, sagte Zorn.

»Womit?«

»Irgendwas hat der vor. Und das gefällt mir nicht.«

»Mir auch nicht.«

Sie spekulierten noch eine Weile, ohne zu einem Ergebnis zu kommen. Schröder schlug schließlich vor, in der kommenden Nacht vermehrt Streifen patrouillieren zu lassen, um wenigstens etwas zu tun. Zorn willigte ein und erklärte den Arbeitstag für beendet.

»Ich muss pünktlich zu Hause sein. Frieda will kochen.«

»Oha.«

»Was heißt hier *oha*?«, gab Zorn vorwurfsvoll zurück. »Sie ist schon viel besser geworden, schließlich hat sie lange geübt. Und ihre Spiegeleier sind erste Sahne. Die würdest nicht mal *du* hinkriegen, Mister Sternekoch.«

Schröders Antwort bestand in einem feinen Lächeln. Sie beide wussten, dass Oberstaatsanwältin Borck über erhebliche Qualitäten und Talente verfügte. Kochen gehörte nicht dazu.

Zorn nahm seine Lederjacke von der Garderobe. Als er sie

überstreifte, fiel ihm noch etwas ein: »Was meintest du eigentlich vorhin?«

»Womit?«

»Dass es … *Neuigkeiten* gibt?«

»Ach so.«

Schröder öffnete eine Schublade, holte eine dünne Akte hervor und reichte sie Zorn. Dieser öffnete den Pappdeckel, blinzelte kurzsichtig, überflog ein amtlich aussehendes Dokument und runzelte die Stirn.

»Du bist wieder Chef?«

»*Yes.*«

»Ab wann?«

»Nächsten Monat.«

»In drei Tagen also?«

Schröder neigte zustimmend das Doppelkinn. Zorn nickte ebenfalls, wünschte einen schönen Feierabend und öffnete die Tür. Zögerte und wandte sich noch einmal um.

»Warum?«

Schröder zuckte die Achseln. »Warum nicht?«

»Stimmt«, sagte Zorn. »Warum eigentlich nicht.«

Und ging nach Hause.

## Fünf

Samuel Bleeck war auf dem Heimweg. Gebückt lief er über den Parkplatz, eine Hand in der Tasche der Windjacke vergraben, in der anderen hielt er die Aktentasche.

Die Dämmerung hatte eingesetzt. In den alten Fabrikgebäuden, die den Platz säumten, brannten die ersten Lichter. Früher war auf dem weitläufigen Areal in der Nähe des Bahnhofs Kaffee produziert worden, nach jahrelangem Verfall hatte die Stadt das Gelände saniert und an kleine Handwerksbetriebe vermietet. Die Druckerei, in der Samuel Bleeck seit fünfzehn Jahren arbeitete, befand sich im Erdgeschoss des Westflügels neben einer Kfz-Werkstatt.

Zwei Mechaniker in fleckigen Blaumännern standen rauchend vor einem Rolltor. Wie immer ging Bleeck grußlos vorbei; nicht etwa aus Abneigung, sondern aus Erfahrung: Selbst, wenn er's getan hätte, wäre sein Gruß kaum erwidert worden. Die Leute beachteten ihn nicht, niemand interessierte sich für einen unscheinbaren vierzigjährigen Mann mit Bauchansatz und schütterem Haar, der jeden Morgen um fünf Minuten vor acht mit seiner Aktentasche (für Brotbüchse und Thermoskanne) über den Parkplatz zur Druckerei lief und exakt neun Stunden später wieder ging.

Bleeck verließ das Areal, überquerte einen verwaisten Volleyballplatz und wandte sich in Richtung Süden, durch einen langgestreckten Park. Sein Kopf war gesenkt, die Augen zu Boden gerichtet, schließlich war er diesen Weg schon Tausende Male gegangen.

Kies knirschte unter seinen Schritten, die Aktentasche pendelte in seiner Hand. Rechts säumten junge Bäume den Weg, auf der anderen Seite wucherte dichtes Gebüsch.

Das Brausen der Straßenbahn, die hundert Meter entfernt in die Südstadt fuhr, wehte heran. Mit der Bahn wäre Samuel Bleeck deutlich früher daheim, doch er hatte keine Eile. In knapp dreißig Minuten würde er seine Einraumwohnung im elften Stock eines Plattenbaus betreten und den Tag wie immer beenden: Dusche (manchmal ein Bad), eine halbe Stunde aufräumen, Abendessen (meist aus der Mikrowelle), zwanzig Uhr Tagesschau und danach einen Film (oder – besser noch – eine Quizshow). Wenn er spätestens halb elf in seinem schmalen Bett lag, würde Samuel Bleeck mit niemandem geredet haben (ausgenommen die Kommunikation mit seinem Chef und den beiden Kollegen: kurze, über den Maschinenlärm gebrüllte Wortwechsel).

Samuel Bleeck führte ein eintöniges Leben, doch er war zufrieden. Nur manchmal – meist kurz bevor er einschlief – spürte er eine undefinierbare Leere, ein Ziehen, irgendwo in seinem Kopf. Den Wunsch nach Wärme. Nähe. Die Sehnsucht, endlich *wahrgenommen* zu werden. Wenn er aufwachte, waren die trüben Gedanken verflogen.

Jetzt, da Samuel Bleeck durch die einbrechende Dunkelheit heimwärts schritt, war er mit der Planung des Abendessens beschäftigt und ging im Kopf seinen (beträchtlichen) Vorrat an Fertiggerichten durch. Bevor er sich zwischen Rindergeschnetzeltem, Kohlroulade oder Hühnchen asiatisch entscheiden konnte, ließ ihn etwas aufhorchen.

*

Knapp einen Kilometer Luftlinie entfernt verließ Schröder das Büro. Der Timer lag in einer durchsichtigen Plastiktüte auf dem Schreibtisch neben der Blechbüchse mit seinen Schreibutensilien. Der Countdown blinkte auf dem Display:

**09:57:22**

## Sechs

Bleeck hob lauschend den Kopf. Er war nicht sicher, ob er richtig gehört hatte. Es klang wie ein Kind. Links von ihm, irgendwo im Gebüsch.

*Mama.*

Doch, kein Zweifel. Ein weinendes Kind.

Er sah sich um. Die Dämmerung lag wie ein Grauschleier über dem Park, sog die Farben aus den Kronen der frisch gepflanzten Bäume. Fünfzig Meter entfernt schlurfte eine alte Frau über den gekiesten Weg. Ein Dackel trottete müde hinter ihr her.

Ansonsten kein Mensch. Nur die Alte mit dem Hund. Und das Kind, das mit dünner Stimme nach seiner Mama rief.

Er zögerte kurz, zwängte sich durch das Gebüsch. Dornen kratzten über den dünnen Nylonstoff seiner Windjacke, er hob die Aktentasche, um sein Gesicht zu schützen.

Die Zweige schlossen sich hinter ihm. Er stand in kniehohem Unkraut am Rand einer Industriebrache. Auf einem verlassenen Parkplatz türmten sich Betonplatten und grotesk verbogene Eisenträger. Neben den Überresten eines rostigen Drahtzauns waren Dutzende Stoßstangen gestapelt. Im Hintergrund reckte sich der gigantische Betonkoloss eines verlassenen Getreidesilos in den trüben Abendhimmel.

Entferntes Gejohle drang herüber. Drüben bei dem verwahrlosten Skaterpark stritten ein paar Teenager um einen Joint.

Das Kind weinte.

*Mama. Mama.*

Links von ihm, hinter einem verbeulten Regenfass, nur ein paar Meter entfernt. Wahrscheinlich irgendwo eingeklemmt. Nicht älter als drei, höchstens vier Jahre alt. Wie konnte man ein so kleines Kind unbeaufsichtigt spielen lassen?

*Mama.*

Bleeck lief zu dem Fass. Disteln streiften seine Hosenbeine, Glasscherben knirschten unter seinen Schuhen.

*Mama.*

Ganz nah. Doch zu sehen ist nichts.

*MAMA!*

Hinter dem Gebüsch im Park gingen die Laternen an. Die dünne Stimme wurde lauter, und ihm wurde klar, aus welcher Richtung sie kam.

Von unten.

Bleeck bückte sich, teilte mit den Händen das Unkraut. Als er sich aufrichtete, hielt er ein iPhone in den Fingern. Er selbst besaß kein Handy, es gab niemanden, mit dem er hätte telefonieren können. Verwirrt starrte er auf das Telefon, lauschte dem Schluchzen, das aus dem Lautsprecher kam

*MAMA! MA-*

und plötzlich abbrach.

Das Display erlosch. Wurde wieder hell.

Eine Nachricht ploppte auf:

*Hallo, Samuel* ☺

»Was zum …«

Dutzende Fragen schossen durch seinen Verstand. Auf keine fand er eine Antwort, auch nicht auf die letzte:

*Woher kennt der meinen Namen?*

Das Gras raschelte hinter ihm, doch anstelle einer Erklärung erhielt Samuel Bleeck einen Schlag auf den Hinterkopf und sackte neben dem Regenfass zusammen.

## Sieben

»Magst du die Rosinen nicht?«

Frieda deutete auf Zorns Teller. Links türmte sich das halbverzehrte Risotto, rechts ein sorgfältig abgetrenntes Häufchen Rosinen.

»Doch, doch«, beeilte sich Zorn zu versichern und schob die Gabel in den Mund. »Ist wirklich lecker!«

Sie bedachte ihn mit einem skeptischen Blick.

»Auch die Rosinen?«

»Klar«, nickte Zorn kauend.

»Du weißt, dass du ein schlechter Lügner bist, mein Schatz.«

»Ich lüge nicht!«, protestierte Zorn. »Ich hebe mir das Beste eben bis zum Schluss auf.«

Es schmeckte tatsächlich nicht schlecht. Zumindest besser, als es aussah. Der Reis war zwar noch halb roh (Frieda hatte Weißwein und Hühnerbrühe benutzt), doch das Rinderfilet war zart, selbst die Lauchzwiebeln und die gehackten Tomaten waren zu verschmerzen.

Nur nicht die Rosinen. Die hasste Claudius Zorn seit frühester Kindheit. Ebenso wie Rhabarber. Und Stachelbeeren. Vor allem natürlich verabscheute er Fisch. Aus tiefstem Herzen. In jedem erdenklichen Aggregatzustand.

Drei Kerzen flackerten zwischen ihnen, tauchten ihre Gesichter in warmes Licht, das sich in den Weingläsern, den polierten Dielen und dem gerahmten Ramones-Poster über dem Esstisch spiegelte. Frieda hatte das Poster verglasen lassen und darauf bestanden, es selbst aufzuhängen. Kurz nach ihrem Einzug hatte Zorn versucht, eine Deckenlampe anzuschließen; ein Versuch, der nicht nur missglückt war, sondern beinahe tödlich geendet hätte. Seitdem hatte sie ihm sämtliche handwerklichen Tätigkeiten im gemeinsamen Haushalt verboten.

»Und?« Frieda streute Parmesan über ihren Reis. »Wie war's auf Arbeit?«

Zorn erzählte von dem nachmittäglichen Besucher.

»Krass«, murmelte Frieda.

Zorn goss Wein nach. »Du hast's gewusst, oder?«

»Dass ein nackter Mann mit einem Kreuz im Präsidium auftaucht?« Friedas Augen weiteten sich ein wenig. »Nein, Claudius. Das wusste ich nicht.«

Zorn sah sie an.

»Du meinst Schröder«, sagte Frieda nach ein paar Sekunden.

»*Yep*.«

»Er hat's mir letzte Woche erzählt.«

»Und warum ...«

»Er wollt's dir selbst sagen.«

»Hat er ja auch.«

»Und?«

»Was ... *und*?«

»Warum guckst du dann ...«

»Nein«, Zorn spießte ein Stück Fleisch auf, »ich gucke *nicht* komisch.«

»Wäre auch noch schöner. Erst bekniest du ihn ewig, wieder die Leitung zu übernehmen, und wenn er's dann tut, wirst du sauer.«

»Ich hab doch gesagt, dass ich nicht sauer bin!«

»Er hat einfach genug von dieser ständigen Streiterei«, sagte Frieda. »Abgesehen davon, wissen wir beide, dass sich zwischen euch nichts ändern wird. Rein faktisch gesehen, hat er den Laden sowieso immer geschmissen.«

»Trotzdem.« Zorn kratzte den letzten Reis zusammen. »Er hätte mich wenigstens warnen können.«

»Hat er doch.«

»Drei Tage vorher!«

Frieda legte die Gabel beiseite. »Und wann wäre es deiner Meinung nach angebracht gewesen?«

Darauf wusste Claudius Zorn keine Antwort. Er starrte auf seinen leeren Teller. Seinen *fast* leeren Teller, denn am rechten Rand bildeten die Rosinen eine säuberliche Reihe.

Zorn zählte nach. Sieben Stück.

Als er den Kopf hob, trafen sich ihre Blicke. Er kannte Frieda lange genug, um zu wissen, dass sie sein leises Seufzen nicht nur gehört, sondern auch richtig gedeutet hatte. Er sammelte sich, hielt unauffällig die Luft an, spießte eine Rosine auf, stopfte sie in den Mund und spülte mit einem Schluck Wein nach.

Nummer eins war geschafft.

Frieda grinste. »Braver Junge.«

»Jedenfalls«, Zorn atmete gepresst aus, »bin ich froh, dass mein Urlaub durch ist. Dann muss ich Schröder wenigstens nicht anbetteln.«

Die Reise war seine Idee gewesen. Nicht etwa, weil er gern unterwegs war, im Gegenteil. Doch sein Geburtstag stand an. Zorn hasste diese Feiertage, die Gratulationen, sinnlosen Geschenke und steifen Gespräche bei Kaffee und Kuchen waren furchtbar. Früher hatte er sich immer versteckt, doch diesmal war das nicht möglich, denn der Geburtstag, der nächste Woche zu feiern war, war ein besonderer.

In ein paar Tagen würde Claudius Zorn ein halbes Jahrhundert alt sein.

»Da fällt mir ein«, Friedas Gesicht hellte sich auf, »ich hab noch was für dich.« Sie sprang auf, verschwand leichtfüßig aus dem Zimmer. »Genieß deine Rosinen!«, trällerte sie aus dem Flur.

Zorn spießte die nächste auf und verzog, da er sich unbeobachtet glaubte, das Gesicht. Einem ersten Impuls folgend, wollte er sich die Nase zuhalten, was in Ermangelung einer zweiten Hand allerdings nicht möglich war. Also nahm er alle Kraft zusammen, schluckte das runzlige Ding hinunter und kippte ein halbes Glas Wein hinterher.

»Total lecker!«, rief er, mühsam gegen den Brechreiz kämpfend.

Er sah auf den Teller.

Noch fünf.

Zu viele.

Papierrascheln drang aus dem Flur.

Zorn klaubte den Rest zusammen, stand auf, schlich auf Zehenspitzen zur Balkontür, drückte mit dem Ellbogen den Griff herunter und zog die Tür behutsam auf. Er stand bereits mit einem Fuß auf dem Balkon, als Friedas Stimme ihn herumfahren ließ.

»Guck mal!«

»Oh!« Er verbarg die Hand hinter dem Rücken. »Ein neuer Bademantel!«

»Mit dem alten kannst du dich doch nicht in der Öffentlichkeit sehen lassen.«

Sie hatten die Reise schon vor Monaten gebucht. Zorn konnte sich Besseres vorstellen, als eine Woche in einem Wellnesshotel im Spreewald zu verbringen, doch wichtig war nur, an seinem Geburtstag

*dem fünfzigsten*

nicht erreichbar zu sein. Außer für Frieda natürlich. Mit Edgar, seinem siebenjährigen Sohn (eventuell auch mit Schröder), konnte immer noch nachgefeiert werden, wenn sich der Trubel gelegt hatte.

»Toll«, lächelte er, während die Rosinen in seiner schwitzenden Faust zu einem klebrigen Brei mutierten. »Und so schön, äh … weiß.«

»Probier mal an!«

»Klar.«

Zorn, die Hand noch immer hinter dem Rücken verborgen, kam näher.

»Aber vorher«, befahl Frieda, »wäschst du dir die Hände!«

»Wieso soll ich …«

»Rosinen wirft man nicht einfach so in den Fluss.« Sie schloss kopfschüttelnd die Balkontür. »Das ist Umweltverschmutzung. Was sollen denn die Fische sagen?«

»Gar nichts«, erwiderte Zorn und fügte verunsichert hinzu, dass Fische bekanntlich stumm seien. Frieda ließ die kleinlaut vorgetragene Entschuldigung nicht gelten und stellte den auf frischer Tat ertappten Hauptkommissar vor die Wahl, die Rosinen entweder zu essen oder ordnungsgemäß im Biomüll zu entsorgen.

Zorn entschied sich umgehend für Letzteres.

*

Kurz vor Mitternacht gingen sie zu Bett. Frieda las noch eine Weile in ihrem Stephen-King-Buch, während Zorn nach wenigen Minuten selig entschlummerte. Den Timer auf Schröders Schreibtisch hatte er längst vergessen. Als er zu schnarchen begann, flimmerten die rückwärtslaufenden Zahlen stetig weiter:

**03:55:22**

## Acht

Die Nacht war kühl. Der erste Herbstnebel trieb in schwerelosen Schwaden durch die leeren Straßen. Der Marktplatz lag verlassen im fahlen Mondlicht, ein paar Tauben drängten sich auf den Simsen des mittelalterlichen Glockenturms.

Vor der steinernen Rolandskulptur am Fuße des Turms stand ein Streifenwagen. Zwei Uniformierte dösten auf ihren Sitzen, aus dem Radio dudelte ein alter Hit von Phil Collins.

Ein paar dutzend Meter über ihnen griffen die jahrhundertealten Zahnräder des Uhrwerks ineinander. Die riesigen Zeiger auf den vier Zifferblättern ruckten vor. Drei Glockenschläge wehten durch die Nacht, hallten von der verzierten Fassade des Stadthauses wider und verloren sich in den engen Seitenstraßen.

Drei Uhr fünfundvierzig.

Der Timer auf Schröders Schreibtisch näherte sich dem Ende.

**00:14:55**

Die Fahrertür des Streifenwagens öffnete sich. Ein korpulenter Beamter stieg aus, schlurfte steifbeinig zur Straßenbahnhaltestelle und warf einen leeren Kaffeebecher in den Papierkorb. Sein Blick wanderte müde über den verwaisten Platz, dann zog er die Uniformhose hoch und verschwand wieder im Wagen. Die Tür schloss sich mit einem dumpfen Knall. Hoch oben flatterte eine aufgeschreckte Taube von einem der Ecktürme auf, flog auf das Kaufhaus zu, bog ab und landete fünfzig Meter entfernt auf einem Sims über dem Eingangsportal des Rathauses.

Im Inneren des Streifenwagens flammte ein Feuerzeug auf. Die Scheibe glitt herunter, der Polizist auf dem Beifahrersitz zog an einer Zigarette, blies den Rauch in die kühle Nacht.

Leise Musik drang aus dem Wagen, Phil Collins' Gejammer über *Another Day in Paradise* war von Elton John abgelöst worden, der in ähnlichem Tonfall eine *Candle in the Wind* besang.

**00:06:14**

Aus einer Seitenstraße bog ein Taxi auf den Markt. Die Scheinwerfer huschten über die mit Sandstein verkleidete Fassade des Rathauses. Für den Bruchteil einer Sekunde wurden die hohen Eingangstüren in gleißendes Licht getaucht, etwas bewegte sich, verschwand blitzschnell hinter einer Säule. Im nächsten Moment lag das Portal wieder im Schatten. Das Taxi überquerte die Schienen und fuhr langsam davon.

*Your candle burned out long before!*, jammerte Elton John.

Der Polizist hinter dem Steuer pfiff die letzten Akkorde mit. Der Mann neben ihm schnippte die Zigarette auf das Pflaster, ohne auf den missbilligenden Blick seines Kollegen zu achten. Weit über ihren Köpfen bewegten sich die vergoldeten Minutenzeiger auf den uralten Zifferblättern nach oben.

**00:00:45**

Im Radio kündigte ein bestens gelaunter Moderator eine kurze Werbepause und die folgenden Nachrichten an, natürlich inklusive der *schnellsten Verkehrsmeldungen, Flitzerblitzer und topaktuellsten Wetter-News.*

Die Seitenscheibe des Streifenwagens glitt surrend nach oben, der Werbespot für ein Bowlingcenter am Stadtrand wurde abrupt unterbrochen.

Es wurde still.

Hinter den dicken, vom Alter geschwärzten Mauern des Turmes erwachte der Mechanismus des Uhrwerks zum Leben.

**00:00:04**

Das Display des Timers auf Schröders Schreibtisch blinkte.

**00:00:00**

Und erlosch.

Ein tiefer Glockenschlag dröhnte über den Markt. Die dösende Taube auf dem Sims am Rathaus spreizte die Flügel, allerdings nicht wegen der Glocke, sondern aufgrund des Wummerns, das unter ihr aus dem Schatten des Eingangsportals drang.

Ein weiterer Glockenschlag.

Gleichzeitig ein weiteres dumpfes Wummern. Gefolgt von einem erstickten Schrei, der vom dritten Glockenschlag und dem nächsten synchronen Wummern übertönt wurde.

Die Glocke dröhnte ein viertes, letztes Mal. Der Ton vibrierte in der Nachtluft, versickerte wie Wasser in rissiger Erde.

Vom Rathaus her erklang ein ersticktes Stöhnen. Ein Brummen kündigte eine nahende Straßenbahn an. Im Streifenwagen beschwerte sich der Beifahrer, dass ihm kalt sei. Missmutig startete sein Kollege den Motor und drehte die Heizung auf.

Die Straßenbahn rauschte heran. Weitere, schnellere Schläge erklangen hinter den Säulen des Eingangsportals, überlagert vom schrillen Quietschen der Stahlräder in den Schienen.

Als die Bahn hielt, verstummten die Schläge sofort. Die hellerleuchteten Wagen waren leer, nur ein dünner, langhaariger Mann saß schlafend im hinteren Teil, den Kopf an die zerkratzte Scheibe gelehnt.

Zischend öffneten sich die hydraulischen Türen.

Niemand stieg ein.

Niemand stieg aus.

Aus Richtung des Rathauses kam leises Schluchzen. Metall blitzte im Schatten hinter den hohen Säulen.

Die Bahn fuhr davon. Erneut senkte sich die Stille über den Markt.

Der Motor des Streifenwagens schnurrte monoton im Leerlauf. Schnarchend hing der Beifahrer in seinem Sitz. Im Radio lief Helene Fischer. Der korpulente Beamte hinter dem Steuer summte leise mit.

Seine Finger klopften den Takt auf dem Lenkrad.

## Neun

Es ist furchtbar, in völliger Finsternis zu erwachen.

Ohne zu wissen, wo man ist.

Samuel Bleeck wusste nur, dass er auf dem Heimweg gewesen war. Dann war da das Kind. Das Kind, das nicht da war. Die Stimme.

*Mama.*

Die Stimme des Kindes, das nicht da war.

Und das Handy. Das Handy im Gras.

Und jetzt?

Dunkelheit. Absolut. Hermetisch. Undurchdringlich.

*Endgültig.*

Greifbar. Wie Sirup. Flüssiger Teer.

Seine Gedanken kreisten. Vor. Zurück. Immer wieder. Eine rotierende Kugel. Schnell. Immer schneller. Schwarze Kugel in der Dunkelheit.

Schwarz und Schwarz.

Das Kind. Die Stimme. Das Handy. Die Stimme des Kindes. Das Kind, das nicht da war. Das Handy des Kindes. Die Stimme des Handys. Die Nachricht

*Hallo, Samuel* ☺

auf dem Display. Die Nachricht des Kindes, das nicht da war.

Etwas tropfte.

Blut?

*Sein* Blut?

## Zehn

»Das wird dem Bürgermeister aber gar nicht gefallen«, seufzte Zorn.

»Mir«, murmelte Schröder, »gefällt es auch nicht.«

Sie standen unter dem Portal vor den drei mächtigen Eingangstüren des Rathauses. Ihre Aufmerksamkeit galt der mittleren. Beziehungsweise dem, was daran hing.

Zorn wandte sich ab, lehnte sich an eine der quadratischen Säulen, zündete mit zitternden Fingern eine Zigarette an und sah hinüber zum Markt. Der Nebel hatte zugenommen, die Kirche auf der anderen Seite schien im gelblichen Schein der hohen Laternen hinter dem Dunst zu schweben, ebenso wie der Turm in der Mitte, dessen Spitze in Nebel und Dunkelheit verschwand. Die Uhr stand auf kurz nach halb sechs. Noch hatte die Morgendämmerung nicht eingesetzt, doch der Mond verblasste bereits.

Dort, wo sich tagsüber die Verkaufsstände reihten, standen Streifenwagen. Neben Zorns Volvo parkte ein Kleinbus der Spurensicherung. Die Scheiben waren vom Nebel beschlagen. Ein Techniker stand an der geöffneten Heckklappe, holte ein Stativ mit einem akkubetriebenen Scheinwerfer heraus, kam gebückt die breite Treppe herauf, murmelte einen knappen Gruß, baute den Scheinwerfer auf, richtete ihn auf den Eingang und schaltete das Licht ein.

»Das ist nett«, bedankte sich Schröder hinter der Säule.

Der Techniker sah an Zorn vorbei zu den Eingangstüren. Erbleichte, machte auf dem Absatz kehrt und stolperte die steinernen Stufen hinab davon.

»Ihm«, sagte Zorn über die Schulter, »gefällt's auch nicht.«

Schröder ging nicht darauf ein.

Stattdessen sagte er: »Kein Zweifel. Er ist es.«

»Logisch.« Zorn hustete einen Schwall Zigarettenrauch in die diesige Nachtluft. »Wer sonst?«

*

Der Gekreuzigte hing in klassischer Pose an der mittleren Rathaustür, die Arme ausgebreitet, die nackten Füße schwebten ein paar Zentimeter über dem Boden. Der Kopf war auf die Brust gesackt, das lange Haar hing wirr unter der aus Stacheldraht gewundenen Krone.

Schröder sah zu dem Toten auf. Im grellen Scheinwerferlicht erinnerte der bleiche, verrenkte Körper noch mehr an ein mittelalterliches Altarbild. Das war Arvid Walkow, der gestern mit einem Kreuz vor dem Präsidium aufgetaucht war und Schröder den Timer in die Hand gedrückt hatte. Wenn es noch Zweifel gab, wurden sie durch die zugenähten Lippen beseitigt.

Schröder trat einen Schritt zurück, ging in die Hocke.

Vier Nägel. Die Enden ragten ein paar Zentimeter aus der bleichen Haut. Zwei knapp oberhalb der Knöchel durch die Schienbeine getrieben, die anderen beiden neben den Handgelenken durch die Unterarme.

»Keine Köpfe«, murmelte Schröder. »Ein Druckluftnagler. Oder ein Bolzenschussgerät.«

Hinter ihm ertönte Zorns Stimme, der einen Uniformierten anblaffte, er solle sich gefälligst um die Absperrung kümmern.

Schröder betrachtete die glänzende Lache unter den Füßen des Toten. Das Blut gerann bereits an den Rändern, tropfte allerdings noch immer von den Zehen, auch von den Händen lief es in dünnen Fäden die sehnigen Arme entlang. Das rechte Bein war dunkel von Blut, das aus einer klaffenden Schnittwunde in der Leiste geströmt war und allmählich versiegte.

Schröder stand auf. Das Zeichen, das neben dem Toten auf die Mauer zwischen den Türen gemalt war, erinnerte an …

»Scheiße!«

Schröder wandte sich um.

»Das Vieh hat mir voll auf die Schulter gekackt!«, beschwerte sich Zorn, deutete auf einen weißen Fleck auf seiner Lederjacke und dann anklagend nach oben. Schröder kam hinter der Säule hervor und entdeckte den Übeltäter: eine Taube, die über ihnen auf dem Sims hockte und aus glänzenden Knopfaugen hinabsah.

»Das kann man wieder abwischen«, beruhigte er den empörten Zorn. »Oder du kaufst dir eine neue, es wird sowieso langsam Zeit …«

»*Was* wird langsam Zeit?«

»Nichts«, winkte Schröder ab. »Wir haben weiß Gott Wichtigeres zu tun als …«

»Diese Jacke«, knurrte Zorn, »habe ich seit über zwanzig Jahren.«

»Eben.«

»Falls du mir sagen willst, dass ich zu alt bin, 'ne Lederjacke zu tragen, dann …«

»Ich will überhaupt nichts sagen!«

Ein paar Uniformierte sahen verwundert hinauf zu den streitenden Kommissaren, die auf der obersten Stufe vor dem Portal im hellen Scheinwerferlicht standen.

»Und jetzt ist Schluss«, beschied Schröder knapp und streifte die durchsichtigen Handschuhe ab. Zorn selbst trug keine, es war auch nicht nötig. Er hätte den Teufel getan, etwas anzufassen. Für seine Verhältnisse war es schon eine beachtliche Leistung, sich der Leiche auf weniger als drei Meter genähert zu haben. Wenn auch nur kurz.

Zorn atmete tief durch.

»Ich hoffe, Brettschneider macht denen die Hölle heiß.«

Er deutete auf einen schlanken Mann in Zivil, der sich am Fuße des Turms mit zwei Streifenpolizisten unterhielt. Die beiden redeten wild gestikulierend auf ihn ein.

»Die sitzen die ganze Nacht in ihrer Karre«, presste Zorn hervor, »und kriegen nicht mit, dass ein paar Meter weiter jemand an die Rathaustür genagelt wird. Was haben die die ganze Zeit gemacht? Rommé gespielt?«

»Sie haben's ja bemerkt«, sagte Schröder.

»Aber nur, weil einer pinkeln musste«, echauffierte sich Zorn. »Ansonsten hätte der arme Kerl wahrscheinlich bis sonst wann …«

»Darüber reden wir später«, unterbrach Schröder.

Schräg hinter ihnen flackerte das Blitzlicht des Polizeifotografen auf. Der Marktplatz füllte sich allmählich, die ersten Schaulustigen drängten sich mit gereckten Köpfen an den Absperrbändern.

»Niemand konnte das ahnen«, sagte Schröder. »Niemand wusste, was passieren würde. Ob *überhaupt* etwas passieren würde. Geschweige denn, wo.«

»Trotzdem«, beharrte Zorn. »Die hätten was hören müssen. Wenn man mit 'nem Hammer …«

»Kein Hammer.«

»Ach.«

»Ein Druckluftnagler. Oder etwas Ähnliches.«

»Und woher«, fragte Zorn gedehnt, »kam der Strom, Mister Superhirn? Vielleicht war ja der Bürgermeister da und hatte zufällig 'ne Verlängerungsschnur dabei, dann konnten sie die Steckdose in seinem Büro …«

»Akku«, unterbrach Schröder knapp.

Ein Glockenschlag hallte über den Markt, gefolgt von zwei weiteren. Unwillkürlich hoben sie die Köpfe, betrachteten das große Zifferblatt. Die Uhr stand auf Viertel vor sechs.

»Egal.« Zorn ließ nicht locker. »So 'n Druckluft...*dings* macht mindestens genauso 'nen Lärm. Entweder man ist taub oder ...«

»Vier Nägel.« Schröder sah hoch zur Turmuhr. »Vier Glockenschläge.«

»Äh ... *was*?«

Der Todeszeitpunkt, erklärte Schröder, liege aller Wahrscheinlichkeit nach bei exakt vier Uhr. »Und wenn der Druckluftnagler genau parallel zu den Glockenschlägen betätigt wurde, ist es zumindest nicht so aufgefallen.«

Zwei Uniformierte schleppten eine mobile Sichtschutzwand herbei. An der Absperrung wurden Stimmen laut, eine junge Frau in hellem Mantel und Stöckelschuhen redete aufgeregt auf einen Beamten ein.

»Na toll«, brummte Zorn. »Die Presseheinis.«

»Du musst ja nichts weiter sagen«, beruhigte ihn Schröder. »Nur das Übliche. Dass zurzeit noch keine Auskunft gegeben werden kann und so weiter.«

»Ich hasse diese Idioten.«

»Jemand muss mit denen reden. Und zwar der zuständige Ermittlungsleiter.«

Zorn rutschte unbehaglich auf den kalten Stufen hin und her, tastete nach dem feuchten Hintern.

»Da war noch was«, sagte Schröder. »Jemand hat etwas an die Wand ...«

»Sag mal, ab wann bist du wieder Chef?«

»Übermorgen.« Schröder sah Zorn verwundert an. »Warum?«

»Im Moment«, erklärte Zorn, »bin also *ich* noch der Chef. Und weil ich das bin, kann ich ja anweisen, dass du den Laden nicht übermorgen, sondern sofort übernimmst. Sozusagen als letzte Amtshandlung. Na?« Er gab Schröder einen aufmunternden Stups. »Was sagst du? *Chef*?«

Schröder öffnete verblüfft den Mund.

»Und da wir das jetzt geklärt haben«, fuhr Zorn gut gelaunt fort, »kannst du dich gleich um die nette Dame von der Presse kümmern.« Er zwinkerte Schröder zu. »Den Rest hast du ja sowieso im Griff.«

## Elf

Zorn fuhr ins Präsidium, setzte sich an den Rechner, um nach Informationen über den Toten zu suchen. Dies nahm einen großen Teil seiner Konzentrationsfähigkeit in Anspruch, und als kurz vor Mittag Schröders typische kurze Schritte draußen im Flur erklangen, sprang er auf und öffnete schwungvoll die Tür, um seinem frischgebackenen Vorgesetzten einen dem feierlichen Anlass gebührenden Empfang zu bereiten.

»Ich hoffe, Euer Hochwohlgeboren hatten einen angenehmen Tag.«

Er stand auf der Schwelle, den Oberkörper im nahezu perfekten rechten Winkel nach vorn geneigt. Schröder steuerte auf den Schreibtisch zu, doch Zorn drängte sich hastig vorbei, schob den Stuhl zurück und vollführte eine weitere Verbeugung.

»Haben Dero Gnaden einen Wunsch?« Er winkelte den Arm an, zupfte eine imaginäre Serviette zurecht. »Ein Soufflé vielleicht? Knabbergebäck? Oder …«

»Hinsetzen.«

Schröder deutete auf Zorns Platz auf der anderen Seite des Schreibtischs.

»Sehr wohl«. Zorn tippelte devot zu seinem Stuhl. »Ruhen

der Herr Geheimrat auch bequem? Soll ich vielleicht ein Kissen holen? Oder ...«

»Zwei Dinge.«

»Erwarte untertänigst Ihre Anweisungen«, flötete Zorn.

»Ich habe diesen Job wieder angenommen, weil ich genug von den ewigen Sticheleien habe«, begann Schröder ruhig. »Ab jetzt ist Schluss mit den albernen Spielchen.«

»Aber das hast du doch auch immer ...«

»Das heißt nicht, dass du's nachmachen musst!«

Zorn verzog schmollend den Mund.

»Ich hoffe, wir sind uns einig«, sagte Schröder. »Wenn nicht, sitzt du im Handumdrehen wieder auf deinem alten Posten. Ist das klar?«

Zorn nickte widerstrebend. »Die Sache mit dem Handumdrehen«, er hob den verstümmelten Arm, »ist allerdings nicht ganz einfach. Weil ich ja nur noch eine ...«

»Wobei wir bei der zweiten Sache wären.«

»Ja?«

»Keine Wortspiele mehr. Ansonsten«, Schröder deutete zur Tür, »verlasse ich sofort dieses Büro und komme nie, nie wieder. Willst du das?«

Nun, das wollte Zorn definitiv nicht, doch zugeben konnte er es ebenfalls nicht. Also wechselte er sicherheitshalber das Thema.

»Im Netz ist kaum was über Arvid Walkow zu finden«, sagte er. »Aktuelle Einträge gibt's gar nicht. Er hat Kunst studiert, auf der Webseite der Hochschule wird er ein paarmal erwähnt, aber das ist Jahre her. Da sind auch ein paar Bilder, die er als Student gemacht hat. Ich kann mir nicht vorstellen, dass sich jemand diese Kritzeleien an die Wand hängt.«

Schröder hob die rötlichen Brauen. »Kritzeleien?«

»Na ja ...« Zorn wedelte mit der verbliebenen Hand. »Irgendwelches ... abstraktes Zeugs eben.«

»Nur weil du ein Bild nicht verstehst«, Schröder neigte den kahlen Kopf, »muss es nicht unbedingt schlecht sein.«

Zorn schniefte beleidigt.

»Die zugenähten Lippen«, sagte Schröder nach einer Weile. »Es gibt einen russischen Aktionskünstler …«

Zorn kommentierte den Begriff mit einem weiteren Schniefen.

»… der hat vor ein paar Jahren dasselbe gemacht.«

»Ich weiß.«

»Ach.«

»Ich hab *recherchiert.*« Zorn deutete stolz auf seinen Bildschirm. »Den Namen hab ich vergessen, aber er wollte wohl gegen Putin protestieren. Für Meinungsfreiheit und so. Der Typ hat sich sogar nackt auf den Roten Platz gesetzt und sich die, äh …«, er deutete verlegen auf seinen Schritt, »du weißt schon, … auf dem Boden festgenagelt.«

»Aus Protest?«

»*Yes.*«

Schröder verzog das Gesicht. »Unschöne Vorstellung.«

»Vielleicht wollte Arvid Walkow ja auch protestieren. Gegen den Bürgermeister.«

»Warum hätte er das tun sollen?«

»Keine Ahnung.« Zorn zuckte die Achseln. »Womöglich waren ihm die Abfallgebühren zu hoch.«

Schröders blaue Augen verengten sich. Er deutete drohend zur Tür.

»Das war kein Wortspiel!«, protestierte Zorn. »Das war ’n Witz!«

»Ein sehr, sehr schlechter Witz.«

»Wenn du den Witz nicht verstehst, muss er nicht unbedingt schlecht sein«, konterte Zorn mit Schröders eigenen Worten.

»Über Geschmack«, erwiderte dieser, »lässt sich durchaus

streiten. Über Geschmacklosigkeit nicht. Der Mann ist tot. Wir sollten keine Witze über ihn reißen, sondern versuchen herauszufinden, warum er gestorben ist.«

»Na dann …« Zorn lehnte sich abwartend zurück. »Ich bin ganz Ohr, *Chef*.«

Schröder sammelte sich kurz.

»Er hat das Neue Testament nachgestellt«, begann er. »Erst den Kreuzweg, dann die Kreuzigung selbst.«

»Und warum übergibt er uns diesen Timer?«, fragte Zorn.

»Er wollte Aufsehen erregen. Und er wusste genau, dass wir ihn irgendwann gehen lassen würden.«

»Wir hätten ihn überwachen können.«

»Stimmt«, nickte Schröder. »Aber hast du diesen Menschen auch nur eine Sekunde lang ernst genommen?«

»Nee.« Zorns Antwort kam prompt. »Mir war klar, dass das ’n Spinner ist.«

»Er war Künstler.«

»Sag ich doch, ein Spinner.«

»Vielleicht war das eine Art …«, Schröder überlegte einen Moment, »*Performance*.«

»Im Netz«, Zorn wies mit dem Kinn auf seinen Monitor, »findet man Unmengen von Typen, die solche … *Aktionen* veranstalten. Sich die Lippen zunähen oder ihre Eier … na ja, du weißt schon. Je mehr die schockieren, desto mehr fallen sie auf. Aber ich habe niemanden gefunden, der dabei gestorben ist.«

»Und wenn Arvid Walkow das nicht nur gespielt hat?«

»Sondern?«

»Sich tatsächlich für Jesus gehalten hat?«

»Dann war er auch überzeugt, wieder aufzuerstehen.« Zorn rückte die Brille auf der Nase zurecht und deklamierte mit theatralischer Stimme: *»Aber der Engel sprach zu den Frauen: Fürch-*

*tet euch nicht! Ich weiß, dass ihr Jesus, den Gekreuzigten sucht. Er ist nicht hier. Er ist auferstanden, wie er gesagt hat!*«

Schröder bedachte ihn mit einem verwunderten Blick.

»Bin katholisch erzogen«, brummte Zorn. »Das meiste von dem Kram hab ich vergessen. Zum Glück.«

Schröder grübelte eine Weile vor sich hin.

»Klingt logisch«, sagte er dann. »Auf den ersten Blick jedenfalls.«

»Und auf den zweiten?«

»Erstens.«

»Ich meinte den zweiten ...«

»*Erstens*«, wiederholte Schröder, hob die Faust und reckte den Daumen, »wäre da die Sache mit der Bibel. Er hat den Kreuzweg absolviert, ist auf die gleiche Art gestorben. Er hat sich an sämtliche Details gehalten, inklusive Dornenkrone. Die Verletzungen auf Armen und Rücken lassen darauf schließen, dass er sich ausgepeitscht hat.«

»*Und sie werden ihn schlagen*«, deklamierte Zorn wieder, »*und sie werden auf ihn spucken und ...*«

»Jaja«, winkte Schröder ab, lobte Zorn für sein tolles Gedächtnis und fuhr fort: »Ich bin nicht so bibelfest wie du, aber ich kann mich nicht erinnern, dass neben dem Gekreuzigten etwas an die Wand gepinselt wurde.«

»Ach.«

»Ein umgedrehtes A.«

Zorn legte die Stirn in Falten.

»Zweitens«, wieder hob Schröder die Hand, sein Zeigefinger gesellte sich zum ausgestreckten Daumen, »wäre da der Timer ...«

»Davon steht *definitiv* nichts in der Bibel.«

»... und drittens ist da natürlich die Frage nach der zweiten Person. Arvid Walkow dürfte sich wohl kaum selbst gekreuzigt haben.«

Zorn ging in Gedanken den Ablauf durch. Zuerst die Füße. Danach die erste Hand. Und dann …

»Stimmt«, seufzte er. »Das hätte nicht mal Jesus alleine hingekriegt.«

## Zwölf

»Irgendjemand muss was gesehen haben.« Frieda stand mit dem Rücken zu Zorn am Bücherregal und wischte Staub. »Klar, es war mitten in der Nacht, aber wir leben doch nicht in der Pampa.«

»Da wär ich mir nicht so sicher«, murmelte Zorn.

Frieda bedachte ihn mit einem strafenden Blick, pustete eine Haarsträhne aus dem Gesicht und widmete sich wieder – wie sie es nannte – ihren *hausfraulichen Pflichten*. In unregelmäßigen Abständen überkam sie das Bedürfnis nach einem gründlichen Hausputz, dem sie mit ähnlicher Energie, aber deutlich chaotischer als ihrer Arbeit bei der Staatsanwaltschaft nachging.

»Es *muss* Zeugen geben«, sagte sie über die Schulter. »Und nach denen müsst ihr suchen.«

»Machen wir ja.« Zorn rekelte sich auf dem Sofa. »Aber selbst die Streife hat nix mitgekriegt, und die waren die ganze Zeit nur ein paar Meter …«

»Füße runter.«

»… entfernt.« Zorn gehorchte sofort. »Und wenn sogar die … *Ordnungshüter* nichts merken, dann …«

»Irgendwie müssen sie auf den Markt gekommen sein.« Frieda begann, den Couchtisch abzuwischen. »Mitten ins Stadtzentrum. Ein nackter Mann und mindestens ein weiterer. Irgendwo müssen sie losgegangen sein. Den Weg müsst ihr rekonstruieren.«

Sie riss die Balkontür auf, schüttelte den Lappen aus. Kühle Abendluft wehte herein. Es war zu erwarten gewesen, dass Frieda einen so spektakulären Fall übernehmen würde. Früher waren sie oft – *sehr* oft – aneinander geraten, doch jetzt, da Schröder die Ermittlungen leitete, würde die Sache für Claudius Zorn wesentlich entspannter laufen.

Hoffte er zumindest.

»Es war mitten in der Nacht«, sagte er. »Wahrscheinlich sind sie durch eine der Seitenstraßen gegangen. Kein Wunder, dass niemand was mitgekriegt hat, da ist selbst am Tag tote Hose.«

»Stimmt.« Frieda schloss die Balkontür, sah sich prüfend um und widmete sich den verstaubten Fensterbrettern. »Wahrscheinlich ist er freiwillig dort hingegangen. Es sieht nicht danach aus, dass er sich gewehrt hätte, und geschrien hat er offensichtlich auch nicht.«

In Gedanken war Frieda bei ihrer Arbeit. Obwohl sie anstatt ihres Businesskostüms eines von Zorns ausgewaschenen T-Shirts und eine Jogginghose trug und nicht in einen Untersuchungsbericht, sondern in den Anblick der aufgereihten Blumentöpfe vertieft war, klang sie wie bei einer offiziellen dienstlichen Besprechung.

»Und wegen gestern kann uns niemand einen Vorwurf machen.« Sie kam zur Couch, klopfte die Kissen neben Zorn zurecht. »Arvid Walkows Personalien wurden aufgenommen, der psychologische Notdienst hat festgestellt, dass eine Zwangseinweisung nicht … Sag mal«, sie klaubte einen gelben Legostein aus der Sofaritze, »brauchen wir das noch?«

»Unbedingt.« Zorn nahm ihr den Stein aus der Hand. »Der gehört zu Edgars Ninjagos.«

»Und was danach kam, konnte niemand ahnen.« Frieda lief geschäftig in den Flur, ohne ihren Monolog zu unterbrechen. »Der Timer wurde labortechnisch untersucht, der Vorfall ordnungsgemäß in den Akten vermerkt und weitergeleitet. Die Ordnungskräfte haben angemessen reagiert und zusätzliche Streifen patrouillieren lassen.«

»Der Drache des Totenkopfmagiers«, murmelte Zorn, in den Anblick von Edgars Legostein vertieft. »Wahrscheinlich einer von den Speed-Boostern. Ich würde sagen«, er kniff fachmännisch ein Auge zusammen, »vorne links.«

Frieda kam mit dem Staubsauger zurück. »Mehr war unter diesen Umständen nicht möglich.«

»Könnte auch zu Coles Offroad-Bike gehören«, brummte Zorn, die Augen hinter der Brille auf das gelbe Plastikstück gerichtet. »Ein Teil vom Pyro-Verwüster vielleicht.«

»Wir wissen so gut wie nichts über Arvid Walkow.« Frieda steckte das Kabel in die Steckdose. »Außer dass er Kunst studiert hat. Wo war er gemeldet?«

»Wir haben 'ne Adresse unten am Fluss.« Zorn hielt den Legostein in die Höhe, um ihn im Licht der Deckenlampe genauer in Augenschein nehmen zu können. »Nee«, er neigte zweifelnd den Kopf, »sieht eher nach dem Tornado-Spinner …«

»Und sonst?«

»Was, sonst?«

»Offensichtlich war er nicht sonderlich erfolgreich. Von irgendwas«, Frieda schob einen Sessel beiseite, »muss er ja gelebt haben.«

»In dem Haus, in dem er gemeldet war, gibt's 'ne Galerie«, murmelte Zorn abwesend. »Dort hat er ab und zu ausgeholfen.«

Der Staubsauger sprang an.

»Ihr solltet …«

Friedas Worte gingen im Getöse des Gebläses unter. Während sie emsig durch das Zimmer wuselte, kreisten Zorns Gedanken um den Legostein. Als der Staubsauger schließlich röchelnd verstummte, entschied er, dass es sich höchstwahrscheinlich um den rechten Scheinwerfer des Spinjitzu-Kreisels handelte, erhob sich schwerfällig und verkündete gähnend, er werde ins Bett gehen, schließlich sei er seit morgens um fünf auf den Beinen. Wie immer reagierte Frieda äußerst verständnisvoll.

»Ich komme mit.« Sie rollte das Kabel zusammen, stutzte und schnüffelte unter ihrer Achsel. »Ich glaube, ich muss noch mal unter die Dusche.«

»Dann rauche ich solange noch …«

»Oder du bringst den Staubsauger wieder weg.«

Wenn er das Ding einmal in der Hand habe, schlug Frieda lächelnd vor, könne Zorn auch gleich das Kinderzimmer durchsaugen, warf ihm einen Luftkuss zu und verschwand im Bad.

## Dreizehn

»Ich … Ich kann das einfach nicht glauben«, murmelte Oskar Brava.

Seine Erschütterung schien echt. Zorn und Schröder hatten die Galerie vor einer Weile betreten, doch jetzt, zehn Minuten, nachdem er vom Tod Arvid Walkows erfahren hatte, war noch immer sämtliche Farbe aus seinem Gesicht gewichen.

»Es kam ja in den Nachrichten«, fuhr der Galerist stockend fort. »Aber dass es … Arvid …«

Er brach kopfschüttelnd ab.

Zorn, der wie immer Schröder die Initiative überlassen hatte, stand etwas abseits neben einer Säule.

»Arvid Walkow hat für Sie gearbeitet?«, fragte Schröder.

»Zwei-, manchmal dreimal pro Woche. Ich bin viel unterwegs,

auf Aktionen oder Ausstellungen. Dann brauche ich jemanden, der hier aufpasst.«

Auf den ersten Blick erschien Oskar Brava wie eine zehn Jahre jüngere Version seines Gesprächspartners. Er war ebenso klein und rundlich, die vollen Gesichtszüge ähnlich gutmütig und offen. Bei näherem Betrachten ergaben sich allerdings Unterschiede: Schröder wirkte trotz seiner Korpulenz kompakt, beweglich und energiegeladen wie ein Vollgummiball, während Bravas weiche, verletzliche Erscheinung eher an einen mit Gelee gefüllten Luftballon erinnerte. Sein dünnes, schulterlanges Haar war in der Mitte wie mit dem Lineal gescheitelt und hinter die Ohren gesteckt. Ein weißes, kurzärmliges Hemd spannte über dem Bauch, an einer silbernen Halskette baumelte eine randlose Lesebrille. Die beigefarbenen Hosen waren ein wenig zerknittert, ein dazu passendes Jackett hing auf einem gepolsterten Stuhl hinter dem Verkaufstresen, auf dem eine altmodische Registrierkasse thronte.

»Herr Walkow war polizeilich unter dieser Adresse gemeldet«, sagte Schröder. »Ich nehme an«, er deutete durch das bodentiefe Fenster auf einen zweistöckigen, aus Klinkern gemauerten Anbau, »dort hat er gewohnt. Wir würden uns gern …«

»Es stimmt«, unterbrach Brava, »Arvid war hier gemeldet. Ich habe ihm auch angeboten, bei mir zu wohnen. Aber …« Der Galerist seufzte. »Er hat abgelehnt. Arvid war ein Einzelgänger. Ich besitze ein kleines Grundstück am Stadtwald, er hat es vorgezogen, dort zu wohnen.«

»Wo denn?«, warf Zorn ein. »In ’nem Zelt?«

»In einem Wohnwagen.«

Sie standen in einem hellen, L-förmigen Raum. Durch ein Oberlicht strömte graues Tageslicht, ergänzt durch Dutzende Punktstrahler, die an Schienen an den weißen Wänden befestigt waren. In verglasten, genau ausgeleuchteten Vitrinen lagen

Schmuckstücke, auf schmalen Sockeln standen kleine Bronzefiguren. An den Wänden reihten sich gerahmte Bilder in allen erdenklichen Größen.

»Wir haben zusammen studiert«, fuhr Brava fort. »Es ist höllisch schwer, sich auf dem Kunstmarkt durchzusetzen. Ich selbst habe schnell bemerkt, dass mein Talent nicht ausreicht. Also habe ich nach dem Studium diese Galerie aufgemacht. Arvid ist auf Weltreise gegangen, wir haben uns jahrelang aus den Augen verloren. Als wir uns wiedergetroffen haben, wollte ich ihm helfen, also ... Verzeihung«, er hob alarmiert die Stimme, »würden Sie die Vase bitte stehen lassen?«

Zorn, der geistesabwesend ein grotesk verknotetes Abflussrohr von einem lackierten Wandbrett genommen hatte, murmelte eine Entschuldigung und stellte es wieder an seinen Platz. *BITTE NICHT BERÜHREN!* war auf einem kleinen Schild an der Wand zu lesen.

»Hatte er Freunde?«, wollte Schröder wissen.

»Arvid?« Brava schüttelte den Kopf. »Er lebte absolut zurückgezogen. Arvid war schon immer sehr introvertiert. Dass er jetzt ...«

Der Galerist verstummte.

Zorn sah sich gelangweilt um. Sein Blick wanderte über die abstrakten Bilder und die verwirrenden Skulpturen auf ihren Sockeln.

»Sie müssen entschuldigen«, Brava rieb sich die geröteten Augen, »das alles hat mich ziemlich ... aus der Bahn geworfen. Außerdem habe ich die ganze Nacht im Zug gesessen. Ich war auf einer Vernissage in Konstanz, vor drei Stunden bin ich wiedergekommen.«

Schröder, der neben einem sandfarbenen Ledersessel stand und in die Betrachtung eines der Bilder vertieft gewesen war, bedachte Zorn mit einem kurzen Blick *(das müssen wir prüfen)* und wandte sich wieder dem Bild zu. Sofort war Oskar Brava bei ihm.

»Ein neuer Künstler«, versicherte er stolz. »Ich habe das Werk erst kürzlich erworben.«

Die Leinwand war mit den unterschiedlichsten Materialien beklebt. Zorn erkannte ein Stück Fell, Leder, Stofffetzen und etwas, das er für die Sohle eines Skischuhs hielt. Dazwischen kreuzten sich Striche und Farbspritzer, die Zorn darauf schließen ließen, dass der Maler nach Beendigung seiner Arbeit die Pinsel auf der Leinwand gereinigt hatte.

»Das ist doch kaputt!«, beschwerte er sich und deutete auf ein Loch in der Mitte der Leinwand.

»Die Zusammenhänge«, erklärte Brava gereizt, »erschließen sich erst nach und nach und erfordern wie bei jedem Kunstwerk eine intensive intellektuelle Auseinandersetzung. Vorausgesetzt, man ist dazu in der Lage.«

Der Blick, mit dem er Zorn bedachte, sprach Bände:

*Bei dir, du Banause, ist sowieso Hopfen und Malz verloren.*

Selber Banause, dachte Zorn. Was du kannst, kann ich schon lange.

Er nahm neben Schröder Aufstellung. Räusperte sich umständlich.

»Also das da«, verkündete er wichtigtuerisch und deutete in die linke obere Ecke, »stammt wahrscheinlich von 'nem Bierdeckel. Hat also was mit Alkohol zu tun. Die Glasscherbe da unten«, er reckte den Hals, »ist wahrscheinlich … Nein!«, korrigierte er sich, »das ist ja 'n *Spiegel*! Krass!« Seine Augen weiteten sich. »Ich betrachte also das Bild …«, er näherte sich dem Splitter, »und sehe mich selbst! Ich *erkenne* mich, verschmelze mit der Fiktion. Somit«, er hob den verbliebenen Zeigefinger, »wird der Betrachter Teil des Kunstwerks. Wird in die Leinwand integriert. Sozusagen die ästhetische Symbiose von Rezipienten und Schöpfer. Äußerst interessanter Ansatz, geradezu revolutionär«, nickte er anerkennend, murmelte aufs Geratewohl etwas von fluktuierender Transzendenz und luzider Ästhetik, während sein Blick suchend über das Bild streifte. »Ah! Was haben wir denn da?« Er beugte sich vor. »Sieht aus, als hätte der Künstler eine Zahnpastatube ausgedrückt. Es geht also um Mundhygiene«, murmelte er, nahm die Brille ab und näherte sich der Leinwand, bis seine Nase nur noch wenige Zentimeter von einem weißen Klecks direkt neben dem Rahmen entfernt war. »Nee. Keine Zahnpasta. Sieht aus wie …«, er kratzte sich an der Schläfe, »'ne kotzende Amöbe. Oder …«

Schröder gab ihm einen unauffälligen Stoß in die Seite, beugte sich ebenfalls vor, kniff ein Auge und las die Signatur in der rechten unteren Ecke.

»Halo«, murmelte er. »Nie gehört.«

»Kein Wunder«, entfuhr es Zorn.

Oskar Brava, der Zorns Schwafelei mit unbewegter Miene gefolgt war, strich das dünne Haar hinter die Ohren. »Wie gesagt, neu auf dem Markt.«

»Hat er denn keinen Nachnamen?«, fragte Zorn.

»Es ist ein Pseudonym«, verkündete Brava gereizt. »Ich bin sicher, dass man noch viel von diesem Künstler hören wird.«

»Aller Anfang ist schwer«, stimmte Zorn verständnisvoll zu. »Vor allem, wenn man Italiener ist.«

»Wie kommen Sie darauf, dass er …«

»Ist doch klar.« Zorn wies auf ein Kärtchen, das neben dem Bild an der Wand befestigt war. »*Ars* …« Er stockte, las noch einmal vor. »*Ars pertur …*«

»*Ars perturbandi*«, unterbrach der Galerist. »Latein, kein Italienisch. Kunst der Verwirrung. So lautet der Titel des Bildes.«

»Also das mit der Verwirrung«, sagte Zorn, »leuchtet mir absolut …«

»Die Botschaft«, Brava reckte das fleischige Kinn, »liegt auf der Hand.«

»Auf welcher denn?«, fragte Zorn. »Ich hab nämlich nur noch …«

Ein weiterer, deutlich kräftigerer Stups Schröders ließ ihn verstummen.

»Es ist nicht Aufgabe der Kunst, sich anzubiedern«, erklärte der Galerist, die Augen ehrfürchtig auf das Bild gerichtet. »Kunst ist nicht gleich Schönheit. Kunst muss provozieren, verwirren. Im besten Falle irritieren.«

»Das bin ich«, murmelte Zorn. »Und *wie* ich das bin.«

Er warf Schröder einen flehenden Blick zu.

*Können wir jetzt bitte, bitte gehen?*

Schröder verstand sofort. Er ließ sich von Brava die Adresse des Grundstücks geben, auf dem Arvid Walkow gewohnt hatte, kündigte an, sich bei weiteren Fragen noch einmal zu melden, hakte Zorn unter und geleitete ihn zur Tür.

»Gab's denn überhaupt nichts, was dir gefallen hat?«, fragte Schröder halblaut.

»Doch, doch«, versicherte Zorn ebenso leise. »Das Bild da drüben fand ich nicht schlecht.«

Schröder folgte seinem Blick. »Über der Vitrine mit den Ohrringen?«

»Hm.«

»Das ist ein Foto der Schmuckgestalterin.«

Die Glastür schloss sich hinter ihnen, und Claudius Zorn fühlte sich wie ein Gefangener, der nach jahrelangem Schmachten in einem düsteren Verlies endlich wieder freikommt.

## Vierzehn

»Dieses hochtrabende Gelaber geht mir so was von auf den Sack!«, beschwerte sich Zorn. »Ich kann mit diesem Gesülze einfach nichts anfangen!«

Schröder saß still auf dem Beifahrersitz, während Zorn den Volvo lamentierend durch die Innenstadt steuerte. »Dieser … Galeristenfuzzi versteht doch selbst nicht, was er da quatscht! Hauptsache, es …«

»Dreißig.«

»Was?«

»Hier gilt Tempo dreißig«, sagte Schröder.

Zorn, der die Geschwindigkeit des Volvos unbewusst seinem Gemütszustand angepasst hatte, nahm den Fuß vom Gas und imitierte Oskar Bravas geschwollenen Tonfall: »Es ist nicht Aufgabe der Kunst, sich anzubiedern. Kunst muss«, er ließ das R rollen, »*irrrrrritierrrren*!«

Sie erreichten die Brücke. Links vor ihnen erhob sich die Ruine der alten Burg in den bleigrauen Himmel.

»Na ja.« Zorn bremste an einer Ampel. »Wahrscheinlich bin ich einfach zu blöd.«

»Bist du nicht.« Schröder tätschelte sein Knie.

»Sicher?«

»Ich konnte auch nicht mit allem etwas anfangen«, sagte Schröder. »Aber die Skulpturen fand ich nicht schlecht.«

»Ich auch«, log Zorn, den die kleinen Bronzefiguren an verkrüppelte Gartenzwerge erinnert hatten.

Schröder kicherte leise.

»Was ist?«, fragte Zorn.

»Also das mit der …«, ein weiteres Kichern, »*fluktuierenden*

*Transzendenz des Rezipienten in die luzide Ästhetik* hast du wirklich sehr, sehr hübsch formuliert.«

»*Das* hab ich gesagt?«

Zorn starrte durch die beschlagene Scheibe auf die Fahrbahn, langte mit der gesunden Hand nach der Mittelkonsole und schaltete das Gebläse hoch.

»Das Bild jedenfalls«, Schröder hob die Stimme, um die Lüftung zu übertönen, »habe ich nicht im Geringsten verstanden. Aber die Signatur …«

»Was ist mit der Signatur?«

Schröder sah aus dem Fenster.

»Weiß nicht genau.« Er straffte den Gurt über dem karierten Hemd. »Muss noch darüber nachdenken.«

Es begann zu nieseln. Schröder beugte sich zur Seite und schaltete die Scheibenwischer ein.

»*Gracias*, Schröder.«

»Was hältst du eigentlich von Oskar Brava?«

»Ein Schwätzer. Ein blasierter …«

»Das hast du bereits ausführlich dargelegt. Ich meinte, ob er etwas mit dem Tod von Arvid Walkow zu tun haben könnte.«

»Er hat 'n Alibi.«

»Das sollten wir prüfen.«

Sie bogen auf den Parkplatz vor dem Präsidium ein. Zorn zückte gewohnheitsmäßig sein Feuerzeug, um unter der alten Kastanie noch eine Zigarette zu rauchen. Schröder ging voraus, und als er das Büro betrat, lag der vorläufige Bericht der Spurensicherung auf seinem Schreibtisch.

*

»Keine verwertbaren Fingerabdrücke«, seufzte Schröder, sobald Zorn das Büro betrat. »Kein Wunder, wenn man bedenkt, wie viele Leute täglich im Rathaus ein und …«

»Bestimmt«, unterbrach Zorn, »finden sie welche vom Bürgermeister. Das sollte man der Presse stecken. Ich sehe schon die Schlagzeile.« Er hob die Stimme: *»Ist das Stadtoberhaupt in das blutige Drama verstrickt? Welche dunklen Geheimnisse verbirgt …«*

»Der Druckluftnagler«, fuhr Schröder etwas gereizt fort, »hilft uns auch nicht weiter. Die Nägel sind extrem lang, da braucht man ein Profigerät. Aber auch die sind nicht unbedingt selten.«

»Also haben wir nichts.«

»Doch.« Schröder schloss die dünne Akte. »Einen Buchstaben.«

»Das umgedrehte A?«

»*Sí.* Mit den Fingern an die Wand geschmiert. Nein«, erklärte Schröder, als Zorn den Mund öffnete, »keine Abdrücke. Es wurden Handschuhe benutzt. Allerdings …«

»Ist das nicht das Zeichen für Anarchie?«

»Dann wäre das A eingekreist. Und würde nicht auf dem Kopf stehen.«

»Stimmt. Dann bedeutet's vielleicht …« Zorn kaute am Brillenbügel. »Angst?«

»Was?«

»Sozusagen als Botschaft. Du weißt schon: Die Stadt soll in Angst und Schrecken versetzt werden.«

»Darüber können wir später …«

»Oder …«

Zorn, mittlerweile routinierter Kreuzworträtselkenner, feuerte eine Salve Begriffe ab, die bei *Alkydharz* begann und über *Anakonda, Amboss* und *Amplitude* bei *Alpha Centauri* endete.

»Über die Bedeutung denken wir später nach«, wiederholte Schröder, sichtlich bemüht, nicht die Geduld zu verlieren. »Wichtiger ist …«

»Ha! Augsburg!«

»Was soll das jetzt …«

»Ein Nummernschild!« Zorn richtete sich auf. »Irgendwer war mit dem Auto dort und hat sein Kennzeichen …«

Schröder hieb mit der flachen Hand auf den Schreibtisch. Der Knall war so heftig, dass Zorn erschrocken zusammenfuhr.

»Darf ich jetzt …«, Schröder atmete tief durch, »auch was sagen?«

»Selbstverständlich, Chef«, versicherte Zorn scheinheilig. »Ich bin ganz Ohr.«

»Dieser Buchstabe wurde nicht mit Farbe an die Tür geschmiert.« Schröder klang ruhig, doch seine Glatze war nochimmer von einem rosafarbenen Hauch überzogen. »Sondern mit Blut.«

»Na ja.« Zorn schien nicht überrascht. »Walkow hat 'ne Menge Blut verloren. Kein Wunder, dass …«

»Es stammt nicht von ihm.«

## Fünfzehn

*Du hast es fast geschafft.*

Samuel Bleeck kannte diese Stimme nicht. Er wusste nicht einmal, ob sie zu einem Mann oder einer Frau gehörte. Es interessierte ihn auch nicht. Auch das schluchzende Kind war vergessen. Ein Mensch, der fast zwei Tage in völliger Dunkelheit verbracht hat, stellt sich andere Fragen.

*Hast du Schmerzen, Samuel?*

O ja, die hatte er. Sein Schädel dröhnte. Er hatte furchtbaren

Durst. Der rechte Unterarm brannte. Als hätte ihn jemand geschnitten. Er fror. Es war kalt wie in einem Keller. Auch der Geruch war ähnlich: Fäulnis, Pilze und Verfall.

*Es ist bald so weit.*

Augen und Mund waren fest mit Klebeband verschlossen. Ein leichter Duft nach Leder ließ darauf schließen, dass er auf eine Pritsche gefesselt war.

*Mach dir keine Sorgen.*

Sanft, fast zärtlich wiederholte die Stimme, dass es fast geschafft sei.

*Ich beneide dich ein bisschen. Alle werden von dir sprechen.*

Die Berührung war sacht, doch so unerwartet, dass Bleeck sich aufbäumte und keuchend an seinen Fesseln zerrte.

*Scht.*

Wieder strichen Finger über seine Wange.

*Alles ist gut, Samuel.*

Kühle, tröstende Finger.

*Hab keine Angst.*

Im Moment hatte Samuel Bleeck nichts anderes.

Nur Angst.

## Sechzehn

»Hier müsste es irgendwo sein.«

Schröder löste den Sicherheitsgurt. Der Volvo holperte noch ein paar Meter über den Feldweg, dann bremste Zorn neben einem Findling. Sie stiegen aus, kletterten über eine Böschung und sahen sich um.

Sie standen auf einem Hügel im Südwesten der Stadt. Kalter

Wind pfiff ihnen entgegen, rötete ihre Gesichter und wehte Zorn das zunehmend ergrauende Haar aus der Stirn.

»Bist du sicher?«, fragte er.

Hinter ihnen schlängelte sich der Weg zwischen kahlen Feldern bergab in Richtung Neustadt. Aus der Ferne wirkten die Hochhäuser wie achtlos im Tal verstreute, gigantische Bauklötze.

»Da drüben.« Schröder deutete über einen brachliegenden Acker zum Stadtwald. »Arvid Walkow war offensichtlich sehr genügsam.«

»*Genügsam*?« Zorn verzog das Gesicht. »Wie kann man in diesem Kasten leben?«

Schweigend stapften sie auf einen Wohnwagen zu, der am Waldrand neben einem morschen Hochsitz unter den Kiefern stand. Feuchte Erde schmatzte unter ihren Schuhen. Tieffliegende, regenschwere Wolken trieben über ihren Köpfen, Schwalben schossen blitzschnell umher.

»Oh!«

»Was bedeutet *Oh*?«, fragte Zorn, der vorauslief.

»Ein Qek Junior!« Schröder war ein wenig außer Atem. »Der war vor vierzig Jahren ein Vermögen wert.«

Zorn blieb vor dem Wohnwagen stehen. »Jetzt ist's wohl eher ein Wrack.«

Die ehemals weiße Karosse war von einer schwärzlichen Kruste aus Moos und Schimmel überzogen. Unkraut wucherte um die platten Reifen, das Dach war von einer dicken Schicht Kiefernnadeln bedeckt. Zorn schirmte das Gesicht mit den Händen ab und versuchte vergeblich, durch eines der zerkratzten Plastikfenster in den Wagen zu sehen, als Schröder hinter ihm einen leisen Pfiff ausstieß.

»Was ist?«

»Sieht aus, als ...« Schröder, der die Hände auf die Knie abgestützt hatte, begutachtete den Wagen mit fachmännischem Blick.

»Tatsächlich.« Er deutete auf die verrostete Deichsel. »Sogar schon mit mechanischer Bremse.«

Zorn rüttelte an der Tür. »Ist ja 'n Ding.«

»Die ersten Modelle wurden noch hydraulisch gebremst. Später …«

»Guck mal einer an.« Die Tür schwang knarrend nach außen. »Der gute Herr Walkow hat offensichtlich nicht mit Einbrechern gerechnet. Na dann, immer rein in die gute …«

»Moment.«

Zorn, einen Fuß bereits auf der Schwelle, verharrte irritiert.

»Hier.« Schröder öffnete den Reißverschluss seines gefütterten Anoraks und holte ein Paar Einweghandschuhe aus der Innentasche. »Für dich hab ich auch welche mitgebracht.«

»Brauch ich nicht.«

»Doch.«

»Nö.«

»Du brauchst sowieso nur einen.«

»Hahaha, Schröder.«

»Und den ziehst du jetzt an.«

»Keine Lust.«

»Die Stiefel machst du dir auch sauber. Und nimmst die Überzieher.«

»Vergiss es.«

»Ich denke nicht, dass ich's vergesse.«

»Und wenn ich nicht will?«

»Dann bleibst du draußen.«

»Pff! Dann bleib ich eben …«

»*Anziehen!*«

Zorn gehorchte schmollend und folgte Schröder in den Wohnwagen, dessen Inneres sich in deutlich besserem Zustand zeigte, als sein Äußeres vermuten ließ.

»Er war ziemlich ordentlich«, sagte Schröder.

Zorn blieb mit verschränkten Armen in der Tür stehen. Als Schröder einen Schritt vortrat, schwankte die alte Karosse unter seinem Gewicht.

»Hier hat er alles vorbereitet.«

Auf einem in der Rückwand verankerten Klapptisch lagen Stacheldrahtreste und eine Kneifzange, daneben eine dicke Garnrolle, ein Rasierspiegel, und auch die große Nadel, mit der sich Arvid Walkow den Mund vernäht hatte, fehlte nicht. Die Polster auf den schmalen Bänken waren abgewetzt, aber sauber. Auf der einen lag ein zusammengerollter Schlafsack, auf der anderen eine gefaltete Armeedecke.

»Den Tisch«, erklärte Schröder, »kann man absenken, dann hat man ein Bett.«

»Was du nicht sagst.«

»Darf ich mal?« Schröder zwängte sich an Zorn vorbei, um die winzige Küchenzeile an der Stirnseite in Augenschein zu nehmen. »Ganz schön eng, oder?«

»Dann zieh den Bauch ein.«

»Polyester.« Schröder klopfte mit dem Knöchel auf die Arbeitsplatte. »Nahezu unverwüstlich.«

Er öffnete eine der Schiebetüren über dem Fenster. Zorn hatte den Kopf eingezogen, um sich nicht an der Decke zu stoßen, doch Schröder musste sich auf die Zehenspitzen stellen, um das Fach inspizieren zu können.

»Er war nicht nur ordentlich«, brummte Zorn, der Schröders Blick gefolgt war. »Er hat auch gern gebastelt.«

In der Ablage reihten sich Cutter, verschiedene Messer und Skalpelle.

»Die Schnittwunden, die er an Armen und Beinen hatte«, sagte Schröder. »Ich wette, damit hat er sich selbst verletzt. Wir lassen das im Labor untersuchen, aber … was haben wir denn da?« Er neigte den Kopf und betrachtete einen zerkratzten

Gaskocher neben der Spüle. »Ein Campy Foron 2000. Nach all den Jahren immer noch funktionstüchtig. Wenn man bedenkt …«

»Wir sind hier nicht auf 'ner Touristikmesse, Schröder.«

Zorn zog einen vergilbten Vorhang beiseite, hinter dem sich ein schmaler, deckenhoher Schrank mit Toilettenartikeln verbarg: Rasierzeug, ein Schälchen mit Seife, Zahnbürste und zwei säuberlich gefaltete Handtücher. Im oberen Fach lag ein dünner, in graue Pappe gebundener Hefter. Es dauerte einen Moment, bis Zorn die Mappe mit der verbliebenen Hand geöffnet hatte. Etwa ein halbes Dutzend eng in altmodischer Schrift bedruckter Blätter war zwischen den Deckeln abgeheftet. Die Buchstaben waren etwas verschwommen, als wäre das Original mehrfach kopiert worden.

»Die Blutorgel«, las Zorn halblaut vor.

»Ach.« Schröder trat neben Zorn und sah ebenfalls in den Hefter. »Tatsächlich, die Wiener Aktionisten.«

»Die … *was*?«

»Eine Künstlergruppe in den Sechzigern. Die haben sich drei Tage einmauern lassen und …«, Schröder überlegte einen Moment. »Ich weiß nicht mehr genau, wie das abgelaufen ist. Zum Schluss jedenfalls wurde ein totes Lamm gekreuzigt.«

»Die haben ein Schaf …?«

»Ja. Und das hier ist eine Art Manifest.«

Zorn hielt den Hefter dicht vor die Augen.

»*Kunst*«, entzifferte er mühsam, »*ist nur ein Mittel zum perverseren Leben. Man darf* … blablabla … *nicht schmollen, sonst kotzt man grün in einen* … äh …«

»… Krater.«

»Logisch. Wohin sonst?«

»Es ging natürlich auch um Provokation.« Schröder las ebenfalls vor: »*Man muss die Dinge mit Feuer aneinanderkleben, sie verbinden, vermengen, verknüpfen, vergewaltigen, schänden und schlagen, bis dass sie im Chor Psalmen singen.«*

»Aha.«

»Damals war das radikal.«

»Vielleicht«, schlug Zorn vor, »war's einfach nur durchgeknallt?«

Schröder blätterte um. »Arvid Walkow war offensichtlich anderer Meinung.«

## Siebzehn

»Kein Alkohol, keine Drogen, keine Spuren von Medikamenten.« Sie saßen wieder an ihren Schreibtischen, Schröder las aus dem Obduktionsbericht vor. »Keinerlei Abwehrverletzungen. Keine Hinweise auf … Machst du bitte das Licht an?«

Draußen wurde es dunkel, also gehorchte Zorn schwerfällig und sank blinzelnd wieder auf seinen Stuhl, während die Neonröhre über ihren Köpfen aufflackerte.

»Anzeichen einsetzender Dehydrierung«, fuhr Schröder fort. »Starkes Untergewicht aufgrund mangelnder Ernährung.«

Zorn, der den ganzen Tag noch nichts gegessen hatte, rieb den knurrenden Magen. »Kein Wunder.« Er schloss einen imaginären Reißverschluss vor dem Mund. »War ja zugenäht.«

»Todesursache«, Schröder blätterte um, »sind …«

Er sah auf.

»Was ist?«, fragte Zorn.

*»Schwerste innere Verletzungen«*, zitierte Schröder aus der Akte, *»hervorgerufen durch eine tiefe Stichwunde im Leistenbereich.«*

»Wie jetzt?« Zorn runzelte die Stirn. »Er war schon tot, als er an die Tür genagelt wurde?«

»Nein, da hat er noch gelebt.« Schröder klopfte mit der Spitze des Zeigefingers auf den Bericht. »Die Wunden von den Nägeln sind eindeutig nicht *post mortem* zugefügt worden.«

»Das bedeutet …«

»Arvid Walkow wurde ermordet.«

*

Am Abend fuhren Zorn und Frieda zu Schröder. Dieser hatte zum Essen geladen (Kohlroulade mit Kartoffelbrei), um danach gemeinsam über die Arbeit zu sprechen.

»Bisher haben wir keinen einzigen Zeugen.« Schröder schloss den Geschirrspüler und schaltete ihn an. »Niemand hat gesehen, wie Walkow auf den Markt gekommen ist. Es gibt keinerlei Fesselspuren. Wenn er gezwungen worden wäre, dann hätte er sich irgendwie gewehrt. Und das«, Schröder wischte die Arbeitsplatte ab und warf den Lappen in die Spüle, »hätte bestimmt jemand mitbekommen.«

Zorn saß neben Frieda auf dem Sofa.

»Er könnte bedroht worden sein«, wandte er ein. »Mit ’ner Knarre.«

»Möglich.« Schröder setzte sich den beiden gegenüber in den Ohrensessel. »Aber ich glaube nicht daran.«

»Ich auch nicht«, sagte Frieda.

»Und warum?«, fragte Zorn.

Frieda und Schröder wechselten einen Blick.

Na los, dachte Zorn frustriert. Erklärt dem Bekloppten, wie’s abgelaufen ist.

»Er hat alles genau geplant«, sagte Frieda. »Tagsüber läuft er nackt mit dem Kreuz durch die Stadt und gibt den Timer ab. Er

wollte Aufmerksamkeit. Und zwar für die Aktion am Rathaus.« Sie wandte sich an Zorn. »Warum hätte ihn jemand zwingen sollen? Und überhaupt, wie sollte das abgelaufen sein? Jemand nagelt einen anderen gegen dessen Willen an die Rathaustür, in der einen Hand eine Pistole, in der anderen diesen Druckluftnagler?«

Kalter Novemberwind wehte um das Haus. Schröder hatte Feuer im Kamin gemacht, der Widerschein der Flammen huschte über die polierten Dielen.

»Aber es könnte doch auch sein, dass …« Zorn verstummte. Schüttelte den Kopf und sank seufzend in die Polster. »Ich kapier das nicht. Ich kapier hier überhaupt nix.«

»Arvid Walkow und dieser«, Schröder hob die Hände, »zweite Mann …«

»… oder Frau«, warf Frieda ein.

»… schleichen zusammen zum Rathaus. Walkow lässt sich an die Tür nageln. Höchstens ein, zwei Stunden später hätte man ihn entdeckt. Er wäre also noch am Leben.«

»Stimmt«, nickte Zorn. »Steht ja auch so in der Bibel.«

»Was«, fragte Schröder, »steht in der Bibel?«

»Jesus hat stundenlang am Kreuz gehangen.« Zorn räusperte sich. »*Und es war schon um die sechste Stunde*«, rezitierte er, »*und es kam Finsternis über das ganze Land bis zur neunten Stunde und*, äh …«

Frieda und Schröder sahen ihn abwartend an.

»Weiter weiß ich's nicht genau. Irgendwie riss der Vorhang vom Tempel und …« Seine Miene hellte sich auf: »*Jesus rief laut: Vater, in deine Hände lege ich meinen Geist. Und als er das gesagt hatte, verschied er.*«

»Hast du dir toll gemerkt, Schatz«, lobte Frieda.

»Arvid Walkow hat die Passionsgeschichte nachgestellt«, sagte Schröder. »Er hat sich genau informiert. Auf Altarbildern«, er breitete die kurzen Arme aus, »sind die Nägel immer durch die Handteller getrieben. Bei Walkow war es hier.« Er deutete auf eine Stelle knapp unterhalb seines Handgelenks. »Ungefähr da, wo man den Puls misst.«

»Und was«, fragte Zorn, »sagt uns das?«

»Treibt man die Nägel durch die Handflächen, würde das Gewebe zwischen den Fingern durch das Körpergewicht reißen. Der Gekreuzigte würde herunterfallen. Steckt der Nagel zwischen den Handwurzelknochen …«

»So genau«, presste Zorn hervor, »will ich's gar nicht wissen.«

»… passiert das nicht.«

Ein Holzscheit knackte im Kamin.

»Es gibt allerdings einen Unterschied«, sagte Schröder. »Laut Neuem Testament wurde Jesus erst in die Seite gestochen, als er …«

»… schon tot war«, beendete Zorn. Er dachte kurz nach und begann wieder zu rezitieren: *»Einer von den Soldaten stieß ihn mit einer Lanze in die Seite, da floss sogleich …«*

Frieda und Schröder versicherten eilig, dass ein weiterer Vortrag nicht notwendig sei. Zorn verstummte verärgert.

»Es muss schnell gegangen sein«, sagte Schröder. »Erst hat er sich kreuzigen lassen, und zwar freiwillig, und als er sich nicht mehr wehren konnte, wurde er erstochen.«

Zorn starrte eine Weile in die Flammen. Der Wind pfiff vor den hohen Fenstern, die Spülmaschine brummte leise vor sich hin.

»Okay«, seufzte er schließlich, »ihr habt mir jetzt erklärt, *wie* Walkow getötet worden ist.« Er sah erst Frieda, dann Schröder an. »Wenn ihr so clever seid, könnt ihr zwei Schlaumeier mir bestimmt auch sagen, *warum*?«

Nun, das konnten die Schlaumeier nicht.

## Achtzehn

Eine Tür fiel ins Schloss. Schweres, klapperndes Eisen. Schritte näherten sich. Kleidung raschelte. Finger streiften seine Wange. Er krümmte sich in den Fesseln.

*Entspann dich, Samuel.*

Das Klebeband über seinem Mund wurde gelöst. Vorsichtig, behutsam. Eine Hand umfasste seinen Nacken, stützte seinen Hinterkopf. Etwas schob sich zwischen seine Lippen. Ein Strohhalm.

*Trink.*

Das tat Samuel Bleeck.

Kühles, klares Wasser.

*Besser?*

Keuchend sank er zurück. Wasser lief über seine Wange auf die Pritsche.

*Bald, Samuel.*

Ein Lächeln schwang in der körperlosen Stimme.

*Du wirst kaum etwas spüren.*

## Neunzehn

»Ich geb mir wirklich Mühe, Schröder«, Zorn saß kopfschüttelnd hinter dem Schreibtisch, »aber ich kapier's einfach nicht: Wie kommt jemand auf die Idee, sich kreuzigen zu lassen?«

Schröder, der in sein Notizbuch geschrieben hatte, sah auf. »Er hat sich inspirieren lassen.«

»Von diesen … Wiener Würstchen?«

»Aktionisten«, stellte Schröder richtig.

»Aber was hat das mit … *Kunst* zu tun?«

»Gute Frage«, nickte Schröder. »Joseph Beuys zum Beispiel, du weißt schon, der …«

»… mit dem Hut, jaja.«

»Einmal ist er mit ’nem toten Hasen auf dem Arm durch eine seiner Ausstellungen gegangen und hat dem Tier seine Bilder erklärt.«

Zorn dachte kurz nach.

»Eigentlich ganz witzig«, sagte er dann. »Aber ich dachte, das war ’n berühmter Künstler. Und kein Komiker.«

»Kunst liegt immer …«

»… *im Auge des Betrachters*, blablabla«, winkte Zorn ab. »Irgendwann vergisst jemand seinen Turnbeutel in ’ner Galerie und der Nächste erklärt’s dann zum … *Kunstwerk*.«

»Ist schon passiert, glaube ich.« Schröder widmete sich wieder seinem Notizbuch. »War aber kein Turnbeutel.«

»Gib’s zu«, sagte Zorn leise. »Du hältst mich für ’nen Banausen.«

»Nicht doch.« Schröder legte den Bleistift beiseite. »Ich denke, dass du hinter deiner … nun ja, burschikos vorgetragenen Abneigung nur deine Unsicherheit verbirgst.«

»Ach. Jetzt fängt der feine Herr also auch noch an, mich zu analysieren? Herzlichen Dank auch! Ich weiß selbst, wie … Was machst du da eigentlich?«

»Notizen.« Schröder tippte auf das kleine Buch.

»Worüber?«

»Den Mörder.«

»Und?« Zorn reckte neugierig das Kinn. »Hast du’s schon aufgeschrieben?«

»Was?«

»Wer der Mörder ist?«

»Nein«, seufzte Schröder. »Hab ich nicht.«

»Guck lieber noch mal nach. Vielleicht hast du's ja überlesen.«

»Bitte, Chef.«

»Ich meine ja nur.« Zorn sank enttäuscht zurück. »Hätte uns jedenfalls 'ne Menge Arbeit erspart.«

Schröder antwortete nicht.

»Was ist eigentlich mit dem Buchstaben?«, fragte Zorn. »Wenn er nicht mit Walkows Blut an das Rathaus geschmiert wurde, könnte der Mörder sein eigenes benutzt haben. Dann hätten wir …«

»… eine Spur, richtig. Aber das Blut war nicht frisch. Es gab kaum Spritzer am Boden, nur direkt an der Rathaustür. Das Blut wurde nicht am Tatort entnommen.«

»Das hat jemand mitgebracht?«

Schröder neigte zustimmend das Doppelkinn.

»Ach, und wie? In 'nem Eimerchen oder …«

»Nach jetzigem Stand der Ermittlungen«, erklärte Schröder förmlich, »lassen sich noch keine konkreten Angaben über die Natur des Gefäßes machen.«

»Hm«, brummte Zorn. »Jedenfalls gehen wir davon aus, dass Arvid Walkow seinen Mörder gekannt hat. Er hat ihm …«

»Füße vom Schreibtisch.«

»… vertraut.«

Zorn gehorchte ächzend. »Was ist mit dem Galeristen?«

»Oskar Brava?«

»Nee«, korrigierte Zorn sich selbst. »Der ist zu weich. Der würde kaum mit 'nem Druckluftnagler …«

»Sein Alibi ist wasserdicht«, sagte Schröder. »Eine Vernissage in Konstanz. Kollege Brettschneider hat's geprüft.«

Schröder stand auf, um in die Staatsanwaltschaft zu gehen, wo er mit Frieda das weitere Vorgehen absprechen wollte. Zorn erklärte, ebenfalls bald aufbrechen zu müssen, da er seinen Sohn aus der Schule abholen wolle, bat Schröder, Frieda seine herzlichen Grüße auszurichten und sie daran zu erinnern, dass der Junge heute bei ihnen übernachte. Es wäre nett, wenn die werte Frau Oberstaatsanwältin nach Feierabend beim Imbiss am Hallmarkt vorbeigehen und Döner mitbringen würde. Für Zorn bitte mit Schafskäse, für Edgar wie immer ohne Knoblauch und scharfe Soße.

*

Als Schröder zurückkam, war Zorn schon gegangen. Er hatte einen Zettel hinterlassen (*melde dich mal bei Brettschneider, der will irgendwas)*. Schröder griff zum Telefon und erfuhr von dem Gegenstand, den eine Kollegin vor dem Präsidium auf der Motorhaube eines Streifenwagens entdeckt hatte. Er habe Hauptkommissar Zorn schon vor einer halben Stunde angerufen, teilte Brettschneider mit, doch dieser habe erklärt, bereits auf dem Sprung zu sein und das Büro wegen wichtiger Ermittlungsarbeiten umgehend verlassen zu müssen.

Kurz darauf hielt Schröder den Timer in den Händen und stellte fest, dass es sich um dasselbe Modell handelte, das ihm Arvid Walkow vor drei Tagen wortlos überreicht hatte. Er gab Anweisung, das Gerät umgehend im Labor zu untersuchen, obwohl er weder mit Fingerabdrücken noch einem versteckten Sprengsatz rechnete.

Es handelte sich um eine Ankündigung. Was genau passieren würde, war unmöglich zu sagen. Nur der Zeitpunkt war klar und deutlich auf dem Display abzulesen:

**12:04:45**

Etwas mehr als zwölf Stunden.

Punkt vier Uhr morgens.

Wie bei Arvid Walkow.

## Zwanzig

»Das *nervt*!«

Zorns Kopf erschien in der Balkontür: »Was ist denn?«

Edgar saß am Wohnzimmertisch und starrte frustriert auf sein Malzeug. Als Zorn ihn aus der Schule abgeholt hatte, war er schon sauer gewesen; Frau Krupp, seine Klassenlehrerin, hatte ihn in Mathe (Rechnen war sein Lieblingsfach) kaum drangenommen. Danach waren sie einkaufen gewesen (was Edgars Laune deutlich verschlechtert hatte), und jetzt, da es Zeit für die Hausaufgaben war, näherte sich seine Stimmung dem Nullpunkt.

Zorn schnippte die Zigarette über das Geländer, kam herein und setzte sich zu ihm.

»Also«, er betrachtete das Bild, das sein Sohn gemalt hatte, »mir gefällt's.«

»Aber mir nicht«, knurrte der Kleine. »Es ist hässlich.«

»Quatsch«, tröstete Zorn. »Das ist 'ne total coole Burg, die du …«

»Das ist 'ne *Rakete*!«

Edgar zerknüllte das Blatt.

»Versuch's doch noch mal, Edgar.«

»Kein Bock.«

Das Papierknäuel segelte durchs Zimmer und rollte unter den Heizkörper.

»Ach komm«, sagte Zorn.

Edgars Finger schlossen sich um einen Buntstift.

»Du kannst total gut malen.«

»Kann ich nicht.«

Der Stift flog über den Tisch und verschwand unter dem Sofa.

»Also, Edgar.«

Der nächste Stift (ein blauer) prallte gegen die Balkontür.

»Das hilft jetzt aber auch nicht ...«

Ein gelber Stift zischte durch die Luft.

»... weiter. Echt jetzt, du ...«

Der grüne landete im Fensterbrett.

»... solltest ...«

Braun vor dem Bücherregal.

»... deinen Frust ...«

Der schwarze auf Friedas Lieblingskissen.

»... woanders ...«

Die Stifte waren alle.

»... ablassen.«

Edgar griff nach dem Kerzenständer.

»Vergiss es, Freundchen.«

Sie sahen sich an.

Zorns Sohn hatte die Augen seiner Mutter geerbt (eine Farbe, die Zorn nie richtig hatte definieren können, da sie sich ständig zu ändern schien), ebenso Malinas markante Nase und die vollen, geschwungenen Lippen.

»Also«, sagte Zorn, »ich schlage vor ...«

Was den Charakter betraf, hatte der Junge eine Menge von seinem Erzeuger mit auf den Lebensweg bekommen: Edgar stand wortlos auf und verschwand türenknallend in seinem Zimmer.

*

Währenddessen saß Schröder telefonierend am Schreibtisch.

»Auf jeden Fall eine Streife auf dem Markt. Die Kollegen sollen vor allem das Rathaus im Auge behalten.« Er lauschte einen Moment. »Nein, ich kann mir ebenfalls nicht vorstellen, dass sich ausgerechnet dort wieder etwas ereignet, aber es ist unser einziger konkreter Ansatzpunkt.«

Er legte auf, sank seufzend zurück und brütete eine Weile vor sich hin.

Ab Mitternacht würden sämtliche verfügbaren Streifen patrouillieren. Feuerwehr und Technisches Hilfswerk waren informiert und in erhöhter Einsatzbereitschaft.

Mehr konnte man im Moment nicht tun.

*

»Na? Was meinst du?«

Zorn schob Edgar das Blatt entgegen.

»Geht so«, murmelte dieser nach einem flüchtigen Blick.

Um die Situation nicht weiter eskalieren zu lassen, hatte Zorn die Stifte aufgehoben und war dann zu Edgar gegangen. Es hatte eine Weile gedauert, bis dieser zugestimmt hatte, gemeinsam einen weiteren Versuch zu starten. Bisher allerdings war es Zorn nicht gelungen, den Jungen zum Mitmachen zu animieren. Also malte er die Rakete allein (dafür mit doppelter Hingabe).

»Das«, erklärte Zorn mit wichtiger Miene, »sind die Antennen. Die brauchen ja 'ne Funkverbindung zum Mutterschiff. Hier sind die Zusatztanks für den Warp-Antrieb. Und hinten die Düsen. Da kommt ganz viel …«, der Stift kratzte auf dem Papier, »Feuer raus. Was meinst du, brauchen wir Laserkanonen?«

Edgar ignorierte die Frage und tippte auf das Blatt. »Was ist das?«

»Der Kosmonaut. Der sitzt vorn und steuert.«

Das, erklärte Edgar spitz, sei total doof.

»Warum?«

»Der heißt nicht Kosmonaut.«

»Sondern?«

Edgar verdrehte die Augen: »*Astro*-naut.«

»Von mir aus. Dann ist es eben ein …«

»Außerdem ist der Kopf viel zu groß.«

»Echt?« Zorn betrachtete stirnrunzelnd sein Werk. »Na ja … der hat halt … ’nen Helm auf.«

»*Im* Raumschiff?«

»Klar, warum nicht?«

Der Blick, mit dem Zorn bedacht wurde, sprach Bände.

*Muss man hier wirklich alles erklären?*

»Stimmt.« Zorn holte tief Luft. »Eigentlich brauchen die den nicht, weil sie Sauerstoff haben.«

Er legte den Stift zur Seite, schob ihn mit den anderen aus Edgars Reichweite und stellte nach kurzem Zögern sicherheitshalber auch den Kerzenständer weg.

»Jeder kann malen, wie er will, Edgar. Wenn’s den anderen nicht gefällt, kann’s einem egal sein. Hauptsache, man selbst findet’s gut.«

Edgar erwiderte, dass Kosmonauten – noch dazu mit Helm – einfach nur blöd seien. Genau wie die Zusatztanks für den Warp-Antrieb übrigens. »Außerdem malt Ögi viel besser als du.«

Zorns Gesicht verfärbte sich. Logisch, schnaubte er, Ögi (wie Schröder von Edgar genannt wurde) könne sowieso alles besser. »Der könnte sogar ’ne Sinfonie schreiben, der feine Herr Ögi! Oder Ballett tanzen! Würde mich nicht wundern, wenn er den Nordpol entdeckt hätte! Und Kampfpilot ist der feine Herr Ögi wahrscheinlich auch!«

Edgars Augen weiteten sich. »Echt?«

»Klar doch!« Zorn redete sich mehr und mehr in Rage. »Ich wette, der hat 'nen Düsenjet in der Garage!«

»Ögi hat aber keine ...«

»Dann eben im Keller!«

Die Wohnungstür wurde aufgeschlossen, Frieda erschien und verkündete gut gelaunt, den Döner mitgebracht zu haben. Als sich die drei kurz darauf über ihre vollen Teller beugten, teilte Edgar seinem verdutzten Vater mit, dass dieser ihn am nächsten Tag nicht aus der Schule abholen müsse. Auf Zorns verwunderte Nachfrage erwiderte er, dass Ögi dies übernehmen werde, und zwar in seinem Düsenjet, mit dem sie auf dem Heimweg noch einen kurzen Abstecher zum Nordpol machen würden.

*

Der *feine Herr Ögi* lief derweil grübelnd im Büro auf und ab. Er hatte zwei Hubschrauber angefordert, die nach Mitternacht über der Stadt kreisen und die Streifenwagen aus der Luft unterstützen würden.

Doch was, überlegte Schröder frustriert, sollte das bringen, auf einem Gebiet von über hundert Quadratkilometern, bewohnt von knapp einer Viertelmillion Menschen? Die Nadel im Heuhaufen. Nein, wesentlich schlimmer, denn wenn man eine Nadel nicht findet, dann bleibt sie eben verschwunden, doch niemand wusste, was geschehen würde.

Sie mussten mit allem rechnen.

Auch, dass der Heuhaufen in Flammen aufging.

## Einundzwanzig

Nach dem Essen spielten sie Uno. Die ersten fünf Partien gingen an Edgar, danach gewann Frieda (vier Mal). Beim letzten Spiel siegte Zorn (mit dem unbestimmten Gefühl, dass die beiden ihn hatten gewinnen lassen), und als Frieda erklärte, dass Schlafenszeit sei, putzte sich Edgar, ohne zu murren, die Zähne und ging ins Bett. Wie üblich begann Zorn, eine Geschichte vorzulesen (*Jim Knopf und die Wilde 13*), doch bereits nach einer halben Seite wurde er von Edgars leisem Schnarchen unterbrochen, schlich auf Zehenspitzen aus dem Zimmer und sank mit einem erleichterten Aufatmen neben Frieda auf das Sofa.

»Ich hab dir 'n Bier aufgemacht«, sagte sie.

»Danke.« Er trank einen Schluck.

»Wie läuft's auf Arbeit?«

»Schröder war doch heute Nachmittag bei dir. Ich dachte, ihr habt …«

»Klar, wir haben alles besprochen.« Frieda kraulte seinen Nacken. »Ich meinte, wie's *für dich* läuft.«

»Weiß nicht.« Zorn drehte die beschlagene Flasche in der Hand. »Ich steig einfach nicht dahinter. Wenn man 'nen Mörder sucht, der irgendwas mit *Kunst* … «

Er spie das Wort förmlich aus.

»… zu tun hat, dann sollte man doch wissen, was *Kunst* eigentlich bedeutet. Oder wenigstens ein bisschen was damit anfangen können.«

Sie griff nach der Flasche. »Man muss ja nicht alles kapieren.«

»Als Schröder bei dir war, hab ich mal gegoogelt. Bei Andy Warhol zum Beispiel kann ich immerhin was erkennen, obwohl mir schleierhaft ist, warum ein Bild von 'ner Dosensuppe Millionen wert sein soll. Aber da hört's auch schon auf.« Er hob hilflos die Schultern. »Kandinsky, Pollock und wie die alle heißen. Selbst Picasso: Ich seh da nur Gekritzel, Frieda.«

»Es gibt ein Bild von Picasso.« Sie nippte an der Flasche. »Er hat ein Pferd gemalt, ohne den Stift abzusetzen. Angeblich in ein paar Sekunden. Es ist unglaublich schön. Der *konnte* malen. Bei anderen Sachen sehe ich auch nur Gekritzel. Aber nur, weil ich nicht folgen kann.«

»Schröder könnte das.«

»Logisch.« Sie winkelte die Beine an und lehnte ihren Kopf an Zorns Schulter. »Schröder kann alles.«

»Aber was hinter Walkows Aktion steckt, versteht selbst Schröder nicht.«

»Provokation.«

»Also das«, seufzte Zorn, »kann ich echt nicht mehr hören. Nur weil man wie bekloppt mit Blut durch die Gegend spritzt …«

»Van Gogh hat sich ein Ohr abgeschnitten.«

»Der hat aber nicht behauptet, dass das Kunst war. Dem ging's einfach nur beschissen.«

»Stimmt.«

Zorns Hinterkopf sank auf die Lehne. »*Die* Bilder find ich übrigens schön.«

»Echt?«

»Richtig schön.«

»Siehste?« Frieda tätschelte seine Hand. »Ich auch.«

*

Schröder, der mit völlig anderen Dingen beschäftigt war, saß noch immer im Büro. Auf dem Schreibtisch vor ihm dampfte eine Tasse Tee, daneben lagen sein Handy und in einer durchsichtigen Plastiktüte der Timer, den das Labor zurückgeschickt hatte. Das Gerät war weder geöffnet noch manipuliert worden, man hatte ein paar Fingerabdrücke gesichert, die noch abgeglichen werden mussten (und, wie sich schnell herausstellen sollte, von der jungen Polizistin stammten, die den Timer auf dem Parkplatz gefunden hatte).

Schröder würde die Nacht hier verbringen und wollte auch beim geringsten Vorkommnis sofort informiert werden. Zorn hatte er nicht angerufen, es brachte nichts, wenn sie sich zu zweit die Nacht um die Ohren schlugen.

Draußen auf dem Parkplatz sprang der Motor eines Streifenwagens an. Es war kurz nach elf. Die Zahlen flimmerten auf dem Display des Timers:

**04:58:35**

Schröder blies in den dampfenden Tee.

Und wartete.

*

Zorn betrachtete die Stuckverzierungen an der Decke und streichelte abwesend Friedas Arm.

»Tja«, murmelte er schließlich. »Ich bin halt 'n Ignorant.«

»Nicht doch, Schatz.« Sie unterdrückte ein Gähnen. »Man muss nicht alles können. Außerdem hast du andere Qualitäten. Edgar übrigens auch.«

»Klar, 'ne ganze Menge sogar.«

»Na ja …« Sie kuschelte sich an ihn. »Ein begnadeter Künstler wird er jedenfalls nicht.«

»Wie meinst du das?«

»Das Bild, das er gemalt hat. Ich hab mich nicht getraut zu fragen. Sah aus wie … 'n überfahrener Regenwurm oder …«

»Eine Rakete.« Zorn versteifte sich. »Mit Warp-Antrieb. Und einem Kosmo … nein, *Astro*nauten am Steuer. Den erkennt man nicht so gut, weil der ’nen Helm aufhat.«

»Wieso hat der im Raumschiff ’nen Helm …«

»Das … äh, fand Edgar besser.«

»Ach so.« Frieda gähnte erneut. »Du hast ihn hoffentlich gelobt.«

»Logisch.«

»Gut. Kinder müssen sich kreativ ausprobieren, man sollte sie da nicht bremsen. Edgar wird selbst rausfinden, was ihm liegt. Musik vielleicht oder Sport. Malen jedenfalls … Sag mal, wieso guckst du auf einmal so komisch? Ist alles okay?«

Natürlich, presste Zorn hervor und stand auf, alles sei bestens. Der Döner sci ihm wohl ein wenig auf den Magen geschlagen, fügte er noch hinzu.

Und ging schlafen.

## Zweiundzwanzig

Es war still im Büro. Nur das monotone Rauschen der Heizung war zu hören und ein gelegentliches Knarren, wenn Schröder das Gewicht auf dem Stuhl verlagerte. Er hatte das Deckenlicht ausgeschaltet, stattdessen brannte eine kleine Schreibtischlampe neben der Blechdose mit seinen Stiften. Das Display des Timers schimmerte im schmalen Lichtkegel.

**01:02:26**

Das Festnetztelefon schrillte. Eine halbe Sekunde später hielt Schröder den Hörer ans Ohr.

»Ja?«

Eine sächselnde Stimme erklärte, soeben einen Mann in Gewahrsam genommen zu haben, der vom Geländer der Brücke an der alten Burg in den Fluss uriniert hatte.

»Betrunken?«, fragte Schröder.

»Geht so. In den Streifenwagen wird er uns jedenfalls nicht kotzen.«

»Kann er sich ausweisen?«

»Ja.«

Schröder wies an, die Personalien aufzunehmen und den Mann gehen zu lassen, bedankte sich höflich und legte auf.

In den letzten drei Stunden hatte er über ein halbes Dutzend ähnlicher Telefonate geführt. Fast immer war Alkohol im Spiel gewesen: Ein paar Minuten vor Mitternacht hatte ein junger Mann den Fahrer einer Straßenbahn mit einem Kugelschreiber bedroht, da die Bahn seiner Meinung nach in die falsche Richtung fuhr. Kurz darauf versuchte ein Student, über den vergitterten Haupteingang des Zoos zu klettern, und gab zu Protokoll, die Pinguine füttern zu müssen. Eine halbe Stunde später wurde in der Neustadt ein Fernseher aus dem zwölften Stockwerk eines Plattenbaus geworfen, nachdem sich ein älteres Ehepaar nicht auf das Programm hatte einigen können. Kurz vor zwei kollidierte auf dem Boulevard ein Fahrradfahrer mit einem steinernen Springbrunnen, ein paar hundert Meter entfernt kam es zu einer Prügelei, als ein Fahrgast sich weigerte, das Taxi zu bezahlen.

Schröder faltete die Hände unter dem Doppelkinn.

**00:45:12**

Den vorletzten Anruf hatte er vor einer halben Stunde erhalten, ein emeritierter Professor hatte den Notruf gewählt und mitgeteilt, dass in seinem Garten soeben ein Ufo gelandet sei. Als die Streife bei der baufälligen Villa am westlichen Stadtrand eintraf, erklärte der alte Herr bedauernd, dass das Raumschiff bereits auf dem Rückweg zum Alpha Centauri sei, er solle die besten Grüße der Außerirdischen ausrichten, die leider ein wenig in Eile gewesen seien.

Schröder sah aus dem Fenster. Die Nacht war trüb, kein Stern zu sehen. Der Parkplatz lag verwaist im grellen Laternenlicht, sämtliche Streifenwagen waren unterwegs. Nebel trieb in den Lichtkegeln der Laternen. Aus der Ferne dröhnte das Rattern eines Hubschraubers.

Wieder schrillte das Telefon, wieder war Schröder im nächsten Moment am Apparat und erfuhr, dass das Ufo zurückgekehrt sei, die Außerirdischen müssten dringend den Bürgermeister sprechen und benötigten schnellstmöglich einen Termin. Schröder bat den Beamten, den Anruf zu protokollieren, legte seufzend auf und richtete die blauen Augen auf den Timer.

**00:02:23**

Die Zahlen huschten über das Display, standen schließlich still.

**00:00:00**

Reglos saß Schröder am Schreibtisch, die linke Hand griffbereit neben dem Telefon. Eine Minute verging.

Noch eine.

Nichts geschah.

*

Dies sollte sich auch in den folgenden Stunden nicht ändern. Abgesehen von den üblichen Vorkommnissen (versuchter Einbruch in einen Baumarkt, ein demoliertes Schaufenster in der Südstadt) blieb es ruhig. Kurz vor Tagesanbruch kehrten die ersten Streifenwagen zurück, ein übermüdeter Beamter nach dem anderen verschwand mit hängenden Schultern im Präsidium. Der Einsatzleiter der Hubschrauberstaffel rief an und teilte mit, dass seine Leute Feierabend machen würden. Schröder ging in die Kantine, holte sich zwei Käsebrötchen und entgegen seinen Gewohnheiten einen Kaffee. Dieser verhinderte nicht, dass Schröder irgendwann die Augen zufielen, und als er eine halbe Stunde darauf vom Telefon aufgeschreckt wurde, fiel graues Morgenlicht durch die Fenster ins Büro.

Der Anrufer, ein übernächtigter Polizeiobermeister, teilte Schröder mit, dass angeblich *irgendein Vollhonk* auf dem Dach des verlassenen Hotels gegenüber vom Bahnhof eine Schaufensterpuppe deponiert habe, sicher sei das allerdings nicht, die Frau, die das *Vorkommnis* gemeldet habe, sei dreiundachtzig, halb taub und wahrscheinlich ebenso blind.

Wenige Minuten darauf erschien Zorn zum Dienst. Nachdem er sich erkundigt hatte, ob Schröder die Nacht unter einer Brücke verbracht habe (*du siehst aus wie 'n Penner*) fragte er, warum am frühen Morgen so viele Beamte im Präsidium unterwegs seien *(gibt's was zu feiern?).*

Schröder klärte ihn in knappen Worten auf, Zorn echauffierte sich, weil man ihn nicht informiert hatte, schob beleidigt das Kinn vor *(ich bin ja hier sowieso nur die Klofrau)* und verließ das Büro, um draußen eine zu rauchen.

Als die Tür hinter ihm ins Schloss krachte, klingelte erneut Schröders Telefon, der Polizeiobermeister war am Apparat, um seinen letzten Anruf zu korrigieren.

*

Die alte Frau, die den Vorfall auf dem Dach des verlassenen Hotels gemeldet hatte, wohnte schräg gegenüber im Erdgeschoss eines Plattenbaus. Im Gegensatz zum Gehör funktionierte ihr Sehvermögen ausgezeichnet. Zwischen den Gebäuden verlief eine vierspurige Hauptstraße, doch trotz des morgendlichen Berufsverkehrs war sie die Einzige gewesen, der etwas aufgefallen war.

Das Hotel stand am Rand eines großen Kreisverkehrs, den die Hauptstraße in einem Betonbogen überspann, ehe sie weiter in Richtung Norden verlief. Eine Hinterlassenschaft sozialistischer Stadtplaner, denen es in jahrelanger, akribischer Arbeit gelungen war, den Platz neben dem Hauptbahnhof in eine Betonwüste zu verwandeln. Einige der Hochhäuser waren abgerissen worden, andere saniert. Das Hotel stand seit Jahren leer, niemand achtete auf den zehngeschossigen Betonklotz, erst recht nicht auf den riesigen Schriftzug auf dem Dach, der vor der Wende angestrahlt worden war, um der Welt stolz zu verkünden, dass die fleißigen Werktätigen unter Führung der Sozialistischen Einheitspartei Deutschlands hier, am wichtigsten Verkehrsknotenpunkt im Herzen der Stadt, ein INTERHOTEL errichtet hatten.

Dass die alte Dame die Gestalt, die mit ausgebreiteten Armen zwischen den knapp drei Meter hohen, senkrechten Streben des Buchstabens H zu schweben schien, für eine Schaufensterpuppe gehalten hatte, war verzeihlich. Wichtiger war, dass sie die Polizei informiert hatte. Später konnten Zorn und Schröder nur spekulieren, wie lange Samuel Bleeck wohl dort oben gehangen hätte, nackt (in diesem Punkt hatte sich die alte Dame nicht geirrt), die Handgelenke an die morschen Streben gefesselt, leicht schwankend im Novemberwind, der eisig über das Dach pfiff, während sich vierzig Meter unter ihm die Autos in Doppelreihen durch den Kreisverkehr quälten und die Straßenbahnen im Minutentakt vorbeiratterten.

Immerhin, Samuel Bleeck war schnell gestorben. Was das betraf (*du wirst kaum etwas spüren*), hatte sein Mörder nicht gelogen, und auch eine weitere Ankündigung der gesichtslosen Stimme sollte sich bald als richtig erweisen:

*Alle werden von dir sprechen.*

## Dreiundzwanzig

»Er wurde erdrosselt«, sagte Schröder. »Wie's aussieht, bereits gestern am späten Nachmittag.«

»Auf dem Dach«, überlegte Zorn, »dürfte das nicht passiert sein.«

»Stimmt«, nickte Schröder. »Nicht am helllichten Tag.«

Den Vormittag hatten sie am Tatort verbracht. Auch Zorn war hinter Schröder auf das Hoteldach gestiegen, allerdings nur fast. Nachdem er sich halb durch die Luke gezwängt und einen kurzen Blick auf die über zehn Meter entfernte Leiche geworfen hatte, war er bleich geworden, hatte gemurmelt, sich *einen ausreichenden Überblick* verschafft zu haben, und war umgehend wieder abgetaucht.

»Wenn er im Hotel ermordet wurde, kann sich die Spurensicherung frisch machen«, sagte Zorn. »Der Kasten hat Hunderte Zimmer, eins chaotischer als das andere.«

Ein paar Jahre zuvor war das Hotel noch einmal geöffnet und als Flüchtlingsunterkunft genutzt worden. Das Echo war geteilt gewesen: Während die einen ein WILLKOMMEN-Plakat am Vordach über dem Eingang befestigten, mokierten sich andere – zunächst hinter vorgehaltener Hand, später immer lauter – über *die Merkel*, wegen der die ganzen Asylanten überhaupt erst gekommen waren; jetzt, wo die Flüchtlinge sogar in einem Vier-Sterne-Hotel residierten, würden die mit ihren Handys auch den Rest ihrer Sippen informieren und ins Land locken. Gerüchte von wüsten Schlägereien kamen auf, von Grillfesten auf den Fluren, erschlagenen Kindern und enthaupteten Männern. Dies alles war Unsinn, doch als das Heim nach wenigen Monaten wieder geschlossen wurde und die Menschen die Unterkunft verließen, war das Willkommensplakat über dem Eingang schon seit Wochen verschwunden.

»Ich glaube nicht, dass er im Hotel ermordet wurde«, sagte Schröder.

»Wer sagt das? Dein … *Gefühl*?«

»Die Logik.«

Schröder war seit knapp dreißig Stunden auf den Beinen, doch man sah es ihm nicht an. Nachdem sie kurz vor Mittag wieder ins Präsidium gekommen waren, hatte er sich in einem der Waschräume am Ende des Flurs rasiert (auch der Schädel glänzte wie frisch poliert) und danach ausgiebig geduscht. Dass er ein neues Hemd aus dem Spind neben dem Garderobenständer angezogen hatte, war nur bei genauem Hinsehen zu erkennen, denn die Muster unterschieden sich kaum: Auf dem einen waren die braunen und weinroten Karos türkisfarben, auf dem anderen hellgrün umrandet.

»Es ist allgemein bekannt, dass das Hotel in unregelmäßigen Abständen kontrolliert wird«, sagte er. »Das Risiko, sich zusammen mit einer Leiche zehn Stunden oder sogar länger dort aufzuhalten, ist einfach zu groß.«

Während Schröder auf dem Dach beschäftigt gewesen war, hatte Zorn auf festem Boden mit der Wachschutzfirma telefoniert. Die Kontrollgänge fanden mindestens einmal pro Woche statt, fast immer hatten unerwünschte Eindringlinge ihre Spuren hinterlassen: Obdachlose auf der Suche nach einem Dach über dem Kopf, Kinder, um ihren Mut (oder, wenn sie älter wurden, ihre Zerstörungskraft) unter Beweis zu stellen.

Zwar wurde die Vorderfront nachts von den Laternen an der Schnellstraße beleuchtet, doch die Rückseite grenzte an eine unkrautbewachsene Brache; es war einfach, durch eines der Kellerfenster in das Gebäude zu gelangen.

»Es gibt drei Hintereingänge«, sagte Schröder. »Alle sind mit Blechtüren und Vorhängeschlössern gesichert. Das mittlere wurde mit einem Bolzenschneider geöffnet. Von dort gelangt man direkt zu einem der Treppenhäuser, und das wiederum endet genau unter einer Dachluke. Die ist ebenfalls gesichert und wurde aufgebrochen. Das Dach ist geteert, die Fußspur gut zu erkennen und verläuft von der Luke in gerader Linie zum Schild. Auf genau diesen Weg wird sich die Spurensicherung zunächst konzentrieren, und ich wette, sie werden noch einiges finden.«

»Hm«, brummte Zorn. »Klingt wirklich logisch. Der Mörder wird wohl kaum an der Fassade aufs Dach geklettert sein. Noch dazu mit 'ner Leiche unterm Arm. Und 'nem Bolzenschneider. Nee«, verbesserte er sich, »den hätte er dann ja gar nicht gebraucht.«

Schröders Telefon klingelte. Das Gespräch dauerte eine knappe Minute. Zorn nutzte die Zeit für ein konzentriertes Studium der Fingernägel seiner verbliebenen Hand, bis Schröder ihm schließlich mitteilte, dass die Rechtsmedizin sich wegen der Obduktion gemeldet habe.

»Ach«, wunderte sich Zorn. »Sind die schon fertig?«

»Sie wollen gerade anfangen.«

»Und warum rufen die dann an?«

»Weil sie Informationen haben.«

»Über das Opfer?«

»*Yes.*«

»Welche Informationen?«

»Den Namen zum Beispiel.«

»Des Opfers?«

»Genau«, nickte Schröder. »Und die Adresse.«

»Moment mal.«

»Auch das Geburtsdatum.«

»Nee, nee, Schröder.« Zorn schüttelte den Kopf. »Die verarschen uns. Das können die unmöglich wissen. Außer, er hat's ihnen gesagt. Aber 'ne Leiche ist tot, und Tote reden nicht.«

»Vollkommen richtig.« Schröder neigte den kahlen Schädel. »Trotzdem könnte man behaupten, dass die Informationen dem Toten sozusagen buchstäblich auf der Zunge lagen.«

»Schröder, ich versteh kein Wort.«

»Er hatte seine Papiere dabei.«

»Der war nackt!«

»Trotzdem konnte er sich ordnungsgemäß ausweisen«, gab Schröder trocken zurück. »Er selbst war zwar nicht mehr in der Lage, den Mund zu öffnen. Der Rechtsmediziner hat's allerdings getan. Und den Personalausweis gefunden.«

»Scheint ein ziemlich pflichtbewusster Bürger gewesen zu sein. Hatte er denn noch mehr im Mund? Fahrerlaubnis? Mietvertrag? Steuererklärung? Oder …«

Das, unterbrach Schröder, sei leider nicht der Fall und aus Platzgründen sowieso eher unwahrscheinlich. Was die Steuererklärung betraf, musste Zorn ihm recht geben, doch Schröder ließ sich nicht auf eine Diskussion über die Größe einer Fahrerlaubnis ein, schlug vor, dass Zorn den Rachenraum der Leiche in der Rechtsmedizin persönlich in Augenschein nehmen solle und verließ das Büro, um im Nebenzimmer mit dem Kollegen Brettschneider zu sprechen, der die großflächige Suche nach Zeugen koordinieren sollte.

*

»Dass bei der Sache mit Arvid Walkow niemand was mitgekriegt hat, ist ja schon krass genug«, echauffierte sich Zorn wenig später, »aber jetzt? Keine verdammten Zeugen? Da stehen überall Hochhäuser! Wie viele Leute wohnen da? Hunderte? Tausende? Sind die alle im Urlaub?«

»Ein paar dieser Hochhäuser sind abgerissen«, erinnerte Schröder. »Die anderen stehen teilweise leer. Und das Hoteldach ist kaum einzusehen.«

»Darum geht's nicht. Irgendwie muss der Mörder hingekommen sein.«

»Wir sind uns einig, dass er mit ziemlicher Gewissheit auch Arvid Walkow ermordet hat.«

»Das sind wir.«

»Als das zweite Opfer an den Schriftzug gefesselt wurde, war es seit Stunden tot. Wo genau der Mord passiert ist, wissen wir nicht. Aber wir können davon ausgehen, dass die Leiche gegen vier Uhr morgens an das Schild gehängt wurde.«

»Als der Timer abgelaufen war.«

»Das Aufbrechen der Tür, der Weg über das Treppenhaus aufs Dach, das Anbringen der Leiche und der Rückweg dürften kaum mehr als zwanzig, dreißig Minuten gedauert haben«, fuhr Schröder fort. »Wenn wir den Zeitraum ein wenig dehnen, hat er das Hotel gegen halb vier betreten und spätestens eine dreiviertel Stunde darauf wieder verlassen.«

»Und wie«, fragte Zorn, »hat er die Leiche hingebracht? Mit 'ner Schubkarre?«

»Ich tippe eher auf ein Auto. Hinter dem Hotel liegt ein alter Garagenkomplex. Von dort aus sind es nicht mal dreißig Meter über das brachliegende Grundstück zum Hintereingang. Es gibt ein paar Laternen, die meisten funktionieren nicht. Jedenfalls mehr als genug Schatten, um unbemerkt zum Hotel zu gelangen.«

»Dann müsste es Fußspuren geben.«

»Definitiv«, nickte Schröder. »Und die werden wir auch finden.«

»Und das Auto könnte jemand gesehen haben. Oder gehört.«

Erneut neigte Schröder den Kopf. »Bisher ist gerade einmal ein Bruchteil der Anwohner befragt. Brettschneider hat einen öffentlichen Aufruf vorgeschlagen, um nach Zeugen zu suchen. Apropos Öffentlichkeit.« Er stieß geräuschvoll die Luft aus. »Frieda hat eine Pressekonferenz einberufen.«

»In Anwesenheit des zuständigen Ermittlungsleiters, wie ich annehme.«

»Da brauchst du gar nicht so schadenfroh zu grinsen!«

»Ich?!« Zorns Augen weiteten sich hinter der Brille. »Wieso sollte ich?«

Im Gegenteil, versicherte er scheinheilig, er habe absolutes Verständnis für Schröders Unmut. Er selbst habe genauso ungern im Rampenlicht gestanden, damals, als er noch Schröders Vorgesetzter gewesen sei und erst lernen musste, dass diese Position nicht nur Verantwortungsbewusstsein, Charakterstärke und Sensibilität im Umgang mit den Untergebenen erfordere, sondern auch den Mut, sich unangenehmen Pflichten zu stellen.

»Aber wenn *ich* das geschafft habe, schaffst du's erst recht.«

Schröder stand bereits in der Tür.

»Man wächst mit seinen Aufgaben, Schröder. Grüß Frieda von mir.«

Das, entgegnete Schröder, werde er selbstverständlich tun. Weitere Wünsche – einen Döner zum Abendessen zum Beispiel – fügte er hinzu, könne Zorn gefälligst selbst ausrichten, und knallte die Tür hinter sich zu.

## Vierundzwanzig

»Das ist nett, Chef.« Schröder saß auf dem Beifahrersitz und straffte den Sicherheitsgurt über dem Kugelbauch. »Aber du musst mich wirklich nicht …«

»Keine Diskussion.« Zorn steuerte den Volvo zwischen den Streifenwagen über den Parkplatz. Nieselregen fiel in schrägen, parallel verlaufenden Fäden durch die Lichtkegel der Scheinwerfer. »Du hast 'ne Nacht nicht gepennt, da musst du nicht auch noch bei diesem Scheißwetter mit dem Rad durch die halbe Stadt.«

Das waren nicht seine, sondern Friedas Worte. Kurz nach der Pressekonferenz hatte sie ihn angerufen, erklärt, dass Schröder fix und fertig sei und – offensichtlich noch ganz resolute Oberstaatsanwältin – angeordnet, dass Zorn Schröder umgehend nach Hause fahre.

»Und?«, fragte Zorn. »Wie war's?«

»Bild-Zeitung, Spiegel, alle waren da«, seufzte Schröder. »Und so ziemlich jeder Fernsehsender, soweit ich's beurteilen kann.«

»Dann hat er ja erreicht, was er wollte.« Zorn bremste an der Ausfahrt zur Hauptstraße und beugte sich über das Lenkrad, um eine Lücke im träge dahinfließenden Verkehr zu erspähen. »Der Mörder, meine ich. Der sitzt bestimmt grad vor der Glotze und lacht sich ins Fäustchen. Aber wir kriegen den, und dann lachen *wir* uns ins Fäustchen. Ich werd's zumindest versuchen, weil ich ja nur noch eine Faust habe und …«

»Bitte, Chef.«

Der Volvo schoss mit quietschenden Reifen vor, um in der nächsten Sekunde abrupt hinter einem Kleinbus zu stoppen.

»Schon gut«, beschwichtigte Zorn. »Keine Wortspiele mehr.«

Das Müllauto, dem er die Vorfahrt genommen hatte, vollführte hinter ihnen eine Vollbremsung. Eine Hupe dröhnte, gefolgt von den Flüchen des Fahrers, der den Mittelfinger aus dem geöffneten Finger zeigte. Schröders Finger krallten sich in die Aktentasche auf seinem Schoß.

»Die Rechtsmedizin hat noch mal angerufen«, sagte Zorn. »Er war schon ein paar Stunden tot, als ihm der Ausweis in den Mund gesteckt wurde. Und zwar ziemlich tief. Wahrscheinlich, kurz bevor er da oben aufgehängt wurde.«

Im Schneckentempo schlich der Volvo stadtauswärts. Erst als sie die Hochstraße in Richtung Neustadt erreichten, lichtete sich der Verkehr.

»Viel wissen wir nicht über diesen Samuel Bleeck.« Zorn wechselte auf die Überholspur. »Außer das, was in seinem Ausweis steht. Ich hab mal im Netz geguckt. Er war nicht auf Facebook, Instagram oder was es da sonst noch so gibt.«

»Bin ich auch nicht«, sagte Schröder, der in den letzten Minuten immer einsilbiger geworden war.

»Ich hab ihn gegoogelt. Sieben Treffer.« Zorn überholte einen klapprigen VW-Transporter und zog, ohne zu blinken, wieder nach rechts. »Einen auf der Webseite einer Druckerei. Ich hab angerufen, scheint 'ne winzige Klitsche zu sein. Er hat dort seit über fünfzehn Jahren gearbeitet. Ich fahr morgen früh da vorbei, mal sehen, was die über ihn sagen.«

Schröder gab ein zustimmendes Brummen von sich. Sie erreichten die Neustadt und fuhren zwischen eintönigen Plattenbauten weiter nach Westen.

»Außerdem stand sein Name im Impressum von 'nem Taubenzüchterverein«, berichtete Zorn weiter über seine Recherche. »Oder waren's Karnickel? Egal, den Verein gibt's seit zehn Jahren nicht mehr. Dann war er bei 'nem Forum von Hobby-

Modelleisenbahnern registriert, da hat er eine Weile über die Spurbreiten mitdiskutiert. Aber das ist auch schon 'ne Ewigkeit her.«

Der Volvo bog von der Hauptstraße ab und fuhr Richtung Stadtwald. Schröder hatte den Kopf an die Stütze gelehnt und sah schweigend aus dem Fenster, während Zorn erzählte, dass Samuel Bleeck sich vor Jahren an einer Online-Befragung beteiligt hatte; ein Elefantenpärchen hatte unverhofft Nachwuchs bekommen und der Zoo um Namensvorschläge gebeten. »Tja, das war alles.«

Er bremste an einem Zebrastreifen und bog danach in den Weg ein, der zwischen hohen Bäumen zu Schröders Grundstück führte.

»Nee«, fiel ihm ein, »eine Sache gibt's noch. Bei Amazon hat Samuel Bleeck mal 'ne Bewertung abgegeben. Und zwar für ein …«, er dachte einen Moment nach, »*Rosetti Premium Edelstahl-Topfset,* inklusive Zubehör. Insgesamt war er zufrieden.«

Die Reifen des Volvos knirschten auf dem Kies eines kleinen Parkplatzes, dann holperte der Wagen mit ächzenden Stoßdämpfern über die ungepflasterte Einfahrt zu Schröders Haus.

»Nur 'ne Kleinigkeit hat ihn gestört. Ein Bratpfannengriff, glaub ich. Vielleicht war's auch der Polierschwamm. Er hat jedenfalls einen Stern abgezogen. So, da wären wir. Ich hole dich dann morgen früh wieder … äh, Schröder?«

Zorn betrachtete die kleine, zusammengesunkene Gestalt auf dem Beifahrersitz.

»Hallo …?«

Die kurzen Finger lösten sich von der Aktentasche, diese landete auf der Fußmatte, und Schröder begann, leise zu schnarchen.

*

Als Frieda um kurz nach sieben nach Hause kam, lag Zorn mit schmerzverzerrtem Gesicht auf dem Sofa. Auf ihre besorgte Nachfrage erklärte er, sich irgendwie verhoben zu haben, was in seinem fortgeschrittenen Alter nicht weiter verwunderlich sei. Dies brachte Frieda auf Zorns bevorstehenden Geburtstag; jetzt, nachdem ein zweites Opfer gefunden worden war und sie es offensichtlich mit einem Serienmörder zu tun hatten, könne sie unmöglich Urlaub nehmen und schlug vor, die geplante Wellnessreise zu verschieben. Zorn versicherte mit schlecht gespielter Enttäuschung, wie sehr er sich auf die gemeinsamen Spaziergänge, Candle-Light-Dinner, Massagen und Saunabesuche in seinem neuen Bademantel gefreut habe, und erklärte dann, ebenfalls mit dem Gedanken gespielt zu haben, schließlich hätten sie im Präsidium alle Hände voll zu tun, und obwohl er selbst aus bekannten Gründen nur mit einer Hand behilflich sein könne, würde er Schröder nur ungern im Stich lassen.

Als Frieda die Augen verdrehte, beschwerte sich Zorn, dass es nun aber genug sei: Wenn Schröder ihn schon ständig gängele, dürfe es doch wenigstens erlaubt sein, in den eigenen vier Wänden ein lustiges Wortspiel zu machen. Nichts, versicherte Frieda eilig, liege ihr ferner, sie liebe Zorn aus verschiedenen Gründen, nicht zuletzt wegen seines feinen Humors, und ging in die Küche, um eine Büchse Hühnersuppe aufzuwärmen.

Das Abendessen nahm Zorn im Liegen ein. Als er später gebückt ins Schlafzimmer schlich, waren die Rückenschmerzen erheblich abgeklungen und bald darauf gänzlich verschwunden, so dass er schnell in einen ruhigen, traumlosen Schlaf sank.

*

Schröder erwachte um vier Uhr morgens. Er trug Unterwäsche, neben dem Bett brannte die kleine Leselampe. Auf einer Kommode sah er seine ordentlich gefalteten Sachen: Cordhose, kariertes Hemd, oben die Strümpfe. Die Aktentasche lehnte neben seinen braunen Lederschuhen am Kleiderschrank, das Handy lag auf dem Nachttisch, auf einem Untersetzer stand griffbereit ein volles Wasserglas.

Schröder konnte sich noch undeutlich an die Fahrt im Volvo erinnern. Irgendwann hatte die Erschöpfung ihn übermannt, und er war in ohnmachtsähnlichen Schlaf gefallen. Auf eigenen Beinen jedenfalls war er nicht in sein Bett gelangt, und so gab es nur eine Erklärung: Jemand hatte ihn vom Gartentor zum Haus und über die schmale Treppe hinauf ins Schlafzimmer getragen.

Der Stuhl am Kopfende des Bettes deutete darauf hin, dass dieser *jemand* noch eine Weile am Bett gesessen hatte, als habe er Schröders Schlaf überwachen wollen.

## Fünfundzwanzig

Als Zorn am nächsten Morgen das Büro betrat, saß Schröder bereits seit anderthalb Stunden am Schreibtisch.

»Was ist?«, fragte Zorn, streifte die Lederjacke ab und warf sie über den Garderobenständer.

»Was soll sein?«, gab Schröder zurück.

»Du hast auf die Uhr geguckt.«

»Das tue ich ab und zu.«

»Und danach«, Zorn sank auf seinen Stuhl, »hast du *mich* angeguckt.«

»Habe ich das?«

»Allerdings. Und zwar ziemlich vorwurfsvoll. Dabei hab ich dir gestern gesagt, dass ich heute später komme.«

»Ach.«

»Ich hab dir auch erzählt, dass Samuel Bleeck in einer Druckerei gearbeitet hat. Und dass ich früh dort hinfahren würde. Aber der feine Herr hat ja gepennt.«

»Stimmt«, nickte Schröder. »Er hat übrigens hervorragend geschlafen, der feine Herr. Die Nacht war ja ziemlich frisch, aber er war gut zugedeckt. Und als er aufgewacht ist, der feine Herr, hatte er ziemlichen Durst. Zum Glück stand ein Glas Wasser auf seinem Nachttisch.«

Ihre Blicke trafen sich.

»Keine Ahnung, wovon du sprichst«, knurrte Zorn und startete seinen Computer.

*

Samuel Bleeck, berichtete Zorn, war ein Sonderling gewesen. Keiner seiner Kollegen (insgesamt vier) kannte ihn näher. Persönliche Gespräche gab es nie (sie nannten ihn *den Stummen*), in den Pausen hielt er sich abseits. Ansonsten stand er schweigend an seiner Maschine, an der er jede Schraube kannte. Was er nach Feierabend tat, wusste niemand.

»Letzten Mittwoch ist er nicht auf Arbeit erschienen. Das war komisch, schließlich konnte sich niemand erinnern, dass er in all den Jahren auch nur eine Minute zu spät gekommen wäre, geschweige denn mal krank war.«

»Dann dürfte er irgendwann nach Feierabend und dem nächsten Morgen überwältigt worden sein«, überlegte Schröder.

»In derselben Nacht, in der Arvid Walkow gekreuzigt wurde.«

»Die Wohnung wird gerade durchsucht«, sagte Schröder. »Ich hab vorhin mit einem der Kollegen telefoniert. Es gibt keinerlei Einbruchsspuren.«

»Dann hat ihn der Mörder wahrscheinlich auf dem Heimweg geschnappt. Und zwei Tage irgendwo festgehalten.«

»Es gibt Fesselspuren an Händen und Füßen. Keine Hinweise auf weitere Verletzungen, abgesehen von einer Platzwunde am Hinterkopf und einer frischen Schnittwunde am rechten Unterarm.«

»Wahrscheinlich wurde er niedergeschlagen«, überlegte Zorn. »Irgendwo hingeschleppt und gefesselt. Aber warum hat man ihn in den Arm geschnitten? Und was soll der Ausweis in seinem Mund? Ist das jetzt auch wieder … *Kunst*?«

»Gute Frage.« Schröder seufzte leise. »Erinnerst du dich noch an Arvid Walkows Notizen, die wir im Bauwagen gefunden haben?«

»Dunkel.«

*»Das echte Kunstwerk lebt einzig und allein durch sich selbst.«*

»Ich erinnere mich«, nickte Zorn. »So hatte er's aufgeschrieben. Und ich erinnere mich auch, dass ich dir deutlich gesagt habe, was ich davon halte.«

»Nämlich?«

»Dass das Quatsch ist.«

»So hast du's nicht gesagt.«

»Wie dann? Dass es Blödsinn ist?«

»Nein.«

»Humbug?«

»Auch nicht.

»Bockmist? Hirnloses Gerede? Sinnloses Gefasel? Dämliches …«

»Mumpitz.«

»Wirklich?«, wunderte sich Zorn. »*Das* hab ich gesagt?«

*»Sí, Señor.«*

Zorn überlegte einen Moment.

»Tja«, sagte er schließlich und stand auf. »Dann wird's wohl stimmen.«

»Wo willst du denn hin?«

Zorn erklärte, beim Thema *Mumpitz* auf einen Gedanken gekommen zu sein, nahm seine Lederjacke und verließ das Büro.

*

»Na? Wie laufen die Geschäfte?«

Die Glastür der Galerie schloss sich hinter Zorn. Oskar Brava, der hinter dem Tresen in einem Katalog geblättert hatte, nahm die Lesebrille ab, erkannte seinen Besucher und versuchte gar nicht erst, seinen Unmut zu verbergen.

»Ich kann nicht klagen.«

Zorn verschränkte die Hände auf dem Rücken und schlenderte näher. Die kleinen Bronzefiguren standen noch immer auf ihren Säulen, ob eines der verwirrenden Bilder an den Wänden ausgetauscht worden war, konnte er nicht beurteilen. Er ließ sich Zeit, sah sich mit Kennermiene um, gab ab und zu ein anerkennendes Brummen von sich, während Brava ihm – zunehmend misstrauischer werdend – zusah.

»Ich bin ziemlich beschäftigt«, sagte der Galerist schließlich und kam um den Tresen. Die Lesebrille schwang an der Kette vor seinem beachtlichen Bauch. »Wenn Sie noch Fragen haben, dann …«

»Sie bauen um?«

Zorn deutete um die Ecke in den hinteren, hellerleuchteten Teil der Galerie. Der Raum war leer, nur ein Haufen Schrott türmte sich in der Mitte.

»Gleizmann.«

»Äh … wie meinen?« Zorn, der sich in seiner Verwirrung unbewusst Schröders Wortwahl bedient hatte, wandte sich irritiert um.

»Gleizmann«, wiederholte Brava. »Ein *echter* Gleizmann.«

Sein rundliches Gesicht spiegelte eine Mischung aus Resignation und Verachtung: *Logisch, dass du damit nichts anfangen kannst, du Barbar.*

»Ach so, *der* Gleizmann«, nickte Zorn, dem allmählich dämmerte, dass der von einem halben Dutzend Punktstrahlern erleuchtete Eisenhaufen auf dem polierten Parkett gemeint war.

»Es ist eine Ehre, ein Werk des berühmtesten Bildhauers der Stadt ausstellen zu dürfen«, erklärte Brava. »Er war letzten Monat persönlich hier und hat eines seiner seltenen Interviews gegeben, der Artikel stand in der Zeitung.«

»Ja.« Zorn räusperte sich. »Ich hab's gelesen.«

*Ach, wirklich?* Erneut sprach Bravas Blick Bände. *Du hast keine Ahnung, wovon ich rede. Ich wette, du* kannst *nicht mal lesen.*

Bei näherer Betrachtung bemerkte Zorn, dass die rostigen Stahlträger miteinander verschweißt waren, und glaubte, inmitten des Gewirrs einen verbogenen Fahrradlenker auszumachen.

»Es ist natürlich außergewöhnlich, dass ein solch bedeutender Künstler in einem vergleichsweise kleinen Rahmen ausstellt«, fuhr der Galerist mit wichtiger Miene fort. »Wir kennen uns persönlich, haben zusammen studiert. Ansonsten wäre es wohl kaum …«

»Ach du Scheiße.« Zorns Verblüffung war echt. »Ist das … *der Preis*?«

Er deutete auf eine fünfstellige Zahl, die auf einem kleinen Schild unter dem Titel der Skulptur (*Schwebende 21.BM*) zu lesen war.

»Allerdings.« Brava klang verärgert. »Ein Künstler vom Rang eines Henry Gleizmann dürfte wohl über jegliche Diskussion erhaben sein, vor allem, was den Wert seines Schaffens betrifft.«

»Logisch«, brummte Zorn. »Nicht die geringste Diskussion.«

»Ich will nicht unhöflich sein, Herr Kommissar. Wie gesagt, ich bin beschäftigt, also …«

»Wenn Sie vorgestern Zeitung gelesen haben, dann haben Sie das bestimmt auch gestern getan. Oder heute.«

»Ich verstehe nicht, was Sie meinen.«

»Auch kein Radio gehört? Kein Fernsehen?«

Brava wiederholte, er könne den Sinn hinter Zorns Frage nicht erkennen, und behauptete, die letzten drei Tage im Krankenhaus verbracht zu haben.

»Routineuntersuchung.« Er strich das dünne, streng in der Mitte gescheitelte Haar hinter die Ohren. »Ich habe Probleme mit dem Herzen und muss regelmäßig zur Überwachung. Nichts Ernstes, aber ...«

»Was sagt Ihnen der Name Samuel Bleeck?«, unterbrach Zorn.

Die Antwort kam prompt. »Nie gehört. Warum sollte ich?«

Zorn unterrichtete den erbleichenden Galeristen in knappen Sätzen über den zweiten Mord und darüber, dass der Täter mit an Sicherheit grenzender Wahrscheinlichkeit auch der Mörder von Arvid Walkow sei.

»Samuel Bleeck ist das zweite Opfer. Kann es sein, dass Walkow und er sich gekannt haben?«

»Nicht d-dass ich ...«

»Hat er diesen Namen jemals erwähnt?«

Auch dies verneinte Oskar Brava und erkundigte sich stammelnd, was genau denn geschehen sei.

»Steht groß und breit in der Zeitung.«

Zorn bat Brava, sich in der nächsten Zeit zur Verfügung zu halten, deutete auf das perfekt ausgeleuchtete Eisengewirr, wünschte dem Galeristen viel Erfolg bei seiner *wichtigen Arbeit* und ging.

## Sechsundzwanzig

Als der Volvo auf den Parkplatz vor dem Präsidium einbog, saß Schröder mit einer Akte auf dem Schoß auf der Bank unter der alten Kastanie. Zorn stieg aus, zündete sich eine Zigarette an und nahm neben Schröder Platz, der in seine Lektüre vertieft war.

Eine halbe Minute verging.

»Und?«, fragte Zorn. »Hat's geschmeckt?«

Schröder hob fragend den Kopf.

»Die Bockwurst«, erklärte Zorn und deutete auf einen Senffleck auf Schröders kariertem Hemd. Dieser holte ein Taschentuch aus der Cordhose, wischte den Fleck ab, erklärte abwesend, dass die Wurst für die hiesigen Kantinenverhältnisse *durchaus annehmbar* gewesen sei, und beugte sich wieder über die Akte.

Eine weitere Minute verstrich.

»Kennst du«, fragte Zorn dann, »einen Henry Gleizberg?«

»Gleiz*mann.*« Schröder blätterte um. »Eine seiner Skulpturen wird gerade ausgestellt. In Oskar Bravas Galerie.«

»Sieht aus, als hätte der ein bombenfestes Alibi.«

»Gleizmann?«

»Brava.«

»Das«, murmelte Schröder, »hatte er beim ersten Mord auch.«

Der Tag war windig und klar. Die letzten Kastanienblätter lösten sich von den Zweigen, wurden über den Parkplatz geweht und blieben an den Frontscheiben der Streifenwagen kleben.

»Ich kann den nicht leiden«, brummte Zorn.

»Gleizmann?«

»Brava.«

»Oskar Brava kommt als Mörder nicht in Frage«, erwiderte

Schröder abwesend. »Das ist ärgerlich, aber es bringt nichts, seinen Frust auf einen harmlosen Galeristen zu fokussieren.«

»Stimmt.« Zorn blies den Rauch in die feuchte Luft. »Aber ich kann den trotzdem nicht leiden.«

»Aus einem einfachen Grund.«

»Ach?«

»Neid.«

»Wie jetzt?« Zorn lachte auf. »*Ich* soll neidisch sein?«

Eine Böe fegte vorbei. Zwischen den Streifenwagen wurde eine Zeitung aufgewirbelt, flatterte immer höher in die Luft, trudelte wieder herab und verfing sich über ihren Köpfen in den Zweigen.

»Du meinst, weil ich's nicht erkenne«, sagte Zorn. »Wo Brava ein Kunstwerk sieht, sehe ich nur Schrott.« Er zog die Stirn in Falten. »Stimmt, darum beneide ich ihn wirklich. Aber weißte, was? Ich kann den trotzdem nicht leiden.«

Zorn streckte sich, fischte die Zeitung aus den Zweigen und glättete sie auf seinem Schoß. So saßen sie eine Weile unter der alten Kastanie, der eine in eine zerknitterte Zeitungsseite, der andere in eine Akte vertieft.

»Was liest du da eigentlich?«, wollte Zorn schließlich wissen.

»Einen Bericht.«

»Aha.«

Graue, regenschwere Wolken trieben herbei und verdeckten die Sonne.

»Und?«, fragte Zorn, die Augen ebenso wie Schröder weiter auf seine Lektüre gerichtet. »Steht was Interessantes drin?«

Schröder gab ein zustimmendes Brummen von sich. »Und bei dir?«

»Der Mörder hat jetzt einen Namen.« Zorn hob die Zeitung. »Sie nennen ihn den *Nächtlichen Schlächter*.«

»Wie originell.«

»Findest du?«

Schröder klappte die Akte zu und legte sie neben sich auf die Bank. »Die Theorie«, sagte er und streckte den Rücken, »scheint jedenfalls zu stimmen.«

»Welche Theorie?«

»Dass der Mörder Bleecks Leiche zuerst mit dem Auto transportiert hat. Es gibt mehrere Zeugen, die zwischen den Garagen hinter dem Hotel einen PKW bemerkt haben. Die Angaben unterscheiden sich, mal ist das Auto schwarz, mal dunkelblau, mal grün. Das Modell konnte niemand beschreiben, geschweige denn das Nummernschild erkennen. Zwei Zeugen sind immerhin sicher, dass es ein Kombi war.«

»Besser als nichts.«

Zorn faltete die Zeitung, drehte sie umständlich und widmete sich der Rückseite.

»Es gibt auch Reifenspuren.« Schröder tippte auf den grauen Pappeinband des Berichts. »Ziemlich undeutlich, aber vielleicht helfen sie weiter. Von dort, wo das Auto gestanden hat, führen Fußspuren zum Hintereingang. Der Mörder …«

»Ausländer.«

»Bitte?!«

»Der Mörder ist Ausländer. Es handelt sich«, Zorn kniff die Augen hinter der Brille zusammen und las aus der Zeitung vor, *»entweder um einen Bandenkrieg zwischen arabischen Großclans, Anschläge islamistischer Terroristen oder Racheakte im Migrantenmilieu. Ein in der westlichen Kultur verankerter Mensch wäre wohl kaum zu einer solch blutigen Schandtat fähig.«*

»Wer sagt das?«

»Ein Typ von der AfD. Die fordern die Absetzung des Polizeipräsidenten. Und außerdem«, Zorn beugte sich wieder über den Artikel, *»die Zerschlagung verkrusteter Strukturen, die ausschließlich den Interessen einer korrupten Elite dienen, während* *der einfache Bürger mehr und mehr um sein Leben fürchten muss.«*

»Interessante Wortwahl«, bemerkte Schröder spitz. »Was steht sonst noch drin?«

»Eine Menge. Aber ich denke«, Zorn zerknüllte die Zeitung, »wir lesen lieber in deiner Akte.«

Das taten sie. Auch Schröders restliche Theorie hatte sich bestätigt; im Treppenhaus des Hotels waren ebenfalls Fußabdrücke sichergestellt worden.

»Nagelneue Arbeitsschuhe aus dem Baumarkt, Größe sechsundvierzig. Ansonsten keine weiteren Spuren, bisher jedenfalls. Er hat jedes kleinste Detail geplant. Die Fußspuren ließen sich nicht vermeiden, irgendwie musste er schließlich aufs Dach kommen. Er hat gar nicht erst versucht, sie zu verbergen. Die Schuhe sind Massenware, er hat sie bestimmt sofort entsorgt. Und was die Schuhgröße betrifft …«

»Also ich«, sagte Zorn, »würde welche nehmen, die mir nicht passen. Ein, zwei Nummern zu klein.« Er fischte eine neue Zigarette aus der Schachtel. »Oder zu groß. Wahrscheinlich Letzteres.« Sein Feuerzeug klickte. »Ist bequemer.«

»Weil du jeden Hinweis auf dein Äußeres verschleiern willst.«

»Genau. Clever, oder?«

»Durchaus.«

»Tja.« Zorn zog genüsslich an der Zigarette. »Ich bin halt nicht blöd.«

Schröder seufzte. »Der Mörder, fürchte ich, ebenfalls nicht.«

»Vielleicht sind ja beim Mord an Arvid Walkow die gleichen Abdrücke sichergestellt worden.«

»Das wird gerade geprüft.«

»Und wenn's ein Nachahmungstäter ist?« Zorn warf die zerknüllte Zeitung in einen Papierkorb neben der Bank. »Die haben ja mehr als genug geschrieben.«

»Aber nicht über den Timer«, widersprach Schröder. »Das wissen nur wir.«

»Und der Mörder.«

»Niemand hat gesehen, wie der zweite Timer auf dem Streifenwagen abgelegt worden ist.« Schröders Blick wanderte über den Parkplatz. »Der Wagen stand über zwölf Stunden dort hinten. Außerhalb der Überwachungskameras. Ich wette, das hat er gewusst.«

»Weil er clever ist.«

»*Yes*.«

»Wie ich.«

»Richtig«, nickte Schröder ernst. »Wie du.«

»Und was«, fragte Zorn, »wissen wir noch über den Mörder? Außer, dass er clever ist?«

»Er muss ziemlich kräftig sein. Samuel Bleeck war zwar kein Schwergewicht, aber es ist nicht einfach, über siebzig Kilo auf das Hoteldach zu schleppen.«

»Kräftig und clever. Und ziemlich …«, Zorns verbliebener Zeigefinger kreiste neben der Schläfe, »durchgeknallt. Viel ist das nicht. Obwohl«, fiel ihm ein, »seine Schuhgröße kennen wir auch. Irgendwo zwischen vierundvierzig und … hm … fünfzig. Er ist also entweder ziemlich groß oder … ziemlich klein. Vielleicht auch mittelgroß.«

Sie hingen eine Weile ihren Gedanken nach.

»Das hilft uns jetzt auch nicht richtig weiter, oder?«, fragte Zorn dann.

»Nicht wirklich«, sagte Schröder.

## Siebenundzwanzig

*Lieber Herr Zorn,*
*es ist verständlich, dass Sie Edgar bei den Hausaufgaben unterstützen. Wie Sie allerdings wissen, sind wir hier immer bemüht, den Kindern neben dem Lehrplan auch andere Werte wie Ehrlichkeit und Verantwortungsbewusstsein zu vermitteln. Die kindliche Entwicklung wird vor allem durch das häusliche Umfeld geprägt, deshalb bitte ich Sie, Ihrem Sohn diese Werte nicht nur zu vermitteln, sondern auch vorzuleben.*

*Mit freundlichen Grüßen,*
*L. Krupp*

Zorn schloss das Hausaufgabenheft und sah Edgar stirnrunzelnd an: »Du hast *mein* Bild abgegeben?«

Edgar zuckte die Achseln. »Klar.«

»Ich dachte, du fandest das doof.«

»Stimmt. Aber ich hatte ja kein anderes.«

»Und Frau Krupp hat gemerkt, dass es ein Erwachsener gemalt hat?«

»Nee. Die hat mich sogar gelobt. Und gesagt, dass ich mir ganz doll Mühe gegeben hätte.«

Sie saßen im Wohnzimmer am Esstisch, zwischen ihnen türmte sich ein Haufen Legosteine. Nachdem Zorn Edgar aus dem Hort abgeholt hatte, waren sie in die Stadt zum Optiker gefahren. Zorn hatte (erfolglos) nach einer neuen Lesebrille gesucht, später hatte er Edgar im Kaufhaus am Markt einen Harry-Potter-Bausatz *(Das Trimagische Turnier: Der Ungarische Hornschwanz)* spendiert. Sie waren bereits über eine Stunde mit dem Zusammenbauen beschäftigt gewesen, als Edgar beiläufig mitgeteilt hatte, dass Zorn *irgendwas im Hausaufgabenheft* unterschreiben solle.

»Und warum«, hakte Zorn nach, »hast du Frau Krupp dann erzählt, dass *ich* die Rakete gemalt habe?«

»Weil mich alle ausgelacht haben.« Edgar wühlte zwischen den Steinen und befestigte eine Schuppe am Drachenschwanz. »Lisa Seibt hat gesagt, das wäre nur Gekritzel. So würden Babys malen. Dabei«, er griff nach dem nächsten Stein, »ist die selber 'n Baby.«

»Aber ... du kannst Frau Krupp doch nicht anschwindeln.«

»Hab ich ja gar nicht.«

»Doch, hast du.«

»Aber nur kurz.« Edgar blätterte die Bauanleitung um. »Danach hab ich ja die Wahrheit gesagt und ... Scheiße!«

»Scheiße sagt man n...«

»Der bewegt sich nicht!« Edgar drehte den halbfertigen Drachen in den Fingern.

»Wer?«

»Der Flügel! Bei dem einen funktioniert's, aber beim anderen nicht!«

»Zeig mal.« Zorn griff nach dem Drachen. »Liegt wahrscheinlich am Gelenk. Irgendwas ist da falschrum.«

In der folgenden halben Stunde konzentrierten sie sich vergeblich auf die Fehlersuche. Also beschlossen sie nach ausgiebiger Beratung, noch einmal von vorn zu beginnen (was eine weitere Stunde in Anspruch nahm), und als Frieda schließlich nach Hause kam, hatte Zorn seinen Sohn noch immer nicht über die Unrechtmäßigkeit einer Lüge belehrt, doch das war zweitrangig, denn stattdessen präsentierte er ein wenig erschöpft, aber mit sichtlichem Stolz einen tadellos funktionierenden Ungarischen Hornschwanz, den Frieda nach ausgiebiger Begutachtung als technisches Meisterwerk einstufte.

## Achtundzwanzig

»Was für ein Dreck«, stieß Schröder hervor.

»Ich muss doch sehr bitten«, tadelte Zorn. »Keine Kraftausdrücke. Schon gar nicht am frühen Morgen.«

»Hier.« Schröder warf einen letzten angewiderten Blick auf die Zeitung und reichte sie Zorn über den Schreibtisch. »Lies selbst.«

*DAS TRAURIGE LEBEN DES SAMUEL B.* stand in fetten Lettern über einem Foto, das die Hälfte der Titelseite einnahm.

Zorn kramte seine Lesebrille aus der Schublade, klappte umständlich die Bügel auf und tauschte sie gegen die normale Brille.

»Ach du Scheiße.«

Das Bild war von der Straßenseite gegenüber dem Hotel aufgenommen worden. Offensichtlich mit einem Handy, es war ein wenig unscharf, doch die Einzelheiten trotz der Entfernung deutlich genug zu erkennen: Der Schriftzug hoch oben auf dem Hoteldach, Samuel Bleeck, nackt, mit ausgebreiteten Armen an einem der riesigen Buchstaben hängend, dahinter der graue, bewölkte Himmel.

»Wahrscheinlich von einem der Mieter im Haus gegenüber«, sagte Schröder.

»Aber warum? Warum fotografiert man so was?«

»Weiß nicht. Aus demselben Grund, aus dem man einen Verkehrsunfall filmt.«

»Und dann an den Höchstbietenden verscherbelt.«

Rechts neben dem Schriftzug kniete eine verschwommene Gestalt auf dem Dach. Als das Foto geknipst wurde, war die

Polizei bereits vor Ort. Den Sichtschutz hatte man erst kurz darauf angebracht.

Zorn las die Bildunterschrift (*Auch im Tod noch allein)* und überflog einen Artikel, der Samuel Bleecks *trauriges Leben* dokumentieren sollte: Auf dem Foto eines Hochhauses in der Südstadt war ein Fenster im elften Stockwerk markiert *(hier verbrachte er seine einsamen Stunden*), ein weiteres zeigte eine Nachbarin, eine verhärmte Frau in Kittelschürze, die mit einem Dackel auf dem Arm traurig in die Kamera blickte *(er hat immer so freundlich gegrüßt),* daneben war eine Druckmaschine abgebildet *(nur hier fand er ein wenig Glück).* Auch eine frühere Schulkameradin war aufgetrieben worden: Ramona K., eine Dame mit grau melierten Locken und randloser Brille, die Samuel Bleeck zuletzt vor einem Vierteljahrhundert gesehen hatte und als seine *große, doch unerfüllte Liebe* bezeichnet wurde.

»Na ja«, stellte Zorn fest. »Viel mehr als wir wissen die auch nicht.«

»Kollege Brettschneider hat sich in Bleecks Wohnung umgesehen«, sagte Schröder. »Er meint, alles sei regelrecht steril, wie in einem Hotelzimmer. Keine Bilder oder Briefe, kaum persönliche Gegenstände. Abgesehen von einer umfangreichen Sammlung Pornozeitschriften.«

»Klingt ziemlich traurig.«

»Ob Samuel Bleeck *traurig* war, können wir nicht wissen.« Schröder neigte bedächtig den Kopf. »Er muss jedenfalls ein sehr einsamer Mann gewesen sein, ohne soziale Kontakte. Niemand hat von ihm Notiz genommen.«

»Vielleicht haben wir ja deshalb den Ausweis in seinem Mund gefunden.«

»Der Mörder teilt uns seinen Namen mit«, nickte Schröder. »Holt ihn aus der Isolation und stellt ihn ins Rampenlicht. Und das«, er deutete auf die Zeitungsseite, »ist ihm auch gelungen.«

»Er bringt ihn um, damit er berühmt wird?« Zorn runzelte die Stirn. »Ziemlich krank, oder?«

»Es würde dieser … Aktion zumindest etwas wie einen Sinn geben.«

»Aber …« Zorn stutzte, legte die Zeitung auf den Schreibtisch und beugte sich über das große Foto unter dem Aufmacher. »Das verstehe ich nicht.«

»*Was* verstehst du nicht?«, fragte Schröder.

Zorns Blick wanderte über den Schriftzug auf dem Hoteldach, die nackte, an den Buchstaben gefesselte Gestalt. Er sah auf.

»Dem Mörder geht's um den Effekt, oder?«

»Richtig.«

»Der will vor allem schockieren.«

»Was ihm in beiden Fällen durchaus gelungen ist, würde ich sagen.«

»Arvid Walkow und Samuel Bleeck hatten dieselbe Haltung.« Zorn breitete die Arme aus. »Aber warum hat er Bleeck an das H gefesselt?«

Schröder neigte fragend den Kopf.

»Ich meine«, fuhr Zorn fort, »ich hab zwar keine Ahnung von diesem ganzen Kunstquatsch …«

»Das hast du bereits ausführlich dargelegt.«

»… aber ich frage mich …«

Wieder verstummte Zorn, die Augen hinter den dicken Brillengläsern auf das Foto gerichtet.

»*Was* fragst du dich?«

»Warum das H? Wie gesagt, ich bin kein Kunstkritiker, aber …«

»Bitte, Chef.«

»… *wenn* ich einer wäre, dann hätte ich einiges zu bemängeln.«

»Und zwar?«

»Ein anderer Buchstabe.« Zorns verbliebener Zeigefinger tippte auf das Foto. »Hier, das T: Dort wäre Bleeck von der Straße aus viel besser zu sehen gewesen. Das wäre doch wesentlich … spektakulärer, oder?«

Schröder kam um den Schreibtisch, beugte sich neben Zorn über die Zeitung.

»Und außerdem«, Zorn strich das Papier glatt, »wäre es viel einfacher, ihn oben an den Querstreben zu fesseln, als hier«, er bohrte den Finger in das H, »zwischen den beiden Senkrechten aufzuhängen. Vielleicht rede ich ja Blödsinn, aber …«

»Du hast recht.«

Zorn sah zu Schröder auf. Seine Augen, durch die Lesebrille ohnehin schon grotesk vergrößert, weiteten sich noch mehr. »Echt?«

»Und es gibt auch eine einfache Erklärung.« Schröder ging um den Schreibtisch und nahm wieder Platz. »Zuerst wurde ein A an die Rathaustür geschmiert«, sagte er. »Das war der erste Hinweis. Jetzt haben wir den nächsten.«

»Aber das A stand auf dem Kopf«, wandte Zorn ein. »Das H …« Er hielt kurz inne. »Nee, da ist das ja egal. Das sieht ja dann genauso aus.«

»Sehr gut erkannt«, lobte Schröder. »Du hast uns jedenfalls ein ganzes Stück weitergebracht.«

Zorn wechselte die Brillen, um seine Verlegenheit zu verbergen und murmelte, er habe *nur seinen Job gemacht.*

»Jetzt müssen wir nur noch rausfinden, was die Buchstaben bedeuten«, sagte Schröder.

»Eine Abkürzung vielleicht«, überlegte Zorn, angespornt durch das ungewohnte Lob. »Vielleicht … Altersheim.«

»Das glaube ich eher nicht.«

»Amperestunde!«, fiel Zorn ein. »Der Künstler … Quatsch,

der *Mörder* bezieht sich auf die elektrische Spannung, um sozusagen die positive und negative Energie zu integrieren und … Okay, ist auch Blödsinn«, winkte er ab, als er Schröders mitleidigen Blick bemerkte.

»Im Moment«, Schröder krempelte die karierten Hemdsärmel hoch, »sollten wir uns auf andere Dinge konzentrieren. Zum Beispiel …«

»Initialen!«

»Wie meinen?«

»A H! Das könnten Initialen sein.«

»Möglich. Aber …«

Schröders Handy vibrierte. Er las eine SMS, schrieb eine kurze Antwort und nahm eine Akte vom Stapel neben seinem Laptop.

»Achim Halbach«, murmelte Zorn.

»Bitte?«

»Ein Schulkamerad, hat zwei Bänke hinter mir gesessen. Ziemlich kräftiger Typ, das passt also. Die Schuhgröße weiß ich nicht, aber … Nee, der kann's nicht gewesen sein.« Zorn schüttelte enttäuscht den Kopf. »Der Mörder ist ja nicht nur kräftig, sondern auch clever. Achim Halbach ist in der vierten Klasse sitzengeblieben.«

Schröder öffnete die Akte. »Dann müssen wir Achim Halbach wohl ausschließen.«

Er vertiefte sich in einen Laborbericht, während Zorn in die Stuhllehne sank und nachdenklich zur Decke sah.

»Sieh mal einer an.« Schröder stieß einen leisen Pfiff aus. »Das Blut …«

»Hitler!«, rief Zorn plötzlich.

»Was?!«

»A und H! Adolf Hitler!« Zorn beugte sich über den Schreibtisch. »Die Leiche ist nie gefunden worden. Erst neulich hab ich gelesen, dass der in Brasilien als Schichtleiter bei VW arbeiten soll. Das ist natürlich Humbug, aber«, er senkte die Stimme, »der *lebt*, Schröder. Und zwar hier. Jetzt überzieht er die Stadt mit Angst und Schrecken und …«

»Dann«, nickte Schröder, »sollten wir Adolf Hitler umgehend auf die Fahndungsliste setzen.«

Zorn stimmte zunächst zu. Nach kurzem Überlegen schlug er allerdings vor, die Entscheidung noch einmal zu überdenken. Zum einen war da die Tatsache, dass Hitlers Schuhgröße noch ermittelt werden musste. Viel schwerer allerdings wog, dass ein Mann, der Millionen Menschen in einen Weltkrieg gestürzt hatte, zwar über eine gehörige Portion Cleverness verfügen musste, doch der Mörder war kräftig, was bei einem (grob geschätzt) hundertdreißigjährigen Mann ernsthaft zu bezweifeln war. Schröder bedankte sich artig, vor einer womöglich überhasteten Entscheidung bewahrt worden zu sein und bestimmte, das Thema vorerst zu vertagen.

»Im Moment sollten wir uns auf etwas anderes konzentrieren.«

»Worauf?«

»Es gibt eine weitere Verbindung zwischen den Morden. Das Blut, mit dem das umgedrehte A an die Rathaustür geschmiert wurde«, Schröder tippte auf den Laborbericht, »stammt nicht von Arvid Walkow.«

»Das wussten wir doch schon«, sagte Zorn.

»Auch nicht von seinem Mörder.«

»Sondern?«

»Wir hatten uns doch gefragt, woher die Schnittwunde am rechten Unterarm von Samuel Bleeck stammt.«

»Das hatten wir.«

»Nun«, sagte Schröder, »der Mörder hat ihm Blut abgenommen.«

## Neunundzwanzig

Es war noch dunkel, als Zorn geweckt wurde. Ein warmer Körper schmiegte sich an ihn, jemand knabberte an seinem Ohr, wünschte ihm flüsternd alles Gute zum Geburtstag und erinnerte an ein weiteres Jubiläum: Es war auf den Tag genau fünf Jahre her, dass sie nach einem Abend auf Schröders Terrasse in ein Taxi gestiegen und danach (zufällig, wie sie sich anfangs immer wieder versichert hatten) in Friedas Bett gelandet waren.

Sie liebten sich leise und behutsam. Danach schliefen sie wieder ein, und Claudius Zorn stellte erleichtert fest, dass seine Körperfunktionen auch nach einem halben Jahrhundert noch zufriedenstellend ihren Dienst taten.

*

Der Tag im Präsidium verlief ruhig. Die Kollegen wussten, wie sehr Zorn seine Geburtstage hasste, und da dieser (falls es denn möglich war) noch mürrischer als sonst durch die Gänge schlurfte, kam es nur zu zwei unbedeutenden Zwischenfällen: Zunächst aus Unkenntnis, als eine junge Zivilfahnderin, die erst vor zwei Monaten ihren Dienst angetreten hatte, dem verdatterten Zorn einen selbstgebackenen Rührkuchen überreichte; später traf er im Fahrstuhl auf den stellvertretenden Leiter der Spurensicherung, der Zorn in besonders herzlicher Abneigung verbunden war und hämisch grinsend verkündete, die immer näher rückende Pensionierung des rüstigen Jubilars kaum erwarten zu können. Auch Schröder begnügte sich mit einer knappen Gratulation, um dann bis zum Feierabend im Präsidium unterwegs zu sein.

Als Zorn nach Hause kam, wurde er von Frieda, Edgar und dessen Mutter Malina erwartet. Auch Rufus, mit dem Malina seit Jahren zusammenlebte, saß in seinem Rollstuhl am festlich gedeckten Tisch. Frieda hatte eine Karaoke-Anlage gemietet. Edgar – seit kurzem begeisterter Ärzte-Fan – eröffnete das Konzert mit einer inbrünstig gekrähten Version von *Männer sind Schweine*, Zorn versuchte sich an Roland Kaiser *(Es kann der Frömmste nicht in Frieden leben)*, Frieda und Malina – inklusive Tanzeinlage – an den Ramones *(Hey ho, let's go!)*. Rufus, nach einem Unfall vom Hals abwärts gelähmt und noch immer unfähig, selbständig zu atmen, bewies, dass er nach monatelangen Depressionen seinen Sinn für Humor bewahrt hatte, indem er *Atemlos durch die Nacht* zum Besten gab. Schröder, der sich später hinzugesellte, schmetterte eine umjubelte Caruso-Arie, und nachdem die dritte Champagnerflasche geöffnet war, enterten Frieda und Zorn die Bühne (Malina hatte den Couchtisch in die Mitte des Wohnzimmers gerückt) und beendeten die Show mit einem Hit von Al Bano und Romina Power *(Felicità!)*.

Nach der energisch eingeforderten Zugabe (mit vertauschten Rollen dargeboten) hielt Schröder eine kurze *Rede (… und mögen die nächsten fünfzig Jahre ebenso glücklich und erfolgreich sein)*. Zorns Mutter begnügte sich wie üblich mit einem Anruf *(ich habe mir ja immer einen zweiten Enkel gewünscht, aber dafür ist es jetzt wohl zu spät)*, Cornelius, sein älterer Bruder, schickte ein Video von den Malediven *(verdammt heiß hier, Essen ist auch beschissen)* und versprach, sich nach seinem Urlaub zu melden (was, wie beide wussten, nicht geschehen würde).

Es war bereits dunkel, als Zorn seine Geschenke auspackte. Edgar hatte ein Bild gemalt, und zwar, wie er mit wichtiger Miene erklärte, eine *richtige* Rakete, mit Heliumtanks, lasergestützten Steuerdüsen und zwei Astronauten im Cockpit (ohne

Helm). Die weiteren Präsente erwiesen sich zu Zorns wachsender Verwirrung als eine Packung Nikotinkaugummi (von Schröder), eine Trinkflasche aus Aluminium (von Malina) und ein deutsch-englisches Wörterbuch (von Rufus).

Als er schließlich Friedas Geschenk – eine Fitnessuhr – ausgepackt hatte, gelang es ihm nur mit Mühe, etwas Freude zu heucheln *(danke, das ist alles total, äh … nützlich).* Malina gab ihm recht, schließlich könne es nicht schaden, wenn Zorn seine Englischkenntnisse ein wenig auffrische, auch eine Trinkflasche sei auf einer Reise immer von Nutzen. Die Nikotinkaugummis, fügte Schröder hinzu, würden den langen Flug erträglicher machen, außerdem sei es wichtig, dass ein Mann in Zorns fortgeschrittenem Alter unterwegs auf seinen Blutdruck achte. Dann überreichte er Zorn einen in Silberfolie gewickelten Umschlag *(kleines Präsent von uns allen)*, in dem dieser zwei Karten für ein Iggy-Pop-Konzert, Flugtickets und einen Gutschein für einen zweiwöchigen Hotelaufenthalt in Chicago fand.

Zorn schniefte gerührt. Um ein Haar wäre er Schröder um den Hals gefallen, doch Edgar bewahrte ihn vor diesem peinlichen Fauxpas und streifte seinem Vater als weiteres Präsent unter allgemeinem Gelächter eine Hakenhand über den Armstumpf mit der Bemerkung, dass Zorn jetzt zwar alt sei, aber immer noch Pirat werden könne.

## Dreißig

»Du musst nicht mitkommen.«

»Ich weiß.« Frieda lockerte den Sicherheitsgurt über der Schulter. »Das sagst du jetzt schon zum dritten Mal.«

Zorn lenkte den Volvo durch die Innenstadt in Richtung Norden. Zwei Tage waren seit seinem Geburtstag vergangen, seitdem waren sie mit den Ermittlungen nicht vorangekommen. Am Vortag hatte er vorgeschlagen, Henry Gleizmann zu befragen, dieser hatte schließlich gemeinsam mit Oskar Brava, dem Galeristen, studiert, welcher wiederum ein Kommilitone von Arvid Walkow gewesen war. Schröder, von einem Termin zum nächsten hetzend, hatte gereizt gefragt, warum Zorn nicht schon eher mit dieser Information gekommen war, worauf Zorn nicht minder gereizt erwiderte, dieser könne froh sein, dass es ihm überhaupt eingefallen sei.

»Trotzdem.« Zorn bremste an einer Straßenbahnhaltestelle. »Ich verstehe nicht, warum du unbedingt …«

»Als zuständige Staatsanwältin«, erwiderte Frieda spitz, »werde ich doch wohl bei einer Zeugenbefragung anwesend sein dürfen.«

Schröder hatte Gleizmanns Befragung auf der gestrigen Sitzung erwähnt, worauf Frieda beim Abendessen verkündet hatte, Zorn zu begleiten.

»Klar doch«, brummte Zorn.

Eine Schulklasse verließ die Bahn, strömte über den Zebrastreifen und versammelte sich lärmend vor dem Haupteingang des Zoos.

»Versteh mich nicht falsch, ich bin gern mit dir zusammen«, versicherte Zorn. »Ich genieße jede Sekunde mit dir. Aber ist es nicht ungewöhnlich, dass eine Staatsanwältin …«

»*Ober*staatsanwältin.«

»… bei einer Routinebefragung …«

»Grün.«

»Äh … *was*?«

»Die Ampel.«

Zorn fuhr an. Die Sonne blendete durch die verschmierte Scheibe, er schaltete die Wischanlage an.

»Ihr haltet mich für zu blöd.« Die Wischer quietschten auf dem Glas. »Stimmt's?«

»*Wer* hält dich für zu blöd?«

»Schröder und du.«

Frieda bedachte ihn mit einem verständnislosen Blick.

»Ihr denkt, ich wäre zu unsensibel. Zu doof, den …«, Zorn verdrehte die Augen, »*berühmten Künstler* zu befragen.«

»Quatsch.« Frieda streichelte sein Knie. »Aber es stimmt, der Typ ist wirklich berühmt. Der hat in New York ausgestellt, in 'ner Galerie am Broadway.«

»Toll.«

»Guck mal.« Sie drehte den Kopf zum Fenster, so dass Zorn ihren Nacken sehen konnte.

»Du hast einen wunderschönen Hals.«

»Ich meine die Spange, Blödmann.«

»Die ist auch schön.«

Zorn mochte die silberne Spange, mit der Frieda das dunkle Haar im Nacken hochgebunden hatte. Den Mechanismus hatte er nie verstanden, ein einfaches, geschwungenes V, das ins Haar gesteckt wurde und sich durch eine kurze Drehung an den Enden in eine Spange verwandelte.

»Die hat er entworfen, als er noch studiert hat«, sagte Frieda. »Keine Ahnung, wie viele verkauft worden sind. Das müssten Millionen sein.«

»Ach, deshalb bist du mitgekommen? Okay, wenn du ins Schmuckgeschäft einsteigen willst, dann …«

»Ach, komm«, seufzte Frieda. »Ich … Ich bin einfach nur neugierig. Ich will mal sehen, wie der so lebt.«

Sie hatten den Stadtrand erreicht. Baumärkte, Tankstellen und Autohäuser flankierten die Straße, dazwischen triste Parkplätze und verlassene, wie versehentlich abgestellte Industriehallen.

»Und außerdem«, fügte Frieda hinzu, »kann seine Aussage ja wichtig sein. Vielleicht kannte er nicht nur Arvid Walkow, sondern auch Samuel Bleeck. Dann hätten wir endlich eine Verbindung zwischen den Opfern.«

Sie passierten das Ortsausgangsschild. Brachliegende Felder zogen vorbei. Krähen flatterten umher, am Horizont holperte ein Traktor in einer Staubwolke über die Furchen.

»Ich glaub nicht, dass es da 'ne Verbindung gibt.« Zorn beschleunigte. »Schröder auch nicht. Es geht dem Mörder nicht um die Opfer.«

»Sondern?«

»Um das, was er mit ihnen anstellt. Hauptsache spektakulär und … so abartig wie möglich.«

Sie erreichten ein Dorf. Niedrige Reihenhäuser mit handtuchgroßen Vorgärten säumten die Straße. Zorn drosselte das Tempo, bog ab und lenkte den Volvo durch verwinkelte, mit Kopfstein gepflasterte Gassen einen Hügel hinauf zu einer kleinen, aus Backsteinen errichteten Kirche und parkte neben einer halb eingestürzten Friedhofsmauer.

»Bin gespannt, wie der so drauf ist«, sagte Frieda.

Sie klappte die Sonnenblende herunter und öffnete den kleinen Spiegel auf der Rückseite. Das schrille Kreischen eines Trennschleifers drang aus der Kirche heran.

»Er scheint beschäftigt zu sein.« Zorn löste den Gurt. »Ich hoffe, wir stören ihn nicht in seiner wichtigen …« Er zögerte. »Frieda?«

»Hm?«

»Das ist 'ne Zeugenbefragung, keine Vernissage.«

»Ich weiß, Schatz.«

»Und warum schminkst du dich dann?«

»Na ja, weil …«

Sie sah ihn an. Murmelte etwas *(man wird sich doch wohl*

*noch die Lippen nachziehen dürfen)* und verstaute ihr Schminkzeug achselzuckend wieder in der Handtasche.

Sie betraten die Kirche durch ein verwittertes Seitenportal. Ohrenbetäubender Lärm schlug ihnen entgegen. Wo früher der Altarraum gewesen war, stand eine bullige Gestalt mit dem Rücken zu ihnen in einem Funkenregen über eine Werkbank gebeugt und bearbeitete mit einem Trennschleifer eine Eisenstange. Riesige, an langen Kabeln hängende Industrielampen tauchten die Kirche in gleißendes Licht. Staub wirbelte umher, es roch nach heißem Metall, Öl und verbranntem Plastik.

Zorn und Frieda sahen sich ratlos um. An den hohen, weiß gekalkten Wänden reihten sich Schwerlastregale mit Werkzeugen, Schweißbrennern und Sauerstoffflaschen. Bandsägen, hydraulische Hämmer und Bohrmaschinen standen umher, Stahlträger stapelten sich neben Bündeln verbogener Eisenstangen. Der aus Backsteinen gefertigte Mosaikboden verschwand unter einer Schicht aus Metallspänen, Staub und getrockneter Farbe. Unter einer Empore lehnte der drei Meter hohe, aus rostigem Draht geflochtene Torso einer Frau, neben einem Schmelzofen stand die untere Hälfte eines gigantischen, aus Blechstreifen zusammengeschweißten Totenschädels.

Der Trennschleifer verstummte. Metall klirrte, schwere Stiefel dröhnten. Die Gestalt ging in die Mitte der Kirche, in der einen Hand die Eisenstange, in der anderen einen Hammer. Henry Gleizmann trug einen grünen, von Ölflecken bedeckten Overall, die Säume der Hosenbeine verschwanden in den Schäften klobiger Schnürstiefel. Das Haar war zu einem Zopf gebunden, unterhalb der Augen verschwand sein Gesicht hinter dem Gestrüpp eines dunkelbraunen Vollbarts. Er streifte seine Besucher mit einem ausdruckslosen Blick und wandte sich dann einer Stahlkonstruktion zu, die an den dicken Ketten eines Flaschenzugs einen Meter über dem Boden schwebte.

Zorn räusperte sich. »Guten Tag.«

Gleizmann betrachtete die Konstruktion, ein fünf Meter langes Gebilde, das entfernt an das verkrümmte Skelett eines Pottwals erinnerte, wog die Stange prüfend in der Hand und spannte sie in einen Schraubstock.

»Wir hatten versucht, Sie anzurufen. Allerdings …«

Zorns Worte gingen in dröhnenden Hammerschlägen unter. Als Gleizmann den Schraubstock löste, war das obere Ende der Stange in einem rechten Winkel gebogen. Wieder wanderte sein Blick über das Gebilde (das, soweit Zorn es beurteilen konnte, auch einen überdimensionalen Bootsrumpf darstellen konnte). Ein missmutiges Kopfschütteln, eine beiläufige Handbewegung, die Stange landete klirrend neben einer Metallfräse auf einem Haufen Aluminiumschrott.

»Wir haben Sie am Telefon nicht erreicht«, wiederholte Zorn. »Das hier ist Oberstaatsanwältin Borck, ich bin …«

Der Hammer krachte mit voller Wucht gegen eine eiserne Strebe.

»Es geht um Arvid Walkow.«

»Was ist mit ihm?«, fragte Gleizmann, die Augen unverwandt auf die Konstruktion gerichtet. Für einen Mann seiner hünenhaften Statur war die Stimme erstaunlich hoch.

»Sie lesen bestimmt Zeitung«, sagte Zorn.

»Nein.«

»Er wurde vor knapp anderthalb Wochen ermordet. Und zwar … Moment mal.« Zorn deutete auf ein Gewirr aus Bohrmaschinen, Stichsägen und anderen Werkzeugen auf einem schiefen Holztisch. »Ist das ein Druckluftnagler?«

»Nee.« Gleizmann wandte sich um. »Ein Tacker.«

Sein Blick streifte Zorn nur einen Moment …

*Vollidiot*

… und verweilte auf Frieda, wanderte langsam über das lachsfarbene Jackett, den engen Rock hinab zu den Hackenschuhen, dann ebenso gemächlich wieder hinauf.

Frieda griff errötend nach ihrer Halskette. Ein Zeichen, dass sie verlegen war. Zorn spürte, wie ihm ebenfalls das Blut in die Wangen schoss, allerdings aus einem anderen Grund.

Er öffnete den Mund, um sich höflich nach Gleizmanns Schuhgröße zu erkundigen (kräftig genug war dieses behaarte, stiernackige Arschloch allemal, und über die Cleverness konnte sich Schröder später ein Urteil bilden), beherrschte sich jedoch im letzten Moment.

»Sie haben mit Arvid Walkow studiert?«, fragte er stattdessen, nachdem er zweimal tief durchgeatmet hatte.

»Das ist über zehn Jahre her.«

»Was war er für ein Mensch?«

»Keine Ahnung. Hab ihn kaum gekannt.«

»Aber Oskar Brava, den kennen Sie.«

»Klar. Oskar ist 'n Loser.«

Zorn lehnte sich an eine Werkbank. »Trotzdem stellen Sie bei ihm aus.«

»Und?«

*Herr,* betete Zorn im Stillen, *gib mir Kraft, sonst gehe ich diesem Flachwichser an die Kehle.*

»Ich war in der Galerie«, sagte er. »Ich hab mir die Skulptur …«

»Installation«, korrigierte Gleizmann.

»… angesehen.«

»Das Ding ist Schrott.«

Gleizmann wandte sich wieder seiner Konstruktion zu. Frieda wollte eine Frage stellen, doch Zorn hielt sie mit einer Handbewegung zurück.

»Der Titel war … *Die Schwebende.*« Er legte die Stirn in Falten. »Und dann waren da noch Buchstaben und 'ne Nummer.«

»BM einundzwanzig«, erklärte Gleizmann gelangweilt.

»Es gibt also über zwanzig Versionen?«

»Versuche.« Gleizmann strich mit den schmutzigen Fingern über die Metallstreben. »BM bedeutet *Bockmist.* Die sind alle im Container gelandet. Der letzte gehört auch auf den Müll, aber Oskar«, er gab der Konstruktion einen Stoß, »wollte den Scheiß unbedingt haben. Der würde ein Teesieb ausstellen, wenn er meinen Namen drunterschreiben könnte.«

Die Konstruktion schwang hin und her. Hoch über ihren Köpfen knarrten die dicken Ketten in den Rollen.

»Und die Leute«, sagte Zorn, »würden es kaufen?«

»Die kaufen alles.«

Das klang nicht überheblich. Ein wenig spöttisch vielleicht, im Tonfall eines Mannes, dem die Meinung anderer seit langem egal ist.

»Was sagt Ihnen der Name Samuel Bleeck?«, fragte Frieda.

»Nie gehört.«

Gleizmann wandte sich ihr wieder zu. Erneut begutachtete er sie von Kopf bis Fuß, um schließlich unverhohlen auf ihrem Ausschnitt zu verweilen. Seine Mundwinkel hoben sich unter dem Bart zu einem leichten, etwas verschobenen Lächeln. Zorn ballte die Faust, doch Frieda schüttelte unmerklich den Kopf.

*Lass mal. Das kläre ich selbst.*

»Wir ermitteln in einem Doppelmord«, begann sie freundlich. »Ich würde gern so viel wie möglich über die Opfer erfahren. Da Sie Samuel Bleeck offensichtlich nicht kannten, beschränken wir uns auf Arvid Walkow. Im Moment ist das hier eine Befragung, aber wenn Sie mögen, machen wir 'ne Verhaftung draus. Für die Durchführung«, sie deutete auf Zorn, »wäre der Kollege Hauptkommissar zuständig. Da wir in einem Rechtsstaat leben, benötigt er einen Haftbefehl, der normalerweise bei der Staatsanwaltschaft zu beantragen ist. Das ist manchmal ein wenig umständlich, doch wie es der Zufall will«, Friedas Lächeln wurde breiter, »ist die zuständige Staatsanwältin ebenfalls anwesend und kann den Befehl auch mündlich erteilen. Arvid Walkow wurde gekreuzigt und danach erstochen. Wir haben so gut wie keine Informationen über ihn und sind auf jede Kleinigkeit angewiesen. Es wäre nett, wenn Sie uns alles über ihn erzählen, was Ihnen einfällt. Also schlage ich vor, Sie konzentrieren sich und denken ein wenig nach, wie Sie uns helfen können. Falls meine Titten Sie ablenken, können Sie das gern in einer Zelle tun.«

*

»Tja.« Zorn entriegelte den Volvo. »Er hätte sich besser nicht mit dir anlegen sollen.«

Frieda strich den Rock glatt. »Das sollte niemand.«

»Er scheint ziemlich sauer zu sein.«

Heftige Hammerschläge drangen aus den dicken Mauern der Kirche.

»Hast du die Drahtskulptur gesehen?«, fragte sie.

»Unter der Empore?«

»Ja. Die ist wunderschön.«

»Findest du?«

Sie stiegen ein.

»Was für ein Arschloch.« Frieda schnallte sich kopfschüttelnd an. »Wie kann ein solcher Wichser …«

»Also bitte, Frau Oberstaatsanwältin.«

»… so schöne Dinge erschaffen?«

Zorn startete den Motor. »Viel mehr wissen wir jetzt aber auch nicht über Arvid Walkow.«

»Nee«, seufzte Frieda. »Eigentlich gar nichts. Und als sein Mörder kommt Gleizmann wohl auch kaum in Frage.«

»Falls er tatsächlich in Lissabon war.«

»Er ist ’n Arschloch, aber nicht blöd. Der weiß genau, dass wir das prüfen.«

»Sag mal …«, Zorn legte den Gang ein, »das mit dem … *mündlichen Haftbefehl.*«

»Was soll damit sein?«

»Hab noch nie gehört, dass es so was gibt.«

Frieda tat, als müsse sie nachdenken.

»Weißt du, was?«, sagte sie dann. »Ich auch nicht.«

*

»Tja«, seufzte Zorn, »das war dann wohl auch nichts.«

Er hatte seinen Stuhl um den Schreibtisch gerollt und betrachtete mit Schröder ein YouTube-Video: Auf einer Bühne las eine festlich gekleidete Dame an einem Pult eine Rede vor, zwei Meter neben ihr stand ein offensichtlich gelangweilter Henry Gleizmann, anstelle des fleckigen Overalls in Anzug und Schlips gekleidet. *Atribuição do Prémio Europeu de Cultura a Henry Gleizmann em Lisboa* stand neben dem Datum und dem Logo eines portugiesischen Fernsehsenders.

»Er hat den europäischen Kulturpreis verliehen bekommen«, sagte Schröder.

»Ach. Portugiesisch kannst du jetzt also auch?«

»Steht in den Kommentaren.«

»Wenn er in Lissabon war«, Zorn rollte den Stuhl zurück, »kann er Arvid Walkow wohl kaum …«

»Vorsicht, der Papierkorb.«

»… ermordet haben.«

Zorn stoppte, steuerte den Stuhl schwungvoll um das Hindernis und setzte sich.

»Hast du was anderes erwartet?«, fragte Schröder.

»Nee. Aber ein bisschen gehofft hatte ich's schon.«

»Oskar Brava fällt ebenfalls raus. Als Walkow ermordet wurde, war er in Konstanz, als Samuel Bleeck starb, lag er im Krankenhaus. Kollege Brettschneider hat das überprüft, Brava hat Herzrhythmusstörungen und war tatsächlich ein paar Tage zur Überwachung in der Klinik.«

»Wasserdichtes Alibi also.«

»Wasserdichter geht's nicht.«

»Tja«, brummte Zorn. »Dann müssen wir wohl woanders nach diesem … Wie haben die Zeitungsfuzzis ihn genannt? *Wütender Würger?*«

»*Nächtlicher Schlächter*«, korrigierte Schröder.

»Wie auch immer. Den müssen wir wohl woanders suchen.«

»Ich fürchte«, nickte Schröder, »uns bleibt nichts anderes übrig. Das Einzige, was wir über ihn wissen, ist …«

»… seine Schuhgröße.«

»Jaja.«

»Und, dass er kräftig ist.«

»Ja doch!«

»Außerdem …«

»… kannte er Arvid Walkow«, unterbrach Schröder gereizt.

»Und«, Zorn hob den verbliebenen Zeigefinger, »er ist clever.«

»Natürlich. Wie konnte ich das nur vergessen.«

»Das war sarkastisch gemeint, stimmt's?«

»Nicht doch«, wehrte Schröder müde ab.

Zorn setzte zu einer Erwiderung an, doch nach einem Blick auf die Uhr verschob er die Diskussion auf später und bat in unterwürfigem Ton, früher Feierabend machen zu dürfen. Edgars Schule veranstaltete ein Fest, die Erstklässler führten ein Programm für die Eltern auf, und da Malina mit Rufus zu einem Arzttermin musste, war die Anwesenheit des verantwortungsbewussten Vaters unbedingt erforderlich. Schröder genehmigte die Bitte unter der Bedingung, dass Zorn Edgars Darbietung filme und ihm später auf das Handy schicke. Das versprach Zorn natürlich, verabschiedete sich und stand auf. Als er die Lederjacke überstreifte, fiel ihm noch etwas ein.

»Was ist, wenn der Mörder uns verarscht?« Er klopfte die Taschen nach Autoschlüsseln und Zigaretten ab. »Er betreibt ’nen riesigen Aufwand, aber er könnte uns ja mit diesen ganzen Inszenierungen auch einfach nur auf die falsche Fährte locken wollen.«

Das, erwiderte Schröder, sei natürlich denkbar.

»Vielleicht sollten wir uns nicht zu sehr auf das«, Zorn verkniff den Mund, »*Kunstmilieu* konzentrieren.«

»Sondern?«

»Na ja.« Zorn knöpfte die Jacke zu. »Zum Beispiel …«

»Falls du jetzt wieder mit Hitler kommst, gehst du gefälligst selbst zu Frieda und beantragst den Fahndungsbefehl.« Schröder öffnete eine Schublade. »Die wird sich bestimmt freuen.«

## Einunddreißig

Als Zorn die Aula betrat, waren fast alle Plätze besetzt. Kurz nachdem er einen freien Stuhl in der vorletzten Reihe gefunden hatte, betrat Doktor Leipold, der Direktor, die mit Papiergirlanden geschmückte Bühne und hielt eine Rede. Diese beschränkte sich zu Zorns Erleichterung auf eine Begrüßung der Eltern und den Hinweis auf das Kuchenbuffet, dessen Erlös in die Kasse für die Anschaffung neuer Tore auf dem Fußballplatz fließen sollte. Anschließend wurde Zorns Geduld auf eine harte Probe gestellt, denn Edgars Auftritt (unzweifelhaft das absolute Highlight der

Veranstaltung) ließ auf sich warten. Zunächst brachte der Schulchor ein von Frau Bärenknecht, der Musiklehrerin, vertontes Gedicht (*Ein jedes Geschöpf braucht Speis' und Trank*) zu Gehör, danach führte die Tanzgruppe der dritten Klassen eine Choreographie zu einem alten Michael-Jackson-Hit (*Beat it*) auf. Es folgten ein paar Gedichte und ein blasser, ungefähr achtjähriger Junge, der sich mit einer winzigen Geige an einer Vivaldi-Sonate versuchte (und damit unschöne Kindheitserinnerungen an Zorns verhasste Querflöte weckte). Sämtliche Darbietungen wurden mit dem gebührenden Applaus belohnt, Hälse reckten sich, Handys filmten, auch Zorn klatschte pflichtschuldig (und ein wenig gelangweilt) mit. Dies änderte sich schlagartig, als Edgars Klassenlehrerin auf der Bühne erschien und die Kinder lächelnd heranwinkte, um ihr Theaterstück aufzuführen.

Soweit Zorn es verstand, ging es um Mäuse, die um ihre Wintervorräte stritten. Zu seiner Verwunderung spielte nicht Edgar, sondern ein Mädchen mit hellblonden Zöpfen die Hauptrolle, doch Edgars selbstgebastelte Pappmütze mit den riesigen Ohren, fand Zorn, sah mit Abstand am besten aus. Auch seinen Text (*Frederick! Du bist ja ein Dichter!*) brachte er bereits im dritten Anlauf fehlerfrei über die Lippen, wechselte danach das Kostüm (grüner Umhang und gelb angemalter Hut), um bis zum Finale als Sonnenblume am Bühnenrand zu stehen. Zorn, dem schließlich klarwurde, dass sein Sohn aufgrund seiner besonderen schauspielerischen Begabung doppelt besetzt worden war und deshalb die Hauptrolle nicht hatte übernehmen können, spendete frenetischen Applaus und verlangte – ungeachtet der verwunderten Blicke um ihn herum – noch immer lauthals nach einer Zugabe, als die Kinder die Bühne schon längst verlassen hatten.

*

»Das war absolut super«, versicherte Zorn zum dritten Mal.

Er stand mit Edgar neben der Essensausgabe und kaute an seinem dritten Stück Rührkuchen (staubtrocken, aber es war ja für einen guten Zweck). Die Aula leerte sich allmählich, ein paar Erwachsene standen in Grüppchen herum und unterhielten sich. Luftballons flogen umher, Kinder tobten zwischen den Stuhlreihen. Edgars Klassenlehrerin, eine schlanke, rothaarige Frau in weitem Kleid und flachen Schuhen, trug ein Tablett mit Pappbechern zum Buffet und lächelte ihnen im Vorbeigehen zu.

»Frau Krupp ist nett, oder?«, fragte Zorn.

»Total.« Edgar sah sich um. Sein Gesicht war noch immer vor Aufregung gerötet. »Wo ist Ögi?«

»Arbeiten.« Zorn würgte ein Stück Kuchen hinunter. »Ich musste es für ihn aufnehmen. Der wird echt Augen machen. Mama und Frieda auch, die werden sich ganz schön wundern, was du drauf hast.«

Das Mädchen mit den hellblonden Zöpfen kam durch den Mittelgang herangeflitzt, schirmte den Mund mit der Hand ab, flüsterte Edgar etwas ins Ohr und war im nächsten Moment wieder verschwunden.

»Die sieht auch nett aus«, sagte Zorn.

»Geht so.« Edgar zuckte die Achseln. »Das ist Lisa, die sitzt neben mir.«

»Und was wollte sie?«

»Hat gefragt, ob ich mit Verstecken spiele.« Edgar wandte sich um. »Bin gleich wieder da.«

»Sag mal …« Zorn überlegte einen Moment. »Ist das nicht die, die dich neulich geärgert hat? Und gesagt hat, du wärst ’n Baby?«

»Hm.«

»Ich dachte, du findest sie doof?«

»Klar.«

»Und trotzdem spielst du mit ihr?«

»Muss ich ja.«

»Warum?«

»Weil sie in mich verknallt ist.«

Edgar hob die Hände (*tja, was soll man machen?*) und schlenderte davon.

*

»Auch einen?«

Frau Krupp stand mit zwei Pappbechern vor Zorn. Dieser bedankte sich, stopfte den restlichen Kuchen in den Mund, spülte ihn mit ungesüßtem Kräutertee hinunter und sah vor zur Bühne, wo Edgar, das blonde Mädchen und ein paar andere Kinder lachend umherflitzten und damit beschäftigt waren, die bunten Girlanden von den Vorhängen zu reißen.

»Neulich, die Sache mit dem Bild.« Er räusperte sich. »Das war ein Missverständnis. Ich würde Edgar nie zum, äh … Betrug ermuntern.«

»Davon bin ich überzeugt.«

Frau Krupp sah über den Becherrand zu ihm auf. Mit Ausnahme der dezent nachgezogenen Lippen trug sie kaum Schminke. Das dunkelgrüne Kleid, der breite Ledergürtel und die kleinen Korallenohrringe waren perfekt auf das kupferfarbene, im Nacken hochgesteckte Haar abgestimmt. Die Fältchen in den Augenwinkeln zeigten, dass sie die dreißig wohl knapp überschritten hatte und somit älter war, als sie auf den ersten Blick wirkte. »Edgar ist ein kluger und sehr begabter Junge.«

»O ja. Das ist er.« Zorn leckte einen Krümel aus dem Mundwinkel.

»Ich habe ihn in der Kunststunde gebeten, selbst ein Bild zu malen. Das Ergebnis ist … nun ja. Ich will Ihnen nicht zu nahe treten, aber was das Zeichnen betrifft, kann er sich durchaus mit seinem Vater messen. Insofern war Ihre …«, die haselnussbraunen Augen funkelten amüsiert, »*Hilfe* eher kontraproduktiv.«

Zorn nippte verlegen an seinem Tee.

»Verstehen Sie mich nicht falsch.« Frau Krupp deutete mit dem Becher zur Bühne. »Der Junge ist sehr stolz auf Sie. Und auf einen gewissen … Wie hieß er noch?« Sie strich eine rötliche Haarsträhne hinter das Ohr. »Ögi?«

»Ein Kollege«, nickte Zorn.

»Edgar sagt immer: Ögi fängt die Verbrecher, und Papa hilft ihm manchmal dabei.«

… *im Rahmen seiner Möglichkeiten*, beendete Zorn den Satz in Gedanken, ein wenig betrübt über die ernüchternde Erkenntnis, dass selbst ein siebenjähriges Kind das dienstliche Verhältnis zwischen ihm und Schröder korrekt analysierte.

Ein trockener Knall peitschte durch die Aula. Die Kinder stoben kreischend auseinander, während die Überreste eines geplatzten Luftballons zwischen ihnen auf die Bühne segelten. Zorn beobachtete, wie die junge Frau in einer Mischung aus Zuneigung und mütterlicher Sorge zu den Kindern hinaufsah, und wurde – wie immer, wenn er auf jemanden traf, der seinen Beruf nicht als lästige Pflichterfüllung betrachtete – ein wenig neidisch.

»Sieht übrigens schick aus«, sagte Zorn. »Ihre Haarspange«, erklärte er auf den fragenden Blick der Lehrerin. »Meine Frau hat auch so eine.«

»Aha.«

»Die ist von Gleizmann«, fügte er in einem unbeholfenen Versuch, seine künstlerische Fachkompetenz unter Beweis zu stellen, hinzu. »Henry Gleizmann.«

»Stimmt.« Frau Krupp langte sich lächelnd in den Nacken.

»Ziemlich bedeutender Mann.« Zorn setzte eine wichtige Miene auf. »Erst neulich hat er den …«, er wedelte mit der Hand, etwas Tee schwappte aus dem Becher, »europäischen Kulturpreis bekommen.«

»Ich weiß. Ich kenne Henry ganz gut.«

Der Lärm auf der Bühne wurde stärker. Mittlerweile waren die Kinder damit beschäftigt, einander mit den Fetzen der Papiergirlanden zu bewerfen.

»Und woher?«, fragte Zorn.

»Ach, das ist eine Ewigkeit her«, sagte die junge Frau, die Augen wachsam zur Bühne gerichtet. »Wir waren … Lars! Würdest du das bitte lassen?«

Die letzten Worte galten dem blassen Jungen, der vorhin Vivaldi gespielt hatte und nun dazu übergegangen war, mit dem Geigenbogen anstelle seiner Violine eine kreischende Klassenkameradin zu malträtieren. Zorn wollte eine Frage stellen, doch Edgar kam herbeigerannt, erklärte empört, dass Lisa Seibt gerade gefragt habe, ob er *mal kurz knutschen* wolle, und verlangte, sofort nach Hause gebracht zu werden. Die Frage, die Zorn hatte stellen wollen, war wichtig, doch viel wichtiger war das Anliegen seines entrüsteten Sprösslings, also beschloss er, das Gespräch mit Frau Krupp zu verschieben, und gehorchte umgehend.

## Zweiunddreißig

*Los, streng dich an!*

Zorn saß vor seinem Rechner und betrachtete die Mona Lisa. Am Abend zuvor hatte er bis spät in die Nacht mit Frieda über sein Unvermögen, den Sinn hinter einem Kunstwerk zu erkennen, diskutiert. Viel brachte das nicht, also hatte Zorn nach dem Aufstehen beschlossen, einen Selbstversuch zu starten. Nachdem er Edgar zur Schule gebracht hatte (der zum Abschied erklärte, *nicht den geringsten Bock auf die blöde Lisa Seibt* zu haben), war er ins Büro gefahren, hatte das Bild gegoogelt (über vierzigtausend Treffer) in der Hoffnung, dass ein Kunstwerk, das die Menschheit seit Jahrhunderten in Entzücken versetzte, auch mit ihm etwas anstellen musste.

Seit zehn Minuten starrte er jetzt auf den Monitor.

Und wartete.

Nichts geschah.

*Guck gefälligst genau hin!*

Sicherlich, das Gemälde war schön. Das berühmte, *geheimnisvolle* Lächeln; der leichte Silberblick, der dem Betrachter suggerierte, aus jedem Blickwinkel direkt angeschaut zu werden; der feine, durchsichtige Schleier über dem dunklen Haar der jungen Frau: Das alles *sah* Claudius Zorn. Er sah auch, dass da Vinci ein unglaublich guter Maler gewesen war, doch fühlte er sich tatsächlich *ganz schüchtern, wie ein Schuljunge vor einer Herzogin* (wie im Wikipedia-Eintrag zu lesen war)? Spürte er *die Erfüllung eines tausendjährigen Begehrens des Mannes* (ebenfalls Wikipedia)?

Nichts davon.

*Nothing*, wie Schröder sagen würde.

Draußen auf dem Flur klappte eine Tür. Gedämpfte Stimmen erklangen, Brettschneider gab einem Kollegen irgendeine Anweisung.

Zorn schob die Lesebrille in die Stirn, rieb die tränenden Augen und näherte sich dem Bild bis auf wenige Zentimeter.

*Konzentrier dich!*

Sein Blick wanderte über die nebelverhangene Landschaft im

Hintergrund, die zarte, seltsam schimmernde Haut der jungen Frau und das Licht, das sich auf den Falten des Kleides spiegelte.

*Mach schon! FÜHL was!*

Nichts.

*Das muss doch gehen, verdammt!*

Immerhin, da war etwas: Respekt vor dem Können eines unbestreitbar großen Malers. Doch dies war eines der berühmtesten Kunstwerke der Welt, Zorn erstarrte weder in Ehrfurcht, noch fühlte er sich sonderlich ergriffen (wie beim Gitarrensolo in *Purple Rain*) oder gar zu Tränen gerührt (was durchaus vorkommen konnte; bei *Million Dollar Baby* zum Beispiel hatte er geheult wie ein Schlosshund).

Ach, dachte er traurig, ich bin tatsächlich ein Banause. Ein Primitivling, ein tumber, unzivilisierter Vandale, ein …

Die Tür wurde geöffnet. Schröder erschien, wünschte fröhlich einen guten Morgen und ging zum Fenster, um den Arbeitstag wie immer mit der morgendlichen Inspektion seiner Grünpflanzen zu beginnen. Leise vor sich hin pfeifend begutachtete er die Blätter eines Gummibaums. Als er sich bückte, um die Gießkanne aufzuheben, wurde die gelbe, mit Marienkäfern und kleinen Hummeln gemusterte Unterhose über dem Bund der Cordhose sichtbar.

Jeder, hatte Frieda am Abend gesagt, hat ein Talent. Bei Schröder war es – abgesehen von seinen Pflanzen, seinen Kochkünsten und seiner Intelligenz – die Arbeit. Er konnte weder besonders gut malen, noch spielte er ein Instrument. Doch er *sah* die Schönheit eines Bildes, *hörte* die Harmonien einer Klaviersonate, erkannte und fühlte die Dinge, während Zorn blind und taub durch die Welt stolperte wie ein seniler Ork. Immerhin, er war sich dessen bewusst, doch tröstlich war das nicht.

Er bedachte die Mona Lisa mit einem Blick aus verbissen zusammengekniffenen Augen, klickte das Bild weg und öffnete einen Ordner mit den Protokollen der letzten Befragungen, die noch immer unter den Anwohnern im Umfeld des verlassenen Hotels durchgeführt wurden.

Ich kann's nicht erzwingen, überlegte er resigniert. Ich bin weder ein Schöngeist noch ein guter Polizist. Aber ich kann wenigstens versuchen, meine Arbeit zu machen.

## Dreiunddreißig

Als Zorn die Tür öffnete, saß Frau Krupp am Lehrertisch und korrigierte einen Stapel mit Heften. Er entschuldigte sich für die Störung und blieb ein wenig verlegen auf der Schwelle stehen.

»Edgar ist wahrscheinlich drüben im Hort«, sagte Frau Krupp. »Vielleicht auch …«

»Er ist in der Turnhalle, ich hole ihn gleich ab. Vorher wollte ich noch mit Ihnen sprechen. Dienstlich, sozusagen.«

Die Lehrerin forderte Zorn mit einer Handbewegung auf, näher zu kommen, was dieser nach kurzem Zögern tat. Zorn erklärte, er komme wegen der beiden Mordfälle, von denen Frau Krupp sicher gehört habe, und bat, ein paar Fragen stellen zu dürfen.

»Es geht um Henry Gleizmann.«

»Henry?« Die junge Frau hob den Kopf. »Was hat der mit diesen furchtbaren Morden zu tun?«

»Nichts«, versicherte Zorn. »Er kannte eines der Opfer. Und da Sie gestern sagten, dass Sie wiederum Henry Gleizmann kennen …«, er verhaspelte sich kurz, »beziehungsweise *kannten*, da dachte ich …«

»Nehmen Sie doch Platz.«

Zorn zog einen Stuhl hinter der Bank in der ersten Reihe hervor und gehorchte.

»Wie gesagt«, erklärte Frau Krupp, »das ist eine Ewigkeit her. Wir waren verheiratet, als wir noch Studenten waren. Die Ehe hat nicht lange gehalten.«

Zorn hatte Schwierigkeiten, sich zu konzentrieren. Er war nicht zum ersten Mal in Edgars Klassenzimmer, doch jetzt, auf einem Stuhl sitzend, der so klein war, dass seine Knie fast die Brust berührten, fühlte er sich plötzlich in seine Kindheit zurückversetzt. Schon von Natur aus zeigte Frau Krupp eine ruhige, gelassene Autorität, nun, da Zorn aus der Perspektive eines Schülers zu ihr aufsah, wirkte sie hinter dem Lehrertisch geradezu einschüchternd. Er dachte an die unzähligen Male, die er seine Hausaufgaben (beziehungsweise Federmappe, Turnbeutel oder Tuschkasten) vergessen hatte, und rechnete damit, jeden Moment zur Tafel gerufen zu werden, um den *Erlkönig* aufzusagen oder die Funktionsweise eines Wankelmotors zu erläutern.

»Es hat einfach nicht gepasst.« Die junge Frau drehte einen Kugelschreiber in den mit Kreide bestäubten Fingern. »Ernsthaft gestritten haben wir nie. Wir sehen uns ab und zu. Allerdings selten, Henry ist ja ständig unterwegs. Manchmal telefonieren wir und reden ein bisschen über die alten Zeiten.« Sie lächelte versonnen. »Erst letzte Woche hat er mich aus einem Hotel angerufen. Er hatte wieder mal einen Preis gewonnen und saß dann allein an der Bar, irgendwo in Portugal.«

»Lissabon«, platzte Zorn heraus.

»Woher …?« Frau Krupp sah erstaunt auf.

Zorn errötete bis unter den zunehmend ergrauenden Haaransatz. Unbewusst hatte er sich verhalten wie ein Streber, der seiner Lehrerin mit seinem Wissen imponieren will.

»Ich hab's irgendwo gelesen«, lenkte er ab. »Das mit der Preisverleihung.«

»Henry hat eine Menge Preise«, seufzte Frau Krupp. »Aber so richtig glücklich macht ihn das nicht.«

*Sehr gut*, dachte Zorn, gleichzeitig bemüht, eine mitfühlende Miene aufzusetzen. *Geschieht diesem Arschloch nur recht.*

Die Tafel hinter der Lehrerin war abgewischt, die Umrisse eines Bildes (Wolken, Regen und eine Sonne) waren noch zu erkennen, mit dem sie den Kreislauf des Wassers erklärt hatte. Die Kinder hatten das Bild abgemalt und die Blätter mit bunten Wäscheklammern an einer Schnur befestigt. Zorn erkannte sofort, welches von Edgar stammte: Während die anderen Vögel, Raketen oder Flugzeuge über den Himmel fliegen ließen, war auf einem Bild ein feuerspeiender Drache zu sehen, woraus zu schließen war, dass Edgar sich für einen Ungarischen Hornschwanz entschieden hatte.

»Sie haben also ...« Zorn bemerkte, dass er instinktiv die Hand gehoben hatte, um sich zu melden. Er beendete die Geste, indem er sich scheinbar beiläufig am Ohrläppchen kratzte. »Sie haben also zusammen studiert?«

»Nein, ich habe Literaturwissenschaften studiert. Wir haben uns auf einer Party kennengelernt. Als wir dann liiert waren, habe ich Henry oft auf der Kunsthochschule besucht. Ich fand es dort ... nun ja«, Frau Krupp lächelte, »wesentlich glamouröser als an meiner Uni.«

Es gab eine Liste, auf der sämtliche Studenten aus dem Jahrgang von Arvid Walkow und Henry Gleizmann verzeichnet waren. Dutzende, doch noch längst nicht alle waren (ohne neue Erkenntnisse) befragt worden. War es denkbar, dass Edgars Lehrerin Arvid Walkow über Gleizmann kennengelernt hatte? Zorn war hier, um danach zu fragen. Als er es tat, rechnete er mit einem verständnislosen Kopfschütteln, doch das Gegenteil war der Fall.

Die dunklen Augen der jungen Frau weiteten sich. »Sie sind wegen Arvid hier? Ist er ...«

»Ja«, nickte Zorn. »Er ist tot.«

Es hatte unzählige reißerische Artikel über Walkow gegeben. Unscharfe Fotos aus seiner Jugend waren gedruckt worden, ebenso Bilder des Wohnwagens, in dem er gehaust hatte. Auch sein Gang durch die Stadt – nackt, blutend, ein riesiges Kreuz schleppend – war von Passanten mit dem Handy geknipst und (ähnlich wie bei Samuel Bleeck) auf der Titelseite veröffentlicht worden. Dass sich das Boulevardblatt an die Bitte der Staatsanwaltschaft gehalten und Walkows vollen Namen nicht abgedruckt hatte, wertete Zorn als rudimentäres Überbleibsel journalistischen Anstands. Dass wiederum Edgars Klassenlehrerin die Zeitung offensichtlich nicht las, verstand er als Zeichen ihrer Intelligenz.

»Wir wissen nur wenig über Arvid Walkow.« Zorn verlagerte das Gewicht auf dem kleinen Stuhl. Sein Hintern tat weh, die angewinkelten Beine kribbelten. »Außer, dass er ein Einzelgänger gewesen ist.«

»Arvid war ziemlich radikal.« Die Lehrerin dachte nach. Ihr rotes Haar funkelte in den Strahlen der Herbstsonne, die schräg durch die großen Fenster fielen. »Was seine Kommilitonen gemacht haben, hat ihn nicht interessiert. Er war auf der Suche nach neuen Ansätzen.«

»Wie die Wiener Aktionisten.«

»Genau.« Frau Krupp sah Zorn erstaunt an.

»Die Blutorgel«, erklärte dieser bedächtig. »Damals ein wirklich radikaler Ansatz.«

Zorn registrierte einen weiteren verwunderten Blick, während sein Verstand hektisch damit beschäftigt war, sich an die kopierten Blätter in Walkows Bauwagen zu erinnern.

*»Man muss die Dinge mit Feuer aneinanderkleben«*, zitierte er,

*»sie verbinden, schänden und schlagen, bis dass sie im Chor Psalmen singen.«*

»Sie haben ein gutes Gedächtnis.«

»Ach«, wehrte Zorn bescheiden ab, »das gehört zum Job.«

Sein Puls raste. Er dachte an Bernd Langer, den mit Abstand klügsten Schüler in seiner Klasse. Der hatte damals auf demselben Platz gesessen wie Zorn gerade (erste Bank vorn rechts). Sein Spitzname war *Professor Streber* gewesen, doch im Stillen hatte Zorn diese von sämtlichen Lehrern geradezu vergötterte Intelligenzbestie immer beneidet, und dass er jetzt mit einem ähnlichen Lob bedacht wurde, erfüllte ihn mit einer tiefen, wenn auch vierzig Jahre verspäteten Befriedigung.

*Ha! Ich kann zwar nicht mal 'ne ordentliche Rakete malen, aber Ahnung habe ich trotzdem!*

Er schwieg einen Moment, um den Triumph auszukosten und Frau Krupp die Gelegenheit zu bieten, das Klassenbuch zu öffnen und eine Eins – mit Sternchen – einzutragen. Dies blieb leider aus, also stand er auf, um die verkrampften Beine zu lockern.

»Worin genau«, fragte er, »bestand denn bei Arvid Walkow der, äh … radikale Ansatz?«

»Er hat sich selbst verletzt. Und einige Bilder mit seinem Blut gemalt.«

»Kannten Sie ihn gut?«

»Schwer zu sagen.« Frau Krupp schüttelte den Kopf. »Ich glaube, das tat niemand.«

Etwas steifbeinig schlenderte Zorn durch den Mittelgang zur Garderobe. Sein Blick wanderte über die Fotos der Kinder, die über den Haken klebten, und verharrte auf Edgar, der grinsend seine Zuckertüte präsentierte (Schröder hatte das Foto bei der Einschulung gemacht).

»Arvid hat mir leidgetan«, sagte Frau Krupp hinter ihm. »Er hatte etwas … Tragisches.«

Zorn sah in das Fach über Edgars Garderobenhaken. Seine Miene verdüsterte sich, als er neben der unvermeidlichen Lego-Figur (Lord Garmadon, Hauptfeind der Ninjas), einer Packung Papiertaschentücher und einem abgebrochenen Bleistift das angebissene Salamibrot entdeckte, das er Edgar zum Frühstück geschmiert hatte. Er beschloss, seinen ignoranten Sohn bei nächster Gelegenheit zur Rede zu stellen, und wandte sich um.

»Kennen Sie einen Samuel Bleeck?«

Frau Krupp faltete die Hände über den Heften und dachte nach.

»Nein«, sagte sie dann.

»Er hat in einer Druckerei gearbeitet.«

»Tut mir leid, noch nie gehört. Ist das …«

»… das zweite Opfer«, nickte Zorn.

Fußgetrappel, Lachen und aufgeregte Kinderstimmen erklangen vor der Tür, entfernten sich und verebbten in den weiten Fluren der Schule.

»Aber Oskar Brava, den kennen Sie, oder?«

»Wie man's nimmt. Ich war mit Henry verheiratet.« Die schmalen Schultern hoben sich unter dem braunen Wollkleid. »Er war schon damals ziemlich bekannt. Und da alle hinter ihm her waren, haben sie auch mit mir gesprochen. Obwohl ich Literaturwissenschaften studiert habe.«

»Darf man fragen …«, Zorn setzte sich auf die Kante einer Schulbank und sprang umgehend wieder auf, als ein bedenkliches Knarren ertönte, »warum Sie dann Lehrerin geworden sind?«

»Ich war nicht gut genug.« Die junge Frau schüttelte den Kopf. »Henry ist dafür geboren, er lebt für die Kunst. Bei Arvid war es vermutlich genauso.«

Auf jeden Fall, dachte Zorn. Er ist sogar dafür gestorben.

»Ein bisschen Talent reicht nicht aus«, fuhr Frau Krupp fort. »Viele erkennen das erst, wenn sie alt sind und merken, wie unglücklich sie sind. Andere wissen es früher. Oskar zum Beispiel hat eine Galerie eröffnet, und ich habe mich entschieden«, sie hob lächelnd die Hände, »anstatt einer erfolglosen Schriftstellerin lieber Lehrerin zu werden.«

»Ich verrate Ihnen mal was.« Zorn ging vor zum Lehrertisch, verschränkte die Arme und setzte eine ernste Miene auf. »Ich habe keine Ahnung von Kunst. Was ich vorhin erzählt habe, über die … Wiener Aktionisten und so, hab ich irgendwo aufgeschnappt, aber kein Wort verstanden. Und malen konnte ich noch nie.«

»Das«, grinste Frau Krupp, »kann ich bestätigen.«

»*Sie* können das definitiv besser. Und wahrscheinlich hätten Sie ein paar hübsche Gedichte geschrieben.«

»Ich hatte mich eher auf Prosa konzentriert.«

»Egal. Ich bin der Letzte, der Ihr … *Talent* beurteilen kann. Aber ich weiß, dass Ihre Entscheidung damals absolut richtig war. Ich bin jedenfalls froh, dass Sie keine Schriftstellerin geworden sind.«

»Weil …?«

Frau Krupp sah fragend zu Zorn auf. Dieser bemerkte das Grübchen unter ihrem Kinn, die winzigen Sommersprossen um die Nase.

»Ich liebe meinen Sohn über alles«, sagte er. »Und weil das so ist, will ich das Beste für ihn. Wenn's nach mir ginge, das Beste, was man auf diesem Planeten auftreiben kann. Das betrifft auch seine Lehrerin.« Zorn ging zur Tür, wandte sich noch einmal um. »In diesem Punkt bin ich beruhigt, denn ich denke, er hat sie bekommen.«

## Vierunddreißig

»Danke«, lächelte Luna Krupp. »Das ist wirklich nett, Herr Zorn.«

Eine kurze Pause entstand. Die aufkommende Stille schien Edgars Vater peinlich zu sein, sein vernarbtes Gesicht rötete sich ein wenig. Dass er seinen Sohn liebte, war nur natürlich, doch dieser wortkarge Griesgram vergötterte sein Kind geradezu, auch wenn er versuchte, sich dies nicht anmerken zu lassen. Andere Menschen schienen ihn kaum zu interessieren; vor diesem Hintergrund war ein Lob aus seinem Mund doppelt wertvoll.

»Na dann … mache ich mich mal rüber zur Turnhalle.«

Er nickte zum Abschied und schloss die Tür hinter sich. Sie beugte sich wieder über ihre Hefte, doch bereits nach wenigen Minuten wurde sie erneut unterbrochen. Strattmann, der Mathelehrer, erschien und vermisste sein Handy, ob Luna es zufällig gefunden habe? Sie verneinte bedauernd, obwohl sie wusste, dass dies nur ein Vorwand war; Strattmann, ein ständig schwitzender Kerl mit Bauchansatz und Stirnglatze, verfolgte sie schon seit Wochen mit seinen Blicken. Er bat, sich kurz umsehen zu dürfen, und während er scheinbar suchend durch die Stuhlreihen ging, wartete sie (innerlich seufzend) darauf, dass er endlich zum Punkt kam. Das tat er schließlich, indem er zunächst kopfschüttelnd überlegte, wann er das verdammte Telefon zuletzt in der Hand gehabt habe, und danach wissen wollte, ob sie am Abend schon etwas vorhabe. Luna Krupp, die mit dieser Frage gerechnet hatte, erwiderte, dass sie Karten – sie betonte die Mehrzahl, obwohl sie allein gehen würde – für einen Brecht-Weill-Abend habe. Das Konzert, fügte sie sicherheitshalber hinzu, sei seit Wochen ausverkauft, worauf der

Mathelehrer einen netten Abend wünschte und sich wieder verzog.

Sie ging zum Fenster und sah hinab auf den Schulhof. Schräg gegenüber wurde die Tür der Turnhalle aufgerissen, Edgar kam herausgerannt, gefolgt von seinem Vater. Dieser hatte den Ranzen unter den Arm geklemmt, fuchtelte mit einer Jacke in der verbliebenen Hand und rief seinem verschwitzten Sohn nach, er solle sich gefälligst ordentlich anziehen. Nach der dritten Aufforderung gehorchte Edgar, und als Zorn ihm die Jacke zuknöpfte, hob er den Kopf, bemerkte sie am Fenster und winkte ihr zu.

Luna Krupp winkte zurück.

## Fünfunddreißig

Der Club ist gut gefüllt, mehr als hundert Menschen drängen sich vor der Bühne. Ein großer, dünner Mann steht im Scheinwerferlicht und singt ein Lied aus der *Dreigroschenoper*. Sein Gesicht ist blass geschminkt, die Lippen blutrot. Um seinen Hals hängt eine Federboa. Auf einem Stuhl neben ihm sitzt ein Gitarrist und begleitet ihn. Er singt mit hoher, weicher Stimme und ausladenden Gesten von einem Schiff mit acht Segeln und fünfzig Kanonen.

Alle lauschen gebannt.

Auch ich.

Ich lehne etwas abseits an einem Stehtisch neben einem Garderobenständer. Auf dem Tisch steht ein Weinglas, daneben eine Blumenvase. Ein Gitarrenakkord verklingt, das Lied ist zu Ende. Der dünne Mann verbeugt sich lächelnd.

Applaus.

Ich klatsche ebenfalls.

Die Musik ist schön, doch deshalb bin ich nicht hier. Was auf der Bühne geschieht, ist nebensächlich. Es geht um die Menschen davor. Ihre Gesichter strahlen, die Augen leuchten. Sie scheinen glücklich zu sein, doch bald, sehr bald, wird einer von ihnen erfahren, was wahrhaftes Glück ist. Wer genau das ist, wird sich zeigen. Ich habe Zeit. Ich werde spüren, wenn es so weit ist. Es ergibt sich von allein. Wie alles.

Der dünne Mann geht ans Mikro:

*Danke, dass ihr gekommen seid. Dies ist ein wunderbarer Abend für uns alle.*

Ja, denke ich. Besonders für einen von euch.

Der Gitarrist blättert in seinen Noten. Das nächste Lied beginnt.

Die Menschen recken die Hälse, lauschen verzückt. Rauchschwaden hängen über ihren Köpfen in den bunten Scheinwerferkegeln. Ihre Ahnungslosigkeit macht sie noch liebenswerter. Es ist so einfach, sie zu unterhalten. Sie sind so naiv. So rein. Doch wenn der letzte Ton verklungen ist, werden sie in ihr Leben zurückkehren, das Leuchten in ihren Augen wird erlöschen. Nur einer von ihnen wird etwas Bleibendes schaffen. Etwas Ewiges.

Große Kunst. Wahre Kunst.

Der dünne Mann singt über die Tränen des gestrigen Abends und den Schnee vom vergangenen Jahr. Seine Stimme ist schön, seine Bewegungen grazil, fließend. Mann und gleichzeitig Frau.

Könnte *er* es sein?

Auch in mir vereinen sich Mann und Frau. Das Wissen, das Können, die Kraft vieler Seelen, die mich zu dem machen, was ich bin. Der Prozess ist noch nicht abgeschlossen, doch der Weg ist nicht mehr lang.

Erneut brandet Applaus auf.

Der dünne Mann flüstert seinem Gitarristen etwas zu und tritt wieder ans Mikro. Kündigt das nächste Lied an und macht einen Scherz. Ich stimme in das Gelächter des Publikums ein, obwohl ich soeben bedauernd feststelle, mich geirrt zu haben. Der Mann auf der Bühne könnte sich als würdig erweisen, doch etwas fehlt. Eine Kleinigkeit nur, eine Schwingung. Was genau, lässt sich nicht sagen.

Ich leere mein Weinglas, dränge mich zur Bar und bestelle ein neues. Als der Barkeeper das Wechselgeld reicht, berühren sich unsere Hände. Nichts ist zu spüren, doch ich bin geduldig. Ich werde sofort wissen, wenn ich den Richtigen treffe.

Jemand tippt mir auf die Schulter.

*Hast du mal Feuer?*

Ich schüttele bedauernd den Kopf und beobachte, wie der junge Mann sich durch das Gedränge in Richtung Bühne schiebt. Auch er ist es nicht.

Der dünne Sänger setzt sich auf einen Hocker am Bühnenrand und trocknet mit einem Handtuch den Schweiß auf der Stirn. Der Gitarrist spielt ein Solo. Ich nippe an meinem Glas, lausche den verzerrten, von Echos überlagerten Tönen und werde plötzlich angerempelt. Etwas Wein schwappt auf das dunkelbraune Wollkleid einer jungen Frau.

Ich entschuldige mich.

Die Frau lächelt: *Kein Problem. War mein Fehler.*

Ich lächle zurück.

*Bingo. Da bist du ja endlich.*

# ZWEITER AKT

## Die Auserwählten

Wenn uns das Leben gefällt,
darf uns der Tod nicht abstoßen,
denn er kommt aus der Hand des gleichen Meisters.

*(Michelangelo)*

## Sechsunddreißig

Schröder stieß einen Pfiff aus. »Das wird Frieda aber gar nicht gefallen.«

»Was?«, erkundigte sich Zorn.

Anstelle einer Antwort reichte ihm Schröder die Zeitung über den Schreibtisch. Zorn setzte die Lesebrille auf und überflog einen Artikel. »Wieso sollte ihr das nicht gefallen?«, fragte er. »Die Leuchtreklame für den Zoo am alten Wasserturm wird ersetzt. Also ich fand das als Kind ziemlich cool. Was ist so schlimm, wenn …«

»Andere Seite, Chef.«

»Sag das doch gleich.«

*DEUTSCHLANDS ATTRAKTIVSTE STAATSANWÄLTIN AUF DER JAGD NACH DEM NÄCHTLICHEN SCHLÄCHTER!*, war dort über einem Foto zu lesen, das Frieda auf einer Pressekonferenz zeigte.

»Stimmt«, nickte Zorn, »*das* wird ihr nicht im Geringsten gefallen. Ich hoffe, sie hat sich bis heute Abend halbwegs beruhigt. Bis dahin sollte man ihr aus dem Weg gehen.«

»Wir haben um zehn eine Besprechung.«

»Na dann …« Zorn bedachte Schröder über den Rand seiner Lesebrille mit einem mitfühlenden Blick. »Viel Glück.«

Der Morgen war trüb und windig. Ein erster, noch etwas schüchterner Vorbote der herbstlichen Stürme trieb die tiefhängenden Wolken am Fenster vorbei. Zorn blätterte in der Zeitung, während Schröder aufstand, um sich der Pflege seiner Topfpflanzen zu widmen.

»Na, na, na«, murmelte er, die hellblauen Augen auf eine Begonie gerichtet. »Du siehst mir ein bisschen mickrig aus.« Er hob ein Blatt an und betrachtete die Unterseite.

»Vielleicht haben die ja recht«, sagte Zorn hinter ihm.

»Womit?«

Zorn klopfte mit dem Armstumpf auf die Zeitung. »Die fragen, wann …«

»Huch!« Schröder erbleichte, ging hastig zum Schreibtisch, öffnete eine Schublade, kramte eine Pinzette hervor und lief zurück zum Fenster.

»Sag mal, hörst du mir überhaupt zu?«

»Sicher doch«, brummte Schröder, wieder über seine Pflanze gebeugt.

»Die schreiben hier, dass …«

»Na also, hab ich dich.« Schröder zupfte an dem Blatt, hob den Arm und fixierte die Pinzette im Morgenlicht. »Erzähl ruhig weiter, Chef.«

»Also«, begann Zorn erneut, »eigentlich schreiben die ja nur …«

»Dreck!«, strahlte Schröder.

»Sag ich doch. Aber …«

»Hier!« Schröder hielt Zorn die Pinzette entgegen. »Es ist nur Dreck, ein bisschen Erde!« Er seufzte erleichtert. »Ein Glück.«

»Ja«, sagte Zorn. »Was für ein Glück.«

»Ich dachte, es wär eine Milbe!«

»Nein!«, rief Zorn entsetzt. »Eine *Milbe*?«

»Wenn die einmal da sind«, Schröder musterte die Begonie mit einem fürsorglichen Blick, »wird man sie ganz schwer wieder los.«

»Puh …« Zorn stieß die Luft aus. »Da haben wir ja *richtig* Glück gehabt.«

»Was deine Frage betrifft«, Schröder wischte die Pinzette an der Cordhose ab, warf sie in die Schublade und kam um den Schreibtisch, »lautet die Antwort: ja.«

»Du weißt doch gar nicht, was ich …«

»Doch.«

Schröder deutete auf die Schlagzeile: *WANN SCHLÄGT DER NÄCHTLICHE SCHLÄCHTER WIEDER ZU?*

»Bei allem Unfug, der dort steht«, sagte er, »ist die Frage berechtigt. Hinter den Morden steckt eine Botschaft. Er will uns etwas sagen. Was genau, werden wir wohl erst verstehen, wenn er fertig ist.«

## Siebenunddreißig

Ich erschaffe mich selbst.
Ich bin das Werk.
Das Werk ist ich.
Ich habe keine Botschaft.
Mein Name ist die Botschaft.

## Achtunddreißig

»Claudius?«

»Am Apparat, Frau Oberstaatsanwältin.«

»Ich wollte nur Bescheid sagen, dass ich später nach Hause komme.«

»Hast du Stress?«

»Ich muss um sechs mit dem Justizminister telefonieren. Er fragt sich, warum die Ermittlungen nicht vorankommen, und besteht darauf, persönlich von *Deutschlands attraktivster Staatsanwältin* informiert zu werden.«

»Du hast den Artikel gelesen.«

»Ließ sich nicht vermeiden.«

»Nimm dieses Geschmiere nicht ernst, Frieda.«

»Mach ich nicht. Was ist das für ein Lärm?«

»Edgar hat die Kiste mit deinen alten CDs gefunden. Jetzt ist er in seinem Zimmer und hört sich Metallica an.«

»Echt? Der Junge hat Geschmack.«

»Darüber lässt sich streiten. Na ja, immerhin besser als Bon Jovi. Die CD hab ich hinter dem Gummibaum versteckt. Es wäre furchtbar, wenn er die in die Finger kriegt.«

»Ich werde mich nicht bei dir …«

»Du musst dich nicht rechtfertigen, Frieda. Wir alle machen Fehler. Du warst jung. Und naiv.«

»Jetzt pass mal auf, Freundchen. Wenn du glaubst, du …«

»Ich muss Abendbrot machen. Fischstäbchen, das muntert Edgar vielleicht auf.«

»Wieso? Ist er sauer?«

»Lisa Seibt steigt ihm noch immer nach, die scheint ziemlich hartnäckig zu sein. Außerdem ist Frau Krupp krank. Der Mathelehrer vertritt sie, und den kann Edgar nicht leiden.«

»Warum?«

»Einfach so.«

»Das hat er von seinem Vater.«

»Logisch. Von wem sonst?«

## Neununddreißig

Ich sitze auf einem Stuhl. Lausche den keuchenden, durch das Klebeband gedämpften Atemzügen und dem gelegentlichen Knarren, wenn der neue Gast an seinen Fesseln zerrt.

*Ist es das? Ein Gast?*

Letztendlich ist es nur eine Bezeichnung. Ich vereine viele Wesen in mir. Eine nennt die Frau auf der Pritsche (ein wenig pathetisch) *die Auserwählte*, eine andere *Kunstwerk*. Es gibt eine weitere (meist wütende) Stimme, die von *Instrument* oder *Rohstoff* spricht, doch eigentlich ist das egal. Fakt ist, dass es die Richtige ist – womöglich die beste Formulierung, denn daran gibt es keinen Zweifel. Die Kräfte (ebenfalls ein schwammiges Wort), aus denen ich mich forme, könnten unterschiedlicher nicht sein, doch alle eint ein gemeinsames Ziel.

Ein stechender Geruch erfüllt den Raum. Die Frau liegt in ihrem eigenen Urin auf den Lederpolstern. Eine der Stimmen (die wütende) hat sich vorhin über *die stinkende Sau* beschwert, doch im Moment überwiegt das Verständnis, schließlich ist sie schon seit Stunden an die Pritsche gefesselt. Angst hat sie natürlich auch; jemand, der arglos ein Konzert besucht, auf dem Heimweg in einer dunklen Seitenstraße niedergeschlagen wird und hier unten wieder zu sich kommt, *muss* Angst haben.

Ich drehe den Timer in der Hand:

**9:32:36**

Als ich aufstehe, hört die Frau das Scharren der Stuhlbeine und bäumt sich in den Fesseln auf. Ihren Vorgänger habe ich getröstet und versprochen, dass es schnell gehen würde. Und schmerzlos. Diesmal wird es anders, völlig anders sein, doch eine Lüge würde den

Weg, den wir gemeinsam gehen werden, beschmutzen. Es wird keinerlei Freude bereiten, ihr die Schmerzen zuzufügen.

Aber der Weg ist nebensächlich.

Es geht um das Ziel.

*Ich erschaffe mich selbst.*

Das Werk.

*Der Schöpfer entsteht erst, wenn das Werk vollendet ist.*

Ich beuge mich über die zitternde Gestalt. Öffne den Mund und flüstere, überwältigt von einer Welle der Zuneigung, nur ein einziges Wort:

*Danke.*

## Vierzig

In der Nacht kam der Nebel. Eine lautlose Wand, die von Westen her über den Fluss zog, über den Markt und weiter in Richtung Bahnhof, wo sie auf halber Strecke den Stadtgottesacker erreichte, einen stillen, von sechs Meter hohen Mauern umgebenen Ort im Herzen der Stadt, an dem die Zeit vor einem halben Jahrtausend stehengeblieben zu sein schien. Ein Schleier senkte sich über die efeubewachsenen Bäume, bedeckte die uralten Gräber, verschluckte die Konturen der verwitterten Statuen, und als ein einsamer Glockenschlag vom Marktplatz verkündete, dass die erste Stunde des neuen Tages verstrichen war, schien es, als wäre der alte Friedhof unter einem grau wabernden Grabtuch verschwunden.

Scheinwerfer bohrten sich durch den Dunst, ein Kastenwagen mit dem Logo einer privaten Sicherheitsfirma auf der Motorhaube holperte auf einer engen Seitengasse heran. Ein Uniformierter stieg aus, lief mit hochgezogenen Schultern zum Eingangsportal, zückte eine Taschenlampe und überzeugte sich, dass das schmiedeeiserne Tor ordnungsgemäß verschlossen war. Der Wachmann leuchtete durch die Gitterstäbe, doch der Strahl wurde nach weniger als einem Meter vom Nebel verschluckt. Lauschend verharrte er einen Moment unter dem steinernen Torbogen, machte Anstalten, wieder zum Wagen zu gehen, als sein Blick auf eine Nische über einer gemeißelten Inschrift (*HOFFET AUF MORGENROT IM TOTENTAL*) fiel. Er zog einen der Lederhandschuhe aus, griff nach dem Plastikkästchen und betrachtete die flimmernden Zahlen:

**2:58:23**

Stirnrunzelnd hielt der Wachmann den Timer in den Fingern, verstaute ihn schließlich achselzuckend in der Tasche der gefütterten Jacke und lief zurück zum Auto, um seine Runde fortzusetzen.

Als er vier Stunden später zu seinem zweiten Kontrollgang erschien, standen die eisernen Torflügel offen. Nachdem er über Funk die Zentrale informiert hatte, betrat er den Friedhof, um die nächtlichen Ruhestörer (Kids, die wieder einmal eine ihrer makabren Grufti-Partys feierten) dingfest zu machen. Bereits nach zwei Schritten war er im Nebel verschwunden, nur seine Stimme (*Ich krieg euch, ihr Penner!*) drang aus dem Dunst, um plötzlich einem erstickten Schrei zu weichen. Es wurde still, dann folgte ein Plätschern, als sich der Mageninhalt des Wachmanns auf den Sockel des verwitterten Grabsteins der *ehrsamen Jungfrau Nothburg Kindel* ergoss und über die Inschrift (*gestorben im siebzehnten Jahr, just als sie zu brauchen war*) zu Boden rann.

## Einundvierzig

»Ich hab so was noch nie gesehen«, murmelte Schröder.

Das, erwiderte Zorn, sei kein Wunder, schließlich gehöre das zum Plan des Mörders. Er schluckte, gab seinen üblichen Spruch von sich (*du hast hier ja alles unter Kontrolle*) und wandte sich zum Gehen.

»Wo willst du denn hin?«, fragte Schröder.

»Nachdenken.«

»Worüber?«

»Michael Jackson«, erwiderte Zorn und verschwand im Nebel.

Die Gruft, in der Schröder allein zurückblieb, war Teil der nach innen offenen, überdachten Arkadengänge, die den Stadtgottesacker an der Innenseite der Mauern in einem großen Rechteck umgaben. Knapp hundert Grabgewölbe befanden sich unter den Bögen der Anlage, die im Mittelalter nach dem Vorbild italienischer Renaissance-Friedhöfe errichtet worden war. Im Zweiten Weltkrieg waren die reich verzierten Bogengänge fast vollständig zerstört und nach Jahrzehnten des Verfalls nach und nach restauriert worden.

Die Grabstätte war circa vier Meter tief und zehn Meter lang. Im Gegensatz zu den links und rechts angrenzenden Gewölben war das schmiedeeiserne Begrenzungsgitter zum Innenraum noch nicht ersetzt worden. Abgesehen von einer lebensgroßen Skulpturengruppe an der Stirnseite war der Raum leer. Auf einem Marmorsockel stand eine Pietà: ein steinernes Kreuz, davor Maria mit dem toten Jesus Christus auf dem Schoß.

Schritte erklangen, ein Techniker in weißem Overall erschien. Er grüßte Schröder mit noch vom Schlaf belegter Stimme, sah die Skulptur an der Gewölbewand und wandte sich ab. Während er hastig einen mobilen Scheinwerfer aufbaute, vermied er sorgfältig jeden weiteren Blick ins Innere der Gruft und ging wortlos davon.

Schröder näherte sich der Statue. Der stechende Geruch wurde stärker. Mit Ausnahme der Muttergottes war die aus Kalkstein gemeißelte Plastik stark beschädigt, die geflügelten Engel an den Seiten selbst im gleißenden Scheinwerferlicht nur noch schemenhaft erkennbar, die lateinischen Inschriften kaum zu entziffern. Der obere Teil des Kreuzes fehlte, ebenso wie der Leichnam des Heilands, der kurz nach Kriegsende von betrunkenen russischen Soldaten zerstört worden war.

Über ein halbes Jahrhundert lang hatte die Muttergottes mit leeren Armen auf ihrem Marmorsockel gesessen. Bis letzte Nacht.

*

Zorn lehnte an einem knorrigen Baumstamm im Zentrum des Friedhofs, wo sich die beiden Hauptwege kreuzten. Der Tag war vor einer halben Stunde angebrochen, der Nebel schimmerte in silbrigem, unwirklichem Licht. Die Sichtweite betrug nur ein paar Meter, die Arkadengänge waren hinter den wattigen Schleiern nicht zu erkennen. Gedämpfte Stimmen schwirrten umher, feuchtes Laub raschelte unter den Schritten der Kriminaltechniker. Links und rechts ragten Kreuze aus dem Efeu in den Dunst, schemenhafte Gestalten tauchten zwischen den Grabsteinen auf, verschwanden im nächsten Moment. Die Szenerie glich einem billigen Horrorstreifen, doch seltsamerweise hatte Zorn im ersten Moment an Michael Jackson gedacht (was Schröder mit stoischer Miene zur Kenntnis genommen hatte), genauer gesagt an ein altes Musikvideo, dessen Titel ihm partout nicht hatte einfallen wollen. Selbst für Zorns Verhältnisse waren diese

Überlegungen ziemlich bizarr, doch das Grübeln über das Video (*Thriller*, wie er sich bald erinnerte) hatte ihn abgelenkt und den Anblick im Inneren des Gewölbegangs – leider nur kurz – vergessen lassen.

Er holte die Zigaretten hervor, knipste das Feuerzeug an und hielt mitten in der Bewegung inne. An das Rauchverbot in geschlossenen Räumen hatte er sich mittlerweile gewöhnt, doch wenn er im Freien war, nutzte er jede Gelegenheit. Dass er jetzt zögerte, lag an seiner katholischen Erziehung. Seit fünfunddreißig Jahren hatte Claudius Zorn keinen Gottesdienst mehr besucht (ausgenommen bei der Beerdigung seines Vaters), doch selbst jetzt noch wirkten die sonntäglichen Kirchgänge, Bibelstunden und Gebetskreise seiner Kindheit nach. Hier, auf *geweihtem Boden*, war es unschicklich zu rauchen, also verstaute er die Zigaretten wieder in der Lederjacke, verschränkte fröstelnd die Arme und lief den gepflasterten Weg entlang.

Die Grabstätten waren alt, beerdigt wurde hier seit Ewigkeiten niemand mehr. Riesige, von kunstvoll verzierten Säulen begrenzte Grabsteine tauchten auf, mannshohe Statuen – Heilige, Marienfiguren und steinerne Engel – verteilten sich auf Granitsockeln unter den alten Bäumen. Der Friedhof war der Oberschicht vorbehalten gewesen: Fabrikanten, Professoren und hohe Beamte, die selbst im Tod noch versucht hatten, einander zu übertrumpfen.

Zorn stoppte vor einer großen, von verzierten Türmchen gekrönten Marmorplatte, las die vergoldete Inschrift *(Hir ruhet in Gott Geheimrath Hieronymus Gundling)* und hatte plötzlich ein Déjà-vu. Genau so hatte er schon einmal vor einem Grabstein gestanden, auf einem anderen Friedhof zwar, vor über vierzig Jahren, an einem sonnigen Wintertag Ende Februar. Er war gerade Messdiener geworden und hatte zum ersten Mal an einer Beerdigung teilgenommen. Es war kalt gewesen, und zwar …

## Zweiundvierzig

*... ziemlich kalt. Claudius friert ganz schön, trotz des Rollkragenpullovers, den er unter dem dünnen Messdienergewand trägt. Mutter hat das Ding selbst gestrickt, es kratzt fürchterlich und sieht ziemlich dämlich aus mit dem Zopfmuster und den rosa Streifen quer über der Brust. Aber es ist besser als nichts, außerdem sieht man den Pullover unter der Kutte nicht, und die Kutte – weinroter Rock, darüber ein weißes Leinenhemd mit weiten, bestickten Ärmeln – findet Claudius klasse.*

*Der Trauerzug kriecht im Schneckentempo über den Friedhof. Ganz vorn schieben zwei Männer in dunklen Anzügen und weißen Handschuhen den Sarg auf einem Rollwagen, dahinter läuft Pfarrer Kraeker. Claudius folgt ihm in zwei Metern Abstand, hinter ihm laufen die Trauernden, ein halbes Dutzend blasse, schwarz gekleidete Gestalten. Claudius kennt keinen von ihnen, auch nicht den Verstorbenen, der da vorn zu seiner letzten Ruhestätte gerollt wird.*

*Zuerst war er aufgeregt, doch eigentlich ist es total einfach. Er muss nur Pfarrer Kraeker folgen, feierlich gucken und das Weihrauchfässchen schwenken. Das mit dem Weihrauch fand Claudius ebenfalls super (den dürfen eigentlich nur die Großen tragen), doch seine Begeisterung flaut allmählich ab.*

*Die Schritte der Trauernden schlurfen über den Kies. Ein Rad des Rollwagens quietscht. Hinter Claudius schluchzt eine Frau. Bleiches Sonnenlicht fällt durch die kahlen Baumkronen auf den Hauptweg. Der ist ziemlich lang, findet Claudius.*

*Er richtet seine Aufmerksamkeit auf die bullige Gestalt von Pfarrer Kraeker. Der läuft gebeugt vor ihm her, sein Atem weht in weißen Wölkchen über die Schulter, wie bei einer Dampflok. Die weißen Haare bilden einen Kranz um die gerötete, von Leberflecken bedeckte Glatze. Pfarrer Kraeker wird bald in Rente gehen, hat Mutter gesagt. Das ist wahrscheinlich gut so, denkt Claudius. Er hat Pfarrer Kraeker noch nie lachen sehen. Seine Predigten sind total langweilig, und in den Bibelstunden redet er nur von Hölle und Verderben. Er mag keine Kinder, bestimmt mag er niemanden. Im Gegensatz zu Vikar Sommer, der ist lustig. Wenn er eine Geschichte aus der Bibel erzählt, ist es total spannend, und er muss ziemlich gute Beziehungen in den Westen haben. Letzte Woche hat er Snickers an die Kinder verteilt, danach haben alle Uno gespielt. Das war super, fast so toll wie in der Woche zuvor, da hat er ein Monopoly-Spiel mitgebracht.*

*Der Trauerzug erreicht eine Kreuzung, schiebt sich an einem steinernen Springbrunnen vorbei. In der Mitte kniet ein betender Engel, das Becken ist von einer Eisschicht bedeckt. Claudius hebt den Kopf, sieht unauffällig am Pfarrer vorbei nach vorn. Der Weg zieht sich noch immer endlos unter den hohen Bäumen dahin.*

*Claudius vergräbt das Kinn in den groben Wollmaschen des Pullovers. Er denkt an Anke Reinhold, die sitzt eine Bank vor ihm. Heute Morgen hat sie ihm nach der Mathestunde einen Zettel in die Hand gedrückt:*

Hirmit sage ich dir was du wissen wilst, *hatte sie in krakeliger Schrift geschrieben.* Ich habe dich als Freund hast du mich auch als Freundin?

*Darunter war ein Herz mit einem Pfeil gemalt und zwei Kästchen, auf denen er Ja oder Nein ankreuzen muss.*

*Claudius weiß nicht recht, was er machen soll. Klar, er ist schon eine Weile in Anke Reinhold verknallt, aber das sind so ziemlich alle Jungs in seiner Klasse. Außerdem geht Anke Reinhold mit Steffen Moosdorf, der wohnt drei Etagen unter Claudius und ist einer seiner besten Kumpels.*

*Irgendwie, überlegt Claudius, wird er sich bis morgen ent-*

*scheiden müssen. Er bemerkt, dass er ein paar Meter zurückgefallen ist, beschleunigt und schließt wieder zu Pfarrer Kraeker auf, während sich seine Miene beim Gedanken an den morgigen Tag verdüstert.*

*Donnerstag, der schlimmste Tag der Woche. Claudius hat bis um zwei Schule, danach muss er sofort nach Hause, weil er um drei am Konservatorium sein muss. Erst Querflötenunterricht bei Herrn Suffrian, danach Musiktheorie bei Frau Hudy und zum Schluss zwei Stunden Probe mit dem Jugendorchester. Eins schlimmer als das andere.*

*Claudius hasst diesen Tag. Wenn er abends ins Bett geht, fällt ihm ein riesiger Stein vom Herzen, doch am nächsten Morgen ist der schon wieder da, noch ziemlich klein, doch je näher der nächste Donnerstag rückt, desto größer wird er, erst ein Kiesel, zum Schluss ein dunkler, erdrückender Felsbrocken. Claudius fühlt sich wie ein Hamster in einem endlosen, zermürbenden Rad. Ausbrechen kann er nicht, Mutter würde es niemals erlauben. Was man angefangen hat, sagt sie, muss man auch beenden, außerdem war es seine eigene Entscheidung (das stimmt, aber es ist vier Jahre her, er war noch im Kindergarten und hatte keine Ahnung, was auf ihn zukommt). Es ist sinnlos, mit Mutter zu diskutieren, und Vater braucht Claudius gar nicht erst zu fragen, der kommt immer spät aus dem Büro und verschwindet sofort in sein Arbeitszimmer. Beim Abendessen wird nicht gesprochen, danach muss Vater in Ruhe die Tagesschau gucken und …*

*Claudius zuckt zusammen, um ein Haar wäre er gegen den breiten Rücken von Pfarrer Kraeker geprallt. Der Zug hat gestoppt, doch Claudius' Hoffnung, endlich am Ziel zu sein, zerschlägt sich, als die Anzugmänner den Sarg in einen Seitenweg rollen, der zwar schmaler, aber ebenso endlos wie der Hauptweg erscheint.*

*Also weiter.*

*Dieser Teil des Friedhofs ist älter, viele Gräber sind verwildert.*

Claudius trottet hinter Pfarrer Kraeker dahin, vorbei an schiefen, verwitterten Grabsteinen. Die meisten Inschriften sind in Fraktur, doch die kann Claudius lesen. Er liest so ziemlich alles, was er in die Finger bekommt, und als Vater ihm vor einem halben Jahr nach einer Dienstreise ein altes Karl-May-Buch aus einem tschechischen Antiquariat mitgebracht hat, da hat Claudius sofort angefangen. Am Anfang war es ziemlich schwer (das S und das F sind kaum zu unterscheiden), aber er hat sich schnell dran gewöhnt, und die Geschichte (Durchs wilde Kurdistan) war unglaublich spannend. Das hat Vater gemerkt, also hat er drei weitere besorgt, und als sie vor einem Monat wie immer in den Winterferien zu der kleinen Skihütte am Rennsteig gefahren sind, hat Claudius darauf bestanden, zwei von den Büchern (Unter Geiern und Durch die Wüste) mitzunehmen. Cornelius, sein Bruder, hat ihn ausgelacht – kein Wunder, der ist zwar schon in der Sechsten, liest aber noch wie ein Erstklässler. Mutter hat es nur unter der Bedingung erlaubt, dass er die dicken Wälzer in seinen eigenen Koffer packt und selbst den verschneiten Waldweg hoch zur Hütte schleppt.

Die Kälte kriecht durch die Sohlen der dünnen Lederschuhe. Claudius' Finger schmerzen, er würde gern in die Hände hauchen, aber das geht nicht, weil er die dünne Messingkette des Weihrauchfässchens halten muss. Er liest eine verblasste Inschrift (Ein gutes Herz hat aufgehört zu schlagen) und denkt an den Winterurlaub. Tagsüber sind sie mit Vater Ski gefahren (Mutter hatte Migräne), und wenn er abends mit Cornelius im Bett lag, hat er gehört, wie die Eltern nebenan stritten.

Hinter ihm schnäuzt sich jemand, irgendwo links krächzt eine Krähe. Die Gräber mit den alten Inschriften ziehen an Claudius vorbei.

Dem Auge fern, dem Herzen ewig nah

Wie immer hat Vater kaum was gesagt. Dafür hat Mutter umso mehr geredet.

**Geliebt, beweint und unvergessen**

*Was genau, hat Claudius nicht verstanden. Doch der Tonfall – kälter als sonst (falls das überhaupt möglich war) – war deutlich genug gewesen.*

**Nicht verloren nur vorausgegangen**

*Am letzten Abend wurde es schlimm. Mutter hat geschrien. Türen knallten, Teller splitterten auf dem Boden. Claudius hat geweint, und obwohl er sich Mühe gab, hat Cornelius es gehört. Er ist zu Claudius in den Schlafsack gekrochen und hat ihn wortlos in den Arm genommen.*

**Wir alle sind nur Gast auf Erden**

*Am nächsten Morgen wurde schweigend gepackt. Seitdem haben Mutter und Vater kein Wort mehr gewechselt. Das ist jetzt drei Wochen her.*

**Wohlan denn Herz nimm Abschied,** *entziffert Claudius und denkt an seinen großen Bruder, der ihn früher gepiesackt hat, wann immer es ging. Vorgestern hat Cornelius vor der Schule gewartet (was er noch nie gemacht hat), und als sie zusammen nach Hause gegangen sind, hat er Claudius' Hand genommen und erklärt, dass ihre Eltern sich trennen werden.*

*Das nächste Grab wird von einem verrosteten Eisengitter begrenzt. Der Stein steht schief zwischen Unkraut und abgestorbenem Laub, ein gezackter Riss zieht sich durch den dunklen Marmor.*

**Wer hier glaubensvoll geschieden,** *liest Claudius, in Gedanken bei seinen Eltern, die sich gar nicht scheiden lassen dürfen.*

**lebet**

*Die Inschrift ist völlig verblasst, schwer zu entziffern.*

**ewig**

*Die Ehe, das weiß Claudius, ist ein Sakrament.*

**dort**

*Aber was wird, wenn sie's trotzdem tun?*

in

*Wo soll er dann hin? Zu Mutter oder …*

*Ein Hüsteln ertönt. Claudius dreht sich um und bemerkt die Trauergemeinde, die sich hinter ihm drängt. Als er nach vorn sieht, erkennt er Pfarrer Kraeker, der über dreißig Meter entfernt im kalten Sonnenlicht auf dem schmalen Weg steht, die trüben Augen unter buschigen Brauen drohend auf Claudius gerichtet. Diesem wird schlagartig bewusst, dass er stehen geblieben ist und den schwarz gekleideten Menschen den Weg versperrt, in Gedanken bei seinen Eltern und gleichzeitig auf einen verwitterten Grabspruch konzentriert. Wahrscheinlich schon seit einer ganzen Weile, wie der versteinerten Miene von Pfarrer Kraeker zu entnehmen ist. Claudius wirft einen letzten Blick auf den Grabstein, entziffert das halb im Unkraut verborgene Wort*

Frieden

*und setzt sich hastig in Bewegung, stolpert über eine Wurzel und landet auf allen Vieren auf der letzten Ruhestätte der Eheleute Kyritzsch. Als er sich schluchzend aufrappelt, tropft Blut aus einer Platzwunde auf seiner Stirn, ein Riss klafft im Messdienergewand und das Weihrauchfässchen ist zerbeult.*

*Pfarrer Kraeker dreht sich wortlos um und geht weiter.*

*»Warte!«, ruft Claudius weinend, humpelt ihm nach und umfasst das schmerzende Knie. »Ich kann nicht so schnell! Das ist …«*

## Dreiundvierzig

»Ach, hier bist du.«

Zorn hob den Kopf. Schröder war wie aus dem Nichts aus dem Nebel aufgetaucht und sah zu ihm auf, die Hände in den

Taschen des Fischgrätmantels vergraben, seine Baskenmütze keck auf das linke Ohr geschoben.

»Klar«, murmelte Zorn und tastete nach einer Platzwunde an seiner Stirn, die seit knapp vierzig Jahren verheilt war. »Wo soll ich sonst sein?«

»Alles okay?«, fragte Schröder.

»Klar«, wiederholte Zorn, langte nach der Brille und säuberte die beschlagenen Gläser am Hosenbein in dem vergeblichen Bemühen, gleichzeitig lange verdrängte Erinnerungen wieder wegzuwischen.

Pfarrer Kraeker hatte ihn damals nicht bestraft. Nicht etwa aus Menschenliebe, die Gelegenheit hatte sich einfach nicht ergeben. Um Claudius eine Ohrfeige (oder Schlimmeres) zu verpassen, hätten sie allein sein müssen. Dazu war es nicht mehr gekommen, denn anderthalb Wochen nach Claudius' erster (und letzter) Amtshandlung bei einer Beerdigung war Kraeker nach einem Herzinfarkt in der Sakristei (Gerüchten zufolge mit heruntergelassener Hose neben einem Pornoheft aus dem Westen) aufgefunden worden.

Mit Anke Reinhold war er eine Weile zusammen gewesen (natürlich hatte er das *Ja* auf dem Zettel angekreuzt). Eine Woche lang hatten sie heimlich Händchen gehalten, Eis gegessen und sich ein paarmal am Trafohaus hinter dem Schulhof zum Knutschen getroffen. Das Glück endete mit einem weiteren Zettel (*hirmit teile ich dir mit das du nicht mer mein Freund bist*) und Claudius wurde von Frithjof Rödel abgelöst, der ein Jahr älter war und ebenfalls im Orchester spielte. Die Tatsache, dass ein (zweifellos schlechter) Querflötist durch einen (definitiv *noch* schlechteren) Cellisten ersetzt wurde, machte die Schande nicht besser.

Kurz darauf verließ seine Mutter die Familie und zog in eine Plattenbauwohnung in der Neustadt. Claudius' Vater kümmerte sich um seine Söhne (was ihm durchaus gelang), doch die beiden vermissten ihre Mutter, und als diese ein halbes Jahr später plötzlich wieder vor der Tür stand und Mann und Kindern eröffnete, *es noch einmal versuchen* zu wollen, schöpfte Claudius Hoffnung, während Cornelius – zwei Jahre älter und somit wesentlich lebenserfahrener – skeptisch blieb. Er sollte recht behalten, denn bald darauf reichte Renate (als *Mutter* wurde sie von nun an von ihren Söhnen nie wieder bezeichnet) die Scheidung ein, und es stellte sich heraus, dass der *Versuch* nur ein Vorwand gewesen war, das Wohnrecht in der begehrten Dreiraumwohnung (inklusive Balkon und Telefonanschluss) zu behalten und diese nach der Trennung zu übernehmen. Als die Kinder entschieden, bei ihrem Vater zu bleiben, sprach das Gericht ihm die Wohnung zu, und Renate, die den Verlust ihrer Söhne deutlich besser verkraftete als den des Telefonanschlusses, verschwand aus ihrem Leben. Erst Jahre später, nachdem Zorns Vater bei einem Autounfall gestorben war, tauchte sie bei der Beerdigung auf, drückte ihren mittlerweile erwachsenen Söhnen ihr Beileid aus und erkundigte sich dann, ob ihr Ex-Mann sie (nach immerhin zehn Jahren Ehe) in seinem Testament erwähnt habe. Claudius war sprachlos gewesen, also hatte Cornelius ihr die Leviten gelesen und …

»Chef?« Schröder zupfte Zorn am Ärmel. »Ist wirklich alles okay?«

»Ich … äh, klar«, sagte Zorn zum dritten Mal.

Schröder musterte ihn prüfend. »Du siehst nicht gut aus.«

»Liegt an … der Leiche.« Zorn deutete durch den Nebel in Richtung der Arkadengänge. »Du sagst selbst, dass du so was noch nie gesehen hast.«

»Stimmt«, nickte Schröder. »Trotzdem …«, ein weiterer skeptischer Blick, »irgendwas ist mit dir.«

Zorn sagte, er habe keine Ahnung, wovon Schröder rede.

Dieser wisse schließlich, dass er einen empfindlichen Magen habe. »Mir wird schon übel, wenn ich 'ne gewöhnliche Leiche sehe. Wenn die dann auch noch …«

Er verstummte.

»Ja?«, fragte Schröder.

Jedenfalls, fuhr Zorn nach einer kurzen Pause fort, sei es nur logisch, dass er, Zorn, ein *bisschen durch den Wind* sei.

»Natürlich«, stimmte Schröder zu, die blauen Augen unverwandt auf seinen ehemaligen Vorgesetzten gerichtet.

Er glaubt mir nicht, dachte Zorn, der sich unter Schröders Blick fühlte wie ein Pantoffeltierchen unter dem Rastermikroskop. Aber der weiß schon genug über mich, mehr werde ich ihm nicht erzählen.

Er fragte, ob er bei den Typen von der Spurensicherung einen Kaffee bekommen könne (was Schröder verneinte), beschwerte sich über den *beschissenen Service*, verkündete, vor dem Friedhof eine rauchen zu gehen und stapfte davon.

Sicherlich, der Anblick im Gewölbe *hatte* ihn ordentlich aus der Bahn geworfen (wer, um Himmels willen, kam auf die Idee, einen Menschen zu töten, um ihn dann gehäutet in eine mittelalterliche Skulpturengruppe zu integrieren?), doch die plötzliche Erinnerung an seine Kindheit war deutlich unangenehmer gewesen. Zorn war kein Psychologe, die hasste er, doch er wusste natürlich, dass dies tiefgreifende Gründe hatte, ebenso war ihm bewusst, dass da noch einiges mehr im Verborgenen lag, doch er *wollte* sich nicht daran erinnern. Bisher (fand er zumindest) war er ganz gut in seinem Leben zurechtgekommen; nicht etwa, weil er seine Vergangenheit aufgearbeitet, sondern im Gegenteil erfolgreich verdrängt hatte (ebenso, wie er's mit vielen Problemen tat). Schlimme, wirklich traumatische Dinge hatte er (im Gegensatz zu Schröder) nie erlebt, er hatte einfach keine Lust, darüber nachzudenken. Sein Vater war tot, das Verhältnis zu Cornelius halbwegs okay und seine Mutter? Nun, man telefonierte an den Geburtstagen, traf sich höchstens einmal im Jahr, redete über Belanglosigkeiten, und wenn man sich verabschiedete, waren beide Seiten erleichtert, dass es vorbei war. Was sollte man mit einer Frau *aufarbeiten*, die sich nicht im Geringsten für ihre Kinder interessierte?

Zorn lief zwischen den Gräbern durch eine surreale, verwirrende Parallelwelt. Zwei Uniformierte schälten sich aus dem Nebel wie Statisten an einem falschen Filmset und verschwanden ebenso schnell, wie sie aufgetaucht waren.

Claudius Zorn war ein schwerfälliger Mensch. Wenn er sich für etwas entschieden hatte, wurde dies in den seltensten Fällen hinterfragt (abgesehen natürlich von dem unseligen Entschluss, Polizist zu werden). Wenn er etwas mochte (Zigaretten, die *Pet Shop Boys* oder die Batman-Filme von Christopher Nolan), dann blieb es dabei. Auch die wenigen Menschen, die ihm wichtig waren, würde er bis an sein Lebensende lieben – selbst Malina, die sich kurz nach Edgars Geburt von ihm getrennt hatte. Man konnte seiner Sturheit also durchaus positive Seiten abgewinnen, auf der anderen Seite jedoch verhielt es sich mit den Dingen, die Zorn *nicht* mochte, genauso. Es gab eine Liste, und alles, was auf dieser Liste verzeichnet war (Friseure, Sushi oder *Tokio Hotel*), würde bis zum Sankt-Nimmerleins-Tag dort verbleiben.

Er näherte sich dem Turm mit dem zweiflügeligen, kunstvoll geschmiedeten Tor, klemmte im Gehen eine Zigarette zwischen die Lippen und hielt das Feuerzeug griffbereit in der verbliebenen Hand. Drei Gestalten in weißen Tyvekanzügen verteilten sich unter den Bögen des hellerleuchteten Eingangsgewölbes. Zorn wollte wortlos vorbeigehen, doch einer der Männer hielt ihn zurück, bat *den Herrn Hauptkommissar* höflich um etwas Geduld und deutete auf seine Kollegen, die gerade damit beschäftigt waren, die Spuren im Eingangsbereich zu sichern.

Zorn wandte sich wortlos ab und setzte sich, die Zigarette noch immer im Mundwinkel, auf einen bemoosten Mauersims neben der Grabstätte des Hofrats Dr. Ottmar Beyschlag (*Oberstabsarzt d. R. a. D.*).

Er betrachtete die vergoldeten Buchstaben, tief in den Granit gemeißelt wie die Liste mit den Dingen, die er verabscheute. Manches war dort schon sehr lange verzeichnet (Querflöten, Rhabarbersaft oder lange Unterwäsche), anderes (seine Dienstwaffe zum Beispiel) war später hinzugekommen. In jüngster Zeit hatte sich – abgesehen von der Reihenfolge – kaum etwas verändert (vor ein paar Wochen war Zorn spätabends beim Zappen bei einer ZDF-Talkshow gelandet, worauf sich ein gewisser Markus Lanz augenblicklich von einem Platz im unteren Mittelfeld in den zweistelligen Bereich katapultiert hatte).

Zorn blies frustriert die Backen auf.

Ich will einfach nur meine Ruhe, dachte er. Ich hab keine Lust, mir über längst vergangenen Kram den Kopf zu zerbrechen. Aber ich tu's trotzdem. Weil ich mich dran erinnert hab. Wird bestimmt 'ne Weile dauern, bis ich's vergessen hab. Und wer ist schuld?

Er hob den Kopf. Betrachtete die Grabstätten, die Statuen vor den eleganten Bogengängen im allmählich lichter werdenden Nebel und fügte seiner Liste einen neuen Begriff hinzu.

Friedhöfe.

Aufgrund der doppelten Schwere der Schuld (Konfrontation mit unappetitlicher Leiche und unschönen Kindheitserlebnissen) landete der Neueinsteiger umgehend in den Top Ten. Und zwar genau zwischen Henry Droeger, Zorns ehemaligem Staatsbürgerkundelehrer, und Veronica Ferres.

## Vierundvierzig

»Das Opfer war tot, als es auf den Friedhof gebracht wurde«, sagte Schröder. »Und zwar irgendwann nach ein Uhr morgens, denn da war das Tor noch nicht aufgebrochen. Das wurde laut Protokoll der Wachschutzfirma vier Stunden später entdeckt. Der Timer war wieder auf vier Uhr eingestellt, also ergibt sich ein Zeitfenster von ungefähr drei Stunden.«

»Wahrscheinlich ist es sinnlos …«

Zorn kräuselte die Nase. Drei Sekunden später erschütterte ein Niesen das Büro, dessen Lautstärke einen trompetenden Elefanten vor Neid hätte erblassen lassen.

»… nach Zeugen zu suchen«, fuhr Zorn schniefend fort. Er machte Anstalten, die Nase am Ärmel seines T-Shirts abzuwischen, registrierte Schröders entsetzten Blick und zog stattdessen geräuschvoll den Rotz hoch. »Bei dieser Waschküche dürfte wohl kaum jemand was gesehen haben.« Er deutete zum Fenster, wo die Nachmittagssonne nur bei näherem Hinsehen als milchiger Fleck hinter den Nebelschwaden zu erkennen war.

»Gesehen nicht, aber vielleicht *gehört*.« Schröder langte hinter sich ins Regal und warf Zorn eine Packung Papiertaschentücher über den Schreibtisch zu. »Einen Motor zum Beispiel. Und zwar den Motor eines Autos, von dem wir bisher nur wissen, dass es sich um einen dunklen Kombi handelt, mit dem vor einer Woche die Leiche von Samuel Bleeck zum ehemaligen Interhotel transportiert wurde.«

Während Zorn sich verbissen mühte, die Taschentücherpackung mit der verbliebenen Hand zu öffnen, kramte Schröder aus einer Schublade ein Obstmesser hervor, hievte seine speckige Aktentasche auf den Schoß, förderte eine Birne zu Tage und legte sie auf einen Teller.

»Wir sind also sicher, dass es sich um ein und denselben Täter handelt«, näselte Zorn, den Blick etwas ratlos auf die Packung gerichtet.

»War das eine Frage?«

»Nein. Denn sonst …«, kurz entschlossen riss Zorn die Lasche mit den Zähnen auf, »hätte ich am Ende die Stimme gehoben.« Er spuckte einen unsichtbaren Plastikfetzen in Richtung Papierkorb.

»Allein der Timer schließt einen anderen Täter aus.« Schröder drehte die Birne in den Fingern. »Obwohl es auch Unterschiede gibt. Zum Beispiel frage ich mich …«

Er fuhr zusammen, als ein weiteres Niesen die Bürowände erzittern ließ. Mit tränenden Augen und tropfender Nase versuchte Zorn, eines der Tücher aus der Packung zu fummeln, um sich schließlich erneut mit den Zähnen zu behelfen.

»Wohlsein, Chef«, sagte Schröder, nachdem Zorn sich ausgiebig (und nicht minder geräuschvoll) geschnäuzt hatte.

»*Gracias*«, schniefte Zorn.

»Auch ein Stück?« Schröder zerschnitt die Birne in der Mitte. »Gerade bei einer Erkältung können Vitamine …«

Zorn, dem bewusst war, dass er sich den Schnupfen heute Morgen auf dem Friedhof eingefangen hatte, beförderte den Neueinsteiger auf seiner Liste um drei Plätze nach oben (knapp hinter Donald Trump) und bat Schröder, sich seine Vitamine *ins Rektum zu schieben*, und zwar eins nach dem anderen. Dieser lehnte den Vorschlag als praktisch nicht durchführbar ab, fügte hinzu, er bevorzuge die Aufnahme von Vitaminen auf die klassische, nämlich orale Weise und schlug vor, sich auf andere Fragen zu konzentrieren.

»Zum Beispiel der Personalausweis im Mund von Samuel

Bleeck.« Schröder begann, die Birne zu schälen. »Der Mörder wollte seinen Namen bekannt machen, ihm eine Identität geben. Ganz anders beim dritten Mal, hier löscht er die Identität geradezu aus.« Er löste ein Stück Schale, legte es auf den Teller. »Im Moment wissen wir nur, dass das Opfer weiblich ist. Selbst das hat der Rechtsmediziner erst nach näherer Begutachtung festgestellt. Ein Mensch, dem die Haut abgezogen wird, wird zum Objekt.«

Ein weiteres Stück Schale gesellte sich auf den Teller, während Zorns unrasierte Wangen zunehmend an Farbe verloren.

»Wir wissen noch nicht, ob das Opfer noch gelebt hat«, fuhr Schröder fort. »Der Mörder muss ein extrem scharfes Messer benutzt haben. Trotzdem wird er Stunden gebraucht haben, bis er …«

Ein neuerliches Krachen erscholl. Diesmal allerdings war es kein Niesen, sondern Zorns auf den Tisch knallende Faust.

»Ich hab heute 'ne Menge durchgemacht«, erklärte er mit bebender Stimme. »Mitten in der Nacht bin ich aus dem Bett geklingelt worden. Trotzdem hab ich mir 'ne Leiche angeguckt, ohne aus den Latschen zu kippen. Nicht mal 'nen Kaffee hab ich gekriegt. Und 'nen Schnupfen, den hab ich mir auch geholt.«

Schröder, in der einen Hand das Obstmesser, in der anderen die Birne, sah perplex zu, wie Zorn seine Jacke von der Garderobe schnappte.

»Du kannst mir gerne erklären, wie man 'nem Menschen die Haut abzieht, Schröder.«

Zorn riss die Tür auf …

»Aber nicht, wenn du dabei 'ne Birne schälst!«

… und ging davon.

## Fünfundvierzig

In dieser Nacht schlief Claudius Zorn äußerst schlecht. Frieda, die vergeblich versucht hatte, seine durch die verstopfte Nase verursachten Leiden mit einem Dampfbad zu lindern, erging es nicht besser. Röhrend wie ein brünftiger Elchbulle lag Zorn neben ihr, wälzte sich von einer Seite auf die andere und irrte im Traum auf der Flucht vor einem namenlosen Verfolger über einen nebelverhangenen Friedhof.

Geisterhafte Gestalten lauerten in der Dunkelheit: Zunächst versperrte ihm seine Mutter mit drohend erhobener Querflöte den Weg und verkündete, ihm den Hintern zu versohlen, weil er nicht ordentlich geübt habe, dann tauchte Henry Gleizmann auf, der hinter einem Grabstein kauerte und Zorn mit einem Druckluftnagler ins Visier nahm. Oskar Brava, der Galerist, sprang hinter einem Gebüsch hervor, schwang eine Kette mit einem Weihrauchfässchen über dem Kopf und kreischte, dass Zorn bald verstehen werde, was wahre Kunst bedeute (*SCHMERZEN! SCHMERZEN!*).

Zorn hastete weiter, prallte gegen den Sockel eines mächtigen Kruzifixes, sah auf und erkannte in dem Gekreuzigten den blutüberströmten Arvid Walkow, der zwischen zusammengenähten Lippen hervorpresste, dass *das echte Kunstwerk allein durch sich selbst lebe*. Ein kleines Mädchen mit wippenden Zöpfen hockte unter einem Springbrunnen, Zorn erkannte Anke Reinhold, seine erste Liebe, die ihm ein dickes Karl-May-Buch entgegenschleuderte, las den Titel (Ich habe Dich als Freund!), hörte ein Keuchen, sah über die Schulter und registrierte nun, wer ihn verfolgte:

Eine Leiche.

Dieses haarlose, blutende Ding, das er auf dem Schoß der Marienstatue gesehen hatte, nur kurz, doch ausreichend, um jedes Detail in sein Gedächtnis zu fressen. Gebückt, mit weitausholenden Schritten kam es näher, Sehnen und Muskeln spannten sich kreuz und quer wie helle Stricke über dem rohen Fleisch, die Augen, milchfarbene Kugeln im gehäuteten Gesicht, glotzend auf Zorn gerichtet. Der lippenlose Mund öffnete sich, entblößte ein absurd makelloses Gebiss, Worte formten sich, vorgetragen mit der knarrenden Stimme von Frau Hudy, Zorns Musiklehrerin, die ihn zur Leistungskontrolle an die Tafel rief.

*NENNE DAS KOMPLEMENTÄRINTERVALL DER VERMINDERTEN QUINTE!*

*DIE KLEINE QUARTE!,* schrie Zorn. *ES IST DIE KLEINE …*

*FALSCH!,* kreischte das Ding, streckte die spinnenartigen Arme aus, um Zorn an die Gurgel zu gehen. *DIE ÜBERMÄSSIGE QUARTE!*

Zweige peitschten Zorns Gesicht, er spürte den fauligen Atem seiner Verfolgerin im Nacken, gepaart mit dem Geruch der filterlosen Zigaretten seiner Musiklehrerin, hörte ihre Stimme *(DU HAST DEN QUINTENZIRKEL NICHT GEÜBT!)*, knochige Finger griffen nach ihm *(DU LANDEST IN DER HÖLLE!)*, er stolperte, fiel keuchend zu Boden und fand sich plötzlich auf einer Lichtung wieder.

Pfarrer Kraeker stand im bleichen Mondlicht vor einem offenen Grab und sah ihn aus wässrigen Augen an. Zorn erkannte, dass der Alte untenrum nackt war, rappelte sich auf, entschuldigte sich und versprach weinend, nie wieder zu spät zu kommen. Das, donnerte Kraeker, werde auch nicht mehr vorkommen, deutete auf einen kleinen, kahlköpfigen Ministranten an der Stirnseite des frisch ausgehobenen Erdlochs und erklärte, schon lange einen zuverlässigen Ersatz gefunden zu haben. Der Ministrant hob den Kopf, und Zorn erkannte Schröder, der lächelnd in eine halbe Birne biss, und während seine Finger sanft über den Grabstein strichen, las Zorn die vergoldeten, im Mondlicht schimmernden Buchstaben (Claudius Zorn) und begriff, dass er zu seiner eigenen Beerdigung erschienen war.

Schröder tippte mit der Spitze eines Obstmesser unter Zorns Namenszug. Hier, sagte er sanft, sei noch Platz für einen Spruch, einen letzten Gruß an die Hinterbliebenen, ob Zorn wohl eine Idee habe?

*ICH WILL NOCH NICHT STERBEN!*, brüllte dieser, worauf Schröder feststellte, er habe schon originellere Sprüche gelesen. Das zu beurteilen, fügte er achselzuckend hinzu, liege natürlich im Ermessen des frisch Verstorbenen, doch da dieser sich nun entschieden habe, sei es jetzt an der Zeit. Er hob den Arm, hatte plötzlich statt des Obstmessers einen Spaten in der Hand, deutete in die Grube und bat Zorn, es sich möglichst bequem zu machen. Dieser erhielt einen Stoß, fuhr herum und stand erneut vor seiner Mutter. Zorn stolperte zurück und landete mit einem dumpfen Aufschlag in dem Erdloch, während seine Mutter verkündete, Zorns Festnetzanschluss zu übernehmen, dieser werde ja nun nicht mehr benötigt.

Erde hagelte in die Grube, verklebte Zorns Augen, verstopfte seinen Mund. Er schlug um sich, über ihm nur ein rechteckiger Ausschnitt des sternklaren Nachthimmels, in der Mitte ein bleicher, riesiger Vollmond. Die Gesichter von Malina, Edgar und Rufus erschienen, die Augen traurig in die Tiefe gerichtet.

Auch Friedas Kopf tauchte auf. Finger strichen Zorn das schweißnasse Haar aus der Stirn, der Mond verschwamm, das Licht wurde wärmer, verwandelte sich in den Schein einer verchromten Stehlampe, und Zorn, in dessen Ohren noch immer die eigenen Schreie gellten, stellte mit unendlicher Erleichterung fest, dass er sich nicht in einem Grab, sondern auf dem grünen Veloursteppich neben seinem Bett befand.

*

Eine halbe Stunde später saß er frierend auf dem Balkon, eine Zigarette in den noch immer bebenden Fingern, seinen neuen Frottébademantel eng um die Brust geschlungen. Frieda hatte ihm einen Pfefferminztee gekocht, den Zorn nicht angerührt hatte, und war wieder ins Bett gegangen, allerdings erst, nachdem sie sich vergewissert hatte, dass Zorn wieder vollständig bei Sinnen war (was einige Zeit in Anspruch genommen hatte).

Aus der Tiefe wehte der schlammige Geruch des Flusses herauf. Am anderen Ufer zeichneten sich die Baumkronen undeutlich im schwachen Widerschein der Laternen vor dem Nachthimmel ab, in der Ferne flimmerten die Lichter der Neustadt durch den Nebel.

Gierig sog Zorn an der Zigarette, wartete auf die beruhigende Wirkung des Nikotins. Bilder schossen in Fetzen durch seinen Kopf *(Schröder als Messdiener, was für ein Blödsinn!)*. Zorn konnte sich an jede Einzelheit erinnern, doch er würde den Teufel tun, seinen Traum zu … *analysieren*. Dämliches Psychologengewäsch von Urängsten und anderer Quatsch war etwas für Esoteriker und ähnliche Spinner, jeder Mensch hatte Albträume, und dass es dabei um die eigene Beerdigung ging, war … nun ja, extrem verwirrend, aber bestimmt nicht außergewöhnlich.

Klar, es war gruselig, den eigenen Namen auf einem Grabstein zu lesen. Doch auch darüber würde Zorn sich nicht den Kopf zerbrechen, erst recht nicht über einen Spruch. Wenn er tot war, dann würde er tot sein. Punkt. Aus. Und was dann auf dem Grabstein stand, interessierte keine Sau.

Er schnippte die Kippe über das Geländer, zog schniefend die

Nase hoch und konstatierte, dass immerhin der Schnupfen im Abklingen war.

Wenig später lag er wieder neben Frieda im Bett. Seine Sorge, der Albtraum könne sich fortsetzen, bestätigte sich nicht. Auch diesmal träumte er von seiner eigenen Beerdigung, doch ohne Gespenster und gruselige Monster, sondern von einem alten, zufriedenen Mann, der nach einem langen, glücklichen Leben auf einem schneebedeckten Alpengipfel von seiner Familie zur letzten Ruhe gebettet wird.

Da war Frieda, schön wie eh und je, umringt von ihren zahlreichen Enkeln, die beiden jüngsten in den Armen haltend. Neben ihr stand Edgar, ein kraftstrotzender junger Mann, erfolgreicher Hirnchirurg und dreifacher Olympiasieger im Triathlon. Auch Rufus war da, der *frühere* Rufus, ohne Beatmungsgerät und Rollstuhl, stattdessen im Arztkittel mit einem Stethoskop vor der breiten Brust, mit blitzenden, wachen Augen und einem breiten Grinsen unter dem Vollbart. Malina saß in weißem Kleid auf einem Schimmel (etwas albern, aber es war ja ein Traum), während Schröder im Ministrantenkleid (als Strafe für seinen ungebührlichen Auftritt) erschienen war. Bruce Willis (mit dessen jüngster Tochter Edgar verheiratet war) stand gramgebeugt neben Iggy Pop, der, tief erschüttert über den Verlust seines einzigen Freundes, mit tränenerstickter Stimme *Über allen Wipfeln ist Ruh* sang.

Als der Wecker klingelte, sprang Zorn ungewohnt munter aus dem Bett. Der Traum verblasste bereits, doch beim Zähneputzen erschien ein Bild seines Grabsteins vor seinem geistigen Auge:

Zorns Name, darunter eine krakelige, ungelenk in den rot geäderten Marmor geritzte Rakete mit Warpdüsen und einem behelmten Kosmonauten am Steuer.

Ganz unten ein Spruch:

*ER HAT'S ZUMINDEST VERSUCHT.*

## Sechsundvierzig

*Guten Morgen Chef,*
*ich hoffe, Du hast gut geschlafen. Zunächst möchte ich mich für mein gestriges pietätloses Verhalten entschuldigen und verspreche hiermit, ab sofort in Deinem Beisein auf den Verzehr von Birnen und ähnlichem Kernobst zu verzichten. Zu meiner Verteidigung darf ich anführen, dass dies nicht aus Ignoranz, sondern aus Unkenntnis geschah. Solltest Du Probleme mit weiteren Lebensmitteln haben (Hülsenfrüchte, Steinobst oder Blattgemüse zum Beispiel), bitte ich höflichst um Information, ich werde diese dann zukünftig nach Feierabend konsumieren.*
*Ich bin bis Mittag unterwegs (Besprechung mit der Fahndungsgruppe, Termin in der Daktyloskopie, danach Pressekonferenz). Anbei findest Du eine Zusammenfassung des vorläufigen Obduktionsberichts (im Hinblick auf Dein zartes Gemüt habe ich gewisse Details ausgespart). Es wäre nett, wenn Du Dich mit diesen Informationen vertraut machen würdest, damit wir nachher unser weiteres Vorgehen besprechen können.*

*Sensible Grüße,*

*S.*

Zorn legte Schröders Brief beiseite und wandte sich dem Bericht zu. Das dritte Opfer war weiblich, circa dreißig Jahre alt und zu Lebzeiten in *normaler körperlicher und gesundheitlicher Verfassung* gewesen. Es gab keinerlei Anzeichen chronischer

Erkrankungen, das Blutbild (Null Rhesus-negativ) wies – abgesehen von einer leichten Erhöhung der Thrombozytenwerte – keine Auffälligkeiten auf, weder Drogen noch Medikamente ließen sich nachweisen. Todesursache war *massiver Blutverlust in Verbindung mit akuter Kreislaufinsuffizienz, als Folge Versagen des Herz-Kreislauf-Systems.* Die Haut war *vermittels eines scharfen Werkzeugs (Skalpell) auf Höhe des Unterhautfettgewebes großflächig entfernt* worden, und zwar, wie Zorn zu seiner Erleichterung las, weitgehend nach Eintritt des Todes. Danach hatte man die Leiche mit einem *farblosen, unvollständig ausgehärteten Aerosol (Klarlack)* eingesprüht.

Zorn hob seufzend den Kopf. Es würde nicht einfach werden, die Tote zu identifizieren, es gab keine Fingerabdrücke, auch ein Foto ließ sich wohl kaum veröffentlichen. Doch sie hatten ihre DNA, der Gebissabdruck würde an die Zahnarztpraxen verteilt werden, und spätestens, sobald jemand die Frau vermisst meldete, würde man wissen, wer sie gewesen war.

Er griff nach einem Papierstapel, den Schröder ihm *(zur freundlichen Beachtung)* neben den Bericht auf den Schreibtisch gelegt hatte. Es handelte sich um Ausdrucke mit Informationen, die Schröder im Internet herausgesucht hatte.

Einen Menschen zu häuten, stand in einem Artikel, war seit Jahrtausenden eine der schlimmsten denkbaren Strafen. Angefangen von griechischen Sagen über mittelalterliche Folterungen bis zu Verbrechen serbischer Tschetniks oder mongolischer Milizen im Zweiten Weltkrieg war dies eine der perfidesten Arten, einen Menschen zu töten. Es hatte Spezialisten gegeben, die diese Technik mit eigens angefertigten Messern perfektioniert hatten und in der Lage gewesen waren, ihre Opfer während der stundenlangen Prozedur am Leben zu halten. Einzelheiten hatte Schröder dankenswerterweise geschwärzt, trotzdem musste Zorn sich zwingen, die Lektüre zu beenden, und als Schröder schließlich mit seinem Fahrrad auf dem Parkplatz vor dem Präsidium erschien, saß Zorn auf der Bank unter der Kastanie und rauchte bereits seine vierte Zigarette.

*

»Die Frau ist relativ schnell gestorben«, sagte Schröder. »Es ging also nicht darum, sie so lange wie möglich leiden zu lassen.«

»Sondern?«

Schröder kam um den Schreibtisch und legte ein Foto auf Zorns Tastatur.

»Du kannst ruhig hinsehen«, sagte er, als Zorn unwillkürlich den Kopf abwandte. »Die Einzelheiten sind kaum zu erkennen.«

Das Bild stammte von einem Fotografen der Kriminaltechnik und zeigte einen Ausschnitt des Torbogens, darunter die Gruft mit der Marienstatue und der Leiche.

»Diese Aufnahme«, Schröder legte ein weiteres Bild auf den Tisch, »ist kurz vorm Krieg gemacht worden. Fällt dir was auf?«

Das zweite Foto, schwarz-weiß, doch gestochen scharf, war aus einer ähnlichen Perspektive aufgenommen worden. Es zeigte den unversehrten, mit Ornamenten und Inschriften verzierten Torbogen über der intakten Skulptur.

Zorn kramte seine Lesebrille hervor und beugte sich über die Fotos. Er betrachtete die Mariengestalt, die kunstvoll gemeißelten Falten ihres Gewandes, das feine, halb von einer Kapuze bedeckte Gesicht und den in malerischer Pose auf ihrem Schoß drapierten Heiland, auf einem der Fotos aus Kalkstein, auf dem anderen aus Fleisch und Blut.

»Er …« Zorn nahm die Brille ab und zwinkerte kurzsichtig. »Der Mörder hat die Skulptur nachgebaut.«

»*Sí, Señor*. Deshalb der Klarlack. Er hat nicht nur die Tote, sondern auch die Statue eingesprüht. Damit das Bild homogener wird.«

»*Homogener?!*«

»Nenn's, wie du willst«, wehrte Schröder ab. »Die Arkadengänge werden seit Jahren restauriert. Es gibt knapp hundert Grüfte unter den Bögen. Von den meisten existieren Abbildungen, dann wird versucht, den ursprünglichen Zustand wiederherzustellen. Andere werden von Künstlern frei gestaltet. Das hat ziemliche Wellen geschlagen, schließlich ist die Anlage denkmalgeschützt. Vor ein paar Monaten hat ein Bildhauer einen Preis bekommen, ich weiß nicht mehr genau …«

»Er will also zeigen, was er draufhat«, unterbrach Zorn nachdenklich.

»*Yep.*«

»Weil er sich selbst für 'nen Künstler hält.«

»*Yep.*«

»Und zwar für den größten von allen.«

»*Yep.*«

»Aber warum«, überlegte Zorn, »tötet er dann eine Frau? Es ist 'ne Weile her, dass ich in der Bibel geblättert hab, aber ich bin ziemlich sicher, dass Jesus ein Mann war.«

»Stimmt, aber …«

»Vielleicht ist er ja Feminist!«

»Möglich«, stimmte Schröder ernst zu. »Andererseits hat er Wert darauf gelegt, den fehlenden Teil der Skulptur möglichst genau zu ersetzen. Die ursprüngliche Figur war etwas über einen Meter sechzig groß, das Opfer ebenfalls. Sicherlich, es gibt auch Männer in dieser Größe …«

»Sogar noch viel kleiner«, warf Zorn mit einem vielsagenden Blick ein.

»… aber es dürfte einfacher gewesen sein, eine Frau zu finden. Außerdem hat der Mörder den Unterschied ausgeglichen.«

»Er hat … *was*?!«

Schröder sah Zorn ein wenig verunsichert an.

»Er hat ihr die Brüste abgeschnitten«, sagte er dann.

Hastig beugte sich Zorn wieder über die Fotos, um sein erbleichendes Gesicht zu verbergen. Schröder versicherte indessen, seinen ehemaligen Vorgesetzten eigentlich nicht mit diesem Detail konfrontieren zu wollen, was nun, da die Sache zur Sprache gekommen war, leider unumgänglich sei.

»Die Buchstaben«, murmelte Zorn, die Augen hinter den dicken Brillengläsern auf das Foto vom Tatort gerichtet. »Erst ein umgedrehtes A, dann ein H. Aber hier«, er sah blinzelnd auf, »sehe ich nix.«

»Man braucht ein wenig Phantasie.«

»Setz mich gefälligst nicht so unter Druck, Schröder.«

»Der Mörder hat sich an jedes Detail gehalten.«

Auf beiden Fotos lag der Gekreuzigte quer auf dem Schoß der Madonna, die Beine über ihrem rechten Arm geknickt, während der linke Arm der Gottesmutter den leicht angewinkelten Oberkörper stützte.

»Die Füße des Heilands sind exakt identisch ausgerichtet«, sagte Schröder. »Selbst beim Tuch über den Lenden stimmt jede Falte, obwohl es …«

»Jaja«, brummte Zorn betont gleichgültig, »er hat die abgezogene Haut genommen.«

»Einen Unterschied gibt es.«

»Wo?«

»Die Finger.«

Ein Arm des Heilands hing schlaff herunter, die leichtgeöffnete Hand ruhte auf dem gewellten Saum des Madonnenkleids. Der andere lag angewinkelt vor dem nackten Körper.

»Ach.«

Zorns Blick wanderte zwischen den Fotos hin und her. Auf

der alten Aufnahme war die Hand des Gekreuzigten zu einer lockeren Faust geballt. Auf der anderen verhielt es sich auf den ersten Blick ebenso, doch bei näherem Hinsehen zeigte sich, dass Daumen und Zeigefinger gestreckt und in einem rechten Winkel gespreizt waren.

»Das ist keine Unachtsamkeit«, sagte Schröder. »Es ergibt einen Sinn.«

»Der dritte Buchstabe. Und zwar ...« Zorn hob den unversehrten Arm, bildete eine Faust und streckte Daumen und Zeigefinger. »Ein L.«

## Siebenundvierzig

Und das Werk soll geformt werden aus den Trümmern und sich erheben in gleißendem Glanz, auf dass die Hungrigen gesättigt, die Dürstenden erfrischt und selbst die Blinden erkennen werden. Die Welt soll in Ehrfurcht erstarren, die Sonne sich um die Erde drehen, und wenn der Staub verzogen ist, wird die Botschaft in all ihrer Größe erstrahlen.

## Achtundvierzig

»Ein A, ein H und ein L«, überlegte Zorn. »Mit Fischen dürfte das wohl kaum was zu tun haben.«

Schröder hob fragend den Kopf.

»Na ja«, erklärte Zorn. »*Aal* schreibt sich schließlich anders.

Es sei denn ...«, er kaute nachdenklich an einem Bleistift, »der, äh ...«

»... nächtliche Schlächter ...«

»... ist Legastheniker.«

»Und Feminist?«

»Genau«, nickte Zorn. »Legastheniker und Feminist.«

Bevor Zorn mit einer weiteren These aufwartete, kam Schröder auf etwas anderes zu sprechen: »Er muss vorher auf dem Friedhof gewesen sein. Bestimmt sogar mehrmals. Wahrscheinlich hat er auch Fotos gemacht.«

»Das kann sonst wann gewesen sein. Und tagsüber ist der Friedhof für Besucher geöffnet.«

»Es gibt zwei Aufseher.«

»Klar«, sagte Zorn. »Aber die dürften wohl kaum in der Lage sein, einen Touristen von einem Serienmörder zu unterscheiden. Was ist eigentlich mit Kameras?«

»Die sind schon vor Jahren beantragt worden, auch eine Alarmanlage. Aber die Stadt muss sparen. Selbst der Wachschutz wird von einem Förderverein finanziert.«

»Dann«, seufzte Zorn, »sieht's ziemlich schlecht aus im Spechthaus.«

Schröder bückte sich, holte ein in Alufolie verpacktes Brötchen aus seiner Aktentasche, öffnete den Mund und zögerte.

»Ich darf doch, Chef?«

»Was ist drauf?«

»Schnittkäse, etwas Remoulade, ein Gürkchen.«

Schröder versicherte, weder Birnen noch ähnliche Kernöbste seien bei der Zubereitung seines Nachmittagssnacks zum Einsatz gekommen, und wollte zubeißen.

»Warte mal kurz.« Zorn setzte eine ernste Miene auf. »Ich wollte das eigentlich nicht ansprechen, aber ich muss es. Meinst du nicht, dass jemand, der in aller Seelenruhe beschreibt, wie man einem Menschen bei lebendigem Leibe die Haut abzieht und dabei gemütlich 'ne Birne schält, ganz schön … krank ist?«

»Was?!«

»Vielleicht«, Zorn senkte scheinheilig die Stimme, »ohne es zu wissen? Da draußen laufen unzählige Psychopathen rum. Keiner von denen würde das zugeben, die halten sich alle für gesund.«

»Du meinst, ich …«

»Ich meine gar nichts. Aber …« Zorn runzelte die Stirn, worauf seine Miene nicht nur ernst, sondern äußerst besorgt wirkte. »Ich mache mir halt meine Gedanken. Als Kollege und auch als … Freund.«

Schröder, sichtlich getroffen, starrte Zorn an, das Brötchen noch immer vor dem geöffneten Mund.

»Natürlich würde ich dich so lange wie möglich schützen.« Zorn stand auf und ging um den Schreibtisch. »Aber was ist, wenn du irgendwann Amok läufst? Oder … sag mal, was ist das eigentlich für'n Käse?«

»Äh … was?!«

»Auf dem Brötchen.«

»Gouda.«

»Aha.«

»M-mittelalt.«

»Äh, wer?«

»Der Käse.«

»Zeig mal.«

Zorn entwand dem verdatterten Schröder das Brötchen, biss kräftig ab und behauptete kauend, den ganzen Tag vor lauter Arbeit keinen Happen gegessen zu haben. Im Gegensatz zu Schröder, der sich irgendwo rumgetrieben und garantiert auch die Möglichkeit gehabt hatte, sich etwas zu besorgen.

Das Brötchen war im Handumdrehen verzehrt. Die Gürkchen,

resümierte Zorn dann, seien durchaus okay, er schlug allerdings vor, die Remoulade durch Dijonsenf zu ersetzen, und verließ das Büro, um auf dem Parkplatz die dringend notwendige Verdauungszigarette zu rauchen.

## Neunundvierzig

»Claudius? Seid ihr schon zu Hause?«

»Seit über 'ner Stunde. Edgar spielt mit seinen Legos, er will aus dem Ungarischen Hornschwanz einen Millennium Falcon bauen.«

»Klingt interessant. Ich wollte ...«

»Lass mich raten, Frieda. Du kommst später, stimmt's?«

»Hier ist die Hölle los. Der Generalstaatsanwalt will, dass das BKA stärker eingebunden wird und ...«

»Das BKA? Auf diese Pfeifen kann ich gerne verzichten. Die ...«

»Diese *Pfeifen*, mein Schatz, sollen die Leitung der Sonderkommission übernehmen. Es gibt einige, die meinen, das hätte schon nach dem ersten Mord geschehen sollen.«

»Was hast du denen gesagt?«

»Dass die Ermittlungen in den besten Händen liegen.«

»*Mich* kannst du da nicht gemeint haben, weil ich ja nur noch eine ...«

»Bitte, Claudius.«

»Man wird ja wohl noch einen harmlosen ... Sag mal, hab ich da grad 'ne Klospülung gehört?«

»Allerdings.«

»Du gehst aufs *Klo*, um mich anzurufen?«

»Das ZDF will den dritten Mord in den Abendnachrichten bringen.«

»Und das hat dir so auf den Magen geschlagen, dass du …«

»Der Bürgermeister soll ein Interview geben. Jetzt sitzt Herr Hoyer in meinem Büro.«

»Herr Hoyer …?«

»Sein Sprecher. Der will haargenau wissen, was wir bisher unternommen haben. Jede Kleinigkeit.«

»Du wirst dem doch nicht …«

»Natürlich erfährt der nur, was an die Öffentlichkeit darf. Das geht jetzt seit anderthalb Stunden so. Herr Hoyer ist … ziemlich anstrengend. Ich war eben kurz davor, ihm an die Gurgel zu gehen, also hab ich gesagt, dass ich mich *ein bisschen frisch machen muss*.«

»Und hast mich angerufen.«

»Hervorragend kombiniert, Herr Hauptkommissar.«

»*Gracias*, Frau Oberstaatsanwältin.«

»Und ihr? Was macht ihr noch so?«

»Hausaufgaben.«

»Doch nicht etwa …«

»Nee, Edgar muss weder 'ne Rakete noch irgendwas anderes malen. Frau Krupp ist immer noch krank, aber in Mathe hat er was aufgekriegt. Ich hab versprochen, ihm zu helfen. Hoffentlich versau ich's nicht wieder, in Mathe war ich *noch* schlechter als in Kunsterziehung. Und das will was heißen.«

»Ach komm, Claudius. Nun sei nicht so pessimistisch.«

»Liegt wahrscheinlich an der *Midlife-Crisis*.«

»Ist es dafür nicht ein bisschen spät?«

»Wieso?«

»Du bist fünfzig, mein Schatz.«

»Danke, dass du mich dran erinnerst.«

»Und Kettenraucher.«

»Ich rauche, weil's mir schmeckt. Und weil …«

»Jedenfalls ist es unwahrscheinlich, dass deine Lungen noch weitere fünfzig Jahre durchhalten.«

»Hm. Stimmt. Hundert werde ich garantiert nicht.«

»Toll, Claudius!«

»Ich wüsste nicht, was daran toll sein …«

»Das war richtig! Fünfzig plus fünfzig macht hundert. Weiter als bis zur Hundert wird frühestens ab der zweiten Klasse gerechnet, du kriegst das bestimmt locker hin.«

»Wenn du meinst …«

»Ich muss jetzt Schluss machen.«

»Hast du ordentlich gespült, Frieda?«

»Natürlich.«

»Wirst du Herrn Hoyer an die *parfümierte Gurgel* gehen?«

»Ich bin noch unschlüssig.«

»Wenn du es tun solltest, dann …«

»Ja?«

»… wasch dir bitte vorher die Hände.«

## Fünfzig

Als Zorn am nächsten Morgen ins Präsidium kam, wartete Schröder im Foyer auf den Fahrstuhl. Sie grüßten einander knapp und fuhren schweigend nach oben. Die beiden waren ständig in vergleichbaren Situationen, manchmal verbrachten sie Stunden miteinander, ohne ein Wort zu wechseln. Jetzt war es anders, selbst Zorn – verschlafen, wie er noch war – spürte, dass die Stille angespannt war.

Auch als sie unter der endlosen Reihe der Neonröhren über

den Flur zum Büro liefen, redeten sie nicht. Zorn machte sich umständlich an der Kaffeemaschine zu schaffen, während Schröder sich setzte, seine Utensilien (Notizbuch, Stifte, Handy) zurechtlegte und einen dünnen, in graue Pappe gebundenen Hefter öffnete.

»Was ist eigentlich mit den Heinis vom BKA?« Zorn nahm seinen fleckigen Porzellanbecher, musterte den bräunlichen Rand an der Innenseite und wischte ihn mit dem Daumen ab. »Frieda meinte, die würden die Ermittlungen ...«

»Das ist vom Tisch, vorerst bleibt die Leitung bei uns.« Schröder beugte sich über den Hefter, unterstrich etwas mit einem pinkfarbenen Textmarker und blätterte um. »Abgesehen davon, läuft die Zusammenarbeit mit den ... *Heinis* vom BKA hervorragend.«

»Kann es sein«, Zorn startete die Maschine, »dass du sauer bist?«

»Warum sollte ich?«

»Du klingst so. Irgendwie ... *schnippisch*.«

Schröder sah nur kurz auf, nahm einen weiteren Stift (hellgrün) aus seiner Büchse und markierte den nächsten Absatz.

»Bericht von der Spurensicherung?«, fragte Zorn.

»*Sí*.«

»Gibt's was Neues?«

»Nicht viel. Das Schloss am Friedhofstor wurde mit einem Bolzenschneider geöffnet, wahrscheinlich dasselbe Gerät, mit dem die Hintertür des Hotels aufgebrochen wurde. Außerdem Fußspuren, vom Eingang über den Friedhof zum Tatort und wieder zurück. Fabrikneue Arbeitsschuhe, Größe ...«

»... sechsundvierzig.«

»Fünfundvierzig.«

»Ach«, wunderte sich Zorn. »Ist der geschrumpft?«

Schröder ging nicht auf die Bemerkung ein. »Die Suchhunde

haben die Spur knapp hundert Meter über eine Seitenstraße bis zu einem Parkplatz verfolgt, danach war Schluss. Ansonsten«, der Marker quietschte auf dem Papier, »nicht viel. Der Mörder hat Latexhandschuhe getragen und wahrscheinlich einen der Schutzanzüge, wie sie auch von der Spurensicherung benutzt werden.«

»Aber die Überzieher für die Schuhe«, Zorn hob die Stimme, um das Röhren der Kaffeemaschine zu übertönen, »hat er weggelassen. Weil er weiß, dass wir mit den Abdrücken kaum was anfangen können. Wahrscheinlich …«

»Ich bin nicht krank.«

»Wieso solltest du …«

Zorn räusperte sich. Jetzt, da ihm der Grund für Schröders ungewohntes Verhalten dämmerte, hatte die Frage sich erübrigt.

»Ich habe mir die ganze Nacht den Kopf zerbrochen«, sagte Schröder leise. »Es stimmt, ich sehe mir all diese bestialischen Grausamkeiten genau an, jedes kleinste, barbarische Detail. Ich genieße das nicht. Ich versuche, meine Gefühle auszublenden, weil es Teil meiner Arbeit ist. Einer muss das tun. Ich nehme dir eine Menge ab, aber mich deshalb als … *krank* zu bezeichnen ist …«, Schröder biss sich auf die Unterlippe, »einfach nur unfair.«

Zorn betrachtete den kleinen, übermüdeten Mann und erkannte, dass seine Sticheleien tiefer getroffen hatten, als beabsichtigt gewesen war.

»Nee«, winkte er ab, »krank bist du nicht.«

Die Kaffeemaschine röchelte auf, gab einen Rülpser von sich und verstummte.

»Was ist mit dem Blut?«, fragte Zorn, um das Thema abzuschließen. »Da muss 'ne Menge geflossen sein.«

»Die Frau kann sonst wo ermordet worden sein. Irgendein Keller oder ein leerstehendes Haus. Dort, wo ihr die Haut abgezogen wurde, werden wir auch das Blut finden, wenn wir ... Wie konntest du nur?«

»*Was* konnte ich?«

»Ich ...« Schröder atmete tief ein. »Ich schütze dich seit Jahren, so gut es geht. Weil ich weiß, wie labil du bist. Wie konntest du nur so gemein sein, mir so etwas vorzuwerfen?«

Die Sache war für Schröder noch längst nicht erledigt. Natürlich war er nicht krank (im Gegenteil), und es stimmte, er schützte seinen zartbesaiteten Kollegen, wann immer es möglich war.

Zorn spielte mit dem Gedanken, sich zu entschuldigen, entschied sich jedoch dagegen. Eine Entschuldigung setzte das Eingeständnis eines Irrtums voraus, was Claudius Zorn nur in absoluten Ausnahmesituationen tat (gut, Schröder schien *wirklich* mitgenommen zu sein, doch ein Notfall sah anders aus).

»Du hast mir schon oft aus der Patsche geholfen, Schröder«, sagte er. »Ohne dich würde ich andauernd aus den Latschen kippen, und das rechne ich dir hoch an. Ich hab wohl ein bisschen übertrieben ...«

*Moment! Das* war *eine Entschuldigung!*

»... aber du darfst nicht vergessen«, Zorn riss das Ruder herum, »alles hat seinen Preis.«

Schröder neigte fragend den kahlen Kopf.

»*Krank*«, versicherte Zorn, »bist du nicht. Vielleicht ein bisschen ...«

»Ja?«

»... abgebrüht.«

»Ach.«

Die Kaffeemaschine tropfte leise vor sich hin.

»Kein Wunder, bei all diesen Sachen, mit denen du konfrontiert wirst. Das geht fast allen Bullen so, die meisten stumpfen irgendwann ab.«

»Stimmt«, nickte Schröder, ohne zu ahnen, in welche Richtung sein doppelzüngiger Kollege das Gespräch lenkte.

»Aber du?« Zorn schüttelte bekümmert den Kopf. »Wie gesagt, das war übertrieben, aber irgendwie muss ich dich ja wach rütteln.«

»Ich … verstehe nicht, worauf du hinauswillst.«

»Ich beobachte dich jetzt schon seit einer Weile. Letzte Woche zum Beispiel, als du dir die Bockwurst aus der Kantine geholt hast. Die hast du gegessen.«

»Natürlich habe ich das! Was hätte ich denn sonst …«

»*Ohne* Serviette!«

Schröder erbleichte.

Zorn goss sich Kaffee ein, um seine Worte wirken zu lassen. »Und dann die Sache mit der Birne. Jemand, der ein extrem brutales Geschehen schildert und dieses gleichzeitig unbewusst ausführt«, schwadronierte er weiter, »hat entweder psychische Probleme – was wir in deinem Fall ausgeschlossen haben – oder er ist total abgestumpft.«

»Aber du sagst doch selbst, dass …«

»Klar, bei jedem anderen ist das normal.« Zorn trug den dampfenden Becher zum Schreibtisch, setzte sich und gab Vollgas. »Du warst mal ein Feingeist, Schröder. Und jetzt?«

Schröder langte irritiert nach dem karierten Hemdkragen.

»Vielleicht ist es ja noch nicht zu spät.« Zorn nippte an seinem Kaffee. »Aber das sind Alarmzeichen. Die solltest du nicht unterschätzen, sonst …«

»Ja?«

»… sonst sitzt du irgendwann mit ’nem Bier vor der Glotze und guckst *Bauer sucht Frau*. Oder noch schlimmer«, Zorn senkte bedrohlich die Stimme, »*Bares für Rares*.«

»Aber … ich habe gar keinen …«

»*Noch* hast du keinen Fernseher!« Zorn fixierte Schröder

über den Becherrand. »Aber so was geht schneller, als du denkst!«

»Und Alkohol«, stammelte Schröder, »trinke ich auch n-«

»Weil du noch *nicht ganz* abgestumpft bist! Aber du bist *so kurz* davor!« Zorn presste die Spitzen von Daumen und Zeigefinger der verbliebenen Hand aufeinander. »Du musst verdammt aufpassen! Die Augen offen halten! Da draußen zum Beispiel, die Wolke. Wie sieht die für dich aus?«

»Ich, äh ... würde sagen ...« Schröder zwinkerte verwirrt, während sein Blick Zorns ausgestrecktem Arm aus dem Fenster folgte. »Ein Hasenkopf?«

»Ach komm, das kannst du besser.«

»Oder ...«

»Freies Assoziieren!«

»... die Venus von Milo?«, schlug Schröder unsicher vor.

»Sehr gut!«

»Nein«, korrigierte sich Schröder murmelnd, »die hat ja keine Arme. Und die Haare sind viel zu lang. Vielleicht ...«

»Los, konzentrier dich!«

»... die *Sagrada Família*?«

»Super!«, lobte Zorn.

»Einer der Türme neben der Apsis am Ende des Langhauses«, überlegte Schröder. »Das Muster stimmt jedenfalls. Die Verzierung an der Spitze«, er neigte zweifelnd den Kopf, »ist ein bisschen groß, oder?«

Zorn, der nicht den Hauch einer Ahnung hatte, wovon die Rede war, stimmte zu. »Aber das«, beschied er großzügig, »ist nicht so wichtig. Hauptsache, du benutzt deine Phantasie. Das ist wie ein Muskel«, er tippte sich an die Schläfe. »Der muss ständig trainiert werden, sonst verkümmert der.«

»Die Verzierung ist wirklich zu groß«, stellte Schröder fest. »Aber ich würde das trotzdem gelten lassen.«

»Ich auch.«

»Du meintest doch die Wolke über dem Autohaus?«

»Nee, die über der Kaufhalle. Aber bei mir ist das egal.« Zorn breitete die Arme aus. »Ich bin ja schon abgestumpft auf die Welt gekommen. Es geht hier um dich.« Er trank einen Schluck, verzog das Gesicht und leerte den Becher im Waschbecken. »Du musst dranbleiben!«

Zorn ging zur Tür, erklärte, etwas Wichtiges erledigen zu müssen und schlug vor, dass Schröder die Zeit nutze, um noch ein bisschen zu üben, vielleicht mit der Wolke über dem Straßenbahndepot, die habe bestimmt eine Menge Potenzial. Aufmunternd nickte er Schröder zu, wiederholte eindringlich, dass dieser jetzt *unbedingt dranbleiben* müsse, und ging in die Kantine, um sich einen neuen Kaffee zu holen.

## Einundfünfzig

Es ist voll im Supermarkt. Als ich zur Obstabteilung laufe, packe ich im Vorbeigehen eine Schachtel Bio-Eier in den Wagen. Ein alter Mann versperrt mir den Weg. Er steht mitten im Gang, stützt sich auf einen Rollator und starrt aus milchigen Augen ins Leere. Ich nehme ein paar Bananen und frage, ob ich behilflich sein kann. Der Alte antwortet nicht. Er trägt einen speckigen Hut. Das dünne Haar unter der breiten Krempe bewegt sich im Luftzug der Kühlung wie Daunen im Gefieder eines Kükens.

Ich gehe durch die Süßwarenabteilung, vorbei an Kisten mit Schokoladentafeln, schreiend bunten Bonbontüten und Kekspackungen. Nichts davon interessiert mich. Manchmal mag ich all diesen Kram.

Heute nicht.

Zwischen den Weinregalen ist es ruhiger. Aus den Boxen an der Decke plätschert ein alter Hit von George Michael. Ich lasse mir Zeit, studiere die Etiketten. An manchen Tagen trinke ich überhaupt keinen Alkohol, an anderen nur Bier.

Heute nicht.

Ich nehme eine Flasche trockenen Riesling, zwänge mich mit dem Einkaufswagen an den Menschen vorbei. Sie beachten mich nicht. Weil sie mich nicht erkennen.

Ich kann es ihnen nicht verübeln.

Wie sollten sie auch?

Es ist noch nicht so weit.

NOCH nicht.

Auf dem Weg zum Kühlregal fällt mein Blick auf eine Reihe mit Salzgebäck. Ich entscheide mich für eine Büchse Erdnüsse und eine Tüte Studentenfutter. Gestern wäre mir allein beim Gedanken an getrocknete Rosinen übel geworden, doch heute?

Heute nicht.

Als ich um die Ecke biege, stoße ich um ein Haar mit dem alten Mann zusammen. Eine blonde Angestellte in kurzärmeligem T-Shirt mit dem Logo des Supermarktes am Kragen kniet vor ihm am Kühlregal und fegt die Überreste eines geplatzten Joghurtbechers zusammen, der seinen arthritischen Fingern entglitten ist. Sie richtet sich auf und erklärt, dass das Malheur nicht so schlimm sei. Der Alte klammert sich gebückt an die Griffe des Rollators. Ein Speichelfaden hängt an seiner Unterlippe. Weder die Worte noch das Lächeln dringen zu ihm vor, doch selbst wenn, es würde keinen Unterschied machen. Die Verkäuferin ist ein halbes Jahrhundert jünger, doch ihre Augen sind ebenso leer, und als sie im nächsten Moment zwischen turmhoch gestapelten Bierkästen davoneilt, bricht das Lächeln auf ihrem Gesicht in sich zusammen wie eine misslungene Sandburg unter dem Fußtritt eines frustrierten Kindes.

Ich schiebe den Wagen in Richtung Ausgang. Aus den Boxen

säuselt eine verführerische Frauenstimme, dass Hackfleisch heute im Angebot sei, ein halbes Pfund koste nur …

Ich stoppe verwirrt.

Esse ich Fleisch?

Manchmal ja. Manchmal nein.

Und heute?

Unwichtig, entscheide ich, als ich die Schlangen an den Kassen bemerke. Nach hinten zur Fleischtheke werde ich jedenfalls nicht noch einmal gehen. Das, was ich eigentlich brauche, habe ich. Der kleine Karton war das Erste, was ich in den Korb gelegt habe.

Während ich geduldig warte, preist die Frauenstimme ein weiteres Sonderangebot an: irgendein Hundefutter, das um ein paar Cent reduziert ist. Diesmal muss ich nicht eine Sekunde nachdenken, denn einen Hund, soviel steht fest, besitze ich nicht. Ich bin allergisch gegen Tierhaare. Zumindest jetzt. Ich habe weder eine Katze noch ein anderes Haustier und …

Oder?

Egal.

HEUTE jedenfalls nicht.

Weiter vorn wird lautstark gefordert, eine weitere Kasse zu öffnen. Die Frauenstimme über den Köpfen der Wartenden wird von einem Popsong abgelöst. Lady Gaga vielleicht, ich kenne mich mit diesem modernen Zeug nicht aus. Im Moment jedenfalls, überlege ich, gestern war es womöglich anders.

Hinter mir entsteht Unruhe. Die blonde Verkäuferin drängt sich vorbei, verschwindet vor mir in der Menge. Stumm, mit hängenden Schultern stehen die Menschen da, den stumpfen Blick entweder auf der Suche nach einem Schnäppchen auf die Auslagen oder ihre Handys gerichtet.

Die Schlange bewegt sich Zentimeter für Zentimeter vorwärts. Irgendwo verlangt ein Kind quengelnd nach einem Kaugummi. Das enervierende Piepen der Scanner wird lauter. Ich packe meine Einkäufe auf das Laufband. Als ich den Kopf hebe, sitzt die blonde Frau an der Kasse. Sie schiebt Erdnüsse, Studentenfutter und die Weinflasche über den Scanner, wiegt die Bananen, tippt den Preis der Kiwis ein, stutzt, als sie einen Knick in dem kleinen Karton bemerkt, und fragt, ob ich das Gerät umtauschen möchte.

Ich verneine lächelnd.

Die Verpackung ist nicht wichtig, Hauptsache, der Timer funktioniert. Die anderen drei stammen (ebenso wie die Arbeitsschuhe) aus unterschiedlichen Baumärkten. Es ist unwahrscheinlich, dass diese Spuren zurückzuverfolgen sind, doch sicher ist sicher.

Ich reiche der Verkäuferin einen Fünfzig-Euro-Schein. Als sie mir das Wechselgeld gibt, treffen sich unsere Blicke, und etwas verändert sich.

Es ist wie ein leichter elektrischer Schlag. Eigentlich habe ich nicht mehr mit diesem Zeichen gerechnet, doch es ist deutlich. Wahrscheinlich ebenso klar wie bei der Frau auf dem Konzert und dem Mann, der vor der Druckerei gesessen und Kaffee aus einer Thermoskanne getrunken hat. Jedes Mal ist die Entscheidung sofort getroffen worden, und jedes Mal war sie richtig.

Ich sehe weniger als eine Sekunde in diese hellblauen, resignierten Augen, doch ich erkenne die Sehnsucht hinter der Müdigkeit. Das Bewusstsein, Teil dieser grauen, tumben Masse zu sein und den Wunsch, der Anonymität zu entfliehen.

Ich verstaue die Einkäufe in einer Tüte. Sie rät mir, den Kassenbon zu behalten, falls ich den Timer reklamieren will. Ich bedanke mich und denke, wie gern ich ihr helfen würde. Doch es geht nicht.

Das Werk ist fast beendet, der nächste Schritt geplant und der Auserwählte schon vor Tagen gefunden.

Die Verkäuferin fragt, ob ich Treuepunkte sammle.

Das tue ich nicht (und bin sicher, dass dies nicht nur heute, sondern immer der Fall ist). Doch in dem Bewusstsein, ihren größten Wunsch nicht erfüllen zu können, bejahe ich, und als sie mir den Streifen gibt, erwidere ich ihr trauriges Lächeln und tröste mich mit dem Gedanken, ihr wenigstens einen kleinen Gefallen getan zu haben.

## Zweiundfünfzig

Zorn riss die Tür auf, beschwerte sich kurzatmig, dass *der verdammte Fahrstuhl mal wieder im Arsch* sei, und sank schnaufend auf seinen Stuhl. Schröder, hinter einem Aktenberg auf dem Schreibtisch nur zu erahnen, erkundigte sich, wie der Kaffee in der Kantine *gemundet* habe.

»Beschissen. Und zwar noch beschissener als der da.«

Zorn deutete auf die fleckige Maschine auf dem Fensterbrett und knurrte, der neue Küchenbulle sei ein absoluter Tausendsassa, eine dermaßen beachtliche Leistung müsse man erst mal hinkriegen.

Ein unverbindliches Brummen erklang hinter den gestapelten Akten, gefolgt von Papierrascheln und dem Kratzen eines Bleistiftes.

»Und?«, fragte Zorn.

»Chemnitz.«

»Hä?«

»Das Karl-Marx-Monument.«

»Keine Ahnung, was du …«

»Die Wolke über dem Straßenbahndepot.« Der obere Teil von Schröders kahlem Schädel erschien über den Akten wie ein aufsteigender Luftballon, um im nächsten Moment wieder zu verschwinden. »Die Ähnlichkeit war verblüffend. Leider kannst du's nicht mehr nachprüfen, die Wolke ist längst weg.«

»Wenn das ein Vorwurf sein soll …«

»Nicht doch, Chef.«

»Man wird ja wohl noch eine rauchen dürfen.«

Zorn streckte den Arm, um seinen Rechner zu starten. Hielt in der Bewegung inne und musterte die verbliebene Hand: »Hm.«

»Ist was?«, fragte Schröder.

»Meine Fingernägel sind total dreckig.«

»Herrje.«

»Geschnitten müssten die auch werden.«

»Ich mach's nicht.«

»Das hab ich auch gar nicht …«

»Frag Frieda. Dürfte ja schnell gehen.« Ein Kichern drang hinter den Akten hervor. »Ist schließlich nur die halbe Arbeit.«

»Ha, ha, ha.«

Zorn drückte den Startknopf. Der Computer reagierte mit einem widerwilligen Rasseln, das an das Murren eines unsanft aus dem Schlaf gerissenen Rentners erinnerte.

»Und?«, erklang Schröders Stimme. »Was hast du vor?«

»Arbeiten.«

»Und was genau?«

»Sag du's mir. *Chef.*«

»Also ich«, sagte Schröder, »habe noch drei Ordner mit Zeugenaussagen und ungefähr hundert Seiten Laborberichte vor mir. Das würde ich dir ungern zumuten, aber ich fürchte, ich bin noch eine Weile beschäftigt.«

»Und was soll ich so lange machen?«

»Nachdenken?«

»Das ist *dein* Part, Schröder.«

Wieder stieg der Luftballon auf. Diesmal ein wenig höher. Schröders rostfarbene Brauen erschienen, darunter zwei blitzende stahlblaue Punkte.

»Du kannst es ja mal versuchen.«

»Und worüber soll ich bitte schön … *nachdenken*?«

»Da gibt's eine Menge.« Schröder schob die Akten mit den Unterarmen zur Seite und beugte sich durch die Lücke. »Wie wär's zum Beispiel mit dem dritten Opfer? Wir suchen nach einer rothaarigen Frau um die dreißig, eins vierundsechzig groß, sechsundfünfzig Kilo. Wir haben die Blutgruppe und den Gebissabgleich. Beides hat bisher nichts gebracht. Es gibt auch keine Vermisstenanzeige, die auf die Beschreibung zutrifft. Damit konnte man nach so kurzer Zeit auch noch nicht rechnen, aber …«

»*Was* hast du gesagt?«

»Dass man nach so kurzer Zeit …«

»Nee, vorher.« Zorn, dessen Stirn sich während der letzten Sekunden mehr und mehr in Falten gelegt hatte, sah Schröder an.

»Ich habe eine Menge gesagt«, gab dieser zurück. »Es wäre nett, wenn du ein wenig konkreter …«

»Die Frau ist rothaarig?«

»Nach den Laborwerten zu hundert Prozent.«

Zorn nahm einen Kugelschreiber und drehte ihn nachdenklich in den verbliebenen Fingern (deren Nägel tatsächlich dringend geschnitten werden mussten).

»Was ist?«, fragte Schröder.

»Nichts«, seufzte Zorn nach einer Weile. »Ist nicht wichtig.«

*

Claudius Zorn war nicht dumm. Doch sein Verstand arbeitete langsam, spontane Eingebungen hatte er selten, und wenn dies einmal geschah, stand er ihnen misstrauisch gegenüber. So war es kein Wunder, dass er schwieg. Was hätte er Schröder auch sagen sollen?

*Ich glaube, das dritte Opfer ist Edgars Klassenlehrerin.*

Lächerlich. Nur wegen ihrer roten Haare? Und weil Luna Krupp seit dem letzten Mord nicht in der Schule aufgetaucht war?

Gut, es gab noch mehr: Das Alter stimmte, Größe und Gewicht wahrscheinlich auch (vor allem Letzteres konnte Zorn nur schwer einschätzen, doch das ließ sich relativ leicht überprüfen). Andererseits: Auf wie viele junge Frauen traf diese Beschreibung zu? Hunderte? Tausende?

Doch war es nicht auffällig, dass Luna Krupp fast alle Personen kannte, mit denen sie im Verlauf der Ermittlungen zu tun gehabt hatten? Oskar Brava, den Galeristen. Arvid Walkow, das erste Opfer. Henry Gleizmann, mit dem sie sogar verheiratet gewesen war.

Edgar hatte erzählt, dass Luna Krupp krank sei. Zorn musste nur in der Schule nachfragen, dort würde er mehr erfahren. Womöglich war sie heute Morgen putzmunter zum Unterricht erschienen, dann hätte sich die Sache sowieso erledigt. Das ließ sich schnell klären, ein Anruf genügte.

Bis dahin würde Zorn den Mund halten. Schröder machte das ständig so, allerdings nicht – wie es jetzt bei Zorn der Fall war – aus Sorge, sich lächerlich zu machen. Der feine Herr schwieg, weil Zorn ihm nur bis zu einem gewissen Punkt geistig folgen konnte, was dieser wiederum als Arroganz interpretierte, überhebliche Geheimniskrämerei, die ihn oft genug bis aufs Blut reizte.

Nun, wenn Schröder das konnte, dann durfte Claudius Zorn es erst recht.

## Dreiundfünfzig

»Frau Krupp ist also krank?«

Zorn stand telefonierend auf dem Balkon. Im Laufe des Tages hatte er immer wieder im Schulsekretariat angerufen, erst jetzt, als er am späten Nachmittag nach Hause gekommen war, hatte jemand abgenommen.

»Allerdings«, erwiderte die Sekretärin mit einer Stimme, bei deren Klang das Bild unter einem Mörser berstender Eiswürfel vor Zorns geistigem Auge erschien.

»Was genau hat sie denn?«

»Ich bin nicht befugt, eine solche Information weiterzugeben.«

Zorn war der Sekretärin bisher nur einmal begegnet. Damals, bei Edgars Einschulung, hatte sie ihn mit ihrer knochigen Erscheinung sofort an das strenge Fräulein Rottenmeier aus den Heidi-Filmen erinnert.

»Natürlich.« Zorn wusste nicht, wie er die Frau ansprechen sollte. Irgendwas mit »Berg«, den Rest hatte er nicht verstanden. »Wann kommt sie denn wieder?«

»Da müsste ich den Krankenschein raussuchen«, drang es gereizt aus dem Handy. Die eigentliche Botschaft (w*as ich garantiert NICHT tun werde*) war selbst für Zorn nicht zu überhören.

»Abgesehen davon, …«

»… sind Sie nicht befugt, eine solche Information weiterzugeben.«

»So ist es.«

Ein Windstoß fegte über den Balkon. Wellen kräuselten sich unten auf dem schlammigen Fluss, am anderen Ufer wurden die letzten Blätter aus den Baumkronen gerissen.

»Hören Sie.« Zorn wandte dem Wind den Rücken zu, lehnte sich fröstelnd an das Geländer. »Ich müsste Frau Krupp dringend sprechen.«

»Warum?«

Gute Frage, dachte Zorn.

*Weil da eine Leiche in einem dieser gekühlten Schließfächer im Keller der Rechtsmedizin liegt, wahrscheinlich sogar in zweien, die Haut wird bestimmt getrennt gelagert. Und ich ausschließen will, dass es sich dabei um Frau Krupp handelt.*

Eigentlich war die Sache klar. Ein Blick ins Melderegister genügte, um Telefonnummer und Adresse zu erfahren. Doch zum einen hatte Zorn nicht die geringste Lust, sich durch den feierabendlichen Stau zurück ins Präsidium zu quälen, zum anderen war da Schröder, der garantiert noch im Büro saß und vorerst nichts über Zorns Vermutung wissen sollte. Aber Schröder würde Fragen stellen, und mit einer Ausrede *(ich wollte nur gucken, ob die Bleistifte ordentlich gespitzt sind)* würde er sich wohl kaum abspeisen lassen.

Als Polizist kam Zorn also im Moment nicht weiter. Aber es gab eine andere Möglichkeit.

»Edgar vermisst seine Lehrerin«, sagte Zorn, der besorgte Vater. »Frau Krupp bedeutet ihm viel. Der Junge fragt ständig nach ihr, ich würde ihn gern ein wenig trösten.«

Die Lüge kam glatt über seine Lippen, schließlich sagte er teilweise die Wahrheit.

»Das verstehe ich. Frau Krupp ist bei allen Schülern beliebt.«

Die Stimme klang etwas wärmer. Immer noch kühl, doch sie schien die Gefriertruhe verlassen und in das Gemüsefach gewechselt zu haben.

»Es würde schon helfen, wenn Edgar kurz mit ihr sprechen könnte«, hakte Zorn nach. »Frau Krupp freut sich bestimmt auch, und er könnte ihr gute Besserung wünschen. Dazu brauche ich nur ihre Telefonnummer.«

Es wurde still in der Leitung. Zorn hatte seinen Charme lange, sehr lange nicht mehr eingesetzt. Verlernt hatte er's jedenfalls nicht.

»Ich weiß, dass Sie das eigentlich nicht dürfen«, flötete er, »aber es geht hier doch um ein Kind, das sich Sorgen um seine Lehrerin macht. Klar, Sie haben Ihre Vorschriften, Frau Bergmann, aber …«

»Berg*feld*.«

*Mist.*

»Denken Sie nicht, dass Sie eine Ausnahme machen …«

»Nein, das denke ich nicht.«

Ein eisiger Hauch wehte Zorn aus dem Telefon entgegen. Im Handumdrehen war die Temperatur wieder unter die Frostgrenze gesunken.

»Edgar hat ein Bild für Frau Krupp gemalt.« Zorn unternahm einen letzten, verzweifelten Versuch. »Wenn Sie mir ihre Adresse geben, könnte er es ihr schicken, dann …«

Das, unterbrach Frau Bergfeld, sei natürlich sehr schön. Der Junge könne das Bild gern im Sekretariat abgeben, die Schule werde es dann umgehend an Frau Krupp weiterleiten. Die Sekretärin – deren Stimmungsbarometer offensichtlich den physikalischen Nullpunkt erreicht hatte – wünschte einen guten Abend und legte auf.

Als Zorn das Handy fluchend in die Hosentasche stopfte, bemerkte er Frieda, die mit verschränkten Armen in der halbgeöffneten Balkontür lehnte und das Telefonat mit offensichtlichem Interesse verfolgt hatte.

*

»Na?« Zorns Grinsen wirkte ein wenig angestrengt. »Wie war dein Tag?«

Frieda wandte sich wortlos um, streifte den Mantel ab, warf ihn über die Sofalehne, knöpfte das Jackett auf und setzte sich.

»Cool, dass du halbwegs pünktlich Feierabend hast.« Zorn folgte ihr ins Wohnzimmer. »Wir könnten …«

»Machst du bitte zu?«

»Klar.« Zorn, der bereits halb in den Sessel gesunken war, sprang wieder auf und schloss die Balkontür. »Die klemmt ein bisschen.« Er machte sich umständlich am Griff zu schaffen. »Müsste man mal nachstellen. Am besten …«

»Claudius?«

Zorn wandte sich um. »Ja?«

»Wie lange geht das schon?«

»Äh … *was*?«

Frieda sah ernst zu ihm auf. »Mit dieser Frau.«

»Mit welcher …«

»Luna Krupp.«

»Hä?«

Seine Verwirrung war echt. Er hatte geahnt, dass etwas nicht stimmte. Nun, da er den Grund erfuhr, dauerte es eine Weile, bis er die Information verarbeitet hatte. Blinzelnd stand er im Wohnzimmer, den Mund ein wenig dümmlich geöffnet und rang – erfolglos – nach Worten, denn Schlagfertigkeit gehörte (neben zahlreichen weiteren Defiziten) nicht unbedingt zu seinen Stärken.

»Du siehst die doch ständig«, sagte Frieda ruhig. »Wenn du Edgar abholst. Reicht's denn nicht, wenn du in der Schule mit ihr rumturtelst?«

»Ich, äh … *turteln*?«

»Du traust dich nicht, nach ihrer Adresse zu fragen. Also versuchst du, sie heimlich rauszukriegen.«

»*Heimlich*?«, protestierte Zorn. »Man wird doch wohl telefonieren dürfen! Auf seinem eigenen Balkon! *Du* hast hier doch heimlich gelauscht!«

»Es ist auch *mein* Balkon.« Frieda deutete zur Tür. »Du hättest hinter dir zumachen sollen. Es war ziemlich schwer, dich *nicht* zu belauschen.«

»Jetzt hör aber auf!«

»Dann schiebst du auch noch Edgar vor.« Sie hob sarkastisch die Stimme. »*Er macht sich Sorgen. Es würde schon helfen, wenn er kurz mit ihr sprechen könnte.*«

»Aber ...«, stammelte Zorn, »der mag die wirklich!«

»Klar. Und abends weint er sich in den Schlaf, weil sie ihm so fehlt.«

»Das war vielleicht 'n bisschen übertrieben. Trotzdem ...«

Zorn verstummte unter Friedas Blick: *Du kannst vielleicht versuchen, eine ältliche Sekretärin zu verarschen. Aber wage das ja nicht mit mir, Freundchen. WAGE ES NICHT!*

Er trat von einem Bein aufs andere, während Oberstaatsanwältin Borck ihn nicht aus den Augen ließ, mit diesem Blick, unter dem selbst der hartgesottenste kolumbianische Drogenboss auf der Anklagebank zusammengebrochen wäre.

»Ich frage mich nur ...« Frieda betrachtete ihre im Schoß gefalteten Hände und tat, als müsse sie nachdenken. »Ein Hauptkommissar hat doch andere Möglichkeiten, ihre Daten abzufragen. Da reicht ein kurzer ...«

»Das ging aber nicht!«

Sie sah auf. »Weil ...?«

»Weil's Schröder dann mitgekriegt hätte!«

»Und wenn Schröder es weiß, dann erfahre ich's auch. Und dann ...«

»Echt, Frieda, das ist totaler ...«

»... wäre das Techtelmechtel ...«

»Techtel … *was*?!«

»… vorbei, bevor's überhaupt angefangen hat.«

Frieda schlug die Beine übereinander als Zeichen, ihr Schlussplädoyer beendet zu haben. Das Urteil (lebenslänglich mit anschließender Sicherungsverwahrung) stand so gut wie fest.

Zorn brummte etwas und sah aus dem Fenster in die bleigraue Dämmerung.

»Ich hab dich nicht verstanden«, säuselte Frieda.

»Okay, ich geb's ja zu«, wiederholte Zorn mit einem tiefen, zerknirschten Seufzen. »Es hat gleich nach der Einschulung angefangen. Seitdem treffen wir uns jeden Dienstag zur Mittagspause in der Turnhalle. Hinten, im Geräteraum. Am Anfang war's noch okay, aber mit der Zeit wird's dann doch ganz schön hektisch. Man kann ja ständig erwischt werden, und außerdem«, er strich in einer übertriebenen Geste über den Rücken, »geht's auf die Dauer ganz schön aufs Kreuz, trotz der Gymnastikmatten. Ganz zu schweigen vom Geruch. Ich dachte, bei ihr zu Hause wird's ein bisschen gemütlicher. Deshalb wollte ich sie anrufen. Tja.« Er neigte bekümmert den Kopf. »Ich bin eben nicht mehr der Jüngste.«

»Das bist du«, stimmte Frieda zu. »Ich hab allerdings vor, noch 'ne ganze Weile mit dir zusammenzuleben. Das dürften noch einige Jahre sein. Falls du jemals irgendwas in dieser Richtung planen solltest, dann krieg ich das mit. Und zwar«, fügte sie warnend hinzu, »bevor du selbst daran denkst. Frag besser nicht, was ich dann mit dir mache. Das willst du gar nicht wissen.«

»Nee«, schluckte Zorn. »Lieber nicht.«

»So.« Frieda streifte die hohen Pumps von den Füßen, winkelte die Beine an und massierte die schmerzenden Sohlen. »Und jetzt erzähl mir, was wirklich los ist, ich hab's nämlich immer noch nicht kapiert.«

*

»… und als Schröder dann gesagt hat, dass das Opfer rothaarig ist, da ist irgendwas eingerastet.« Zorn kratzte sich an der Schläfe. »Aber wahrscheinlich ist's Quatsch.«

»Warum?« Frieda richtete sich auf, öffnete den obersten Knopf ihrer Anzughose und sank mit einem erleichterten Aufatmen neben Zorn in die Lederpolster. »Es wäre zumindest denkbar. Und ihr habt das im Handumdrehen geprüft.«

»Klar, aber …«

»Du hattest Schiss, dass Schröder dich auslacht.«

»Hm.«

»Findest du das nicht selbst ein kleines bisschen … *albern*?«

»Nö.« Zorn hob ein Kissen auf den Schoß und spielte mit den goldfarbenen Fransen. »Schröder macht das ja auch immer.«

»*Was* macht Schröder immer?«

»Na … nix sagen.«

»Ach, Claudius«, seufzte Frieda. »Ihr seid Polizisten und keine Kinder, die sich in der Sandkiste um 'ne Schippe streiten.«

»Jaja«, brummte Zorn und betrachtete die beiden verblichenen Muppets-Figuren auf dem weinroten Samt (Statler und Waldorf, wenn er sich richtig erinnerte). »Ich kümmere mich morgen drum.«

*Und zwar alleine. Schröder muss ja nichts davon mitkriegen. Obwohl … wenn ich morgen als Bulle in der Schule auftauche und der verknöcherten Schreibtussi genau dieselben Fragen wie vorhin stelle, mache ich mich völlig zum …*

»Lass Brettschneider das machen.« Frieda schien – wie so oft – seine Gedanken zu lesen. »Der soll in der Schule nachfragen. Und wenn ihr nicht sicher seid, dann ruft sie an oder fahrt bei ihr zu Hause vorbei. Und hör auf, dir einzureden, dass du dich blamieren könntest. Luna Krupp kennt Gleizmann und Oskar Brava. Arvid Walkow kannte sie auch. Ihr Äußeres scheint auch zu stimmen, und dass sie direkt nach dem Mord krank geworden sein soll, muss nichts bedeuten, aber überprüfen sollte man das schon.«

»Ich hab sie am Tag vorher gesehen«, sagte Zorn. »Sie war putzmunter. Du weißt schon, in der Turnhalle auf der Trampolinmatte. Also, *krank* war sie definitiv nicht, die hat mir ganz schön … *AUA*!«

»Vorsicht, Freundchen.« Frieda, die Zorn in die Rippen geknufft hatte, richtete sich auf. »Das war vorhin mein Ernst, klar?«

»Aber deswegen musst du mich doch nicht …«

»*Ist das klar*?«

»Ja doch!«, stöhnte Zorn und rieb die schmerzende Seite. »Aber ich war wirklich bei ihr«, sagte er dann. »Ich hab sie wegen Gleizmann befragt. Sie war kerngesund.«

»Ist sie hübsch?«, erkundigte sich Frieda ein wenig spitz.

»Total!«, schwärmte Zorn. »Ihre Beine sind der Hammer! Und sie riecht unglaublich gut! Nach …« Er sog schniefend die Luft ein. »Weiß nicht genau, jedenfalls ein tolles Parfüm. Und dann hat sie so ganz niedliche Grübchen unter … Vorsicht, das gehört Edgar!« Zorn hob das Kissen, um sich vor einem weiteren Angriff zu schützen. »Wenn das kaputtgeht, gibt's Ärger!«

*

Der Abend dämmerte. Zorn beugte sich über die Lehne, schaltete die Stehlampe ein, legte den Arm um Frieda und zog sie an sich. So saßen sie da, betrachteten ihre grotesk vergrößerten Schatten an der Wand gegenüber und hingen ihren Gedanken nach.

»Ich mag die wirklich«, sagte Zorn dann. »Und Edgar mag sie auch.«

»Sie scheint 'ne gute Lehrerin zu sein.«

»Ist sie. Ich glaube, Edgar ist ein bisschen verliebt.«

»Echt?«

»Mir ging's damals genauso.« Zorns Hinterkopf sank auf die Lehne, er sah versonnen zur Decke. »Fräulein Woyzeck, die Deutschlehrerin. Die hatte die gleichen süßen Sommersprossen um die Nase und …«

»Wie Luna Krupp?«

»Genau.« Zorn tastete unauffällig nach dem Kissen, um einen neuen Schlag abwehren zu können. »Die war allerdings nicht rothaarig, sondern blond. Ich war ganz schön verliebt.«

Friedas Kopf ruhte unverändert an seiner Brust. Er entspannte sich ein wenig.

»Und?«, fragte sie schläfrig. »Seid ihr zusammengekommen?«

»Nee«, seufzte Zorn. »Als ich in die dritte Klasse kam, hat sie Herrn Pötzsch geheiratet.«

»Ach je.«

»Den Pionierleiter.« Er verzog das Gesicht. »Das Arschloch.«

»Vielleicht«, murmelte Frieda, »warst du ihr ja einfach zu jung?«

Auf diesen Gedanken schien Zorn noch nicht gekommen zu sein. Grübelnd streifte sein Blick über das Bücherregal.

»Nee«, entschied er dann. »Ich war meiner Zeit schon immer voraus.«

»Natürlich, Schatz. Das bist du … Sag mal …«, Frieda hob den Kopf, »hast du grad gepupst oder knurrt dein Magen?«

Letzteres, versicherte Zorn eilig und schlug vor, das Abendessen zu machen. Der Kühlschrank war so gut wie leer, also schoben sie eine Pizza in den Ofen, erweiterten ihr Mahl mit einem halben Glas saurer Gurken und teilten sich eine verstaubte Büchse Hefeweizen, die Frieda neben dem Mülleimer zwischen den leeren Bierflaschen entdeckt hatte.

Später saßen sie im Kerzenschein am Esstisch, und als Zorn

schließlich fand, dass sie zu Bett gehen sollten, stimmte Frieda zu, allerdings erst, nachdem sie ihm die Fingernägel geschnitten hatte.

## Vierundfünfzig

»Was wird das?« Zorn schob die Tür mit der Hacke hinter sich ins Schloss. »Fängst du jetzt auch noch an zu malen?«

Schröder stand vor einer Magnettafel, die er auf einer Staffelei mitten im Büro aufgebaut hatte. Zorn drängte sich vorbei, ging gewohnheitsmäßig in Richtung Kaffeemaschine, entschied sich dann um und sank auf halber Strecke gähnend auf seinen Stuhl.

»Ich find's toll, dass du meinen Ratschlag beherzigst.« Zorn hüpfte ein paarmal auf und ab, als wolle er die Federung prüfen. »Und Malen ist bestimmt ein gutes Mittel, um nicht abzustumpfen. Aber solltest du das nicht lieber in der Freizeit machen?«

Schröder stand vor der Staffelei, die Arme vor dem karierten Hemd verschränkt, und musterte die leere Tafel wie ein Künstler in Erwartung der göttlichen Inspiration.

»Ich will dir nicht reinreden«, plapperte Zorn weiter. »Klar, ein zweites Standbein kann nie schaden, und für 'ne berufliche Neuorientierung ist's auch nie zu spät. Na ja.« Er zuckte die Achseln, offensichtlich war er Luft für Schröder. »Lass es ruhig erst mal auf dich wirken. Mal sehen, was es mit dir macht.«

Zorn bückte sich und fummelte an einem Hebel unter der gepolsterten Sitzfläche. Ein Knacken ertönte, der Stuhl sackte unter ihm mit einem entrüsteten Quietschen zwanzig Zentimeter in die Tiefe. Schröder löste sich aus seiner Erstarrung, wünschte einen guten Morgen und erkundigte sich, was Zorn gerade mit Kollegen Brettschneider besprochen habe.

»Ich hab's zufällig gesehen, als ich die Blumen gegossen habe.« Er deutete durch das Fenster in den grauen Nieselregen. »Es sah ziemlich …«

Ein weiteres Knacken, erneut sackte der Stuhl nach unten. Zorn verschwand bis zum Kinn hinter dem Schreibtisch, den abgebrochenen Hebel in der verbliebenen Hand in die Höhe haltend wie ein Dirigent vor einem dramatischen Auftakt.

»… wichtig aus«, endete Schröder, ohne eine Miene zu verziehen.

»Nee«, wehrte Zorn ab.

Er rappelte sich mühsam auf. Dies dauerte länger, als eigentlich nötig war, denn Zorn brauchte Zeit, um eine Ausrede zu finden. Als er den Volvo geparkt hatte, war Brettschneider ihm entgegengekommen, also hatte er die Gelegenheit genutzt und diesen nach einer kurzen Instruktion angewiesen, Luna Krupps Daten im Melderegister abzufragen und sich danach mit der Schule in Verbindung zu setzen – mit dem eindringlichen Hinweis, Brettschneider solle Zorn umgehend und (besonders wichtig) *persönlich* über das Ergebnis informieren.

»Also.« Zorn räusperte sich. »Meine Zigaretten sind alle, und …«

Schröders Augen weiteten sich. »Du hast den Kollegen Brettschneider doch nicht etwa …«

»Nicht doch!«, wehrte Zorn ab. »Der wollte sowieso grade zum Bäcker, und da hab ich gefragt, ob er mir welche mitbringt. Ich würde doch einen Kollegen *niemals*«, er dehnte scheinheilig das letzte Wort, »für private Botengänge benutzen!«

Schröder blieb skeptisch. »Wenn's nur um Zigaretten ging, hat das Gespräch aber ganz schön lange gedauert.«

»Du kennst Brettschneider doch«, log Zorn weiter. »Der ist

militanter Nichtraucher. Ich musste ihn erst mal überreden. Und dann musste ich ihm noch die Marke erklären, das hat auch gedauert. Das ist jetzt keine Kritik«, versicherte er mit unschuldigem Augenaufschlag, »Kollege Brettschneider ist ein absolut fähiger Mitarbeiter.«

Schröder war deutlich anzumerken, dass er Zorns Schwindelei durchschaute. Doch noch wusste er nicht, was dahintersteckte, und um dies zu verhindern, verließ Zorn das zunehmend dünner werdende Eis und wechselte das Thema.

»Falls du Stifte brauchst«, er deutete auf die Staffelei, »können wir Edgar fragen. Der gibt dir bestimmt welche ab.«

»Das ist eine Magnettafel«, erwiderte Schröder, die Augen noch immer misstrauisch verengt. »Da braucht man keine Stifte.«

»Aha. Und was«, erkundigte sich Zorn mit schlecht geheucheltem Interesse, »hast du damit vor?«

Das, beschied Schröder, werde Zorn erfahren, wenn er sich um eine neue Sitzgelegenheit gekümmert habe. Dazu müsse er sich nur hinunter ins Erdgeschoss zur Verwaltung begeben, wo ihm Frau Seydler bestimmt beim Ausfüllen des vierseitigen Antragsformulars behilflich sein werde. Zorn stand bereits mit hängenden Schultern in der Tür, als Schröder einen weiteren Vorschlag unterbreitete, der – obwohl deutlich unkonventioneller – schlussendlich doch in die Tat umgesetzt wurde, indem Zorn sich aus dem Konferenzraum am Ende des Flurs einen neuen Stuhl holte.

## Fünfundfünfzig

»Wir haben drei Opfer.« Schröder hatte die Staffelei in der Ecke vor dem Garderobenständer aufgestellt. »Die ersten beiden«, er befestigte zwei Fotos mit Magneten an der Tafel, »sind Arvid Walkow und Samuel Bleeck.«

Da die Ermittlungen feststeckten, hielt Schröder es für nötig, alles noch einmal zu überdenken. Die Tafel würde helfen, die Lage aus einem anderen Blickwinkel zu betrachten und nach Zusammenhängen zu suchen, die sie bisher übersehen hätten. Zorn hatte seinem Vorgesetzten zu diesem *wahnsinnig revolutionären Ansatz* gratuliert, ihm im Stillen allerdings recht gegeben, schließlich tappten sie auch nach dem dritten Mord noch in völligem Dunkel.

»Walkow war Künstler, Bleeck ein einfacher Drucker«, sagte Schröder. »Die lebten in anderen Welten. Wahrscheinlich sind sie sich nie begegnet, ich sehe nichts, was sie … Das würde ich lieber lassen.«

Er warf Zorn einen warnenden Blick zu. Dieser wippte auf seinem neuen Stuhl vor und zurück, beugte sich zur Seite und befummelte die Hebel unter der Sitzfläche.

»Der ist zu hoch«, brummte er. »Das muss doch irgendwie …«

Schröder schlug vor, einen Fachmann zu Rate zu ziehen, und versprach, in der Mittagspause einen Kollegen der Kriminaltechnik zu fragen, der hoffentlich weniger Gefahr laufen würde, sich den Hals zu brechen.

»Also.« Er wandte sich wieder den Fotos an der Tafel zu. »Wir können davon ausgehen, dass zwischen diesen beiden …«

»Die waren Einzelgänger«, unterbrach Zorn. »Sowohl Walkow als auch Bleeck haben sich komplett abgeschottet.«

»Richtig. Das verbindet sie.«

»Und sie wurden …«, Zorn überlegte kurz, »als *Person* zur Schau gestellt. Als …«

»… Individuum.«

»Genau.«

»Im Gegensatz zum dritten Opfer.« Anstelle eines weiteren Fotos heftete Schröder einen Zettel mit einem Fragezeichen an die Tafel. »Die Frau wurde regelrecht ausgelöscht. Geradezu neutralisiert. Obwohl ihm klar sein muss, dass wir ihren Namen über kurz oder lang herausfinden werden.«

Wohl wahr, überlegte Zorn und las die Uhrzeit vom Handy ab. Brettschneider war jetzt seit anderthalb Stunden unterwegs.

»Sie ist schnell gestorben«, sagte Schröder. »Als ihr die Haut abgezogen wurde …« Er hob die Hände, wedelte mit den kurzen Fingern, um zu zeigen, dass er weder eine Birne noch etwas anderes schälte, räusperte sich und fuhr fort: »Jedenfalls war sie da bereits tot. Es ging nicht darum, die Frau zu foltern. Sondern um Anpassung. Deshalb auch der Lack. Der Mörder wollte sie mit der Skulptur vereinen.«

*

Mein Werk wird mächtiger sein als alles. Größer sogar als sein Schöpfer, denn selbst der Schöpfer entsteht erst durch das Werk. Ein Werk, das sich nach seiner Fertigstellung in Gänze offenbaren wird, und dann, wenn die Teile sich zusammenfügen, wird auch sein Erschaffer vollendet sein.

*

»Der Erste wird am Rathaus gekreuzigt«, überlegte Zorn. »Der Zweite auf dem Hoteldach aufgehängt, in einer ähnlichen Position. Das dritte Opfer finden wir auf dem Friedhof, diesmal nicht gekreuzigt, aber als Teil einer Statue *nach* der Kreuzigung. Vielleicht …«

Er sank nachdenklich zurück, fuhr erschrocken zusammen, als die Lehne hinter ihm nachgab, stand auf und lehnte sich ans Fensterbrett.

»Was?«, fragte Schröder.

»Na ja.« Zorn bedachte den Stuhl mit einem feindseligen Blick. »Das alles hat ja was … Religiöses. Biblisches. Vielleicht hält sich der Mörder nicht für einen Künstler, sondern für einen …«

»… Propheten?«

*

Und die Seelen werden verschmelzen, die Stimmen sich vereinen zu einem Chor, um das Hohelied ihres Schöpfers zu singen und seinen Namen verkünden, lauter und vernichtender als die Posaunen von Jericho. Die Mauern werden stürzen, doch aus den Trümmern werde ich einen gewaltigen Tempel errichten.

*

»Das eine schließt das andere nicht aus«, sagte Schröder.

»Fakt ist, dass er nicht alle Tassen im Schrank hat.«

»Trotzdem führt er uns an der Nase herum.«

»Weil er clever ist, Schröder.«

»Komm mir jetzt bitte nicht wieder mit der Schuhgröße, ja?«

»Nee«, seufzte Zorn. »Ich frage mich bloß, was den antreibt.«

»Um Schmerz oder Leid geht es ihm jedenfalls nicht«, sagte Schröder. »Auch nicht um Rache. Er tötet seine Opfer schnell.«

»Und dann schleppt er sie irgendwo hin. Wie ein Kind, das allen zeigen will, was es Tolles gebastelt hat.«

»Als *Basteln*«, widersprach Schröder, »würde ich es nicht bezeichnen. Aber es stimmt. Die Opfer sind sein *Material*. Die Morde an sich sind gar nicht so wichtig, sondern das, was er danach tut. Er geht ein enormes Risiko ein und präsentiert sie der Öffentlichkeit.«

»Um möglichst viel Staub aufzuwirbeln. Jedenfalls …«

»Bitte, Chef. Nicht die Begonie.«

Zorn, der unbewusst an Schröders Topfpflanze gezupft hatte, hob entschuldigend die Hand. »Es dürfte jedenfalls egal sein, wofür er sich hält.«

»Du meinst Künstler oder Prophet?«

»Von mir aus auch Papst oder Skilehrer.«

Zorns Handy vibrierte auf dem Schreibtisch.

»Der Typ ist irre, Schröder. Immerhin scheint er kein Sadist zu sein, und wenn's ihm nicht um Rache geht«, Zorn nahm das Telefon, »bleibt eigentlich nur eins. Egal, wofür er sich hält …«

*

Ich bin eine Vielheit.

*

»… es geht ihm einzig und allein um sich selbst.«

*

Das Werk ist der Name.
Der Name ist das Werk.

*

Zorn ließ das Handy sinken, die Augen grübelnd auf das verlöschende Display gerichtet.

»Wer war denn dran?«, fragte Schröder.

»Brettschneider.«

»Dann hat er also deine Zigaretten besorgt?«

»Äh … was?«

»Deine …«

»Ach so. Klar«, murmelte Zorn. »Die Zigaretten. Genau, die hat er besorgt.«

»Ich nehme an, du willst jetzt sofort eine rauchen?«

Das war eigentlich nicht der Fall, doch Zorn brauchte einen Moment Ruhe. Kurz darauf hockte er also im Regen unter den windgepeitschten Ästen der Kastanie auf der verwitterten Bank. Er fror wie ein Schneider, beschloss aber, die Gelegenheit zu nutzen und nach der ersten, hastig inhalierten Zigarette eine weitere zu rauchen, doch die Packung, stellte er frustriert fest, war tatsächlich leer. So bewahrheitete sich wieder einmal, dass Claudius Zorn nicht nur ständig vom Pech verfolgt, sondern über kurz oder lang immer von jeder noch so vermeintlich harmlosen Lüge eingeholt wurde.

## Sechsundfünfzig

Ich verändere mich in stetiger Transformation. Die Kräfte, die sich in mir vereinen, ihre Stimmen, Gedanken und Gefühle sind manchmal verwirrend. Doch je mehr diese Kräfte miteinander verschmelzen, desto stärker werde ich. Bald wird dieser Prozess abgeschlossen sein, alles wird sich zusammenfügen, und ich werde mehr sein als die Summe meiner Teile.

Viel mehr.

Nicht alle werden verstehen. Ich schreibe dies als Erklärung nieder. Wenn das Werk vollendet ist, werden diese Aufzeichnungen an die Öffentlichkeit gelangen.

Dann, endlich, wird auch der Letzte die Wahrheit erkennen müssen.

## Siebenundfünfzig

»Claudius? Wo bist du?«

»In der Kaufhalle, Zigaretten holen.«

»Könntest du nicht …«

»Klar, ich *könnte* weniger rauchen, Frieda. Aber im Moment habe ich keinen Bock, über meinen Zigarettenkonsum zu diskutieren.«

»Hatte ich auch nicht vor.«

»Dann ist's ja gut.«

»Was immer dich grade nervt, Schatz. Lass es nicht an mir aus, okay?«

»Tschuldigung.«

»Und?«

»Was, *und*?«

»Die Schule, Claudius.«

»Ach ja, die Schule. Brettschneider war dort. Er hat … – Scheiße.«

»Was ist?«

»Ich hab mein Portemonnaie vergessen.«

»Wie furchtbar.«

»Ich könnte kotzen! Echt jetzt, ich …«

»Claudius.«

»Was?«

»Durchatmen.«

»Okay.«

»Und jetzt erzähl.«

»Ich hab's wahrscheinlich im Auto vergessen. Oder es liegt ...«

»*Die Schule*!«

»Ach so. Luna Krupp ist tatsächlich krank. Angina.«

»Hat Brettschneider ihre Adresse?«

»Ja.«

»War er dort?«

»Nein.«

»Warum nicht? Er hätte doch sichergehen müssen, dass ...«

»Die Sekretärin hat am Freitag mit Luna Krupp telefoniert.«

»Das wäre ... einen Tag nach dem dritten Mord?«

»Die Leiche in der Rechtsmedizin ist definitiv nicht Luna Krupp. Keine Ahnung, ob man da überhaupt Empfang hat. Ein Handy hat die Tote jedenfalls nicht, selbst wenn, dürfte sie in ihrem Zustand wohl kaum telefonieren können.«

»Stimmt.«

»Ich muss jetzt Schluss machen, Frieda. Schröder wartet, wir müssen einen durchgeknallten Serienmörder schnappen. Die Oberstaatsanwältin sitzt ihm im Nacken, die will endlich Fortschritte sehen.«

»Das muss ja 'ne ziemliche Furie sein.«

»Schröder meint, die wäre eigentlich ganz okay.«

»*Ganz okay*?«

»Bis nachher, Frieda. Was wollen wir heute Abend essen?«

»Alles außer Tiefkühlpizza. Sonst werd ich tatsächlich zur Furie.«

## Achtundfünfzig

»Das ist verzwickt«, sagte Zorn.

»Ist es«, nickte Schröder.

»*Richtig* verzwickt.«

»Allerdings.«

Sie standen vor der Tafel, an der Schröder anstatt der Fotos drei große Magnetbuchstaben aus grünem Plastik befestigt hatte:

**∀ H L**

»Bei Arvid Walkow das A«, überlegte Schröder laut. »Bei Samuel Bleeck das H und beim dritten Opfer das L.«

»Vielleicht«, sagte Zorn, »hat's ja mit den Namen zu tun.«

»Definitiv nicht.«

»Wieso? Arvid Walkow schreibt sich sogar mit zwei A.«

»Und Samuel Bleeck?«

»Bei dem …«, Zorn furchte die Stirn, buchstabierte den Namen in Gedanken und stieß schließlich frustriert die Luft aus, »gibt's überhaupt kein H.«

Ohne dass es ihnen bewusst wurde, verlagerten sie gleichzeitig das Gewicht von einem Bein auf das andere. Auch ihre Haltung war ähnlich: gebeugt, einen Arm quer vor der Brust, die andere Hand grübelnd am Kinn, die Augen konzentriert auf die Plastikbuchstaben gerichtet.

»Und wenn's doch was mit dem Dünger zu tun hat?«, fragte Zorn.

Neben einem stickstoffhaltigen Flüssigdünger waren sie im Internet unter dieser Buchstabenkombination auf ein halbes

Dutzend längst verstorbener und mittlerweile vergessener Schriftsteller, Wissenschaftler und Politiker gestoßen, außerdem auf die Sprache einer winzigen Volksgruppe im Süden Togos, die Amerikanische Hockeyliga und den Ortsteil einer hessischen Kleinstadt.

»Er benutzt den Timer.« Schröders Daumen kratzte über die rötlichen Stoppeln am Doppelkinn. »Und die Buchstaben. Wenn er weiter mordet …«

»… dann kommen noch welche dazu.«

Zorn kramte aus einer Schachtel auf der Ablage der Staffelei unter den restlichen Buchstaben des Alphabets einen weiteren hervor und heftete ihn an die Tafel:

**∀ H L E**

Ein paar Sekunden vergingen.

»Ergibt das für dich einen Sinn?«, fragte Zorn schließlich.

»Nicht den geringsten.«

»Für mich auch nicht.«

Zorn löste den Buchstaben, streifte dabei die Tafel mit der Schulter, worauf die anderen zu Boden fielen. Ächzend klaubte er sie vom Teppich, heftete einen nach dem anderen wieder an und trat einen Schritt zurück.

»Quatsch, das ist falsch. Ich …«

»Warte.«

»Aber so ist's verkehrt, das …«

»*Warte*!«

Schröder hatte sich gestrafft. Jeder Nerv, jede Faser schien zu vibrieren, während seine Augen die Tafel fixierten:

**H ∀ L**

»Ich war so dumm«, presste er hervor. »So unglaublich dumm.«

Zorn zog es vor, schweigend zu warten.

»Die Reihenfolge richtet sich nicht nach dem Zeitpunkt, an dem die Opfer gefunden wurden«, sagte Schröder. »Sondern danach, wann er sie überwältigt hat. Als Arvid Walkow starb, hatte er Samuel Bleeck schon entführt. Er hat Bleeck das Blut abgenommen und später benutzt, um das umgedrehte A an die Rathaustür zu schmieren. Deshalb muss das H an den Anfang. Wieso«, knurrte er, »bin ich nicht früher drauf gekommen?«

»Jetzt bist du's ja.«

Zorn war sich durchaus bewusst, den entscheidenden Hinweis gegeben zu haben. Da dies aber nicht seiner brillanten Intelligenz, sondern mangelnder Körperbeherrschung zu verdanken war, ging er – anders als gewöhnlich – nicht weiter darauf ein.

»Es wird ein weiteres Opfer geben«, sagte Schröder.

»Wieso nur eins? Es könnten doch …«

»*Eins.*«

Zorn hatte keine Ahnung, woher Schröder diese Gewissheit nahm. Doch der kleine Mann war äußerst gereizt und es schien nicht angezeigt, seinen Unmut durch die naiven Fragen eines minderbemittelten Kollegen noch zu verstärken.

»Bei *einem* Opfer«, kombinierte er, »brauchen wir noch *einen* Buchstaben.«

Seine Augen verengten sich hinter der Brille. Er zögerte, langte in die Schachtel, machte sich an der Tafel zu schaffen und ging wieder neben Schröder in Stellung:

**H ∀ L T**

»Wäre immerhin 'ne eindeutige Botschaft«, sinnierte er. »Könnte 'ne Warnung sein. Oder 'ne Forderung. Aber was? Den Baustopp der Autobahnumfahrung wird er wohl kaum …«

Er warf Schröder einen unsicheren Blick zu. Dieser sah an der Tafel vorbei zum Garderobenständer und schien sich anstelle der Plastikbuchstaben auf die Knöpfe an Zorns nasser Lederjacke zu konzentrieren.

»Okay. Versuchen wir was anderes.«

Zorn kramte in der Schachtel, trat zurück und studierte das Ergebnis:

**H V L K**

»Die Schreibweise stimmt zwar nicht ganz, aber das A steht sowieso auf dem Kopf.« Zorn wippte auf den Schuhsohlen vor und zurück. »Und der Hulk ist ja 'ne gespaltene Persönlichkeit. Wissenschaftler und Monster. Das könnte ein Hinweis sein. Oder … 'n Hilferuf. Weil … ach, komm schon«, er stupste Schröder in die Seite, »du kannst ruhig mitmachen! Freies Assoziieren, wie neulich. Mit den Wolken hast du's doch auch …«

»Hast du deine Autoschlüssel?«

»Äh … was?«

»Wir müssen los.«

Schröder ging zur Garderobe, streifte die Baskenmütze über die Glatze und schlüpfte in seinen Mantel.

»Und wohin, wenn man fragen darf?«

»Das erklär ich dir unterwegs.« Schröder warf Zorn die Lederjacke zu. »Darüber«, er deutete zur Tafel, »haben wir uns lange genug den Kopf zerbrochen. Das hat sich erledigt.«

»Weil …?«

»Weil ich's schon mal gelesen habe.«

Plastik klapperte in der Schachtel auf der Staffelei, Schröder tauschte den letzten Buchstaben an der Tafel gegen einen anderen, drängte sich an Zorn vorbei und öffnete die Tür.

»Kommst du?«

Zorn stierte mit offenem Mund auf die Magnettafel. Schröders Stimme drang aus dem Flur ins Büro (*Beeil dich bitte!*), er hörte, wie sich die Schritte hastig in Richtung Fahrstuhl entfernten und wusste jetzt, wohin Schröder wollte. In eine kleine Kunstgalerie unten am Fluss, wo auch Zorn diese vier Buchstaben schon einmal gesehen hatte:

**H A L O**

# DRITTER AKT

## Der Große H ∀ L O

Ich bin weiträumig. Ich enthalte Vielheiten.
*(Walt Whitman)*

## Neunundfünfzig

*Juli 2011*

Luna hat sich nach hinten an einen Stehtisch verzogen und nippt an ihrem lauwarmen Sekt. Es ist drückend heiß im Pavillon, gleißendes Sonnenlicht fällt durch die großen Oberlichter. Die Luft ist klebrig von den Ausdünstungen des verschwitzten Publikums. Der würzige Duft der holzverkleideten Fassade weht durch die geöffneten, deckenhohen Fenster herein und mischt sich mit dem Farbgeruch der Ölbilder, die sich an den grellweißen Wänden des Ausstellungssaals verteilen.

Der Rektor beendet seine Rede, wie immer mit einem schalen Witz. Höfliches Lachen erklingt, ein Typ von der Sparkasse übernimmt das Mikro und verkündet, wie stolz er sei, diesen wichtigen Kunstpreis vergeben zu dürfen, der mit Henry Gleizmann an einen der talentiertesten Absolventen der Hochschule gehen werde. Henry steht neben dem Rektor auf der improvisierten Bühne. Seine Langeweile scheint echt, in Wahrheit aber genießt er die Aufmerksamkeit, und auch das Geld – der Preis ist mit zehntausend Euro dotiert – ist ihm alles andere als egal.

Applaus brandet auf. Blitzlichter flackern. Henry hält den überdimensionierten Scheck in die Kameras. Seine Klamotten wirken nachlässig und zufällig ausgewählt, doch heute Morgen hat es allein eine halbe Stunde gedauert, bevor er sich für das verblichene *Public Enemy*-Shirt entschieden hat, um seine muskulösen Oberarme besser zur Geltung zu bringen. Die Risse in seinen Jeans musste Luna exakt nach seinen Anweisungen in die Hosenbeine schneiden, danach hat er eine gefühlte Ewigkeit damit verbracht, den Bart in die gewünschte Form zu bringen.

Ein kleiner, dicklicher Student mit spärlichem, in der Mitte gescheiteltem Haar kommt herbeigeschlendert. Trotz der Hitze trägt Oskar Brava ein fliederfarbenes Jackett, ein weißer Seidenschal hängt über seinen Schultern. Sein rundes Gesicht ist vor Aufregung gerötet, eines seiner Bilder wird ausgestellt. In Lunas Augen ist er nicht sonderlich begabt. Seine Zeichnungen sind passabel, doch er imitiert auf der Suche nach einem eigenen Stil nur die anderen. Im letzten Semester war es Roy Lichtenstein, jetzt hat er sich umorientiert. Sein Bild, das schräg gegenüber der Bühne hängt, sieht aus wie eine ungelenker Versuch, Keith Haring zu kopieren. Es ist riesig – groß wie eine Tischtennisplatte; allein der Rahmen muss Oskar ein kleines Vermögen gekostet haben – und wirkt geradezu monströs im Vergleich zu der ausgefransten Leinwand, die rechts daneben unter einer Glasscheibe hängt. Das Bild stammt von Arvid Walkow; dieser, ein schlaksiger Junge mit weißem Leinenhemd und dreiviertellangen Khakihosen, lehnt abseits mit verschränkten Armen in einer Ecke neben dem Ausgang, den Blick auf seine nackten Füße gerichtet.

Oskar greift in eine Schüssel mit Erdnüssen und lästert flüsternd über den Rektor, der schon immer langweiliges Zeug gelabert, sich heute aber noch übertroffen habe. Er blinzelt Luna verschwörerisch zu, sie zwingt sich zu einem Lächeln. Oskar interessiert sich nicht die Bohne für sie, weder künstlerisch (ihre Meinung ist ihm egal) noch sexuell (Frauen ebenfalls). Er ist hier, weil sie *die Kleine von Gleizmann* ist.

Luna studiert Literaturwissenschaften, eigentlich gehört sie gar nicht hierher. Ihre Uni – ein trister Zweckbau hinter dem alten Varieté – ist einen knappen Kilometer entfernt, doch sie ist oft hier, mittags kommt sie mit dem Rad, um mit Henry in der

Mensa zu essen. Auch sonst schleppt er sie bei jeder Gelegenheit mit. Anfangs hat ihr das gefallen, hier auf der Kunsthochschule wirkt alles lockerer, glamouröser. Mittlerweile glaubt sie, dass er sich einfach nur vor ihr brüsten will. Nicht nur vor ihr, auch vor den anderen. Er genießt es, mit ihr über den Campus zu stolzieren.

*Der Künstler und die schöne Dichterin.*

Ab und zu zeigt sie ihm eines ihrer Gedichte. Ernsthafte Gespräche ergeben sich nicht, Henry kann mit Lyrik nichts anfangen. Mehr noch, mit Literatur insgesamt, Lunas Kurzgeschichten liest er zwar, doch seine Kommentare (*eigentlich ganz nett*) sind kaum hilfreich. Nur manchmal, wenn Luna nachts in der Küche am Laptop sitzt und an ihrem (ersten) Roman schreibt, zeigt er Interesse. Allerdings nicht, um Luna zu ermuntern, sondern um klarzumachen, dass ihn das Klappern der Tastatur stört.

Irgendwo zerschellt ein Glas auf dem Boden. Als Luna aufschaut, bemerkt sie, dass Arvid Walkow zu ihr hinübersieht. Er senkt wie ertappt den Kopf, das lange Haar fällt über sein Gesicht, doch Luna entgeht nicht, dass seine Wangen flammend erröten. Henry macht sich ständig über ihn lustig, Arvid gilt als verschrobener Außenseiter, geht seinen Kommilitonen aus dem Weg. Wenn er Luna wie zufällig auf dem Campus begegnet, spricht er sie nie an, doch Luna ist sicher, dass er ihre Nähe sucht.

Henry verlässt die Bühne, sofort ist er von einer Traube kichernder Groupies aus dem ersten Semester umringt. Luna hat ihn auf einer Faschingsparty in einem Studentenclub kennengelernt. Als er vor einem halben Jahr gefragt hat, ob sie ihn heiraten wolle, hat sie lachend zugestimmt, sie hielt es für einen Scherz. Es war sein Ernst, vor allem wohl, weil er jemanden brauchte, der seine Wohnung in Ordnung hält und ständig im Bett zur Verfügung steht (was ihn nicht daran hindert, sich nach wie vor kreuz und quer durch sämtliche Semester zu vögeln).

Oskar sagt etwas, seine Worte gehen im Stimmengewirr unter. Er schlendert zwischen den angeregt plaudernden Grüppchen hinüber zu Arvid, nimmt im Vorbeigehen zwei Sektgläser vom Buffet und bietet ihm eins an. Dieser lehnt kopfschüttelnd ab, Oskar leert beide und beginnt, gestikulierend auf Arvid einzureden. Immer wieder deutet er auf dessen Bilder und hält einen seiner Vorträge. Das kann er gut (er mag zwar nur ein mittelmäßiger Künstler sein, doch darüber *reden* kann er hervorragend), manchmal sitzt er stundenlang bei Henry und Luna in der verqualmten Küche und analysiert andere Werke. So, wie er's jetzt mit Arvid tut, wahrscheinlich lobt er ihn für seinen *radikalen Ansatz*.

In diesem Punkt hat Oskar recht. Auf den ersten Blick besteht Arvids Bild aus einer chaotischen Ansammlung rostfarbener Spritzer. Der Sinn erschließt sich nur, wenn man weiß, wie es entstanden ist. Arvid hat sich dabei gefilmt: nackt, kopfüber an einem um die Füße geschlungenen Seil über der Leinwand pendelnd, den Titel des Bildes *(PAIN)* mit einer Rasierklinge tief in die schmale Brust geritzt, von wo das Blut unter seinen wilden Zuckungen auf die Leinwand spritzt. Oskar hat Luna den Film auf YouTube gezeigt, Arvid hat ihn dort hochgeladen. Die Klickzahl liegt im zweistelligen Bereich.

Oskar ist ziemlich angesäuselt. Er ist eindeutig scharf auf Arvid, legt einen Arm um dessen Schultern, flüstert ihm etwas ins Ohr. Als Henrys massiger Schädel über den Köpfen erscheint und Oskar sich abwendet, ist Arvid die Erleichterung anzusehen.

Henry kommt näher, drängt sich durch seine Bewunderer und dröhnt schon von weitem, er habe *die Schnauze voll von dieser elitären Scheiße*. Oskar eilt herbei und versichert, dass Henry jetzt endgültig den Durchbruch geschafft habe, was dieser mit unbewegter Miene zur Kenntnis nimmt.

Oskar ist diese Behandlung gewohnt. Entweder er wird ignoriert oder angeschnauzt. Auch dies nimmt er klaglos hin, egal ob ihn Henry als *talentlosen Kleckser* oder *parfümierte Schwuchtel* beschimpft.

Henry steht mürrisch am Tisch, sein Blick schweift umher. Entweder, überlegt Luna, auf der Suche nach einem Journalisten, dem er noch kein Interview gegeben, oder einer Studentin, die er noch nicht gefickt hat. Als er weder das eine noch das andere entdeckt, will er gehen.

Arvid lehnt immer noch neben der Tür. Als sie den Saal verlassen, winkt Oskar ihm zu. Henry lacht Oskar aus und erklärt, dass dieser nie im Leben bei Arvid landen werde, der sei zwar irre, aber nicht schwul und außerdem auf jemand anderes scharf, nämlich auf Luna, *seine kleine Dichterin*. Diese wiederum sei bedauerlicherweise ausgelastet, und zwar durch den riesigen Schwanz ihres Mannes.

Er legt ihr einen Arm um die Schulter, führt sie die breite Treppe hinab und stolziert neben ihr über den sonnenüberfluteten Campus. Oskar folgt ihnen in gebührendem Abstand wie ein gehorsamer Dackel. Kurz bevor sie in den Schatten des schlossartigen Verwaltungsgebäudes treten, schaut Luna sich um und bemerkt Arvid Walkows einsame Gestalt, die hinter der Glasfront des Pavillons steht und sie aus dunklen Augen beobachtet.

## Sechzig

»Irgendwie müssen Sie doch an das Bild gekommen sein!«

Schröder, sowieso schon gereizt, verlor zusehends die Geduld, während Oskar Bravas Verwirrung mehr und mehr wuchs.

»Wie ich schon sagte.« Der Galerist strich das dünne Haar hinter die Ohren. »Ich habe es im Internet ersteigert.«

»Und wo?«

Während Brava weitschweifig erklärte, dass es Hunderte dieser Plattformen gebe, studierte Zorn noch einmal das Bild. Schon beim ersten Besuch in der Galerie hatte ihn die wild zusammengewürfelte Collage ratlos zurückgelassen.

»Geht es ein wenig genauer?«, hakte Schröder nach.

»Eine Auktionsplattform in der Schweiz«, erwiderte Brava. »Ich hatte keinen Kontakt zum Verkäufer, die Zahlung wird über den Betreiber abgewickelt, ebenso der Versand.«

Zorn folgte dem Gespräch nur halbherzig, seine Aufmerksamkeit galt dem Bild. Auch jetzt ergab das gerahmte Gewirr, kaum größer als ein A4-Blatt, keinen Sinn. Ein Chaos aus Stofffetzen, Splittern und Farbklecksen, das Zorn nicht mit Kunst, sondern schrägeren Dingen (Skistiefel und kotzende Amöben) in Verbindung gebracht hatte. Auch an seinen Vortrag erinnerte er sich: Zorn hatte von *ästhetischer Symbiose* und *luzider Ästhetik* geschwafelt; später war die merkwürdige Signatur – *HVLO* – in der rechten unteren Bildecke zur Sprache gekommen, auch das umgedrehte A hatte Schröder stutzig gemacht. Nach dem zweiten Mord hatte er sich allerdings *(Ich Blödmann hab's einfach vergessen!)* auf andere Dinge konzentriert. Sein Ärger war also beträchtlich; was Zorn betraf, hielt sich dieser in Grenzen: Wenn sogar Schröder etwas vergaß, musste sich jemand mit Zorns eingeschränktem Erinnerungsvermögen wohl kaum mit Selbstvorwürfen belasten.

Alles, versicherte Oskar Brava indessen, sei mit rechten Dingen zugegangen. Es sei absolut üblich, ein Bild über Mittelsmänner zu erwerben. Meist wolle der Käufer anonym bleiben, doch es komme auch vor, dass der Künstler seine Identität nicht preisgeben wolle.

»Das erscheint unlogisch, doch Spekulationen können den Marktwert anheizen. Banksy zum Beispiel ist mittlerweile ein weltbekannter Künstler, obwohl niemand …«

»Kenne ich«, nickte Zorn. »Der mit den Graffitis. Toller Typ.« Seine Augen waren noch immer auf das Bild gerichtet, wodurch ihm Bravas verächtlicher Blick (*behalte deine Meinung gefälligst für dich, rückständiger Lurch!*) entging.

»Gibt es weitere Bilder?«, fragte Schröder.

»Leider nicht.« Brava schien ehrlich bekümmert. »Ich habe überall recherchiert, doch dies scheint das einzige zu sein.« Die randlose Brille baumelte an der dünnen Kette vor seinem Bauch, er setzte sie auf und sah ebenso wie Zorn zu dem Bild. »Es ist Teil des Geschäfts, unbekannte Künstler zu erwerben. Dieses Werk hat mich sofort angesprochen, also …«

»Wirklich?« Zorn hielt die verbliebene Hand ans Ohr und verharrte, als würde er lauschen. »Also ich«, murmelte er schließlich, »höre nix.«

Schröder traktierte Brava mit weiteren Fragen nach der Internetseite, dem Mailverkehr und dem Konto, auf das der Kaufpreis überwiesen worden war. Dies alles, erwiderte der Galerist, sei akribisch dokumentiert, die Buchhaltung lückenlos. Auch steuerlich sei das Geschäft absolut legal abgelaufen, was Zorn zu der Bemerkung veranlasste, nicht das geringste Interesse an Bravas Bilanzen zu haben, er selbst sei bereits mit der eigenen Steuererklärung überfordert.

»Ich habe mir nichts vorzuwerfen.« Der Galerist schickte sich an, ein – offensichtlich nur für ihn sichtbares – Staubkörnchen vom Rahmen zu wischen. »Falls Sie …«

»Nicht anfassen!«

Brava zuckte unter Schröders Worten zurück, als hätte er eine glühende Herdplatte berührt. »Würden Sie mir bitte erklären, was hier eigentlich …«

»*Ich* stelle hier die Fragen!«

Zorn, der sich nicht entsinnen konnte, jemals eine ähnliche Phrase aus dem Mund seines wortgewandten Vorgesetzten vernommen zu haben, schnalzte leise mit der Zunge.

»Dieses Bild«, erklärte Schröder, »wird sichergestellt und labortechnisch untersucht. Die Kollegen sind bereits informiert und werden den Transport übernehmen. Sie haben doch nichts dagegen?«

»Absolut nicht«, versicherte Brava beflissen. »Ich helfe natürlich gern. Wenn Sie mir sagen würden, worum genau …«

»Sie haben das Bild per Post erhalten?«, unterbrach Schröder.

»Mit UPS.«

»Das Paket selbst haben Sie wahrscheinlich entsorgt?«

»Natürlich. Warum …«

»Wegen der Fingerabdrücke.«

»Ach.« Brava nahm die Brille ab. »Wenn's darum geht, werden Sie auf dem Bild eine Menge von meinen Abdrücken finden. Ich habe es schließlich …«

»Wenn das so ist …« Zorn wandte sich an Schröder. »Dann sollten wir ihn auch gleich mitnehmen, oder?« Er klopfte die Taschen der Lederjacke ab. »Mist, ich hab meine Handschellen vergessen. Hast du deine dabei?«

Die Sensoren der Eingangstür knackten, die Scheiben glitten auf, ein Wagen der Kriminaltechnik hielt auf dem Bürgersteig vor der Galerie.

»Sie hören von mir«, sagte Schröder.

»Von mir«, grinste Zorn, »vielleicht auch.«

Oskar Brava schwieg. Doch in seinem Gesicht war die Antwort so deutlich zu lesen, als wäre sie in Großbuchstaben an die hohe Stirn getackert:

*ARSCHLOCH!*

Na und?

Brava war bei weitem nicht der Einzige, der so über Claudius Zorn dachte. Außerdem war es nur logisch. Umgekehrt verhielt es sich schließlich genauso.

## Einundsechzig

Zorn schlug vor, die Nachforschungen an Kollege Brettschneider zu übergeben. Schröder allerdings nahm die Sache selbst in die Hand (wahrscheinlich, vermutete Zorn, um sich für seine Nachlässigkeit zu bestrafen). Nach unzähligen Telefonaten erhielt er die Nummer eines Auktionshauses in Zürich, wo ihm ein freundlicher Herr in sonorem Schwyzerdütsch die Transaktion an Bravas Galerie bestätigte, ohne jedoch Angaben zum Kunstwerk (geschweige denn zu dessen Urheber) machen zu können. Schröder beschloss, sich an die schweizerischen Behörden zu wenden, verbrachte die nächste Stunde in diversen Warteschleifen, und nachdem er den Hörer zum zehnten Mal wütend auf das Festnetztelefon geknallt hatte, regte Zorn vorsichtig an, Frieda anzurufen. Abgesehen von der deutlich unkomplizierteren Kommunikation (sie sprach schließlich akzentfreies Deutsch) verfüge sie als zuständige Oberstaatsanwältin womöglich über andere Mittel und Wege, mit der schweizerischen Polizei in Verbindung zu treten. Schröder befolgte den Rat und erfuhr von Frieda, dass ein Rechtshilfeersuchen naheliegend, aber eine verdammt langwierige Angelegenheit sei. Sie versprach, sich zu kümmern, ließ Zorn ausrichten, er möge auf dem Heimweg eine Packung Milch (fettarm) und neues Klopapier (dreilagig) besorgen, und legte auf.

Am späten Nachmittag schließlich meldete sich das Labor mit

ersten Erkenntnissen über das Bild. Zorn wurde mit einigen unappetitlichen Details konfrontiert, also unterbrach er die Diskussion mit Schröder und forderte, das Gespräch umgehend unter freiem Himmel fortzusetzen, es sei denn, dieser sei scharf darauf, dass ihm jemand *in seine Begonie kotze*.

*

»Echt.« Zorns Gesicht bekam allmählich wieder Farbe, doch der Grundton erinnerte noch immer an den Inhalt einer monatelang im Kühlschrank vergessenen Packung Frischkäse. »Ich hab keine Ahnung, was ich am ekligsten finde.«

Sie saßen auf der Bank unter der Kastanie. Dunkle Wolken zogen über den Himmel, wirbelten umher wie schaumgekrönte Wellen auf einem sturmgepeitschten Meer.

»Der hat …«, Zorn schüttelte sich, »mit *Scheiße* gemalt.«

»Exkrementen«, korrigierte Schröder.

»Ach! Und das macht's besser, oder wie?!«

Laut Bericht war das Bild hauptsächlich *aus Textilresten (div. Kleidungsstücke) und organischem Material (menschliche Ausscheidungen bzw. Körperflüssigkeiten)* angefertigt worden.

»Haare«, zählte Zorn angewidert auf. »Blut, außerdem …«

»Urin.«

»*Pisse*, Schröder! Egal, wie du's bezeichnest, es ist und bleibt eklig!«

Schröder raffte schweigend den Mantelkragen unter dem Doppelkinn.

»Sogar 'nen Zahn haben die gefunden«, sagte Zorn. »Blut und auch noch …«

»… Sperma.«

»Genau«, murmelte Zorn. »War wahrscheinlich das, was wie 'ne kotzende Amöbe aussah.«

Die Kastanie ächzte über ihren Köpfen im kalten Wind. Laub wehte über den Parkplatz, trudelte hinüber zur Rückseite der Kaufhalle und türmte sich an der Betonwand zu meterhohen Haufen.

»Wenn wir den Urheber des Bildes finden«, sagte Schröder, »dann finden wir auch unseren Mörder.«

»Halo?«

»*Sí, Señor.* Halo. So nennt er sich.«

Es begann zu regnen. Große, schwere Tropfen, zunächst vereinzelt, dann allmählich mehr werdend.

»Sind wir uns da sicher?«, fragte Zorn.

»*Yep.*«

»Okay, wir sind also sicher.« Zorn dachte kurz nach. »Derjenige, von dem das Bild stammt, hat drei Menschen ermordet.«

»Mindestens.« Ein Regentropfen platzte auf Schröders Glatze, rann über seine Schläfe und verschwand hinter dem bis zu den Ohren hochgeschlagenen Mantelkragen. »Wir wissen nicht viel über ihn, aber *was* wir wissen, stimmt. Zuerst hat er das Bild signiert ...«

»Und jetzt ...«

»... signiert er die Morde.«

»Und wir wissen, dass er weitermachen wird.«

»*Sí.*«

»Aber wir wissen nicht, wann und wo.«

»Nein«, stimmte Schröder zu. »Das wissen wir nicht.«

»Über das nächste Opfer wissen wir auch nichts.« Zorn warf Schröder einen unsicheren Blick zu. »Oder?«

»Nicht das Geringste.«

»Aber wir wissen was anderes.«

»Allerdings.«

»Frieda sollte 'ne Pressemitteilung rausgeben.« Zorn räusperte sich: *»Aufgrund der jüngsten Ermittlungsergebnisse rechnen wir in* *nächster Zeit mit einem weiteren Mord. Wir können ihn zwar nicht verhindern, aber wir wissen immerhin, was wir am Tatort finden werden.«*

»Einen Buchstaben.«

*»Sí, Señor«*, seufzte Zorn, der sich nur in Ausnahmefällen aus Schröders Vokabular bediente. »Und zwar ein dämliches, beschissenes O.«

## Zweiundsechzig

Ich denke an Samuel Bleeck.

Ich begegnete ihm, als er auf dem Heimweg war, und erkannte sofort seinen Wunsch, seine tiefe Sehnsucht, wahrgenommen zu werden. Für alle anderen schien er unsichtbar, doch ich *sah* ihn: ein trauriger, einsamer Mann, von niemandem bemerkt. Ich habe ihm einen Namen gegeben. Alle haben von ihm gesprochen, aus einem Niemand wurde ein *Mensch*. Durch seinen Tod habe ich ihn lebendig gemacht. Mehr noch, denn als Teil des Werkes wurde er unsterblich.

Er weinte, als ihm das Blut abgenommen wurde. Warum das geschah, hat er nicht verstanden, er war einfach gestrickt. Ich habe ihm alles erklärt (*wir* haben alles erklärt), und schließlich begriff er, was ihm geschenkt wurde. Als er starb, war er glücklich.

Ich denke an die rothaarige Frau.

Durch ihren Tod wurde sie zum Kunstwerk. Sie hätte ebenfalls glücklich sein müssen, doch das war nicht der Fall. Das macht mich (*uns*) noch immer traurig, doch es lässt sich nicht ändern.

Ich denke an die blonde Verkäuferin im Supermarkt.

An ihre müden Augen. Ihre Resignation. Dieses Verlangen, etwas

Bedeutendes zu tun. Ich denke an diese Frau, und ihre Trauer springt auf mich über. Ich konnte ihr nicht helfen.

Denn die Auswahl ist getroffen. Nur einer noch kann Teil des Werkes werden, und dieser Eine ist längst bestimmt. Es wird nicht nötig sein, ihn mit einem billigen Trick in einen Hinterhalt zu locken wie Samuel Bleeck. Es wird auch nicht nötig sein, ihn nach einem Konzert in einen Hinterhof zu verfolgen.

Er wird mich von allein finden.

Ich muss nur warten.

Bis er kommt.

## Dreiundsechzig

*Mai 2012*

Luna liegt im Bikini auf dem Balkon in der Sonne. Sie liest in einer Edward-Hopper-Biographie (*Transformation des Realen*), aus der Küche dringen die melancholischen Akkorde eines Klavierkonzerts von Erik Satie durch die angelehnte Tür. Sie hat Schwierigkeiten, sich zu konzentrieren, immer wieder schweifen ihre Gedanken ab. Also legt sie das aufgeschlagene Buch mit dem Einband nach oben auf den Boden, zündet eine Zigarette an und sinkt zurück in den Liegestuhl.

Der Entschluss, das Studium abzubrechen, steht seit zwei Wochen fest. Ihre Professorin will, dass sie weitermacht, aber das zu sagen, gehört zum Job. Sie hat eines von Lunas Gedichten (*dornen & scherben*) zu einem bundesweiten Lyrikwettbewerb eingereicht, die Jury bescheinigt Luna zwar ein *überdurchschnittliches Talent*, hat das Gedicht allerdings nicht in die engere Auswahl genommen. Ihren Roman (*Das Kaninchen im Mohnfeld*) hat

Luna an über zehn Verlage geschickt, acht haben bereits abgesagt. All das ist natürlich kein Grund, das Studium zu beenden, Luna hat gute Noten, könnte später in die Forschung gehen oder an einer Uni arbeiten. Doch es war immer ihr Traum, Schriftstellerin zu werden. Jetzt, da ihr klar ist, der Schwärmerei eines naiven Mädchens gefolgt zu sein, wird sie sich etwas anderes suchen.

Sie hat Henry nichts von ihrer Entscheidung erzählt. Es würde ihn nicht interessieren. Nachdem der Roman fertig war, hat sie das Skript ausgedruckt, gebunden und ihm gegeben. Das war vor fünf Monaten. Seitdem liegen die Ausdrucke auf dem Wäschetrockner neben dem Klo. Ein paar Seiten hat er gelesen. Immerhin, denkt Luna mit einem freudlosen Lächeln, andere lösen beim Kacken Kreuzworträtsel.

Sie sehen sich sowieso kaum noch. Henry hat eine Menge Geld für das Patent seiner Haarspange bekommen und in eine kleine Kirche investiert, die er seit Monaten zu einem Atelier umbaut. Frühmorgens steigt er in seinen Jeep und kommt spätabends wieder. Manchmal bleibt er tagelang weg.

Angst vor der Zukunft hat Luna nicht. Sie hat ihr Leben noch vor sich und wird eine Menge Entscheidungen treffen müssen, die nächste zeichnet sich bereits ab. Henrys Eitelkeit, seine Launen und Wutausbrüche mögen Teil seines Genies sein, doch er geht Luna zunehmend auf die Nerven.

Sie beugt sich zur Seite, drückt die Kippe im Aschenbecher aus und beschließt, mit ihrer Beziehung zu Henry auch das Rauchen zu beenden.

Eine Kohlmeise flattert auf das Geländer, ist im nächsten Moment wieder verschwunden. Kinderlachen hallt durch den Hinterhof, ein Fußball klatscht gegen die Mülltonnen. Unten im Erdgeschoss wird ein Fenster aufgerissen, eine barsche Männerstimme fordert lautstark nach Ruhe. Luna verdreht die Augen hinter der Sonnenbrille, ihr Blick fällt auf ihre nackten Beine.

Sie langt nach der Tube Sonnencreme auf dem Korbtisch, reibt die gerötete Haut ein und überlegt, womöglich später etwas mit Kindern zu machen.

Warum eigentlich nicht?

Sie mag Kinder. Und sie könnte wechseln und auf Lehramt studieren.

In der Wohnung schrillt die Türklingel. Als Luna durch die Küche geht, stößt sie sich den nackten Zeh an einer leeren Weinflasche. Auf dem Tisch herrscht ein Chaos aus überquellenden Aschenbechern, halbvollen Gläsern und fettigen Pizzakartons. Oskar war gestern zu Besuch, die halbe Nacht hat er auf Henry eingeredet und von seinen Plänen für eine Galerie erzählt. Ähnlich wie Luna hat Oskar erkannt, dass er als Künstler nicht den Hauch einer Chance hat, doch seinem Gerede zufolge (Zweigstellen in Prag und Warschau, später London und Tokio) ist er noch genauso weit von der Realität entfernt wie zuvor.

Luna öffnet, doch der Besucher ist weg. Eilige Schritte hallen durch das Treppenhaus, die Tür kracht unten ins Schloss, und Luna sieht das Päckchen, das Arvid auf den Abtreter gelegt hat.

*

*Auf der Suche nach Schönheit*
*fand ich den Schmerz.*
*Dann sah ich dich*
*und erkannte*
*die Schönheit*
*in dir*

Arvids Schrift ist klein, wie gemeißelt. Im letzten Jahr ist ihm Luna nur ein paarmal begegnet, ohne ihn weiter zu beachten. Ab und zu hatte sie das Gefühl, beobachtet zu werden. Diese Ahnung bestätigt sich jetzt.

Arvid ist ihr gefolgt.

Unter das Gedicht hat er ein Porträt von Luna gezeichnet. Kaum ein Dutzend Bleistiftstriche, mehr war nicht nötig.

Das Gedicht ist ein wenig unbeholfen.

Doch das Bild ist perfekt.

Arvid hat seine Liebeserklärung signiert. Nicht mit Bleistift, sondern in einem unscheinbaren, bräunlichen Farbton, den Luna auf einem seiner anderen Bilder schon gesehen hat:

**V**

Mit Blut geschrieben.

## Vierundsechzig

»Edgar, hier ist Papa. Ich wollte dir noch kurz Gute Nacht sagen.«

»Wo bist du?«

»Im Auto. Ich fahre grad nach Hause. Tut mir leid, dass ich …«

»Mama sagt, du musst arbeiten.«

»Aber wir sehen uns am Wochenende. Wir könnten ins Kino gehen.«

»Aber mit Ögi!«

»Klar.«

»Und Frieda!«

»Logisch. Wie war dein Tag?«

»Geht so. Mama hat mich aus der Schule abgeholt. Lisa Seibt wollte unbedingt mit, also …«

»Ist das nicht die, die in dich verknallt ist?«

»Hm. Aber ich hab ihr gesagt, dass sie nur mitdarf, wenn sie nicht knutschen will.«

»Das war bestimmt schwer für Lisa.«

»Eigentlich ist sie ganz okay. Wir haben mit den Legos gespielt und aus Jays Donnerjet ein Piratenschiff gebaut. Dann hat ihr Papa sie abgeholt und Mama hat Abendbrot gemacht.«

»Was gab's?«

»Spaghetti.«

»Warum kicherst du?«

»Wir haben 'ne Nudelschlacht gemacht. Ich hab Rufus mit Tomatensoße beschossen und dann mit Nudeln behängt. Überall, erst die Ohren, dann die Nase. Der sah aus wie'n Spaghettiweihnachtsbaum. Sogar den Rollstuhl hab ich …«

»Edgar, Rufus kann sich nicht wehren. Ist das nicht ein bisschen unfair?«

»Nö.«

»Aber …«

»Er hat mich schließlich zum Duell gefordert. Mama hat ihn grade in die Badewanne gesteckt und macht ihn sauber. Er ist …«

»Wenn du so kicherst, verstehe ich kein Wort.«

»Das Wasser ist total rot und voller Spaghetti. Da könnte man 'ne prima Nudelsuppe draus kochen.«

»Echt, Edgar, das …«

»Das hat Rufus selbst gesagt!«

»Grüß ihn von mir. Und Mama auch.«

»Mach ich.«

»Schlaf gut und träum was Schönes. Und geh nicht so spät ins Bett, du musst morgen fit sein.«

»Ich hab keinen Bock auf die blöde Schule. Frau Krupp ist immer noch krank, und der doofe Herr Strattmann nervt total, der …«

»Also bitte, Edgar.«

»Das sagen *alle*!«

»Wann kommt Frau Krupp denn wieder?«

»Keine Ahnung. Sie …«

»Wer schreit denn da so rum?«

»Rufus. Mama zieht ihm grad ’ne Nudel aus der Nase. Könnten wir am Wochenende nicht auch ’ne Nudelschlacht machen? Mit Ögi?«

»Klar, wir fesseln ihn an den Küchenstuhl und beschießen ihn mit Bolognese.«

»Ich hab dich lieb, Papa.«

»Ich dich auch, mein Sohn.«

*

Während der restlichen Fahrt hatte Zorn Schwierigkeiten, sich auf den Verkehr zu konzentrieren (was auch sonst häufig der Fall war). Etwas vibrierte in seinem Verstand, ein unangenehmes, nervöses Jucken zwischen den Schläfen.

Er hielt am Supermarkt, kaufte H-Milch, Toilettenpapier und (sicherheitshalber) zwei Gläser Bolognesesoße. Als er seine Einkäufe im Kofferraum verstaute, dachte er an das Telefonat mit Edgar und erkannte den Grund für dieses nebulöse, ungute Gefühl.

Luna Krupp.

Zorn hatte befürchtet, sie könne das dritte Opfer sein. Brettschneider hatte für Klarheit gesorgt: Jemand, der gehäutet in einer Kühlkammer lag, führte keine Telefonate.

Punkt.

Trotzdem. Es blieben Zweifel.

Luna Krupp meldete sich nicht wegen einer Lappalie krank. Am Vortag war sie kerngesund gewesen, Zorn hatte mit ihr gesprochen. Zorn war kein Arzt, doch war es möglich, dass man abends ins Bett ging und nach ein paar Stunden mit einer schweren Angina aufwachte? Ging das so schnell?

Das war der erste Punkt.

Nummer zwei: Die Sekretärin hatte mit Luna Krupp gesprochen, *gesehen* hatte sie sie nicht. Es war etwas anderes, jemandem leibhaftig gegenüberzustehen, als nur seine Stimme zu hören. Noch dazu, wenn er wegen einer Erkältung kaum sprechen kann. War es nicht denkbar, dass jemand anders am Telefon gewesen war?

Und überhaupt: Konnte es nicht sein (Punkt Nummer drei), dass die Sekretärin gelogen hatte? Nein, musste Zorn zugeben, das war wohl zu weit hergeholt. Dieser Punkt entfiel also, doch nach kurzem Grübeln fand Claudius Zorn einen anderen, der zwar *noch* abwegiger, doch äußerst gewichtig war:

Er konnte die Sekretärin nicht leiden.

Zorn beschloss, die Sache am nächsten Tag zu klären. Das würde schnell erledigt sein. Viel wichtiger war, den nächsten Mord zu verhindern.

Wie?

Tja. Wenn's Schröder nicht konnte, dann konnte es niemand.

Wenig später stand Zorn mit einer Zigarette im Mundwinkel auf dem Balkon, betrachtete die flimmernden Lichter der Neustadt hinter den Baumkronen am anderen Flussufer und wartete auf Frieda.

Ahnungslos, wie er war.

## Fünfundsechzig

*Mai 2012*

Als Henry Arvids Brief findet, wird er stinksauer. Zum einen, weil Luna den Brief nicht versteckt (sie lässt ihn auf dem Küchentisch liegen). Zum anderen, weil er eifersüchtig ist. Für einen, der so ziemlich alles vögelt, was ihm in die Quere kommt, ist das natürlich paradox, und er versucht auch, seinen Frust zu überspielen, indem er lachend vorschlägt, Luna solle Arvid ruhig mal richtig rannehmen, der Wichser habe es garantiert nötig. Danach beschwert er sich, dass die Küche aussehe wie ein Saustall. Luna erwidert, er könne seinen Dreck selbst wegmachen, heftet Arvids Brief mit einem Magneten an den Kühlschrank und geht unter die Dusche, worauf Henry türenknallend aus der Wohnung stürmt.

Luna ahnt den wahren Grund seiner Wut. Diese Ahnung wird zur Gewissheit, als Oskar auftaucht, um Henry zu sprechen. Er lässt sich nicht abwimmeln, also wartet er in der Küche, wo er den Brief am Kühlschrank bemerkt und glaubt, dieser stamme von Henry. Er lobt das Gedicht (*du bist seine Muse, Luna, er braucht dich!*), doch vor allem begeistert ihn das Porträt (*sieh nur, diese Klarheit der Linien!),* das in seiner Schlichtheit (*präzise und poetisch zugleich!*) nur von der genialen Hand eines Jahrhundertkünstlers erschaffen werden konnte.

Oskar ist anstrengend (er hört sich gern reden), er selbst wird nie etwas Geniales schaffen. Doch er hat ein Auge. Erkennt Genie, wenn er es sieht. Luna hat es ebenfalls gesehen.

Und Henry?

Der natürlich auch.

*Daher* rührt seine Wut.

Verletzte Eitelkeit? Ja. Eifersucht? Auch.

Vor allem aber: Neid.

## Sechsundsechzig

*Das ist der Anschluss von Luna Krupp. Im Moment bin ich nicht …*

Zorn trennte die Verbindung. Es war sein dritter Versuch, seit er sich am Morgen unter einem Vorwand (*ich muss da noch was prüfen*) Luna Krupps Adresse und Telefonnummer von Brettschneider hatte geben lassen.

Er sah auf das Handy, bis das Display erlosch. Was hatte er eigentlich erwartet? Es war alles andere als ungewöhnlich, dass jemand, der krank im Bett lag, sein Telefon ausschaltete, um sich in Ruhe auszukurieren und …

»Glaubst du, er sagt die Wahrheit?«

Schröders Stimme holte ihn zurück in die Realität.

»Äh …« Er hüstelte kurz. »*Wer* sagt die Wahr …«

»Oskar Brava.« Schröders Gesichtsausdruck war zu entnehmen, dass er die Frage bereits mehrfach gestellt hatte. »Ob er tatsächlich keine Ahnung hat, wer der Urheber des Bildes ist. Frieda sagt, die Schweizer hätten …«, er hob die kurzen Arme, »*ihre vollste Unterstützung* zugesichert, aber das wird dauern. Bis dahin können wir Brava nichts nachweisen.«

»Ich kann den nicht leiden.«

»Danach habe ich nicht gefragt, Chef.«

»Der Mörder ist er jedenfalls nicht.« *Leider* fügte Zorn in Gedanken hinzu und legte das Handy auf den Schreibtisch. »Er hat für mindestens zwei der Morde ein Alibi.«

»Aber Brava könnte ihn *kennen.*«

»Was hat er gesagt?« Zorn hob die Stimme und imitierte den weichen Tonfall des Galeristen. »*Das Werk hat mich sofort angesprochen.* Bin gespannt auf sein Gesicht, wenn er erfährt, woraus das … *Werk* eigentlich besteht. Tja.« Er lachte auf. »Er hat jedenfalls nicht nur Scheiße gelabert, sondern auch richtig tief reingegriffen.«

»Ich dachte«, seufzte Schröder, »wir wollten auf billige Wortspiele verzichten?«

Zorn sah beleidigt zum Fenster. Nebel waberte vor den beschlagenen Scheiben. Schröders Topfpflanzen reihten sich mit hängenden Blättern auf dem Fensterbrett wie resignierte Soldaten, die den Kampf für etwas Wohnlichkeit in dem tristen Büro längst aufgegeben hatten.

»Das Bild«, fuhr Schröder fort, »besteht nur zum Teil aus Exkrementen. Insofern handelt es sich um eine Collage.«

»Was du nicht sagst.«

»Die Materialien stammen von mindestens vier Personen. Die DNA-Spuren werden noch untersucht. Alter, Geschlecht und ein paar andere Dinge werden wir bald wissen, aber wer genau diese Personen sind …«

»… oder waren …«

»… erfahren wir erst, wenn wir Vergleichsproben haben.«

»Dazu müssten wir wissen, *mit wem* wir vergleichen müssen.«

»Das Bild wurde mit Klarlack fixiert«, sagte Schröder, nachdem sie eine Weile geschwiegen hatten. »Auf dem Rahmen und der Lackschicht sind eine Menge Fingerabdrücke. Die von Brava natürlich, der Rest wahrscheinlich von den Leuten, die das Bild später angefasst haben. Unter dem Lack findet sich nichts. Nicht mal ein Teilabdruck.«

»Weil er keine Spuren hinterlässt.« Zorn zog eine Grimasse. »Welcher Idiot kommt auf die Idee, *Scheiße* auf 'ne Leinwand zu schmieren? Wenn ich mir vorstelle … Ich hab's zwar nicht angefasst, aber ich war ganz dicht dran. Bin sozusagen fast mit der Nase …«

»Aber du hast den Braten nicht gerochen.«

»Wie auch? Ich …«

»Obwohl die Sache zum Himmel stinkt.«

»Stimmt, aber … Moment mal.« Zorns Brauen senkten sich über der Brille. »War das nicht grad …«

»Nicht doch!«, wehrte Schröder ab. »Das war kein Wortspiel.«

»Sogar zwei!« Zorn richtete sich auf. »Du hast gesagt, ich hätte den Braten nicht gerochen, obwohl die Sache zum Himmel stinkt.«

»Das sind ganz normale Redewendungen, die …«

»Wortspiele. *Billige* Wortspiele«, knurrte Zorn. »Mir hast du's verboten, jetzt fängst du selbst an.« Er lehnte sich genüsslich zurück. »Da hast du dich ganz schön in die Scheiße geritten.«

»Aber …«

»Jetzt ist die Kacke am Dampfen.«

Ihre Blicke kreuzten sich über dem Schreibtisch.

»Sind wir jetzt quitt?«, fragte Schröder.

Zorn, dessen rhetorischer Vorrat hiermit erschöpft war, willigte generös ein, nahm sein Handy und verließ das Büro, um auf dem Parkplatz einen Anruf zu erledigen.

*

»Herr Gleizmann, Hauptkommissar Zorn hier.«

»Was ist? Ich hab zu tun.«

Wie zur Bestätigung drangen Hammerschläge aus dem Hörer.

»Dauert nicht lange.« Zorn schirmte das Handy gegen den Wind ab. Die Zigarette wippte beim Sprechen in seinem Mundwinkel. »Es geht um Ihre Ex-Frau.«

Zorn hörte ein Klirren, der Hammer wurde abgelegt. Irgendwo in der Kirche dröhnte ein martialischer *Rammstein*-Song. Frieda mochte die Band, Zorn ebenfalls (einer der seltenen Fälle, wo ihre Geschmäcker sich trafen). Auch Henry Gleizmann mochten sie beide nicht. Nicht im Geringsten.

»Luna?« Gleizmann klang misstrauisch. »Was ist mit ihr?«

»Wann haben Sie zuletzt mit ihr gesprochen?«

»Warum wollen Sie das …«

»*Ich* stelle hier die Fragen.« Zorn erinnerte sich an Gleizmanns schmieriges Grinsen, seine unverhohlenen Blicke in Friedas Ausschnitt. Sein Tonfall wurde eisig. »Wann?«

»Keine Ahnung. Ist über zwei Monate her.«

*Ach. Wirklich?*

»Geht's konkreter?«

»Wir haben telefoniert. Ich telefoniere ziemlich oft. Wenn Sie's genauer wissen wollen, müssen Sie meine Handyrechnung beschlagnahmen. Das dürfte für Sie ja kein Problem sein, *Herr Hauptkommissar*.«

»Wussten Sie, dass sie krank ist?«

Die Antwort kam schnell.

»Nein.«

*Zu* schnell.

»Sie haben Luna Krupp also seit über einem Monat weder gesprochen noch gesehen?«

»Wie oft soll ich's noch sagen? Was soll diese Scheiße eigentlich …«

»Danke für Ihre Zeit, Herr Gleizmann.«

Zorn beendete das Gespräch, rief die Anrufliste auf und tippte auf die zweite Nummer von oben: *Das ist der Anschluss von Luna Krupp. Im Moment …*

»Mist.«

Er spuckte die bis auf den Filter heruntergebrannte Kippe in den Kies, lief zwischen den Streifenwagen über den Parkplatz, stieg in den Volvo und fuhr davon.

## Siebenundsechzig

*November 2012*

Luna studiert Sozialpädagogik. Sie bereut ihre Entscheidung nicht, obwohl die Vorlesungen staubtrocken sind. Luna weiß nicht, ob sie eine gute Lehrerin werden wird. Doch sie hat jetzt ein Ziel. Sie schreibt nur noch selten. Wenn sie es tut, dann nur zum Zeitvertreib. Mit ihren Kommilitonen kann sie nicht viel anfangen, vielleicht, weil sie ein paar Jahre älter ist. Vielleicht auch, weil die meisten langweilige Spießer sind. Womöglich ist es beides.

Die Ehe mit Henry plätschert dahin. Nachdem sie sich den Sommer über so gut wie gar nicht gesehen haben (er hat den Dachstuhl der Kirche als Wohnung ausgebaut), ist er jetzt öfter da. Er hat es nicht ausgesprochen, doch Luna ist klar, dass er die Beziehung retten will. Natürlich trifft er sich weiterhin mit irgendwelchen Frauen, doch er tut es heimlich. Blumen oder ähnliche Aufmerksamkeiten bringt Henry nicht mit (das wäre unter seiner Würde), aber er zeigt Interesse, erkundigt sich, wie es im Studium läuft. Anfang Oktober hat er ihr zu ihrem zweiundzwanzigsten Geburtstag einen VW Polo geschenkt. Als er zwei Wochen später fragte, ob sie ihn zu einer Ausstellungseröffnung nach Prag begleiten wolle, hat Luna abgelehnt.

Kurz darauf schläft sie das erste Mal mit Arvid. Vorher hat sie ihn regelmäßig besucht, oft mehrmals pro Woche. Er lebt in einem der Abrisshäuser hinter dem Opernhaus, ohne Strom und fließendes Wasser. Eine Matratze dient ihm als Bett, ein Bierkasten als Tisch. Luna selbst könnte nie so leben, doch die Zeit mit Arvid genießt sie. Wenn er weiß, dass sie kommt, macht er sauber, verteilt Blumen und Kerzen. Als es kälter wird, schleppt er einen alten Kanonenofen heran, den er mit der Dielung aus einer Wohnung im Erdgeschoss heizt. Luna bringt Rotwein mit, sie trinken direkt aus der Flasche, hocken im Kerzenschein auf der Matratze, während der Wind durch die morschen Fenster pfeift. Oft sitzen sie einfach nur da, Luna redet über ihr Studium, Arvid hört schweigend zu. Manchmal bittet er sie, ihm eines ihrer Gedichte vorzulesen. Wenn sie es tut, lauscht er konzentriert, stellt Fragen. Er versteht nicht alles, doch er *will* es verstehen. Luna weiß, dass er sie für eine gute Schriftstellerin hält, obwohl er's nie sagt. Das gefällt ihr. Er spricht auch nie aus, was er für sie empfindet, doch sie registriert seine gelegentlichen Blicke und fühlt sich wie ein Teenager beim ersten romantischen Abenteuer. Erst wenn sie über seine Kunst sprechen, taut er auf, erzählt von Wahrheit und seiner Suche nach einem Lebenssinn.

Manchmal zeichnet er Luna. Dann sitzt sie in eine dünne Decke gehüllt auf der Matratze, befolgt seine knappen Anweisungen (*Kopf mehr nach links, Kinn ein bisschen höher)*, lauscht dem Kratzen des Kohlestiftes und beobachtet fasziniert, wie aus dem schlaksigen Jungen ein konzentrierter, selbstsicherer Mann wird, der ausschließlich auf seine Arbeit fokussiert ist. Das Kerzenlicht flackert über sein bleiches Gesicht, die dunklen Augen saugen Luna regelrecht auf, sie spürt etwas wie eine magische Verbindung und hat zum ersten Mal in ihrem Leben das Gefühl, einzigartig, *besonders* zu sein. Die Zeichnungen sind phantastisch (Luna braucht Oskars Urteil nicht, sie erkennt es selbst), doch auf ihr Drängen, sie zu veröffentlichen, winkt Arvid jedes Mal mit der Bemerkung ab, das sei keine Kunst, sondern nur ein Bild von vielen.

Irgendwann erklärt er, eine Weile verreisen zu müssen. Als Luna Wochen später wieder in das Abrisshaus kommt, trifft sie auf ein hohläugiges, abgemagertes Gespenst: Arvid hat über zehn Kilo abgenommen. Zunächst will er sich nicht erklären, doch Luna lässt nicht locker. Schließlich führt er sie in den Keller, wo er sich in einem hermetisch abgeriegelten Gewölbe in völliger Dunkelheit eingeschlossen hatte, nackt, ohne Nahrung, nur mit etwas Wasser. Er glaubte, durch diese (wie er es nennt) *Konfrontation mit dem Tod* würde er sich endlich lebendig fühlen und herausfinden, wie er sich künstlerisch ausdrücken kann. Auf Lunas wütende Frage, ob diese selbstmörderische Aktion etwas gebracht habe, verneint Arvid und bricht schluchzend zusammen. Luna läuft weinend davon, besorgt bei einem Chinaimbiss etwas zu essen und kehrt zurück, ohne zu merken, dass sie verfolgt wird.

Sie heizt den Kanonenofen an, flößt dem entkräfteten Arvid etwas Nudelsuppe ein, dann schläft sie mit ihm.

Später hocken sie nackt auf der Matratze, kuscheln sich unter die Decke und teilen das restliche Essen. Als Luna Arvid kichernd ein Stück Hühnerfleisch in den Mund steckt, wird die Tür aufgebrochen und Henry stürmt herein. Wutentbrannt will er sich auf Luna stürzen (*DU FOTZE! ICH HAB'S GEWUSST!*), doch Arvid stellt sich ihm in den Weg. Schweigend steht er da, während Henrys Fäuste wie Dampfhämmer auf sein Gesicht einschlagen. Als seine Nase mit einem trockenen Knacken bricht, verziehen sich seine Lippen zu einem dankbaren Lächeln.

Irgendwann hat Henry genug, er stößt Arvid beiseite und wendet sich an Luna. Brüllend zerrt er sie an den Haaren zur Tür (*NIEMAND BETRÜGT MICH! NIEMAND!*), doch wieder versperrt ihm Arvid den Weg. Er sieht Henry ruhig an, seine Augen wirken wie dunkle Krater im blutüberströmten Gesicht.

*Lass sie. Oder ich rede.*

Henrys Faust, zum nächsten Schlag erhoben, sinkt herab. Die Finger der anderen Hand lösen sich, Luna richtet sich auf, hält den schmerzenden Kopf und sieht, wie Henrys Wangen unter dem Bart erbleichen. Ein Knurren dringt zwischen seinen Lippen hervor, sie ist sicher, dass er jetzt wieder zuschlagen wird, diesmal wird er erst aufhören, wenn Arvid tot ist, doch zu ihrem Erstaunen schiebt er sich schweigend an Arvid vorbei und stampft mit dröhnenden Schritten davon.

Luna zittert wie Espenlaub. Henry muss ihr schon länger gefolgt sein, das erklärt sein plötzlich wiedererwachtes Interesse (Eifersucht), doch sie versteht nicht, warum er so einfach gegangen ist, und hat Angst, dass er zurückkommt. Arvid versichert, dass dies nicht geschehen werde, aber Luna lässt sich nicht beruhigen und verlangt eine Erklärung.

Also zeigt Arvid ihr die Mappe.

## Achtundsechzig

»Chef?«

»Was ist?«

»Wo bist du?«

»Im Auto.

»Das weiß ich. Ich hab gesehen, wie du eingestiegen bist.«

»Ach, spionierst du …«

»Nein, tu ich nicht. Vielleicht darf ich dich dran erinnern, dass man aus dem Bürofenster einen hervorragenden Ausblick auf den Parkplatz hat. Und da ich gerade Blumen gegossen habe …«

»Schon gut, Schröder.«

»Wo willst du hin?«

»Ich, äh …«

»Erzähl mir nicht, dass deine Zigaretten alle sind!«

»Nee. Ich … Mist. Akku ist leer.«

»*Was?!*«

»Das Scheißding …«

»Das ist die dümmste Ausrede …«

»… spinnt schon …«

»… die ich jemals …

»… seit letzter Woche.«

»… von dir gehört –«

*

Zorn trennte die Verbindung. Ihm fiel ein, dass Schröder wahrscheinlich noch einmal anrufen würde, also stabilisierte er das Lenkrad mit den Knien, schaltete das Handy komplett aus und warf es auf den Beifahrersitz.

Schröder hatte recht, es *war* eine dumme Ausrede. Immerhin war sie nun halbwegs glaubwürdig. Ungefähr in zwanzig Minuten würde Zorn bei Luna Krupp an der Wohnungstür klingeln. Wenn sie öffnete, war die Sache erledigt. Wenn nicht, würde er mit Schröder reden. Denn dann war definitiv etwas faul.

Der Volvo schlich hinter einem Sattelschlepper auf der vierspurigen Ausfallstraße Richtung Süden. Der Feierabendverkehr hatte eingesetzt, quälte sich hupend von einer roten Ampel zur nächsten.

Zorns Finger klopften auf das Lenkrad. Er war nervös, aber auch ein wenig stolz, schließlich hatte sein Gedächtnis eine ungeahnte Glanzleistung hingelegt. Seit er mit Luna Krupp im Klassenzimmer gesprochen hatte, waren ein paar Tage vergangen, das Gespräch war lang gewesen, und doch hatte er sich an ein winziges, scheinbar unwichtiges Detail erinnert: Sie hatte über ihre Ehe mit Henry Gleizmann berichtet und erzählt, dass sie noch immer Kontakt zu ihrem Ex-Mann hatte. Zuletzt hatte Gleizmann sie aus einem Hotel in Lissabon angerufen. Von heute aus betrachtet, war das weniger als drei Wochen her. Gleizmann allerdings hatte eben am Telefon behauptet, seit über zwei Monaten nicht mit ihr gesprochen zu haben.

Warum log er?

Zorn hatte keine Ahnung. Es war jedenfalls eine Tatsache, und er, Claudius Zorn, hatte es herausgefunden. Allein das war eine mentale Rekordleistung. Was genau Gleizmann zu verbergen hatte, würde Schröder ans Licht bringen. Als Mörder (*HALO*) kam Gleizmann jedenfalls nicht in Betracht, er hatte – ebenso wie Oskar Brava – ein Alibi. Doch etwas stimmte nicht mit ihm.

Herrje, es war kompliziert.

Nun ja. Darüber konnte sich *Mister Superschlau* den kahlen Schädel zerbrechen, der …

Die Bremslichter des Sattelschleppers leuchteten auf. Zorn trat mit voller Wucht auf die Bremse, der Volvo kam mit einem Röcheln zum Stehen. Der Gurt straffte sich über der Lederjacke, der Motor hustete auf, verschluckte sich und grummelte weiter vor sich hin. Zorn glaubte, ein Quietschen zu vernehmen, der Keilriemen vielleicht (hatte die Kiste überhaupt einen?). Der Volvo war über zwölf Jahre alt, doch Zorn würde ihn fahren, bis er ihm unter dem Hintern auseinanderfiel. Zorn war ein Gewohnheitstier, er hasste es, vertrautes Terrain zu verlassen. Neuanschaffungen waren ihm ein Gräuel, jahrelang hatte seine Garderobe aus einem Dutzend T-Shirts, der Lederjacke und drei Jeans bestanden (letztere hatte er zum Schluss nur noch mit geöffnetem Hosenknopf tragen können, was er allerdings nicht auf seine zunehmend fülliger werdenden Hüften, sondern auf zu heißes Waschen zurückgeführt hatte). Erst Frieda hatte etwas daran geändert, indem sie zunächst sein Sortiment an Socken und Schlüpfern erweitert, später nach und nach neue Hosen und Hemden gekauft hatte, die sie ihm (klug, wie sie war) kommentarlos in den Kleiderschrank legte.

Der Sattelschlepper rülpste eine Dieselwolke aus und fuhr an. Zorn folgte im Schneckentempo, vorbei an tristen, meist leerstehenden Häusern aus der Gründerzeit, und dachte an Frieda, die sein Leben so fundamental auf den Kopf gestellt hatte. Sicherlich, manchmal vermisste er seine Ruhe, doch im Grunde genommen hatte er die Entscheidung keine Sekunde bereut, selbst wenn sie miteinander stritten (erst neulich hatte sie ihm vorgehalten, dass er die Zahnpastatube nie schloss, worauf er sich über ihre Haare im Ausguss beschwert hatte).

Die nächste Ampel tauchte auf. Der Laster donnerte bei Gelb über eine breite, von hohen Laternen flankierte Kreuzung. Zorn gab ebenfalls Gas, bremste dann im letzten Moment. Aus den Seitenstraßen schob sich der Verkehr Stoßstange an Stoßstange vorbei, an der Tankstelle gegenüber standen die Autos in doppelter Reihe vor den Zapfsäulen. Die Kreuzung lag unter einer Kuppel orangefarbenen Lichts, darüber schien alles von dunstigem Schwarz verschluckt. Nur über der Tankstelle oszillierte die blaue Neonschrift am alten Wasserturm *(WILLKOMMEN IM BERGZOO)* wie eine Botschaft aus einer anderen Welt.

Die Ampel sprang auf Grün. Zorn bog in eine Wohnsiedlung ab, die in den dreißiger Jahren des letzten Jahrhunderts am damaligen Stadtrand entstanden war. Dreigeschossige, weiß getünchte Wohnblöcke mit bunt gerahmten Fenstern säumten die vierspurige Straße, dazwischen Spielplätze und gepflegte Grünanlagen. Schmale, nach Vögeln benannte Seitenstraßen zweigten ab, Zorn kniff die Augen zusammen, studierte die Straßenschilder und fuhr nach rechts in den Meisenweg, wo Luna Krupp wohnte.

Als er den Volvo halb auf dem Bürgersteig unter einer Laterne parkte, fiel ihm ein, dass er sich noch keine passende Erklärung für seinen Besuch zurechtgelegt hatte. Die Wahrheit *(wir haben da 'ne Leiche, die liegt gehäutet und mit abgeschnittenen Brüsten in der Pathologie, ich wollte nur kurz gucken, ob das nicht viel-*

*leicht Sie sind)* konnte er schlecht sagen. Auch eine Frage, die ihm seit längerer Zeit durch den Kopf ging *(wie konnte sich eine kluge und schöne Frau wie Sie mit einem Vollhonk wie Henry Gleizmann einlassen?),* erschien ihm unpassend, zumal sich bei näherer Betrachtung eine gewisse Parallele zwischen Frieda *(kluge und schöne Frau)* und Zorn selbst *(Vollhonk)* nicht abstreiten ließ.

Er hievte sich aus dem Volvo, lief über den von niedrigen Betonmauern flankierten Weg auf einen der Hauseingänge zu, trat unter das Vordach, fand den Namen *L. KRUPP* auf dem Klingelschild, drückte auf den Messingknopf und lehnte sich wartend an die Briefkästen.

Sein Blick fiel auf die gegenüberliegende Straßenseite, wo sich hinter dem schmucken Wohnblock ein wuchtiger Plattenbau der angrenzenden Südstadt in die Abenddämmerung erhob. Dort oben, im elften Stockwerk, hatte Samuel Bleeck jahrelang nahezu unbemerkt gelebt und war erst beachtet worden, als man seine Leiche auf dem Dach eines verlassenen Hotels entdeckte.

Das zweite Opfer wohnte nur ein paar hundert Meter entfernt, überlegte Zorn. Von dort oben konnte man direkt auf die Wohnung des

*dritten Opfers?*

blicken.

Blödsinn. Luna Krupp lag nicht im Leichensack, sondern mit Angina im Bett. Damit würde Zorn auch sein Erscheinen begründen: ein simpler Krankenbesuch.

*Falls* Luna Krupp öffnete.

Wenn nicht?

Nun, das konnte er später gemeinsam mit Schröder überlegen. Anrufen durfte Zorn ihn nicht *(der Akku war ja leer, haha),* er würde also zurück ins Präsidium fahren, eine Weile nach einem Ladegerät suchen (vergeblich, denn das lag zu Hause neben dem Wecker auf dem Nachttisch), während Schröder entschied, was weiter …

Ein Summen ertönte.

Na bitte, dachte Zorn, hat sich erledigt.

Er schob die Haustür mit der Schulter auf und trat ein.

## Neunundsechzig

*Winter 2013*

Luna ist in den Meisenweg gezogen und bereitet sich auf die ersten Prüfungen vor. Henry hat sich für den Ausraster entschuldigt und versucht, sie umzustimmen, auch jetzt noch taucht er ständig auf. Er zeigt sich großspurig und eitel wie immer, will sie mit seinen Erfolgen beeindrucken, erzählt von Ausstellungen in Wien und einem Vertrag mit einer französischen Galerie. Offensichtlich hat er keine Ahnung, was Luna über ihn weiß. Sie lässt ihn in diesem Glauben.

In der Nacht nach der Prügelei hat sie mit Arvid bis zum Morgengrauen diskutiert. Arvid weiß nicht, wann genau Henry an die Mappe mit seinen Entwürfen gekommen ist, schließlich gab es Gelegenheiten genug, er hat sie nicht ständig auf dem Campus mit sich herumgetragen. Luna ist fassungslos, als sie erkennt, wie schamlos sich Henry bei Arvid bedient hat: Die Haarspange, mit der er bekannt wurde, hat er eins zu eins aus Arvids Entwurfzeichnung übernommen, die Maße stimmen millimetergenau überein. Auch viele seiner Skulpturen (das aus Stahlnägeln geschweißte Kruzifix, das riesige, aus Eisenbahnschienen geschmiedete Herz, der gigantische Bronze-Stierkopf) gehen auf Arvids Ideen zurück, selbst die Titel hat er geklaut.

Luna bedrängt Arvid, an die Öffentlichkeit zu gehen, doch es interessiert ihn nicht. Er betrachtet seine Entwürfe als dilettantische Versuche, ästhetische Spielereien ohne Tiefe und künstlerischen Wert. Die Tatsache, dass ein anderer ihn bestohlen hat, nimmt er achselzuckend hin. Er ringt ihr das Versprechen ab, seine Entwürfe zu vergessen. Luna willigt ein, doch als sie ihn ein paar Tage später wieder besucht, nimmt sie die Mappe heimlich mit.

Kurz vor Weihnachten legt sich eine Kältewelle über die Stadt, trotz des Kanonenofens mutiert Arvids Behausung zu einem eisigen Loch, selbst das Wasser in der zerbeulten Waschschüssel gefriert. Luna ist gerade umgezogen und bietet Arvid an, über den Winter bei ihr zu wohnen. Als er ablehnt, fühlt Luna sich zurückgewiesen, es kommt zum Streit. Um sich abzulenken, fährt sie über Silvester mit ein paar ihrer neuen Kommilitonen zum Skilaufen in die Schweiz. Anfang Januar besucht sie Arvid erneut, doch die Wohnung im Abrisshaus ist verwaist. Einer Ahnung folgend, geht sie in den Keller und bricht das verrammelte Gewölbe auf, wo sie Arvid halb erfroren und verhungert in völliger Dunkelheit findet.

Einen knappen Monat liegt Arvid mit einer Lungenentzündung im Krankenhaus. Zwei Tage nach seiner Entlassung lässt er sich in die geschlossene Psychiatrie einweisen. Luna will zu ihm, doch er empfängt keinen Besuch. Als sie am frühen Abend nach Hause kommt, steht Henry auf der Straße. Er ist betrunken und fleht sie an, ihn nicht zu verlassen. Luna erklärt ihm, sie werde in der nächsten Woche die Scheidung einreichen, worauf Henry reagiert wie ein tollwütiger Hund. Sie ignoriert seine Beschimpfungen, schiebt ihn ruhig beiseite, knallt ihrem zukünftigen Ex-Mann die Haustür vor der Nase zu und geht in ihre Wohnung.

Kurz darauf sitzt sie auf ihrem neuen Ikea-Sofa, blättert in der

Mappe mit Arvids Entwürfen und lauscht Henrys Wutschreien, die sich allmählich entfernen und schließlich in der frostigen Winternacht verhallen.

## Siebzig

Schröder lief vor dem Schreibtisch auf und ab, den Kopf gesenkt, die Augen auf die Spitzen der braunen Lederschuhe gerichtet. Vier Schritte zum Aktenregal. Drehung um hundertachtzig Grad. Vier Schritte zum Waschbecken. Drehung. Wieder zurück.

Er dachte nach.

Und kam nicht weiter.

Der Boden knarrte unter seinem Gewicht. Regal. Drehung. Zwei Schritte. Stopp. Sein Blick fiel auf die Magnettafel in der Ecke neben der Garderobe:

**H V L O**

*Wer bist du?*

Er setzte seine Wanderung fort.

*Du hältst dich für einen Künstler. Du hast drei Menschen getötet. Du hinterlässt Hinweise. Buchstaben. Du wirst es noch einmal tun. Weil ein Buchstabe fehlt.*

Schröder verharrte vor dem Waschbecken.

*Was wissen wir noch?*

Er machte auf dem Absatz kehrt.

*Wie hatte Zorn gesagt?*

Zwei Schritte.

*Er ist clever.*

Noch ein Schritt.

*Kräftig.*

Ein weiterer.

*Völlig durchgeknallt.*

Regal. Drehung. Zurück.

*Das hilft nicht weiter.*

Schröder blieb vor dem Waschbecken stehen. Zorn hatte seinen Kaffeebecher in den Ausguss gestellt und volllaufen lassen, wie immer, ohne ihn abzuspülen. Aus dem Wasserhahn löste sich ein Tropfen und fiel in die bräunliche Brühe.

*Neulich hat Zorn noch etwas gesagt.*

Schröder drehte sich um.

*Nach dem dritten Mord. Auf dem Stadtgottesacker. Das Muster war ähnlich. Die Leiche spektakulär zur Schau gestellt. Keine Spuren, nur die Fußabdrücke. Wieder neue Arbeitsschuhe. Einmal benutzt, danach wahrscheinlich entsorgt. Diesmal allerdings eine Nummer kleiner.*

Schröder stoppte vor dem Regal. Sein Blick wanderte über die Rücken der Aktenordner, ohne sie wahrzunehmen. Zorn hatte die unterschiedlichen Schuhgrößen mit einer beiläufigen Bemerkung kommentiert:

*Ist der geschrumpft?*

Einer seiner flapsigen Sprüche. Aber vielleicht, überlegte Schröder und setzte sich wieder in Bewegung, sollte man etwas ernsthafter darüber nachdenken.

*

»Hallo?«

Die Wohnungstür war angelehnt. Zorn stand lauschend auf der Schwelle, Wärme strömte ihm aus dem dämmrigen Flur entgegen, dazu der Geruch nach Bohnerwachs, gemahlenem Kaffee und der leichte, blumige Duft von Luna Krupps Parfüm.

»Frau Krupp?«

Er trat in den Flur, sah sich unschlüssig um. An einem Brett mit Garderobenhaken hingen ein paar Mäntel, darüber ein brauner Wollschal mit passender Strickmütze. Neben dem Abtreter drei Paar Schuhe, ganz rechts die Wildlederstiefel mit fellbesetztem Schaft, die Luna Krupp neulich im Klassenzimmer getragen hatte.

»Ich hatte versucht, Sie anzurufen.«

Zorn ging einen Schritt vor. Eine Diele knackte unter dem flauschigen, ockerfarbenen Läufer. Drei Türen gingen ab, eine rechts, zwei links. Die rechte war angelehnt, warmes Licht schimmerte durch die geriffelten Scheiben. Leise Klaviermusik erklang. Zwischen den beiden anderen Türen hing ein gerahmtes Poster. *MARCEL MARCEAU*, war unter dem Porträt eines weiß geschminkten Mannes mit traurigen Augen zu lesen, darunter: *Actor without words.*

»Ich wollte nur nachfragen, ob alles in Ordnung ist.«

Auf einem lackierten Brett unter dem Poster stand eine blaue Glasvase mit getrockneten Blumen. In einer Kristallschüssel blitzte ein Schlüsselbund. Daneben lagen eine Fernbedienung und ein fellgefütterter Lederhandschuh, der zweite war auf den Teppich gefallen.

»Frau Krupp?« Zorn streckte die Hand aus, um die Tür zu öffnen. »Ich bin gleich wieder weg, ich …«

Seine Hand sank herab. Er starrte auf das Brett. Ein dümmlicher, krächzender Laut drang aus seiner Brust. Das, was da neben dem Handschuh lag, war

*?*

keine Fernbedienung. Das war

*??*

Zorns Verstand kapitulierte und hisste die weiße Flagge. Sämtliche Synapsen liefen heiß, verweigerten den Dienst und feuerten aus allen Rohren ein einziges Signal:

*???*

Er langte nach dem schwarzen Kästchen, stieß dabei gegen die Vase.

*????*

Getrocknete Blüten rieselten auf den Teppich.

*?????*

Hinter der Tür knarrte eine Diele.

*??????*

Zorn hielt das Kästchen in den Fingern.

*???????*

Betrachtete das Display:

**03:18:12**

Die Zahlen auf dem Timer tanzten vor seinen Augen, vereinten sich mit den Fragezeichen in seinem Kopf zu einem verwirrenden, chaotischen Reigen

*??3???1?8????1???*

und explodierten in einem gleißenden, alles erstickenden Feuerwerk.

## Einundsiebzig

*Herbst 2020*

Nachdem sie ihre Referendarzeit abgeschlossen hat, ist Luna von der Schule übernommen worden. Die Arbeit mit den Kindern macht ihr Spaß, die Kollegen sind nett, doch manchmal zweifelt sie und fragt sich, ob sie ihren Lebensinhalt gefunden hat. Ihre Zukunft ist abgesichert, aber die Vorstellung, in den nächsten drei Jahrzehnten tagein und tagaus dasselbe zu tun, ist ein wenig beängstigend. In den letzten Jahren hat sie ihren Roman noch einmal überarbeitet und ein paar Kurzgeschichten geschrieben. Die sind ziemlich gut, glaubt Luna, aber sie hat nicht vor, sie jemandem zu zeigen.

Die Zeit bis zur Scheidung war anstrengend. Irgendwann musste Henry einsehen, dass sie sich nicht umstimmen lässt. In den Monaten danach hat er sie ab und zu angerufen (meist, wenn er betrunken war), auch das war schließlich vorbei.

Ein halbes Jahr nach der Scheidung meldete sich Oskar. Er hat eine kleine Galerie in einem ehemaligen Fischerhäuschen am Fluss eröffnet. Die Geschäfte laufen schleppend, er hofft, die Verkäufe durch eine Gleizmann-Ausstellung anzukurbeln und bittet Luna, bei Henry ein gutes Wort für ihn einzulegen. Sie lehnt ab.

Von Arvid hört sie jahrelang nichts. Als sie erfährt, dass er aus der Psychiatrie entlassen wurde, will sie ihn besuchen, doch aus seiner Wohnung in dem verlassenen Haus sind alle Sachen verschwunden. Kurz darauf wird die Ruine abgerissen, auf dem Grundstück entsteht ein Parkplatz.

Luna schläft mit ein paar ihrer Kommilitonen, hat eine Affäre mit einem verheirateten Opernsänger. Einer ihrer Dozenten stellt ihr nach, zunächst fühlt sie sich geschmeichelt. Als er ihr Fotos von seinem Penis schickt, droht sie mit einer Anzeige, worauf er sie in Ruhe lässt.

Arvid scheint wie vom Erdboden verschluckt, bis sie eine Woche vor ihrer letzten Prüfung zum Staatsexamen eine Postkarte im Briefkasten findet: einen Farbdruck mit dem Selbstporträt van Goghs mit dem abgeschnittenen Ohr.

*Kunst ist Qual*, hat Arvid auf die Rückseite geschrieben.

Die Karte wurde in Thailand abgeschickt, der Poststempel

stammt aus Phuket. Luna googelt nach Arvid, doch sein Name taucht nirgendwo auf.

Zwei weitere Jahre vergehen. Luna verliebt sich in einen Physiklehrer, einen schüchternen jungen Mann, dessen dunkle Augen sie an Arvid erinnern. Als er ihr einen Heiratsantrag macht, beendet sie die Beziehung. Den Sommer verbringt sie auf den Kanaren und fliegt Mitte August wieder zurück, um sich auf das neue Schuljahr vorzubereiten.

An einem verregneten Sonntag Anfang September sitzt sie abends mit einem Glas Rotwein auf dem Sofa und sieht fern. In einer Kultursendung wird über die Einweihung eines Brunnens auf dem Markt einer sächsischen Kleinstadt berichtet, einer gewaltigen Granitkugel, die über dem Wasser zu schweben scheint. Der Bürgermeister ist anwesend, der Künstler ebenfalls. Henry hat sich in den letzten Jahren kaum verändert, sein Haar ist etwas dünner, im Bart zeigen sich die ersten grauen Strähnen. Der Reporter schwärmt von einer *ästhetischen Revolution* und fragt, woher die Inspiration für das Kunstwerk stamme. Henry – mürrisch wie eh und je – erwidert, dass wahre Kunst sich nicht erklären lasse, sein Werk spreche durch sich selbst.

Arvids Mappe liegt in einer Schublade neben dem Fernseher. Luna muss sie nicht herausholen, sie hat die Entwürfe oft genug angesehen. Arvid hat jedes Detail des Brunnens gezeichnet, auch die Metallkonstruktion, die den verblüffenden Effekt erzielt, hat er genau beschrieben.

Es ist der Abend vor dem ersten Schultag. Am nächsten Morgen hat Luna Probleme, sich auf den Unterricht zu konzentrieren. Den Nachmittag verbringt sie auf einer Bank auf den Felsen über dem Fluss und denkt nach. In der Abenddämmerung läuft sie nach Hause, und als sie in den Meisenweg einbiegt, ist es bereits dunkel. Eine schmale Gestalt steht unter einer Laterne und wartet auf sie.

## Zweiundsiebzig

»Hallo, Frieda.«

»Wo bist du, Schröder?«

»Im Büro.«

»Ach. Wieso schnaufst du so?«

»Ich laufe ein bisschen rum. Da kann ich besser nachdenken.«

»Klingt ziemlich anstrengend.«

»Ist es auch.«

»Kommst du voran?«

»Womit?«

»Mit dem Nachdenken.«

»Ich bin noch nicht fertig.«

»Ich rufe an, weil ich Claudius nicht erreiche. Gibst du ihn mir kurz?«

»Er ist nicht hier.«

»Wo steckt er?«

»Keine Ahnung, Frieda. Er ist vor einer Stunde weggefahren.«

»Aber warum ist sein Handy aus?«

»Er sagte, der Akku ist leer.«

»Blödsinn, er lädt es jede Nacht auf.«

»Ich weiß.«

»Du bist sein Chef. Lass dir nicht ständig …«

»… auf der Nase rumtanzen, jaja. Ich sage ihm, dass er dich zurückrufen soll.«

## Dreiundsiebzig

*Herbst 2020*

Sie reden die ganze Nacht. Arvid ist seit einem Monat wieder in Deutschland. Luna will wissen, warum er sich nicht früher gemeldet hat. Er schweigt. Sie lässt nicht locker.

Also redet er.

Nachdem er zwei Jahre in Thailand verbracht hat, ist er mit einem Frachtschiff über Kuba nach Südamerika gereist. Er berichtet keine Einzelheiten, lässt einiges aus. Wovon er gelebt hat zum Beispiel. Wie er an Essen gekommen ist. Luna fragt nicht nach, sie ist froh, dass er überhaupt etwas erzählt.

Arvid hat sich nach Süden durchgeschlagen. Venezuela. Kolumbien. Peru. Chile. Dann wieder über Bolivien und Brasilien zurück nach Norden. Luna weiß, dass es ihm nicht darum ging, die Welt zu entdecken.

»Ich habe viel gelesen«, sagt er. »Und nachgedacht.«

»Worüber?«, fragt Luna.

»Über den Sinn meines Lebens.«

»Hast du ihn gefunden?«

»Bald, hoffe ich. Und du? Schreibst du noch?«

»Nein.«

Warum?

»Ich bin Lehrerin.«

»Du bist eine gute Schriftstellerin.«

»Früher vielleicht. Jetzt bin ich eine gute Lehrerin.«

Die Jahre haben Arvid verändert. Er ist wortkarg und zurückhaltend wie zuvor, doch das Ungelenke und die Zweifel sind einer stillen Entschlossenheit gewichen. Seine Augen, dunkel und groß unter langen Wimpern, haben ihre Faszination nicht verloren. Seine Züge sind kantiger geworden, die weichen Linien scharf. Ein Eindruck, der durch die Narben verstärkt wird, nicht nur in seinem Gesicht, sondern auch auf Armen und Händen. Einige der Wunden sind frisch, kaum verheilt. Auch hier fragt Luna nicht nach. Sie kennt die Antwort. Arvid hat sich selbst verletzt.

Im Norden Mexikos ist er in einer Mormonensiedlung gestrandet. Dort wurde er aufgenommen, lebte in einer winzigen Hütte und half bei der Ernte. Was später geschah, erzählt er in wenigen, dürren Worten.

Er berichtet von verfeindeten Drogenkartellen. Von der Siedlung, die zwischen den Fronten lag. Dem Überfall, dem Massaker an den Mormonen und seiner Entführung. Von den Monaten, in denen er als Geisel gefangen war. Von seiner Flucht durch den Dschungel, die nach Wochen in einem Dorf an der Küste endete. Er erzählt, dass er sich mit letzter Kraft zu einem Krankenhaus geschleppt hat, halb verhungert, an Malaria erkrankt. Dass er nicht bezahlen konnte und wieder weggeschickt wurde, nachdem er etwas zu trinken, ein wenig Essen und ein paar Tabletten bekam. Nachdem er zwei Tage ziellos umhergeirrt ist, waren die Tabletten alle, und das Fieber kehrte zurück.

»Und dann?«, fragt Luna.

»Dann habe ich Oskar angerufen.«

»Warum ihn? Warum nicht mich?«

Arvid sieht sie nur an.

Auch diesmal kennt Luna die Antwort. Arvid ist zu stolz, er würde sie niemals um Hilfe bitten. Dass er Oskar angerufen hat, zeigt, dass er keinen Ausweg wusste. Doch im Gegensatz zu Luna stellt Oskar keine Fragen. Er hat schon immer für Arvid geschwärmt, ist regelrecht vernarrt in ihn. Er würde alles für Arvid tun. Also ist er sofort in ein Flugzeug gestiegen und hat ihn nach Deutschland geholt.

Er hat Arvid ein Zimmer in seiner Wohnung über der Galerie angeboten. Arvid hat abgelehnt, doch den Vorschlag, in Oskars altem Wohnwagen am Stadtwald zu übernachten, hat er angenommen.

»Schläfst du mit ihm, Arvid?«

»Nein.«

Arvid erzählt, dass er in der nächsten Zeit öfter in der Galerie sein wird. Luna glaubt, dass er eine Ausstellung vorbereitet, doch Arvid schüttelt den Kopf. Es gibt nichts, was er ausstellen könnte. Oskar hat ihm einen Job angeboten. Nach Jahren hat er Henry endlich überzeugt, eine seiner Skulpturen auszustellen, Arvid soll bei den Vorbereitungen helfen.

Luna wird wütend. Gerade erst hat sie gesehen, dass Henry sich noch immer mit Arvids Entwürfen eine goldene Nase verdient. Sie erzählt von dem Brunnen, den Henry als sein Werk ausgibt, von Gerechtigkeit, und beschimpft Arvid, sich nicht nur alles gefallen zu lassen, sondern jetzt auch noch zu Henrys Hilfsarbeiter zu werden.

»Hast du denn überhaupt keinen Stolz?«

Er antwortet nicht. Sie beginnt zu weinen.

»Warum bist du hier?«

»Hast du die Entwürfe noch, Luna?«

»Deswegen bist du hier? Wegen der Entwürfe?«

Er nickt. Luna holt die Mappe aus der Schublade. Das, sagt sie, sei der Beweis für den Betrug. Er muss an die Öffentlichkeit gehen. Arvid blättert durch seine alten Entwürfe und erklärt müde, dass nichts davon etwas wert sei. Kunst müsse die Menschen berühren, nicht blenden.

»Aber was hast du damit vor, wenn sie nichts wert sind?«

»Das erfährst du bald.«

»Arvid ...«

Luna wartet, dass Arvid noch etwas sagt. Dass er sie vermisst hat. Dass er nach all den Jahren zurückgekehrt ist, um sie zu sehen. Doch das tut Arvid nicht.

Er steht auf, nimmt die Mappe und geht.

## Vierundsiebzig

»Schröder hier. Ich spreche dir jetzt zum zweiten Mal auf die Mailbox, Chef. Schöne Grüße von Frieda, sie hat ebenfalls vergeblich versucht, dich zu erreichen. Das sollte eigentlich als Drohung genügen. Falls das nicht reicht, darf ich dich daran erinnern, dass ich dein Vorgesetzter bin. Wenn du dich also nicht umgehend meldest, werde ich arbeitsrechtliche Schritte wegen unerlaubten Entfernens vom Arbeitsplatz einleiten. Es ist achtzehn Uhr dreißig, ich mache jetzt Feierabend und erwarte zu Hause deinen Rückruf. *Over and out.*«

Schröder warf das Handy auf den Schreibtisch, lehnte sich zurück und blieb eine Minute regungslos sitzen. Die Neonröhre brummte über seinem kahlen Kopf, tauchte das Büro in kaltes, steriles Licht. Schließlich stand er auf, brummte kopfschüttelnd, dass er dem *feinen Herrn ordentlich die Leviten lesen* werde und ging zum Garderobenständer. Als er nach seinem Mantel griff, vibrierte sein Handy, er meldete sich in der nächsten Sekunde, ohne auf das Display zu sehen.

»Beim nächsten Mal denk dir bitte eine bessere Ausrede aus! Die Sache mit dem Akku ist das Dümmste, was ich jemals …«

»Entschuldigung, spreche ich mit Hauptkommissar Schröder?«

*

Als Frieda nach Hause kam, war die Wohnung leer. Sie rief Zorn an (vergeblich), ging unter die Dusche und bereitete das Abendessen vor (Reis mit Frikassee, das sie lediglich auftauen musste). Während der Reis vor sich hin köchelte, googelte sie nach Rezepten und las, dass dieser mit Curry und etwas Butter besonders schmackhaft sei. Curry war nicht im Haus, und nachdem sie das Wasser abgegossen hatte, stellte sie fest, dass auch die Butter alle war. Im Kühlschrank fand sich noch ein Rest Margarine, den sie mit dem Reis zu einer Masse verrührte, deren Konsistenz ein wenig an frischen Estrichbeton erinnerte. Sie deckte den Tisch, wählte erneut Zorns Nummer, lauschte seiner mürrischen Stimme auf der Mailbox *(Zorn hier, Nachrichten jetzt)*, stellte den Reistopf unter einem Kopfkissen warm und rief Schröder an.

Doch Schröder meldete sich ebenfalls nicht.

## Fünfundsiebzig

Die Nacht war feucht und kalt. Eine Dunstglocke verdeckte die Sterne, ließ Dächer und Fassaden verschwimmen. Die Hochhäuser der Neustadt, die Schornsteine der Kraftwerke und die Spitzen der Kirchtürme in der Altstadt wurden vom Nebel verschluckt, ebenso wie der alte Wasserturm an der Ausfallstraße nach Süden.

Der Turm, ein knapp hundertjähriger, aus rotem Klinker gemauerter Koloss, erhob sich auf einer Anhöhe, umgeben von einem kleinen, gepflegten Park. Von der Aussichtsplattform bot sich ein atemberaubender Blick über die Stadt. Doch kaum jemand kam in den Genuss, der Turm war seit Jahrzehnten außer

Betrieb und für die Öffentlichkeit gesperrt. Tagsüber war der markante Bau weithin sichtbar, selbst von der Autobahn aus zu erkennen. Jetzt, in dieser Novembernacht, schienen die meterhohen, unter der Aussichtsplattform befestigten Leuchtbuchstaben am Nachthimmel zu schweben:

**WILLKOMMEN**
IM BERGZOO

Bereits in den siebziger Jahren war die Botschaft dort angebracht worden. Irgendwann hatte die Elektrik versagt, bis der Stadtrat schließlich beschlossen hatte, eine neue anbringen zu lassen, größer, gewaltiger und strahlender als zuvor. Die Eröffnung war vor zwei Tagen mit einer feierlichen Zeremonie begangen worden, der Bürgermeister hatte den Sponsoren gedankt und von einem Zeichen gesprochen, das weit über den Zoo hinausgehe und als Symbol des langfristigen wirtschaftlichen Aufbruchs und einer strahlenden Zukunft zu verstehen sei.

In einer Hinsicht schien sich das Stadtoberhaupt geirrt zu haben. Es war Punkt Mitternacht, die ersten Töne des Glockenspiels hallten über den Markt, als plötzlich, knapp zweiunddreißig Stunden nach der Ansprache des Bürgermeisters, die untere Reihe der Leuchtschrift zu flackern begann…

**WILLKOMMEN**
I BE GZ O

… und erlosch. Auch die Buchstaben darüber blinkten auf. Einer nach dem anderen …

**WI LKO MEN**

… verschwand in der Dunkelheit.

**W  LKO  E**

Die Botschaft löste sich auf.

**W    O  E**

Allerdings nicht vollständig, denn ein Buchstabe blieb übrig. Als die letzten Töne des Glockenspiels auf dem Marktplatz verklangen, erschien weiter südlich hoch oben über der Stadt eine neue Botschaft. Ein gigantisches, in funkelndem Blau schimmerndes Zeichen:

**O**

# VIERTER AKT

## Im Turm

Es ist nicht wichtig, wer du bist,
sondern was sie denken, wer du bist.
*(Andy Warhol)*

## Sechsundsiebzig

*Wo bin ich?*

Eine naheliegende Frage. Doch so sehr sich Claudius Zorn auch den schmerzenden Kopf zerbrach, er fand keine Antwort. Der Boden, auf dem er saß, war kalt, eiskalt. Stahlplatten oder etwas Ähnliches. Er lehnte an einem Geländer, die Arme hinter dem Rücken an die Streben gefesselt. Als er sich bewegte, ertönte ein Klirren hinter ihm. Die Handschellen um seine Gelenke schabten auf Metall. Das Geräusch hallte lange nach, wie in einer Kirche. Nein, etwas Größeres. Eine Kathedrale.

*Wo, verdammt noch mal, bin ich?*

Die Handschellen saßen fest, auch rechts. Es war unmöglich, sie abzustreifen, der Armstumpf war zu dick. Er beugte sich vor und gab ein ersticktes Krächzen von sich. Etwas schnitt in seine Kehle. Auch sein Kopf war am Geländer fixiert, wahrscheinlich mit einem Kabelbinder, der sich um seinen Hals schlang und ebenfalls hinter einer der Streben geschlossen war. Nicht allzu fest, Zorn konnte atmen, befreien konnte er sich nicht. Den Kopf konnte er bewegen, doch sein Blickfeld war eingeschränkt.

Er befand sich auf einer Art Galerie, offensichtlich in großer Höhe angebracht. So schmal, dass er gerade die Beine strecken konnte. Ein kalter Luftzug wehte hinter ihm aus der Tiefe herauf, strich über seinen Rücken. Es roch nach Moder, Algen und feuchtem Mauerwerk.

Wo immer er hier auch war: Dieses Gemäuer war alt. Uralt.

Er starrte direkt auf eine Wand, weniger als anderthalb Meter entfernt. Ein unwirklicher, blauer Lichtschein oszillierte auf dem grob verputzten Mauerwerk. Das Licht schien von außen zu kommen, irgendwo hinter ihm. Er sah seinen Schatten: Oberkörper und Kopf, wirr abstehendes Haar. Direkt vor ihm, einen knappen Meter über der Galerie, war ein schießschartenähnliches Fenster in die Wand eingelassen, vier, vielleicht auch fünf Meter hoch. Hinter den dicken Scheiben war nichts zu erkennen. Nur Schwärze. Die Mauer verlief links und rechts von Zorn in einem weiten Bogen nach innen und schloss sich irgendwo hinter ihm zu einem Kreis, in regelmäßigen Abständen von weiteren Fenstern unterbrochen. Mächtige, senkrecht verlaufende Betonträger ragten zwischen den Fenstern aus dem Mauerwerk, knickten weit oben nach innen und vereinigten sich irgendwo hoch über Zorn in der Mitte, um die kuppelförmige Decke zu tragen.

Die Galerie, auf der er saß, bildete ebenfalls einen Kreis, einen schmalen, ringförmigen Umgang, der einen knappen Meter unter den Fenstersimsen im Gemäuer verankert war. Die grüne Farbe auf dem hüfthohen Geländer war kaum noch zu erkennen. Pfützen schimmerten auf den geriffelten, rostigen Bodenblechen, abgeplatzter Putz lag herum.

Die Fesseln saßen straff, Zorns Schulterblätter wurden gegen das Geländer gepresst. Er versuchte, über die Schulter zwischen den Gitterstäben einen Blick nach unten zu werfen. Es gelang ihm nicht.

*Wie bin ich hier hergekommen?*

Die Kälte fraß sich von den Stahlplatten durch den klammen Hosenboden in die Knochen. Zorns Hintern war taub. Sein Nacken schmerzte, der Kopf auch. Vor allem der Kopf. Dagegen konnte er nichts tun, doch er versuchte, die verkrampften Muskeln zu entspannen. Als er die Beine anwinkelte, gruben die Hacken seiner Stiefel Striche in den Dreck auf dem geriffelten Blech. Eine verrostete Schraube rollte vorbei und fiel hinter ihm in die Tiefe. Unwillkürlich wartete er auf den Aufprall, und als schließlich ein kaum vernehmliches Klicken heraufdrang, war eine gefühlte Ewigkeit vergangen.

Er lauschte weiter.

Nichts.

Doch, ein Plätschern. Tropfendes Wasser. Irgendwo weit, weit unter ihm.

*Ich war bei Luna Krupp. Die Tür stand offen. Ich bin in den Flur gegangen und dann … Was ist das?*

Ein blinkender roter Lichtpunkt. Rechts von ihm, auf dem Sims des übernächsten Fensters. Darunter ein kleines Stativ. Und ein Kabel, das sich an der Wand hinabschlängelte und zwischen Mauerwerk und Galerie verschwand.

*Ich werde gefilmt.*

Zorn sah in die andere Richtung. Eine weitere Kamera, in gleicher Entfernung. Und daneben, das war

*Was zur Hölle …?*

Zorn hatte keine Ahnung, wo er sich befand. Auch nicht, wie er hergekommen war. Er wusste jetzt allerdings, *wer* ihn niedergeschlagen und hergeschleppt hatte: ein dreifacher Mörder, der nicht nur Zorn, sondern noch etwas anderes aus Luna Krupps Wohnung mitgenommen hatte. Zunächst hatte Zorn das unscheinbare Plastikkästchen auf einem Mauervorsprung schräg gegenüber im fahlblauen Zwielicht übersehen, obwohl es nahe genug war, dass er die Zahlen auf dem Display des Timers entziffern konnte:

**02:27:15**

Drei Menschen waren bisher ermordet worden: Arvid Walkow, Samuel Bleeck und eine rothaarige Frau. Zorn und Schröder hatten gewusst, dass es ein viertes Opfer geben würde. Über die genaue Identität hatten sie nicht einmal spekulieren können.

Schröder tappte noch immer im Dunkeln. Dass Zorn ihm jetzt (wohl zum ersten Mal in seinem Leben) einen Schritt voraus war, tröstete nur schwach, schließlich würde er kaum in den Genuss kommen, seinen Triumph auszukosten.

Claudius Zorn kannte den Namen des vierten Opfers.

Es war sein eigener.

## Siebenundsiebzig

*März 2021*

Kreischender Lärm gellt durch die Kirche. Henry Gleizmann beugt sich mit einem Trennschleifer über einen Stahlträger, Funken sprühen umher. Der Overall spannt auf seinem breiten Rücken, Schweiß färbt den olivgrünen Stoff zwischen den Schulterblättern dunkel. Der Trennschleifer frisst sich jaulend durch das Metall, ein Ende des Trägers knickt ab, kracht zu Boden. Gleizmann streift die Schutzbrille ab, greift nach einem Schweißbrenner, hält in der Bewegung inne. Seine Augen werden schmal.

»Was willst du hier?«

Arvid Walkow steht vor dem Altarraum.

»Dich besuchen.«

Er sieht Gleizmann ausdruckslos an. Im Schein der großen Fabriklampen über ihren Köpfen wirkt er noch bleicher als früher.

»Ich hab zu tun.«

Gleizmann nimmt einen Meißel von der Werkbank. Seine Finger schließen sich um den Stiel, das andere Ende klatscht in seine flache Hand. Die Geste ist eindeutig. Er kann den Meißel als Werkzeug benutzen. Oder als Waffe.

Arvid scheint es nicht zu bemerken.

»Du hättest Messingdraht nehmen sollen.« Er deutet auf einen kopflosen Frauentorso, der unter der Empore neben einem Schwerlastregal steht. »Aluminium wirkt ziemlich billig.«

Der Meißel fällt klatschend in Gleizmanns Handfläche: eindeutig eine Waffe. Arvids Blick ist weiter auf die drei Meter hohe, aus Draht geflochtene Skulptur gerichtet.

»Ich weiß nicht mehr genau.« Er klingt nachdenklich. »Hatte ich das Material auf der Zeichnung nicht erwähnt?«

Gleizmann kommt näher. Eisenspäne knirschen unter seinen Stiefeln.

»Was willst du?«

»Mit dir reden.«

Ein Schweißfilm glänzt auf Gleizmanns Stirn, die Schutzbrille hat runde Abdrücke um seine Augen hinterlassen. Seine Mundwinkel verziehen sich unter dem Bart zu einem schiefen Grinsen.

»Du kannst mir nichts nachweisen.«

»Du hast die Mappe kopiert«, lächelt Arvid. »Es gibt ein Original.«

Gleizmanns Zunge fährt über die Lippen. Wie bei einem Reptil.

»Was willst du?«, wiederholt er.

»Ich brauche Hilfe.«

»Von mir?!«

Gleizmanns Lachen dröhnt durch die Kirche.

»Vielleicht«, sagt Arvid. »Ich bin noch nicht sicher.«

Gleizmann tritt dicht an Arvid heran. Er ist mindestens zwanzig Kilo schwerer, doch Arvid weicht nicht zurück.

»Du hast meine Frau gefickt.«

»Das ist Jahre her.«

Der Meißel landet klirrend auf einer ölverschmierten Werkbank. Gleizmann nimmt einen Lappen, wischt die Hände ab. Sorgfältig, einen Finger nach dem anderen. Dann nickt er.

»Du willst Geld. Wie viel?«

Arvid schüttelt den Kopf.

»Du hast mich bestohlen«, sagt er ruhig. »Ich selbst hätte die Entwürfe niemals umgesetzt. Du hast es getan, also gehört das Geld dir.«

Ihre Blicke treffen sich. Kurz nur, dann sieht Gleizmann hinüber zu der Drahtskulptur unter der Empore. Er reibt sich die Stirn. Seine Finger hinterlassen helle Streifen auf der verschmierten Haut.

»Ich hätte tatsächlich Messing nehmen sollen.«

»Das macht sie ein bisschen besser, mehr nicht.«

Arvid sieht hoch zum Altarraum. Dort, wo früher der Priester stand, steht jetzt Henrys Werkbank. Der Putz auf der halbrunden, aus Ziegeln gemauerten Stirnwand bröckelt, das Wandgemälde ist verblasst: Pausbäckige, geflügelte Engel, Wolken, in der Mitte ein großes, von Lichtstrahlen umgebenes Kreuz.

»Kunst muss wahrhaftig sein«, sagt Arvid. »Endgültig.«

»Endgültig ist nur der Tod.«

Arvid betrachtet das Kreuz.

»Du sagst es, Henry.«

## Achtundsiebzig

Zorn drehte die Arme in den Schultergelenken. Die Handschellen bewegten sich keinen Millimeter. Selbst wenn es gelang, sie über den Stumpf zu streifen, würde das nicht helfen. Der Kabelbinder um seinen Hals saß fest.

Die Handschellen hätten völlig gereicht, dachte Zorn. Aber da wollte jemand auf Nummer sicher gehen. Doppelt hält besser.

»Jaja! Du bist verdammt clever, du krankes Arschloch!«

Wütend starrte er in die rechte Kamera. Seine Stimme, vielfach zurückgeworfen, hallte zwischen den Mauern wider, Echos schwirrten umher wie ein aufgeschreckter Schwarm großer nachtschwarzer Vögel.

Er sah zu dem blinkenden Licht.

*Ich rede mit 'ner verfluchten Lampe. Wahrscheinlich hat das Ding nicht mal ein Mikro.*

Seufzend sank er zurück.

»SCHEISSE!«

Die Beule am Hinterkopf berührte das Geländer nur leicht, doch der Schmerz ließ ihn sofort nach vorn zucken. Er stieß einen weiteren Fluch aus.

»SCHEI–«

Der Rest erstickte in einem Gurgeln, als sich der Kabelbinder straffte und in seine Kehle grub.

*Ruhig bleiben. Bleib ruhig!*

Mühsam rang er nach Luft. Winkelte die Beine an, zog die Fersen unter die Oberschenkel und hob den Hintern ein paar Zentimeter über die kalten Stahlplatten. Das brachte nicht viel, die Haut unter dem klammen Hosenboden war taub, gefühllos wie ein tiefgefrorenes Steak.

Er starrte auf das rote Licht.

*An. Aus. An.*

Hinüber zur anderen Seite. Noch so ein verfluchtes Ding.

*Aus. An. Aus.*

Etwas näher, zwei Meter entfernt, der Timer:

**02:03:54**

Etwas mehr als zwei Stunden noch.

*In zwei Stunden, drei Minuten und vierund … nein, zweiundfünfzig Sekunden bin ich tot. Immerhin sterbe ich nicht als sabbernder Tattergreis, Frieda wird mich also nicht pflegen müssen.*

Zorns Knie schmerzten. Er streckte die Beine, setzte sich wieder auf den Hosenboden. Mörtelstaub rieselte hinter ihm in die Tiefe.

*Trotzdem, ein paar Jahre hätten mir ruhig noch bleiben können. Allein, um Schröder noch ein bisschen zu ärgern. Und ich hätte noch Unmengen rauchen können. Na ja, Lungenkrebs werde ich jetzt wohl kaum noch kriegen.*

Erst neulich hatte Zorn von seiner eigenen Beerdigung geträumt. Vielleicht war das ja ein Zeichen gewesen? Er hatte seinen Grabstein gesehen (*ER HAT'S ZUMINDEST VERSUCHT*), Edgar war da gewesen, ein junger Mann, der mit der Tochter von Bruce Willis verheiratet war.

*In meinem Traum war er Hirnchirurg. Das wird Edgar auch, mindestens. Vielleicht auch Bundeskanzler. Oder Chef der Europäischen Zentralbank. Ich werd's nur leider nicht erleben.*

Eine Spinne erschien im Spalt zwischen Stahlplatte und Mauerwerk, krabbelte nach oben und verschwand auf dem Fenstersims. Zorn hob den Kopf (vorsichtig, um sich nicht noch einmal zu stoßen) und versuchte, nach draußen zu sehen. Nichts. Nur blaues, unwirkliches Licht, das sich in den Scheiben spiegelte.

*Niemand weiß, wo ich bin. Ich weiß es ja selbst nicht mal. Ich hätte Schröder sagen sollen, dass ich zu Luna Krupp fahre. Irgendwann würde er dort nach mir suchen. Und vielleicht eine Spur hierher finden. Aber das wird nicht passieren. Tja, Pech gehabt, Claudius Zorn.*

Er versuchte, die Arme zu lockern. Die Handschellen klirrten an den Streben. Sie saßen fest. Bombenfest. Seine Finger waren eiskalt, wie abgestorben.

*Immerhin sind's nur noch fünf. Ist also nur halb so schlimm, haha.*

Zorn seufzte leise.

*Schade. Ich hätte noch so viele schlechte Wortspiele machen können.*

Immerhin, er würde schnell sterben. Bei den anderen Opfern war's jedenfalls so gewesen, warum also nicht auch diesmal?

*Er wird mich nicht kreuzigen oder auf einem Hoteldach aufhängen. Die Haut wird er mir auch nicht abziehen. Er wiederholt sich nicht. Aber ich wette, er wird sich etwas ausdenken, das mindestens genauso abartig ist. Er will Aufmerksamkeit, alle sollen sehen …*

Zorn sah in das blinkende Licht.

*Die Kameras. Er wird das aufzeichnen.*

Er schloss die Augen.

*Lieber Gott, egal, was er mit mir anstellt: mach, dass Edgar es nie sieht. Ich habe dich immer nur in Notfällen um was gebeten. Das hier ist einer. Und Frieda, der sollte das auch erspart bleiben. Ich denke, das dürfte möglich sein. Falls nicht, werde ich dir ordentlich die Meinung geigen. Wir sehen uns nämlich bald, und zwar genau …*

Zorn schielte auf den Timer.

*… in einer Stunde, achtundfünfzig Minuten und ein paar Sekunden. Vielleicht auch schon eher, je nachdem, was er mit mir vorhat. Ach ja, meine Nase juckt. Ich würde mich gern kratzen, aber das ist wahrscheinlich zu viel verlangt, oder? Obwohl …*

Er hob die linke Schulter, neigte den Kopf und rieb die Nase am Kragen der Lederjacke.

*… hat sich erledigt. Aber die Sache mit Edgar und Frieda war mein Ernst. Das darfst du gerne als Drohung verstehen.*

Zorn hatte Angst, furchtbare Angst. Doch er war auch wütend. Auf sich selbst, schließlich hatte er sich ganz allein in diese Lage manövriert. Und auf den anderen, dieses …

*Halo-Arschloch*

... das sie gejagt hatten, mit dem Ergebnis, dass nun er, Zorn, in der Falle saß.

*Du guckst mir zu, stimmt's?*

Die Kameras blinkten auf den Fenstersimsen.

*Ich werde nicht schreien. Wenn mich jemand hören würde, hättest du mich geknebelt.*

»Du kannst mich mal«, knurrte Zorn in Richtung der linken Kamera. »Und du«, er wandte sich an die rechte, »auch. Ich hab keinen Schiss vor dir.«

Der Kabelbinder spannte über seinem Hals, trotzdem verharrte er noch einen Moment, bemüht, eine drohende Miene aufzusetzen. Schließlich sank er zurück und sah betont gleichgültig auf einen imaginären Punkt zwischen seinen gespreizten Beinen. Seine Zähne begannen zu klappern, er presste die Lippen fest zusammen und versuchte, Kälte und Schmerzen zu ignorieren.

Es gelang ihm nicht.

## Neunundsiebzig

Er hat Mut. Mehr, als zu erwarten war. Er hat schnell eingesehen, dass er sich nicht befreien kann. Trotzdem versucht er, sich seine Angst nicht anmerken zu lassen. Weil er weiß, dass ich ihn beobachte.

Von Kunst versteht er nichts. Das muss er auch nicht. Er ist nur das Material, wird selbst zum Kunstwerk werden. Wie der Marmorblock, aus dem Michelangelo seine Statuen meißelte.

Wieder zerrt er an den Handschellen. Ein älterer, langhaariger

Mann, der die Hoffnung noch nicht ganz aufgegeben hat. Er glaubt zu wissen, was geschehen wird.

Er irrt sich.

Sein Kopf sackt auf die Brust. Der Kabelbinder strafft sich über seiner Kehle. Er krümmt sich, sieht hinauf zur Kuppel. Seine Lippen sind blau vor Kälte. Blau wie das Licht, das auf den Gläsern seiner Brille reflektiert.

Die Lippen bewegen sich.

Er betet.

## Achtzig

*Lieber Gott, entschuldige, dass ich noch mal störe. Tut mir leid, dass ich so kurz vorm Sterben noch mal geschwindelt hab. Ich hab diesem Typen eben gesagt, dass ich keine Angst hätte, obwohl ich mir gleich in die Hosen mache. Klar, man soll nicht lügen, aber diesen Triumph will ich ihm einfach nicht gönnen, verstehst du?*

*Es gibt noch 'ne Kleinigkeit, um die ich dich bitten will. Das mit der juckenden Nase hab ich ja selbst hingekriegt, also wär's eigentlich fair, dass du mir dafür einen anderen Gefallen tust. Ich will jetzt wirklich nicht mit dir handeln und 'ne Gegenleistung kann ich auch nicht anbieten. Du weißt schon, 'ne Kerze anzünden oder in den Kongo gehen, um im Dschungel als Missionar zu arbeiten. Eine Kerze kann ich gerade nicht auftreiben, und das mit dem Kongo ist auch unrealistisch. Ich hab jetzt nur noch … Moment, ich guck kurz nach … eine Stunde und knapp achtundvierzig Minuten zu leben. In dieser Zeit schaff ich's wahrscheinlich nicht mal bis zum Flugplatz.*

*Kannst du trotzdem was für mich tun?*

*Du weißt, dass ich kein Blut sehen kann, schon gar nicht mein eigenes. Ich werde bestimmt rumjammern. Aber ich will nicht um mein Leben betteln. Er würde das nur genießen.*

*Alleine schaff ich das nicht.*

*Also hilf mir, okay?*

*Bitte.*

## Einundachtzig

*Anfang September 2021*

Luna wartet monatelang, doch Arvid meldet sich nicht. Sie googelt nach ihm, sein Name taucht nirgends auf. Über Henry sind die üblichen Berichte zu lesen, er stellt international aus, ist für einen europäischen Kulturpreis nominiert. Wenn Arvid an die Öffentlichkeit geht, würde das Wellen schlagen, doch die Schlagzeilen bleiben aus. Luna fragt sich, warum er die Mappe mitgenommen hat; sie kann sich nicht vorstellen, dass er Henry erpresst, Geld interessiert ihn nicht. Es gibt nur eine Möglichkeit, ihn zu treffen, und obwohl ihr Stolz sich dagegen wehrt, nutzt Luna sie schließlich doch.

Als sie die Galerie betritt, begrüßt Oskar sie wie eine lange verschollene Schwester. Er hat in den letzten Jahren zugenommen, das Haar ist dünner geworden, doch er trägt es wie früher, schulterlang, in der Mitte gescheitelt und hinter die Ohren geschoben. Das runde Gesicht ist fleckig, er ist etwas kurzatmig. Seine Freude ist echt, er umarmt Luna (das süßliche, schwere Parfüm hat er schon als Student benutzt), macht ihr nicht ganz ernst gemeinte Vorwürfe (*du hättest mich wirklich schon früher besuchen können*), jammert ein wenig über seine Gesundheit (*das Herz macht Probleme, aber man wird halt nicht jünger, haha)* und will wissen, wie es Luna in all den Jahren ergangen ist. Luna begnügt sich mit einer unverbindlichen Antwort (*ach, ganz gut*), und bevor Oskar nachhaken kann, erscheint Arvid aus dem Nebenraum.

Falls er überrascht ist, lässt er es sich nicht anmerken, er kommt näher und gibt ihr förmlich die Hand.

»Schön, dich zu sehen, Luna.«

»Ja. Schön.«

Oskar weiß nichts von ihrem Verhältnis. Er schwärmt von den alten Zeiten, ohne ihre Blicke zu bemerken, auch, dass Arvid Lunas Hand nicht loslässt, entgeht ihm. Stolz präsentiert er die Deckenstrahler (*sündhaft teuer, aber zusammen mit dem Oberlicht ist jetzt alles perfekt ausgeleuchtet*), eine Schmuckvitrine (*Maßanfertigung, mehr als doppelt so teuer wie die Ohrringe, haha)* und führt Luna schließlich zum Nebenraum, um ihr seine neueste Errungenschaft zu präsentieren.

Henrys Installation ist das einzige Exponat. Oskar bittet Luna um Stillschweigen, die offizielle Eröffnung ist in zwei Wochen. Eigentlich, erzählt er, war die Ausstellung schon im Frühjahr geplant – das weiß Luna, Arvid hat es ihr damals erzählt –, doch die Sache habe sich verzögert (*du kennst Henry ja, er ist manchmal ziemlich eigen*). Weitschweifig lässt sich Oskar über Henrys einzigartige Formensprache aus (*sein Stil ist unverkennbar, nicht wahr?*) und lobt Arvid, der den Raum gestrichen und die Installation ausgeleuchtet hat, auch das Podest war seine Idee.

Als Oskar anbietet, dass Arvid einen Kaffee kochen könne, lehnt Luna barsch ab. Sie ist wütend. Auf Oskar, der Arvid wie einen Laufburschen behandelt, nett, freundlich, doch auf eine blasierte, gönnerhafte Art, als wäre er sein Eigentum. Sie ist wütend auf Arvid, der sich das alles gefallen lässt. Und auf sich selbst.

Seit ihrem letzten Gespräch sind Monate vergangen, trotzdem erinnert sich Luna an jedes Wort. Sie hat Arvid gefragt, ob er mit Oskar schlafe. Er hat verneint. Sie glaubt nicht, dass sich daran etwas geändert hat, doch Oskars Blicke, sein süßlicher, einschmeichelnder Tonfall lassen keinen Zweifel. Er würde alles tun, um Arvid ins Bett zu kriegen. Es ist albern, geradezu lachhaft, doch Luna kann nichts dagegen tun: Sie ist eifersüchtig auf einen kleinen, übergewichtigen Kerl mit Herzproblemen und schütterem Haar.

Oskar lädt Luna zur Ausstellungseröffnung ein, Henry wird persönlich erscheinen. Arvid lehnt teilnahmslos an der Wand. Als Oskar sagt, wie schade es sei, dass die Ehe nur so kurz gehalten habe (*ihr wart ein so tolles Paar*), huscht ein spöttisches Lächeln über sein Gesicht.

Sie verabschiedet sich. Oskar will ihr unbedingt etwas Schmuck zeigen (*eine junge Designerin, die Sachen werden dir sicher gefallen*), doch Luna lehnt ab, sie sei in Eile. Oskar bringt sie zur Tür und nimmt ihr das Versprechen ab, jetzt öfter zu kommen. Als er sie umarmt, steht Arvid hinter ihm und nickt Luna zu.

*

Kurz bevor sie die Brücke erreicht, hört sie seine Schritte. Schweigend laufen sie nebeneinanderher durch die Abenddämmerung, vorbei an Fischerhäusern und herrschaftlichen Villen. Ihre Schritte hallen unter dem Brückenbogen, sie gehen weiter, vorbei an der riesigen, steinernen Kuh und dem Porphyrfelsen mit dem überdachten Aussichtspunkt. Als sie die Wiese am Fluss erreichen, nimmt Arvid ihre Hand, sie wenden sich in stillem Einvernehmen nach links, laufen über einen sanft abfallenden Kiesweg zum Ufer und setzen sich auf eine Bank. Dort bleiben sie eine Weile, halten einander die Hände, bis Luna das Wort ergreift.

»Ich wollte dich sehen.«

»Ja.«

Mehr sagt Arvid nicht.

An der Promenade am anderen Ufer gehen die Laternen an, werfen Streifen auf den schwarzen, gemächlich dahinströmenden Fluss. Luna zieht Arvids Hand auf ihren Schoß, streichelt sie mit der anderen und sieht ihn an.

»Diese Installation ist Mist.«

»Ja.«

»Weil Henry sie selbst entworfen hat.«

»Ja.«

»Warum sieht Oskar das nicht?«

»Er sieht, was er sehen will.«

Eine Straßenbahn rauscht über die Brücke. Schräg dahinter zeichnen sich die Umrisse der Burg im Schein einer blassen Mondsichel vom Himmel ab.

»Warum lässt du das mit dir machen, Arvid?«

»Was?«

»Sie nutzen dich aus. Henry tut es. Oskar auch.«

»Es dauert nicht mehr lange.«

»Und dann? Was passiert dann?«

Arvid seufzt leise. »Was ist mit dir? Schreibst du wieder?«

»Nein.«

»Du vergeudest dein Talent.«

Luna lacht auf. »Das sagt der Richtige.«

Sie erzählt, dass sie eine neue Klasse übernommen hat. Berichtet von den Kindern. Von Robert, der absolut unmusikalisch ist und trotzdem Geige lernt, weil seine Eltern es so wollen. Von Lisa, dem kleinen, neunmalklugen Mathegenie. Und von Edgar, dem Sohn eines Polizisten, der ständig von seinem Vater redet und von Ögi, den er geradezu zu vergöttern scheint.

Luna mag die Kinder. Ihre Unschuld. Die Art, wie sie miteinander umgehen. Direkt, ohne Umschweife. Sie vertrauen ihr.

»Ich kann ihnen etwas mitgeben. Für ihr Leben.«

»Was ist mit deinem Leben, Luna?«

»Ich bin zufrieden.«

»Reicht das?«

»Ja. Nein. Ich weiß es nicht.«

Ihr Finger streicht über die Narben auf seinem Handrücken. Folgt den Schnittwunden auf der blassen Haut.

»Mein Leben wäre nicht besser, wenn ich mich selbst verletzen würde, Arvid.«

»Es ist nur der Anfang.«

»Und wie wird es enden?«

Er steht auf. »Ich weiß noch nicht genau. Nur, dass es bald sein wird.«

Luna lässt ihn nicht los. Er entzieht ihr seine Hand, sie lässt es widerstrebend geschehen.

»Ich brauche dich, Luna.«

»Ich bin da.«

»Gut. Das ist gut.«

Langsam geht er am Ufer entlang davon. Dunst steigt von der Böschung auf. Luna sieht ihm nach, bis der Nebel seine schmale Gestalt verschluckt.

Der Fluss glänzt im Laternenlicht wie flüssiger Teer.

## Zweiundachtzig

*Jetzt würde ich gern eine rauchen, lieber Gott. Alles ist da, die Zigaretten sind in der Jacke, und das Feuerzeug ist hinten in der Hosentasche. Eigentlich müsste ich's spüren, doch mein Hintern ist steif gefroren. Bei den Beinen geht's, die kann ich bewegen, aber die Arme sind wie Eiszapfen. Wenn die Handschellen nicht klirren würden, könnte ich fast vergessen, dass sie da sind. Ist eigentlich auch egal, den verdammten Kabelbinder kriege ich sowieso nicht ab. Und das Rauchen klappt auch nicht, das Feuerzeug bekomme ich vielleicht aus der Hose, aber beim Anzünden hört's dann auf. Eine Hand hab ich zwar noch, im Moment ist die allerdings genauso nützlich wie die andere. Ich frage mich, wie die damals entsorgt worden ist. Ach, unwichtig. Auf jeden Fall ist die längst verfault. Hat sozusagen den Anfang gemacht. Vielleicht kannst du die Hand irgendwo auftreiben und mir nachher wiedergeben, wir sehen uns ja gleich.*

*Sorry, ich rede Blödsinn.*

*Ich friere, lieber Gott. Mir tut alles weh. Ich bin völlig durch den Wind, kein Wunder, dass ich dummes Zeug rede. Du hast hoffentlich alles verstanden? Weißt du, ich will dir nicht zu nahe treten, aber du bist ja nicht mehr der Jüngste, es wäre wirklich doof, wenn du was vergisst.*

*Also, ich fasse noch mal zusammen, okay?*

*Pass bitte auf Frieda auf. Sie ist längst nicht so cool, wie sie immer tut. Ohne mich klarkommen wird sie bestimmt, wahrscheinlich sogar besser. Aber sie wird verdammt traurig sein. Am besten, du lenkst sie ein bisschen ab. Aber nicht mit Arbeit, davon hat sie genug. Klar, sie liebt ihren Job, aber da gibt's noch viel mehr. Sonne zum Beispiel, dafür könntest du sorgen. Und Musik, die liebt sie auch. Wenn du sie trösten willst, dann lass* Motörhead *noch 'ne Platte rausbringen. Okay, das wird schwer, weil Lemmy ja tot ist, aber vielleicht kannst du ihn irgendwie zurückschicken. Wenn das zu viel verlangt ist, geht auch 'ne neue Metallica-Scheibe. Die letzten beiden fand sie doof, also musst du dich kümmern. Du weißt schon, göttliche Eingebung und so. Falls das auch nicht klappt, wäre da noch Bon Jovi. Keine Ahnung, ob's die überhaupt noch gibt. Wenn nicht, musst du die wieder zusammen-*

*bringen. Klingt abartig, ist es auch. Aber Frieda würde das trösten, und ich muss es zum Glück nicht mehr hören.*

*Ich will nicht, dass sie für den Rest ihres Lebens allein bleibt. Mein Nachfolger kann ruhig ein bisschen jünger sein. Ansonsten hab ich keine konkreten Vorgaben. Obwohl … einer von diesen Juristenfuzzis muss es nicht unbedingt sein. Und bitte keinen Vegetarier. Aber einen, der kochen kann. Du weißt ja, das liegt ihr nicht so.*

*Zu Malina und Rufus muss ich ja nicht viel sagen. Malina braucht Kraft, also gib ihr genug. Besser wäre natürlich, wenn du Rufus gesund machen würdest, er hat's wirklich verdient. Ich nehme mal an, dass du damals dafür gesorgt hast, dass er sich nicht mehr umbringen will. Aber mal ehrlich: Du hast zugelassen, dass es überhaupt dazu gekommen ist. Rufus hat lange genug im Rollstuhl gesessen, also sei so nett und lass ihn wieder laufen.*

*Kurz zu Schröder: Ich weiß nicht, was für ihn das Beste ist. Vielleicht fragst du ihn ja selbst? Er glaubt nicht an dich, aber wenn du persönlich bei ihm auftauchst, überzeugst du ihn vielleicht. Das ganze Brimborium würde ich allerdings weglassen. Also ohne Engelschöre, Posaunen und so. Da lacht er dich nur aus. Du weißt, was er mir bedeutet, obwohl ich ihn so oft nicht verstehe. Kümmere dich um ihn. Mach ihn glücklich. Wie du das anstellst, überlasse ich dir.*

*Eins ist mir noch wichtig: Ich will, dass er immer bei Edgar ist. Aber damit musst du dich nicht belasten, das macht Schröder sowieso. Edgar wird mich nicht vergessen, und er wird unglücklich sein. Aber nicht zu lange, okay? Ach ja, die Tochter von Bruce Willis muss er nicht unbedingt heiraten, die ist viel zu alt. Und Hirnchirurg muss er auch nicht werden. Eigentlich ist's egal. Wenn er … Hab ich da gerade was gehört? Klang wie … nee, da war nix.*

*Also: Falls Edgar Pizzabote werden will, dann lass ihn, wenn ihn das glücklich macht. Sollte er allerdings auf die Idee kommen, in die Fußstapfen seines Vaters zu treten, müsstest du irgendwie gegensteuern, Bulle muss Edgar nun wirklich nicht …*

Zorn horchte auf. Zunächst hatte er gezweifelt, doch als er nun erneut etwas hörte, war er sicher. Das erste Geräusch war eine schwere zuschlagende Tür gewesen, jetzt drangen Schritte aus der Tiefe herauf. Hallend, weit, weit unten. Rhythmisch. Absätze schabten auf Eisen (*schrapp schrapp*). Stufen. Eine Treppe.

*Da bist du ja, Halo.*

**01:38:17**

*Überpünktlich, wie's aussieht.*

Er spürte, wie das Geländer in seinem Rücken vibrierte.

*Sorry, lieber Gott, ich melde mich später. Erst mal muss ich hier weg.*

Sein Herz hämmerte gegen die Rippen, panisch wie ein Goldfisch zwischen den Scherben eines zertrümmerten Aquariums. Die Schritte

*schrapp schrapp*

hallten mit dem modrigen Luftstrom aus der Tiefe herauf, jede Stufe ein misstönender Gong, dessen Schwingungen sich nach oben fortpflanzten und das Geländer erzittern ließen.

Zorn beugte sich vor, zog an den Handschellen.

*Das muss irgendwie gehen!*

Die Kanten schnitten immer tiefer in die Gelenke. Es klang, als würden die Schritte sich entfernen. Das war ein Trugschluss, gleich darauf

*schrapp schrapp*

näherten sie sich wieder. Zorn konnte die Treppe nicht sehen, doch sie schien ebenso wie der Umgang an der Innenseite des Gemäuers verankert zu sein und in einer riesigen Spirale nach oben zu führen, um irgendwo hinter Zorn auf der rostigen Empore zu münden.

*Ich kenne diesen Turm. Und dieses verdammte blaue Licht, das von außen durch die Fenster kommt, kenne ich auch. Ich hab's gesehen, als ich vorhin zu Luna Krupp gefahren bin. Die Leuchtreklame am alten Wasserturm.*

Zorn hörte das Ächzen der Stufen. Dreck knirschte unter Schuhsohlen, direkt unter ihm. Wer immer da kam, er stieg aus den Tiefen der Hölle empor, näherte sich seinem Ziel.

*Lieber Gott, ich muss dir noch mal kurz auf den Geist gehen. Ich drehe gleich durch, kannst du's nicht ein bisschen abkürzen? Wie wär's, wenn du mich mit 'nem Blitzschlag triffst? Ich weiß, das machst du nur, wenn du wütend bist, wegen Blasphemie oder so. Aber mir fallen jetzt echt keine Schimpfworte ein, ich versprech dir, wir holen das nach, wenn ich nachher …*

Ein schrilles Quietschen ließ Zorn zusammenzucken. Hinter ihm wurde eine Luke geöffnet, krachend wieder geschlossen. Sein Schrei ging in den donnernden Echos unter. Der Umgang bebte, Dreck und Rost rieselten in die Tiefe.

*Okay, lieber Gott.*

Zorns Zähne gruben sich in die Unterlippe.

*Dann eben kein Blitzstrahl. Irgendwie muss ich wohl da durch.*

Wieder Schritte, jetzt auf dem Umgang. Die Blechplatten vibrierten.

*Aber wenn er fertig ist, schick diesen verfluchten Halo dahin zurück, wo er hergekommen ist. Lass den Wichser in der Hölle schmoren.*

Links tauchte ein Schatten auf.

*Er lässt sich Zeit. Hat er ja auch.*

**01:33:45**

Schräg hinter dem Timer blinkte das rote Kameralicht.

*Und vergiss nicht: Frieda und Edgar sollen nicht sehen, wie ich gestorben bin.*

Eine Gestalt erschien in Zorns Blickfeld. Zorn wandte den Kopf in die andere Richtung, wie ein Kind, das sich die Augen zuhält in der Hoffnung, selbst nicht gesehen zu werden.

*Ich hätte gedacht, dass er größer ist. Und nicht so dick. Er wird 'ne Menge Zeitungspapier gebraucht haben, um die Arbeitsschuhe auszustopfen.*

Zorns Puls hämmerte. Die Gedanken rasten durch seinen Schädel wie ein außer Kontrolle geratenes Karussell.

*Oskar Brava kann's nicht sein. Der hat ein Alibi. Außerdem ist der zwar klein und dick, aber die Frisur haut nicht hin. Ich kenne jemanden, der so aussieht.*

Die Gestalt trat ans Geländer …

*Klein. Dick.*

… umfasste den Handlauf …

*Glatzköpfig.*

… und öffnete den Mund: »Hallo, Chef.«

## Dreiundachtzig

*13. September 2021*

Arvid sitzt im Wohnwagen. Sein linker Arm ist angewinkelt, die Hand ruht vor ihm auf dem Klapptisch. Mit der anderen greift er nach dem Teppichmesser und beugt sich vor. Setzt die Klinge knapp oberhalb des Handgelenkes an. Drückt ein wenig. Die

Spitze gräbt sich in die Haut. Einen Zentimeter, noch einen. Er verringert den Druck, bewegt das Messer in Richtung Ellbogen. Langsam, konzentriert, wie ein Zeichner den Stift. Die Klinge teilt die vernarbte Haut, als wäre es Schaumstoff. Blut quillt hervor. Arvid verzieht keine Miene. Als er das Messer absetzt, klafft ein tiefer, knapp zwanzig Zentimeter langer Schnitt auf seinem Unterarm.

Eine Windböe rüttelt am Wohnwagen. Regen prasselt gegen die Scheiben. Kiefernnadeln rieseln auf das bemooste Dach.

Arvid betrachtet das Blut. *Sein* Blut. Es strömt aus der Wunde, glänzt auf der Haut, verfängt sich in den Härchen auf seinem Unterarm, tropft auf die zerkratzte Tischplatte.

Er spürt kaum Schmerz. Früher war das anders, da hat er ihn genossen. Der Schmerz war greifbar, konkret. Anders als der, der ihn von innen zerfrisst, seit er denken kann. Wenn er sich selbst verletzt hat, ging es ihm eine Weile besser. Doch mit den Jahren wurden die Abstände immer kürzer.

Arvid beugt sich über die Wunde. Zieht die Ränder mit Daumen und Zeigefinger auseinander. Weiter, immer weiter. Blut. Noch mehr Blut. Bis sein Arm in einer dunklen Lache liegt. Zischend saugt er die Luft ein. *Jetzt* tut es weh.

Aber es hilft nicht.

Er taucht den Finger in das Blut. Malt etwas auf den Tisch:

**V**

Das war sein Zeichen, als er Student war. Eine Signatur, geschrieben mit seinem Blut. Damals hat er geglaubt, diesen Schmerz irgendwann ausdrücken zu können. Nach außen zu tragen. In einem Bild. Einer Skulptur. Einer Installation. Nicht, um andere zu beeindrucken. Sondern in der vergeblichen Hoffnung, ein wenig Linderung zu finden.

Arvid nimmt ein Handtuch, reinigt das verschmierte Teppichmesser. Lässt die Klinge herausfahren, dann wieder zurück. Es gibt andere Stellen, an denen er das Messer einsetzen könnte. An der Innenseite des Handgelenkes zum Beispiel. Ein Schnitt in den Puls genügt, um den Schmerz zu beenden. Für immer. Er hat oft mit dem Gedanken gespielt. Sehr oft.

Angst vor dem Tod hat er nicht. Im Gegenteil, er sehnt ihn seit Jahren herbei. Was ihn abgehalten hat, war nicht die Furcht. Sondern die Suche nach einem Weg, diesem Tod einen Sinn zu geben.

Arvid wickelt das Handtuch um den Arm. Als er aufsteht, schwankt der Wohnwagen ächzend in den rostigen Federn. Er geht zur Kochnische am Stirnende, verstaut das Messer in der Ablage neben der Spüle, wo er sein Werkzeug aufbewahrt. Das meiste davon wird er nicht mehr benutzen, nur die Kneifzange braucht er noch, um den Stacheldraht zu schneiden. Außerdem die Spule mit dem groben Garn und die Nähnadel. Mehr wird nicht nötig sein.

Er nimmt eine Rolle Klebeband, wickelt es mehrfach um das Handtuch an seinem Unterarm und reißt den Rest mit den Zähnen ab. Nachdem das erledigt ist, holt er den Hefter mit den Kopien aus dem Fach, setzt sich wieder und öffnet die Mappe.

Das Pamphlet wurde vor über einem halben Jahrhundert verfasst. Der Text ist kurz, kaum verständlich. Abgesehen vom Titel – *DIE BLUTORGEL* – gibt es nur eine Stelle, die Arvid schon lange fasziniert:

*Man muss die Dinge mit Feuer aneinanderkleben, sie verbinden, vermengen, verknüpfen, vergewaltigen, schänden und schlagen, bis dass sie im Chor Psalmen singen.*

Arvid sieht aus dem Fenster. Draußen vor dem zerschrammten Plastik fegt der Wind über das Weizenfeld, krümmt die Halme wie Wellen auf sturmgepeitschter See.

*Wer Neues schaffen will, muss zerstören.*

Es ist albern, ein Schaf zu kreuzigen. Selbst vor fünfzig Jahren war das nicht sonderlich originell, eine kleine Provokation, mehr nicht.

Doch der Ansatz ist richtig.

Die Blutlache trocknet allmählich, verliert ihren Glanz. Er wischt mit dem verbundenen Unterarm über den Tisch, betrachtet die Schlieren.

*Dies ist mein Blut, das für euch und für alle vergossen wird.*

Ein Zitat aus dem Neuen Testament. Arvid glaubt nicht an Gott. Aber die halbe Menschheit tut es. Jeder kennt die Passion, die größte Geschichte der Welt. Arvid wird sie erzählen. Das ist bereits millionenfach geschehen, doch diesmal wird es kein Spiel sein. Keine alberne Inszenierung. Eine Wiederaufführung. Lebendig, weil sie mit dem Tod endet.

Arvids Tod.

Nein, er glaubt nicht an Gott. Auch nicht an die Wiederauferstehung. Er wird weiter gehen, als jeder andere zuvor. Ein gekreuzigtes Schaf wird vergessen. Er, Arvid, wird in Erinnerung bleiben.

Doch er braucht Hilfe.

Henry war sein erster Gedanke. Ein Künstler, der um seine Mittelmäßigkeit weiß. Einer, der erkannt hat, dass Erfolg nichts bedeutet. Der begreifen wird, welche Chance Arvid ihm bietet. Dazu kommt, dass Arvid ihn in der Hand hat. Doch Henry ist ein Betrüger. Arvid kann ihm nicht vertrauen.

Dann wäre da noch Luna. *Ihr* vertraut Arvid. Sie liebt ihn. Aber sie behauptet, zufrieden mit ihrem Leben als Lehrerin zu sein. Das redet sie sich nur ein, doch Arvid ist unsicher, ob er sie nicht in diesem Glauben lassen soll.

Er geht zur Spüle, wäscht sich die Hände. Nimmt einen Lappen und reinigt den Tisch. Der Regen hat aufgehört, die letzten Tropfen lösen sich aus den Kiefern und trommeln auf das Dach.

Es klopft an der Tür.

Bisher hat Arvid weder Henry noch Luna eingeweiht. Seine Wahl ist noch nicht getroffen. Es gibt eine dritte Person, die in Betracht kommt.

Er öffnet.

»Du wolltest mich sehen, Arvid?«

Oskars Gesicht ist gerötet, das Haar vom Wind zerzaust. Seine Schuhe sind schlammig, Regen glitzert auf dem Kragen des dunklen Wollmantels.

Arvid tritt zurück, um Oskar Platz zu machen. Dieser steigt schwerfällig die beiden Stufen hoch, sieht sich schnaufend um.

»Hätten wir das nicht im Atelier besprechen können?«

»Nein.«

»Dann muss es ganz schön wichtig sein.«

»Das ist es«, nickt Arvid. »Sehr wichtig.«

## Vierundachtzig

»Würdest du mich jetzt endlich losmachen?«

Zorns Stimme war rau. Sein Blickfeld beschränkte sich auf einen Halbkreis mit einem Durchmesser von knapp zwanzig Metern. Schröder stand am linken Rand am Geländer, die Hände in den Manteltaschen vergraben, den Kragen hochgeschlagen, den Blick auf den hilflosen Zorn gerichtet.

»Ich hab Scheiße gebaut«, keuchte Zorn. »Das mit dem leeren Akku war Mist. Ich wollte nach Luna Krupp sehen, hab eins auf die Rübe gekriegt und bin hier wieder aufgewacht. Dann … Scheiße, *bindest du mich jetzt los*?«

Schröder stand einfach nur da, wie eine Erscheinung in einem billigen Horrorstreifen. Stumm, reglos, umrahmt vom surrealen, fluoreszierenden Licht, das durch die hohen Fenster hereinfiel.

»Du kannst mir später erzählen, wie du mich gefunden hast«, sprudelte Zorn hervor. »Hier sind Kameras, der Wichser beobachtet uns. Der weiß bestimmt auch, dass du unten ein paar Leute verteilt hast. Der wird denen sicher nicht in die Arme laufen, aber …«, Zorn würgte, rang nach Atem, »mach erst mal den verdammten Kabelbinder ab. Ich krieg kaum Luft. Vielleicht ist es dir ja entgangen, aber … *ich bin gefesselt, Schröder*!« Er beugte sich so weit wie möglich vor, rüttelte mit den Handschellen am Geländer. »Also nimm gefälligst dein Handy und sag unten Bescheid, dass die jemanden hochschicken! Mit ’nem Bolzenschneider! Ich hab mir hier lange genug den Arsch abgefroren und …«

Schröder schüttelte den Kopf. Kaum merklich, nur daran zu erkennen, dass sich das bläuliche Licht etwas anders auf seiner Glatze spiegelte.

»Wie jetzt?«, japste Zorn. »Du bist alleine hier?«

Wieder flimmerte das Licht auf der Glatze. Ein Nicken.

»Okay«, schnaufte Zorn. »Dann ruf an und hol Verstärkung.«

Keine Reaktion.

»Das ist nicht mehr witzig, Schröder. Dir macht’s vielleicht Spaß, hier ’n bisschen Western zu spielen und den Typen alleine zu schnappen. Aber ich hab ’ne Scheißangst. Der taucht bald hier auf. Du kannst es von da drüben nicht erkennen, hier ist ein Timer. Schräg vor mir, auf dem Sims.«

Er bewegte schwerfällig den Kopf:

**01:12:28**

»Ich würde dir das Ding ja zeigen. Aber das geht nicht, ich kann die Arme nicht bewegen. Weil ich nämlich … GEFESSELT BIN!«

Die letzten Worte, aus vollem Hals gebrüllt, dröhnten zwischen den dicken Mauern.

»MACH MICH LOS!«

Zorn bäumte sich verzweifelt auf. Die Hacken seiner Stiefel trommelten auf den Boden. Die Stahlplatten bebten in den rostigen Schrauben, dumpfe Schläge donnerten umher, verloren sich weit unter ihnen in der Dunkelheit.

»JETZT SAG ENDLICH WAS! ICH DREH HIER GLEICH ...«

Zorns Stimme erstickte in einem Gurgeln, der Kabelbinder schnitt ihm die Luft ab. Er verrenkte den Kopf in dem vergeblichen Bemühen, Schröder direkt in die Augen zu blicken. Alles, was er sah, war ein untersetzter, rundlicher Schemen, der im blauen Lichtschein hinter dem Geländer zu schweben schien.

Zorn schluckte. Sein Kehlkopf bewegte sich unter dem scharfkantigen Plastik.

»Was passiert hier, Schröder?«

Keine Antwort.

## Fünfundachtzig

*13. September 2021*

Sie sitzen einander am Tisch gegenüber. Die Luft im Wohnwagen ist muffig und feucht, mischt sich mit dem Duft von Oskars Parfüm. Er hat Arvid ruhig zugehört. Nun räuspert er sich.

»Egal, was ich jetzt sage. Umstimmen kann ich dich nicht.«

»Nein.«

Oskar öffnet den oberen Mantelknopf. Regenwasser tropft von den Schößen, sammelt sich zu einer Pfütze unter dem Klapptisch.

»Ist es das wert?«

Arvid betrachtet schweigend den verbundenen Arm. Das Blut, das durch den Frottéstoff gedrungen ist, trocknet in rostfarbenen Flecken. Oskar beugt sich vor.

»Du willst weitergehen als jeder andere zuvor. Aber es ist sinnlos, wenn es nicht bemerkt wird.«

»Wahre Kunst braucht kein Publikum«, erklärt Arvid.

»Wem nutzt die Wahrheit, wenn sie niemand erfährt? Ein Kunstwerk muss gesehen werden, Arvid. Nur dann kann man es verstehen.« Oskar klingt fürsorglich. Doch seine Augen glitzern, als hätte er etwas gewittert. »Vertraust du mir?«

»Nein.«

Oskar schlägt enttäuscht die Augen nieder.

»Ich bin um die halbe Welt geflogen, um dir zu helfen. Ich habe dir Arbeit gegeben. Und eine Bleibe. Du hättest bei mir wohnen können, aber du hast diesen verrotteten Wohnwagen vorgezogen. Ich erwarte keine Gegenleistung, das weißt du. Du weißt, was ich mir … erhofft habe. Aber ich habe dich nie unter Druck gesetzt. Weil du mir nicht nur als Mensch etwas bedeutest. Ich selbst werde nie große Kunst schaffen, aber ich erkenne, wenn jemand dazu in der Lage ist. Jemand wie du, Arvid.«

Oskar lässt seine Worte einen Moment wirken.

»Du willst für deine Kunst sterben. Es zerreißt mir das Herz, aber ich akzeptiere das. Weil es das Größte ist, was ein Künstler tun kann. Die letzte, endgültige Konsequenz. Aber die Welt muss davon erfahren. Ansonsten wird man dich vergessen.«

Eine Windböe gräbt Schneisen in das Weizenfeld vor dem Wohnwagen. Die Kiefern knarren über dem Dach, Zweige schaben über die maroden Wände. Oskar sieht Arvid eindringlich an.

»Willst du das? Dass man dich vergisst?«

Darüber denkt Arvid eine Weile nach.

»Nein«, sagt er dann. »Will ich nicht.«

## Sechsundachtzig

»Warum sagst du denn nichts?«

Zorn klang ängstlich, fast flehend. Er wandte den Kopf, in der Erwartung, dass Schröder sich in Luft aufgelöst hatte. Doch der war immer noch da wie eine Fata Morgana, ein Trugbild, das an einen Geist aus einem *Ghostbusters*-Film erinnerte.

»Macht dir das Spaß?«

Stille. Nur ein stetiges Rauschen, das mit dem modrigen Luftzug aus der Tiefe empordrang. Der Atem eines uralten Gemäuers.

»Pass auf, Schröder.« Zorn holte tief Luft. »Wenn du mir nicht *sofort* sagst, was hier los ist, dann … dann schreie ich. Und zwar so lange, bis du …«

»Scht!«

Schröders Zischen ließ Zorn umgehend verstummen. Allerdings nur kurz.

»Okay. Und was machen wir jetzt? Abwarten und Tee trinken?«

Zorn rechnete nicht mehr mit einer Antwort. Was immer hier auch vorgehen mochte, Schröders Schweigen machte alles noch schlimmer. Zorn war nur um Haaresbreite von einem Nervenzusammenbruch entfernt, doch es half zumindest, die eigene Stimme zu hören.

»Ich hab 'ne Menge Mist gebaut. Aber was genau willst du mir heimzahlen?«

Zorn bewegte die Schultern. Verlagerte das Gewicht, so gut es ging. Sein Blick war auf den Timer gerichtet.

**00:56:32**

»Ich hab dich jahrelang behandelt wie den letzten Dreck. Hab dich durch die Gegend gescheucht und mir dabei die Eier geschaukelt. Ist es das?«

Zorns Stimme verhallte in der Dunkelheit.

»Nee«, korrigierte er sich selbst. »Ich hab mich zwar nie entschuldigt, aber du weißt, wie sehr mich das ankotzt. Was ist es dann?«

Wieder drehte er den Kopf in Schröders Richtung. Verrenkte den Hals, bis die Sehnen hervortraten.

»Weil ich dich damals gezwungen hab, diese Schwarten von … Wie hieß die noch? Jenny Vaatz?« Er überlegte kurz. »Genau. Du musstest die ganzen Schnulzenromane durchlesen. Das war ziemlich fies. Aber Frieda hat mir danach die Hölle heißgemacht. Und später, als ich deine Klamotten durchwühlt, Alberts Kolophonium geklaut und heimlich im Labor untersuchen lassen hab, das war auch 'ne miese Nummer. Du warst stinksauer, aber ich hatte recht.«

Zorn winkelte die Beine an, streckte sie wieder.

»Hat's was mit deinen Eltern zu tun? Als dein Vater gestorben ist, da hast du gelitten wie ein Hund. Du denkst vielleicht, ich hätte das nicht mitgekriegt, aber das hab ich. Ich hab nichts gesagt, weil du's nicht wolltest. Genauso wie mit deinem Onkel. Ich bin der Einzige, der weiß, was er mit dir angestellt hat, als du klein warst. Aber du hast selbst gesagt, dass du nie wieder drüber reden willst. Ich musste's dir sogar versprechen.«

Zorn hob lauschend den Kopf. Kein Anzeichen, dass Schröder schräg hinter ihm stand. Kein Knarren, kein Rascheln des Mantels. Nicht einmal sein Atem war zu hören.

»Mit Edgar kann's nichts zu tun haben«, überlegte Zorn weiter. »Klar, du durftest ihm manchmal keine Geschichte vorlesen, weil ich das machen wollte. Aber das dürfte wohl kaum ein Grund sein, mich … Scheiße, ich glaub, meine Füße sind abgefroren.«

Er verzog das Gesicht, bewegte die Zehen in den verdreckten Stiefelspitzen.

»Ich weiß, dass du 'n harter Hund bist, Schröder. Spätestens, seit du diesem Drecksack die Kniescheibe zerballert hast. Aber da ging's um Edgar. Nun sag schon.« Er hob die Stimme. »Was ist es jetzt?«

Irgendwo tropfte Wasser aus einem Rohr. Das ferne Plätschern erinnerte an die Geräusche in einer Tropfsteinhöhle.

Fünf Sekunden vergingen.

Zehn.

Zwanzig.

»Weil ich dich neulich verarscht hab?«, fragte Zorn über die Schulter. »Als ich gesagt hab, du wärst abgestumpft? Du bist drauf reingefallen und hast sogar irgendwelche dämlichen Wolken angeguckt. Das war fies, sorry. Aber du hast mich schließlich auch schon oft genug reingelegt. Weißt du noch, wie du mir den Klingelton verstellt hast? Wochenlang musste ich mir diesen ätzenden Schlager anhören, wenn jemand angerufen hat. Weil ich keine Ahnung hatte, wie man das rückgängig macht. Sogar Pferdefleisch hast du mich essen lassen.«

Zorn nagte an der Unterlippe.

»Egal, warum du sauer bist, ich entschuldige mich. Wenn ich könnte, würde ich jetzt vor dir auf die Knie gehen, aber das geht nicht. Es kommt nie wieder vor, versprochen. Ich werd mich auch dran halten, wie bei den Wortspielen. Da hab ich kein einziges mehr gemacht. Stimmt doch, oder?«

Zorn sammelte sich. Atmete tief ein, wieder aus.

»Wenn du schon nichts sagst«, bat er kläglich, »könntest du wenigstens den Kabelbinder um meinen Hals losmachen. Du hast doch den Nagelknipser am Schlüsselbund. Damit …«

Ein Brummen erklang. Schröder holte ein Handy aus der Manteltasche, hielt es ans Ohr. Zorn sah seine Wange im Widerschein des Displays, den schmalen, verkniffenen Mund. Schröder lauschte ein paar Sekunden und ließ das Telefon sinken, ohne etwas gesagt zu haben.

»Das … Das dürfte wohl kaum jemand aus dem Präsidium gewesen sein«, krächzte Zorn.

Schröder schüttelte stumm den Kopf.

»Pizza hast du bestimmt auch nicht bestellt.«

Ein weiteres Kopfschütteln.

»Ein Taxi vielleicht? Hast du …«

Schröder hob die Hand.

*Sei still.*

Zorn gehorchte.

Schröder kam auf ihn zu.

## Siebenundachtzig

*Drei Stunden zuvor*

»Danke, dass Sie sich herbemüht haben, Herr Kommissar.« Oskar Brava lief Schröder entgegen. »Ich wäre natürlich zu Ihnen ins Präsidium gekommen, aber …«

»Sie wollten mir etwas zeigen.«

Die Glastüren der Galerie schlossen sich hinter Schröder.

»Deshalb habe ich Sie angerufen.«

Brava klang aufgeregt, hektische Flecken blühten auf seinen feisten Wangen. »Also.« Schröder sah sich suchend um. »Worum geht's?«

»Bitte.« Der Galerist deutete einladend nach hinten zum Verkaufstresen und ging voraus. »Es ist mir immer noch peinlich, Ihnen nicht mit dem Bild weiterhelfen zu können«, sagte er über die Schulter. »Haben Ihre Kollegen etwas herausgefunden? Wie ich hörte, wird es im Labor untersucht, gibt es denn …«

»Ich bin nicht hier, um mit Ihnen über unsere Ermittlungsergebnisse zu sprechen.«

»Natürlich«, nickte Brava eifrig, zwängte sich hinter den Tresen, schob einen Stapel Kataloge zur Seite und beugte sich über einen Laptop. »Ich denke, das wird Sie interessieren.«

»Das sagten Sie bereits am Telefon.«

Schröder versuchte nicht, seine Ungeduld zu verbergen. Brava setzte die Lesebrille auf, tippte einen Befehl in die Tastatur. Seine Kopfhaut schimmerte im Licht der Deckenstrahler unter dem Scheitel, der das Haar teilte.

»Moment«, murmelte er und drückte ein paar weitere Tasten. »Ich bin technisch nicht sonderlich versiert«, ein entschuldigendes Lächeln, »aber … na bitte, da haben wir's.«

Er stützte sich mit der Hand neben dem Laptop ab, betrachtete den Bildschirm.

»Eine Sache noch, Herr Hauptkommissar.«

»Ich höre.«

»Dürfte ich Sie um Diskretion bitten?«

»Das entscheide ich später«, sagte Schröder, der nur die Rückseite des aufgeklappten Rechners sah.

»Wie Sie meinen.«

Brava sah Schröder über den Rand seiner Lesebrille an. Das Display spiegelte sich in fahl leuchtenden Rechtecken auf den randlosen Gläsern.

»Also?«

»Eigentlich«, sagte Brava, »handelt es sich nicht um eine Bitte.«

»Sondern?«

»Eine Forderung.« Der Galerist drehte den Laptop um hundertachtzig Grad. »Ich setze Sie ungern unter Druck. Aber ich fürchte, Sie haben keine Wahl.«

Schröder sah auf den Bildschirm.

»Ich muss Sie außerdem bitten, bei Ihrer Dienstelle anzurufen und Ihre Kollegen zu informieren, dass Sie für heute Feierabend machen«, fuhr Brava gut gelaunt fort. »Falls Sie das nicht schon getan haben. Danach übergeben Sie mir Ihr Handy. Und Ihre Dienstwaffe, falls Sie die bei sich tragen sollten.«

Die Gestalt auf dem Bildschirm bewegte den Kopf. Ein klägliches, blechernes Stöhnen drang aus den Lautsprechern.

»Ihr Kollege ist ein wenig … nun ja«, Brava nahm die Brille ab, »*derangiert*, würde ich sagen. Ansonsten ist er wohlauf. Im Moment jedenfalls. Das kann sich in der nächsten Sekunde ändern, Herr Hauptkommissar.«

Er schloss den Laptop.

»Muss es allerdings nicht.«

Bravas Lächeln wurde schief, verschob sich zu einem Grinsen.

»Vorausgesetzt, Sie tun, was ich sage.«

## Achtundachtzig

*13. September 2021*

»Du hast Großes vor, Arvid. Du schaffst es nicht allein. Nicht nur deshalb brauchst du Hilfe. Wir können es größer machen. Viel größer.« Oskar sieht Arvid an. »Ich kann mehr für dich tun.«

Draußen geht die Sonne unter. Die Dämmerung schwappt in den Wohnwagen wie schmutziger Nebel.

»Wir können es riesig machen, Arvid. Gigantisch.«

Arvid hat schweigend zugehört. Als er den Mund öffnet, besteht seine Frage nur aus einem einzigen Wort: »Wie?«

»Du hast die Vision. Ich kann sie wahr werden lassen.« Oskar nimmt Arvids Hand. Sein Blick ist besorgt, die Stimme samtig und weich. »Lass mich dir helfen.«

»Du?«

»Wahre Kunst steht über dem Gesetz, Arvid. Kennt weder Skrupel noch Moral.«

Arvid entzieht Oskar seine Hand.

»Du bist kein Künstler, Oskar.«

»Nein, bin ich nicht. Der Künstler bist du.«

»Und du?«

Oskar lehnt sich lächelnd zurück.

»Ich bin der, der keine Skrupel hat.«

Sein Lächeln wird breiter.

»Und keine Moral.«

## Neunundachtzig

Schröder beugte sich neben Zorn über das Geländer. Der grobe Mantelstoff schabte über Zorns Wange. Er bewegte den Kopf, der Kabelbinder presste sich in seinen Hals. Keuchend rang er nach Atem, hörte ein Klicken, im nächsten Moment ließ der Druck nach.

»Na bitte. Ich hab doch gesagt, dass du den Nagelknipser …«

Seine Worte gingen in einem Husten unter. Schröder ging in die Hocke, langte durch die Gitterstäbe. Metall klirrte leise, er griff Zorn unter die Achsel und zog ihn in die Höhe.

»Ach.« Zorn hob den Arm, betrachtete die verbliebene Hand

und bewegte die abgestorbenen Finger. »Den Schlüssel hast du also auch …«

Er verstummte. Schröder war zwei Schritte zurückgetreten. Zorn hatte ihm folgen wollen und bemerkte, dass dies unmöglich war. Ungläubig starrte er auf den anderen Arm. Die Handschelle schlang sich noch immer oberhalb des Stumpfes um das Gelenk. Das andere Ende war nun am Handlauf befestigt. Zorn war weiterhin gefesselt.

»Schröder.« Er senkte die Stimme, wie er's manchmal mit Edgar tat, um seinen Worten Nachdruck zu verleihen: »*Das ist nicht witzig.*«

Schröder sah ihn nur an. Zorn wich zurück. Zunächst wusste er nicht, was ihn mehr verwirrte, Schröders ausdruckslose, versteinerte Miene oder die Tatsache, dass er noch immer keinen Laut von sich gegeben hatte. Schlimmer, stellte er nun fest, waren Schröders Augen: leer, tot, milchig weiß. Das strahlende Blau war verschwunden, neutralisiert vom fahl flimmernden Licht.

»Ich will echt nicht drängeln, aber …«

Ein Blick zum Timer:

**00:44:17**

»… die Zeit wird langsam knapp, Schröder.« Zorn beugte sich über das Geländer. »Wie's aussieht, gibt's nur einen Weg hier hoch und … *Fuck*!«

Die Brille löste sich von seiner Nase.

»Na toll.«

Zorn richtete sich wieder auf, sah Schröder anklagend an.

»Das auch noch.«

Drei Sekunden Stille. Dann

*pling*

der Aufprall. Kaum zu hören.

»Du besorgst ’ne neue, Freundchen. Und zwar …«

Ein weiteres Brummen. Schröder holte das Handy aus dem Mantel.

Rüber auf die andere Seite. Ich will Ihre Hände sehen, immer. Und nicht vergessen: kein Wort. Kein einziges Wort.

Zorns Blick fiel auf das Telefon. »Das … Das ist nicht dein Handy. Woher …«

»Scht!«

Erneut gab Schröder ein tonloses Zischen von sich, hervorgepresst zwischen farblosen Lippen. Er verstaute das Telefon im Mantel. Wandte sich um und ging langsam davon, die Arme nach unten gestreckt, die Finger neben den Oberschenkeln gespreizt wie ein Cowboy kurz vor dem Duell.

Die Galerie erzitterte unter seinem Gewicht, die rostigen Metallträger unter den Stahlplatten knirschten. Seine Schritte hallten umher, tiefe, gespenstische Glockenschläge. Er stieg über die Klappe, unter der die Treppe auf dem Umgang endete und blieb genau gegenüber am Geländer stehen.

Zwischen ihnen gähnte der Abgrund, ein zwanzig Meter breites, bodenloses Loch. Die hohen Fenster um sie herum bildeten einen majestätischen Kreis, darüber, fünf Meter über ihren Köpfen, schloss sich das Gewölbe wie die Kuppel einer Kathedrale.

Zorn zwinkerte kurzsichtig. Das Licht schien von oben durch die beiden Fenster direkt hinter Schröder, ihn selbst sah er nur verschwommen, nur den Kopf, eine schimmernde, im Zwielicht schwebende Kugel.

*Komisch,* überlegte Zorn. *Die Schrift zieht sich um den halben Turm, ich hab’s vorhin noch gesehen. Eigentlich müssten viel mehr Fenster hell sein. Tja, kaum angebaut und schon wieder kaputt. Der Bürgermeister wird ganz schön sauer sein, da funktioniert höchstens noch ein Buchstabe.*

Dieser Buchstabe war ein O.

Was den Rest betraf, irrte sich Claudius Zorn. Doch wie sollte er auch ahnen, dass es sich nicht um einen technischen Defekt handelte, sondern um die Manipulation eines Künstlers, der sich *DER GROSSE HALO* nannte und kurz davor war, sein Werk zu vollenden?

## Neunzig

*15. September 2021*

»Du bist hoffentlich zufrieden, Henry.« Oskar Brava steht neben Gleizmann vor der Installation. »Arvid hat sich große Mühe gegeben, alles bestmöglich zur Geltung kommen zu lassen.«

Gleizmann antwortet nicht. Es ist ein schöner, spätsommerlicher Tag, zwei Tage vor der Ausstellungseröffnung. Die Sonne wirft ein gleißendes Rechteck durch das Oberlicht auf das Parkett, spiegelt sich in den verschlungenen Stahlröhren auf dem Podest.

Oskar nippt an seinem Rotwein. Er hat Gleizmann ebenfalls ein Glas angeboten, doch der hat abgelehnt.

»Eine Menge Leute von der Presse werden hier sein. Die Fachwelt ist gespannt auf das neueste Werk eines bedeutenden Künstlers der Gegenwart.«

Ein leiser, kaum hörbarer Unterton schleicht sich in Oskars weiche Stimme: Sarkasmus.

»Die Lokalpresse wird die üblichen Lobeshymnen schreiben. Aber es könnte sein, dass ein Kritiker einer großen Zeitung so etwas wie … Zweifel anmeldet. Und fragt, warum der große Henry Gleizmann so plötzlich seinen Stil ändert. Sich wundert, wo die Leichtigkeit der früheren Werke geblieben ist. Die Eleganz der Proportionen. Wer weiß?« Oskar hebt die Arme. Etwas Rotwein schwappt aus dem Glas. »Vielleicht bezeichnet er deine Installation sogar als belanglos? Mittelmäßig?«

Gleizmann lehnt mit verschränkten Armen an der Wand. Seine Augen werden schmal. Oskar betrachtet seufzend sein Glas.

»Jahrelang bin ich dir hinterhergelaufen, habe dich regelrecht bekniet. Dann hast du endlich eingewilligt. Du könntest in jeder großen Galerie ausstellen. Und doch hast du dich für eine … unbedeutende Provinzklitsche entschieden. Ich hab erst nicht verstanden, warum.«

Er sieht Gleizmann nachdenklich an.

»Das war kein Freundschaftsdienst. Es ist ein Test, sozusagen in kleinem Rahmen. Mir ist klar, dass dir mein Urteil nichts bedeutet, aber ich sag's dir trotzdem: Du bist am Ende, Henry. Wir wissen es beide.«

Gleizmann geht knurrend auf Oskar zu. Dieser leert seelenruhig sein Glas.

»Komm«, sagt er. Seine Zungenspitze fährt über die Mundwinkel. Die Lippen sind feucht vom Rotwein, glänzen, als wären sie blutig. »Ich will dir was zeigen.«

## Einundneunzig

»Ich komme mir ganz schön albern vor!«, rief Zorn. »Du etwa nicht?«

Noch immer rechnete er nicht mit einer Antwort, redete

nur gegen die Panik an. Was nicht viel brachte. Eigentlich gar nichts.

Er sah nach unten. Das Haar fiel ihm in die Stirn, er hatte das Gefühl, am Rand eines gigantischen Brunnens zu stehen. Ein paar Meter weit konnte er sehen im blau schimmernden Licht: die grob verputzte Wand, das letzte Stück der Treppe, die an der Innenseite der Mauer nach oben führte – eine verbogene Konstruktion, zusammengehalten von klappernden Nieten, im Gestein verankert von uralten, vom Rost zerfressenen Eisenträgern. Zorns Blick folgte der Treppe an der Wand entlang in die Tiefe, bis die Umrisse verschwammen und schließlich gänzlich verschluckt wurden von wabernder Schwärze, die einen seltsamen, magnetischen Sog zu haben schien. Übelkeit stieg in ihm auf, er trat zurück, bis die Handschelle am Armstumpf spannte, und wartete, dass der Schwindel sich legte.

»Was meinst du? Wie tief geht's hier runter? Vierzig Meter? Fünfzig?«

Schröder hatte sich nicht bewegt. Links neben ihm führte die Treppe in einem Bogen an den Fenstern entlang weiter in die Höhe und endete unter einer Klappe, die zur Aussichtsplattform führte. Zorn bemerkte noch mehr der blinkenden Lichter, kleine, rot blitzende Augen, die ihm zuzuzwinkern schienen. Er zählte insgesamt sechs. Ein halbes Dutzend Kameras, gleichmäßig zwischen den Fenstern verteilt.

*Er scheut weder Kosten noch Mühen, der gute Halo. Scheint, als würde er hier 'ne Hollywoodproduktion abziehen.*

Ein irres Lachen stieg in Zorns Kehle hinauf, er hatte Mühe, es zu unterdrücken.

*Zwei Bullen im klassischen Showdown. Der eine, ein fünfzigjähriger Trottel, hat keine Ahnung, welcher Film hier grad abläuft, weil er das Drehbuch nicht kennt. Der andere …*

*Tja.*

*Was ist mit dem anderen? Weiß Schröder, was hier …*

Wieder ein Brummen. Drüben, auf der anderen Seite des Abgrunds, hob Schröder das Handy ans Ohr.

*

Ich dachte, ich hätte mich deutlich ausgedrückt, Herr Kommissar: die Handschelle, in Ihrer linken Manteltasche. Welche Hand Sie festmachen, liegt in Ihrem Ermessen. Sie wissen, was Sie mit dem Schlüssel zu tun haben. Dasselbe tun Sie mit Ihrem Mantel.

*

Zorn lehnte sich über das Geländer. Er sah verschwommen, wie Schröder drüben in den Mantel griff. Metall funkelte. Ein Klirren.

»Also wegen mir musst du dich jetzt nicht auch noch … *Sag mal, hast du sie noch alle?!*«

Fassungslos beobachtete Zorn, wie Schröder mit einer beiläufigen Bewegung einen kleinen, silbrig glänzenden Gegenstand in die Tiefe fallen ließ.

»Das … Das war der verdammte Schlüssel!« Zorns Finger krallten sich um den Handlauf. »Wir sind beide gefesselt!« Seine Stimme überschlug sich. »Wie sollen wir hier jemals wieder …«

Zorn stieß einen Schrei aus. Einen furchtbaren Moment lang glaubte er, Schröder sei über das Geländer gesprungen. Doch es war nur sein Mantel, der in einem eleganten Bogen hinabtrudelte. Die Schöße blähten sich, die leeren Ärmel flatterten wie haltsuchend umher. Knöpfe klapperten, als der Mantel gegen die Mauer trieb, sich kurz am Treppengeländer verfing und schließlich verschwand.

»Tja, Freundchen.« Zorns Lachen klang schrill. »Du hast hoffentlich dicke Unterwäsche an. Obwohl …«

Er sah über die Schulter zum Timer.

**00:36:43**

»… ’nen Schnupfen wirst du dir wohl kaum noch holen.«

## Zweiundneunzig

*15. September 2021*

»Arvid hat sie mir gegeben.« Oskar klappt die Mappe mit den Entwürfen zu. »Du hast dich bei ihm bedient, Henry. Hast ihn ausgepresst wie eine Zitrone. Jetzt, wo nichts mehr da ist, bist du auf dich allein gestellt.«

Die Sonne ist weitergezogen, scheint schräg durch das Oberlicht über ihren Köpfen, blitzt draußen auf den getönten Scheiben des schwarzen SUVs, den Henry direkt vor der Galerie geparkt hat.

Oskar deutet auf die Installation im Nebenraum, schüttelt traurig den Kopf. »Man wird dich wahrscheinlich nicht in der Luft zerreißen, aber ich fürchte, deine großen Zeiten sind vorbei.«

»Leck mich«, zischt Henry. »Leck mich, du kleiner Wichser.«

Brava lächelt, als habe er ein Kompliment bekommen.

»Arvid hat mich gebeten, die Entwürfe aufzubewahren. Ihm ist völlig egal, dass du ihn betrogen hast. Er hat etwas anderes vor. Ich werde ihn unterstützen. Du solltest das auch tun. Aus zwei Gründen.«

Gleizmann runzelt misstrauisch die Stirn.

»Du weißt, was Arvid kann«, sagt Oskar. »Du selbst bist bedeutungslos, aber du kannst es ändern. Das ist der erste Grund.«

»Und der zweite?«

»Nun ja.«

Oskar verstaut die Mappe wieder im Safe. Schließt die dicke Stahltür und sieht Gleizmann vielsagend an. Dieser kennt die Antwort bereits. Seine Pupillen verengen sich unter den dichten Brauen.

»Wenn nicht, lässt du mich auffliegen.«

»Ungern, Henry. Sehr ungern.«

Oskar hebt bedauernd die Arme.

»Aber es stimmt. Ich würde keine Sekunde zögern.«

## Dreiundneunzig

Ich sehe, Sie haben Ihre rechte Hand gefesselt, wollen also die schwächere benutzen. Das ehrt Sie. Ich hoffe, Ihr Kollege weiß das nachher zu schätzen. Sie wirken ein wenig angespannt. Falls Sie …

Schröder unterbrach die Verbindung. Im nächsten Moment vibrierte das Handy erneut.

*Ich* bestimme, wann das Gespräch beendet ist! Wagen Sie es nicht, mich noch einmal zu unterbrechen! WAGEN SIE DAS NICHT! Konzentrieren Sie sich gefälligst auf Ihre Aufgabe!

Schröder schob das Handy in die Gesäßtasche der Cordhose. Ein Dröhnen wehte aus der Tiefe herauf. Er beugte sich über das Geländer und sah hinab. Die Handschelle schabte über den Handlauf. Gegenüber spähte auch Zorn nach unten, hob den Kopf und stierte aus glasigen Augen in Schröders Richtung. Bisher war er erstaunlich gefasst geblieben, doch er verlor zusehends die Nerven und begann wieder, die Panik mit wirrem Geplapper zu bekämpfen.

»Wir kriegen Besuch! Wird langsam auch Zeit, oder?«

Schröder sah, wie der Speichel aus Zorns Mund spritzte, ein feiner, blau schimmernder Nebel.

»Ich krieg langsam Hunger!«, schrie er herüber. »Du nicht? Hoffentlich hat er was zu essen dabei! Und was Warmes zu trinken!« Zorn lehnte sich vor, schirmte mit der Hand den Mund ab: »Am besten einen Tee, Halo! Und Schröders Mantel, den könntest du auch wieder mitbringen! Hier oben zieht's nämlich ganz schön!«

Schritte waren zu hören. Weit unten, am Fuß der Treppe.

»Also, Schröder. Lass uns noch mal überlegen, ja?«

Zorns Stimme zitterte, doch er mühte sich, sachlich zu klingen, als wären sie im stickigen Büro vor ihren Rechnern und nicht in schwindelerregender Höhe im Inneren eines verlassenen Wasserturms, an das marode Geländer einer Galerie gefesselt, die jeden Moment unter ihnen zusammenbrechen konnte.

»Vielleicht haben wir ja was übersehen? Oskar Brava haben wir ausgeschlossen. Der hat für die ersten beiden Morde ein Alibi. Als Arvid Walkow starb, war Brava in Konstanz. Und als Samuel Bleeck ermordet wurde, im Krankenhaus. Brettschneider hat das überprüft. Und wenn er sich geirrt hat? Nee«, gab Zorn sich selbst Antwort, »der lässt sich nicht so leicht verarschen.«

Die Schritte

*tap tap*

näherten sich.

»Gleizmann kann's auch nicht sein. Der war in Lissabon, als Walkow ermordet wurde. Na ja, wir werden's ja gleich erfahren. Und in spätestens …«, er sah über die Schulter, »neunzehn Minuten und zwölf Sekunden wissen wir auch, was er vorhat. Moment mal. Da fällt mir was ein.«

Seine Brauen senkten sich.

»*Du* weißt es schon lange.«

Er deutete mit dem Finger zu Schröder hinüber.

»Du hast mit dem telefoniert! Das war *sein* Handy!«

Wieder schirmte er den Mund mit der Hand ab.

»Du hast mir eins über den Schädel gezogen, danach hast du Schröder angerufen!«, rief er nach unten. »Und ihm gesagt, dass du mich kaltmachst, wenn er nicht tut, was du sagst!«

Zorn neigte lauschend den Kopf.

*Tap Tap*

»Stimmt doch!«, schrie er. »Oder? Halo? Was ist das eigentlich für'n idiotischer Name? *HALO!* Echt jetzt, das klingt völlig bekloppt!«

In seiner Panik reagierte er wie ein verängstigtes Kind, zog den Rotz durch die Nase hoch, beugte sich über das Geländer und spuckte hinab.

»DU KANNST MICH MAL!«

Die Schritte

*TAP TAP*

wurden lauter. Die Erschütterung pflanzte sich über die Treppe nach oben fort. Schröder spürte, wie die Stahlplatten unter seinen Schuhsohlen vibrierten. Zorn rief ihm zu, dass *der Wichser gleich da* sei. Die Haare hingen wirr vor den weit aufgerissenen Augen.

Schröder sah ihn zuerst. Er erschien ein paar Meter schräg unter Zorn auf der Treppe, lief gebeugt in einem Halbkreis vorbei nach oben. Das Neonlicht reflektierte auf dem weißen

Schutzanzug, sein Schatten huschte hinter ihm über die Mauer, dann verschwand er wieder unter dem Umgang. Seine Schritte

*TAP TAP*

näherten sich von links unten, dann erschien er in Zorns Blickfeld.

»Ha!«, brüllte der. »Wir wussten, dass du den Schutzanzug trägst! Und das mit den Arbeitsschuhen wussten wir auch! Nagelneu, aus dem Baumarkt! Tee hast du nicht mitgebracht, wie unhöflich! Was ist das, ein Seil?«

Zorn ging auf die Zehenspitzen und lehnte sich so weit wie möglich über das Geländer.

»Brava ist es jedenfalls nicht!«, rief er Schröder zu, »der ist viel dicker!«

Die Schritte

*TAP! TAP!*

stoppten direkt unter Schröder. Die Klappe wurde angehoben, eine Gestalt zwängte sich knapp zwei Meter neben ihm auf die Galerie. Scheppernd schloss sich die Luke wieder. Dreck wirbelte auf, Rost rieselte herab. Staub drang Schröder in die Augen.

Er blinzelte.

Zorn hatte recht, das war nicht Oskar Brava. Aber wer …

Das Handy vibrierte. Schröder nahm den Anruf entgegen:

Sie sehen verwirrt aus, Herr Kommissar. Haben Sie jemand anderes erwartet?

## Vierundneunzig

*Zweieinhalb Wochen zuvor*
*H wie Henry*

Samuel Bleeck ist pünktlich. Genau drei Minuten nach fünf kommt er um die Ecke, ein unscheinbares Männchen in grauer Windjacke und schlechtsitzenden Jeans. Sein Kopf ist gesenkt, der Blick auf den Kiesweg gerichtet. Eine Aktentasche schwingt an seiner Seite.

Henry Gleizmann bleibt noch ein wenig sitzen. Er hat keine Eile, die Bank ist etwas nach hinten versetzt. Der langgestreckte Park liegt leer und verlassen in der Dämmerung. Nur er, Bleeck und weiter hinten eine gebeugte Frau, die einen zerzausten Dackel hinter sich herzieht. Und irgendwo ein paar Kids, deren Gejohle vom verwahrlosten Skaterpark herüberdringt.

Bleecks Schritte nähern sich. Henry steht auf, zwängt sich hinter der Bank durch das Gebüsch. Feuchte Zweige streifen sein Gesicht, dann steht er auf dem brachliegenden Gelände. Er nimmt das Handy, startet die Wiedergabe:

*Mama.*

Viel zu leise. Er erhöht die Lautstärke.

*MAMA.*

Besser. Die Schritte verlangsamen sich vor dem Gebüsch.

*MAMA!*

Stoppen.

Henry schleicht durch knietiefes Unkraut zu einem verbeulten Regenfass. Die Kinderstimme schluchzt aus dem Handy. Er legt das Telefon ins Gras, geht hinter dem Fass in Deckung. Das Gebüsch teilt sich. Bleeck erscheint, die Aktentasche schützend vor das Gesicht gehoben.

*MAMA!*

Er sieht sich um. Die Windjacke ist feucht, Blätter kleben an den Schultern. Besorgt streift sein Blick über den herumliegenden Müll.

*MAMA!*

Es war Oskars Idee. Jeder Mensch wird einem weinenden Kind helfen, hat er gesagt. Er hatte recht.

*MAMA!*

Schwerfällig tapst Bleeck auf das Geräusch zu. Glasscherben splittern unter seinen Schuhen. Henry lugt über den Rand des Fasses, tastet nach der Eisenstange. Das obere Ende ist mit Stoff umwickelt. Bleeck soll betäubt werden, mehr nicht. Er braucht länger, als Henry gedacht hat. Da steht er, ein paar Meter entfernt, den Kopf lauschend erhoben. Hinter dem Gebüsch gehen die Laternen an.

*MAMA! MAMA!*

Endlich kapiert er, sieht nach unten.

Henry hat eine Idee. Grinsend duckt er sich hinter dem Fass, holt sein eigenes Telefon aus der Jacke und tippt ein paar Buchstaben ein. Als Samuel Bleeck sich bückt, schickt er die Nachricht ab.

*MAMA! MA*

Bleeck kniet im Gras, starrt auf das Handy:

*Hallo, Samuel* ☺

Ein ratloses Grunzen. Henry springt vor, die erhobene Stange in der Hand. Bleeck sackt bewusstlos zusammen. Henry fesselt und knebelt ihn, hievt ihn mühelos über die Schulter und läuft hinüber zum Auto. Der klapprige Kombi parkt ein Dutzend Meter entfernt vor dem Getreidesilo neben einem Stapel verrosteter Eisenträger. Er gehört einem Maurer, den Henry seit Jahren immer wieder für Ausbesserungsarbeiten an der Kirche engagiert. Er hat sich den Wagen schon oft geborgt.

Henry wirft Bleeck wie eine Puppe in den Kofferraum, setzt sich hinter das Steuer. Die Digitaluhr neben dem Tacho steht auf acht Minuten nach fünf. In zweieinhalb Stunden geht sein Flieger nach Lissabon.

Er startet den Motor, braust mit quietschenden Reifen davon.

Der Zeitplan ist eng, aber locker zu schaffen.

## Fünfundneunzig

Zorns Ohren dröhnten vom Nachhall der zugefallenen Luke. Der Ankömmling verschwand für einen Moment in einer Staubwolke, richtete sich neben Schröder auf. Direkt unter ihm löste sich ein großes Stück Putz um einen der Stahlträger, fiel lautlos in die Tiefe. Unwillkürlich begann Zorn, die Sekunden zu zählen. Als er bei drei war, dröhnte der dumpfe Aufprall herauf.

»Gleizmann kann's auch nicht sein!« Er stierte aus tränenden Augen hinüber. »Der ist mindestens einen Kopf größer!«

Die Gestalt im Schutzanzug wandte sich nach links, ohne Schröder eines Blickes zu würdigen und lief auf ihn zu. Der dünne, papierartige Stoff raschelte, flatterte um die schmalen Schultern, blähte sich über den schweren Stiefeln. Es stimmte, Henry Gleizmann war wesentlich größer. Auch in Bezug auf Oskar Brava schien Zorn sich trotz seiner Kurzsichtigkeit nicht zu täuschen, die Größe stimmte zwar ungefähr, doch unter dem Schutzanzug zeichneten sich die Konturen eines schlanken Körpers ab. Auch der Gang war anders, nicht watschelnd und plump wie bei Brava, sondern trotz der klobigen Schuhe leichtfüßig und elegant.

Die Gestalt

*… das kann nicht sein …*

kam näher, ohne erkennbare Eile. Sie trug Einweghandschuhe, die rechte Hand strich im Gehen sacht über das Geländer, in der anderen baumelte ein zusammengerolltes Seil. Zwischen dem Gummizug der Kapuze war nur ein schmales Oval des Gesichts zu erkennen. Das Haar war verborgen, doch Zorn wusste, wie es aussah. Nicht dünn, strähnig und hinter die Ohren gesteckt wie bei Oskar Brava. Auch nicht drahtig und schwarz wie bei Gleizmann. Sondern voll, lockig und

*… ich dachte …*

feuerrot.

*… sie wäre tot.*

Die Gestalt blieb stehen. Öffnete den Mund.

»Wie geht's Edgar?«

Zorn stieß ein unartikuliertes Krächzen aus.

»Ich hörte, er macht sich Sorgen um mich. Das ist nett.«

Luna Krupp schob die Kapuze aus der Stirn.

»Aber völlig unnötig, wie Sie sehen.«

## Sechsundneunzig

*Zweieinhalb Wochen zuvor*
*A wie …*

»… Arvid«, flüstert sie.

Luna steht dicht vor ihm. Der letzte, vierte Glockenschlag verklingt hinter ihnen über dem Markt. Sie lässt den Druckluftnagler sinken, sieht zu Arvid auf.

Er hängt über ihr an der mittleren Rathaustür. Laternenlicht fällt in schwefligen Streifen zwischen die dicken Säulen, die das

Vordach tragen. Sein nackter Körper ist vor Schmerzen verkrampft, jeder Muskel, jede Sehne spannt sich unter der bleichen, pergamentartigen Haut. Die Nägel ragen schimmernd hervor. Blut rinnt aus den Handgelenken, läuft über die Knöchel die Füße hinab und tropft von den Zehen auf den Boden. Dickflüssig, teerig. Dunkler, schwerer Wein.

»Arvid.«

Sie stellt sich auf die Zehenspitzen, hebt den Arm. Ihre Finger streichen über seine Wange. Behutsam, zärtlich. Er zittert, atmet schnaufend durch die Nase.

Das Klappen einer Autotür hallt über den Markt. Luna presst sich gegen eine Säule, späht um die Ecke: Der Streifenwagen parkt noch immer neben der Haltestelle, vom Nebel umwabert, glänzend im Lichtkegel der Laterne. Ein Polizist schält sich schwerfällig aus dem Sitz, reckt sich und schlürft Kaffee aus einem Pappbecher. Musik plärrt aus dem Autoradio herüber, ein alter Hit von Phil Collins. Der Uniformierte massiert sich gähnend den Rücken, seine Augen wandern müde an den Mauern des Glockenturms in die Höhe. Er wirft den leeren Becher in einen Papierkorb, steigt wieder in den Wagen. Als er die Tür schließt, dröhnt der Knall wie ein Pistolenschuss.

Hinter Luna saugt Arvid zischend die Luft ein. Sie dreht sich um, er deutet mit den Augen nach links. Luna versteht, zieht die Einweghandschuhe glatt, holt das Glas aus dem Rucksack und schraubt es auf. Taucht den Zeigefinger in das Glas und malt Arvids Zeichen an die Tür. Es war Oskars Idee, das Blut von Samuel Bleeck zu verwenden.

*Wir dürfen keine Spuren hinterlassen,* hat er gesagt. *Aber die Leute sind dumm. Wir müssen ihnen Hinweise geben, sonst verstehen sie nicht. Und wir müssen ankündigen, was geschehen wird. Damit es alle bemerken.*

Luna ist Arvid den ganzen Tag gefolgt. Als er mit dem Kreuz

durch die Stadt lief, war sie immer in seiner Nähe. Auch, als er dem kleinen, glatzköpfigen Polizisten den Timer gegeben hat. Unterwegs hat Luna ihn ein paarmal aus den Augen verloren, sie durfte nicht auffallen. Doch Arvid wusste, dass sie da war. Es gab ihm Kraft. Danach ist Luna nach Hause gegangen, vor zwanzig Minuten haben sie sich hier dann getroffen. Sie sind getrennt hergekommen. Nackt wäre Arvid aufgefallen, also hat er sich erst hier ausgezogen. Seine Sachen liegen zusammengefaltet in Lunas Rucksack.

Plötzlich huschen Scheinwerfer über die Fassade des Rathauses, tauchen das Eingangsportal für eine Sekunde in grelles Licht. Luna springt hinter der Säule in Deckung. Ein Taxi holpert über die Schienen, verschwindet hinter der Kirche. Sekunden später ist der Marktplatz wieder verlassen. Nur der Streifenwagen steht einsam am Fuße des alten Turms wie ein gestrandetes, im Nebel vergessenes Wrack.

Erneut tritt Luna dicht an Arvid heran. Nackt, mit ausgebreiteten Armen hängt er über ihr. Das Blut pulsiert in den Adern unter der fahlen, vernarbten Haut. Seine Finger krümmen sich wie gichtige Krallen über den Nägeln.

Luna legt den Kopf in den Nacken und sieht zu ihm auf.

»Arvid?«

Ihre Stimme, kaum mehr als ein Hauch.

»Es ist so weit.«

Sein Kinn ist auf die Brust gesackt. Das lange Haar flattert im Rhythmus seines hektischen Atems vor dem Gesicht.

»Willst du das wirklich tun?«

Er hebt den Kopf, der Stacheldraht blitzt auf seiner verschwitzten Stirn. Als er lächelt, spannt sich das schwarze Garn über seinem Mund. Blut strömt über seine Lippen, tropft auf die schmale Brust. Er bringt nur ein Krächzen zustande, doch sein Lächeln ist Antwort genug.

Luna holt das Messer aus dem Rucksack.

»Ich …«

Ein Schluchzen.

»Ich würde dich so gern noch einmal umarmen.«

Das darf sie nicht. Keine Spuren, hat Oskar gesagt. Nur Hinweise.

»Ich will das nicht, Arvid.«

Er krümmt sich, würgt eine Mischung aus Blut und Speichel hervor. Er kann nicht mehr sprechen, doch Luna liest seine Gedanken:

*Ich halte das nicht mehr lange aus, Luna. Gleich werde ich dich bitten, einen Krankenwagen zu rufen. Dann war alles umsonst, alles. Also TU ES! SOFORT!*

Sie blinzelt die Tränen aus den Augen. Das Messer blitzt in ihrer Hand, die Spitze nähert sich Arvids Bauch. Seine Haut spannt über den Rippen, bebt über dem wild pochenden Herzen.

Ihre Blicke treffen sich.

*TU ES, LUNA!*

## Siebenundneunzig

»Sie sagen ja gar nichts.«

Kein Wunder, dazu war Claudius Zorn auch nicht in der Lage. Luna Krupp bedachte ihn mit einem Blick, den Schröder unter normalen Umständen als *kessen Augenaufschlag* bezeichnet hätte. Aber was war hier schon normal?

»Ich dachte …«, Zorns Stimme klang spröde, »Sie wären …«

»… tot? Ach je.«

Ein weiterer Blick. Amüsiert diesmal, nachsichtig. Als wäre

Zorn einer ihrer Schüler, der sich beim kleinen Einmaleins verrechnet hat.

Sein Schädel dröhnte. Verzweifelt mühte er sich, seine Gedanken zu ordnen. Aber es schien aussichtslos wie der Versuch, einen aufgescheuchten Wespenschwarm in Reih und Glied antreten zu lassen.

*Sie trägt den Schutzanzug. Und die Arbeitsschuhe. Nagelneu. So, wie wir's vermutet hatten. Walkow kann sie ermordet haben. Gleizmann und Brava haben ein Alibi, ihres haben wir nicht überprüft. Aber Samuel Bleeck? Okay, der war kein Schwergewicht, aber sollte sie's tatsächlich geschafft haben, ihn über mehr als zehn Etagen auf das Hoteldach zu schleppen und da oben festzubinden? Theoretisch vielleicht, aber …*

»Sie sehen verwirrt aus, Herr Zorn.«

Wie beim letzten Gespräch fühlte sich Zorn unter ihren Blicken vier Jahrzehnte zurückversetzt, als wäre er zur Leistungskontrolle aufgerufen worden. Mit dem Unterschied, dass er nicht an einer mit Kreide verschmierten Tafel stand, sondern an ein baufälliges Eisengeländer gefesselt war, hinter dem es Dutzende Meter in die Tiefe ging.

*Wenn sie nicht tot ist …*

*IST SIE OFFENSICHTLICH NICHT.*

*… wer ist dann die rothaarige, gehäutete Frau?*

Er betrachtete ihre zierliche, vermummte Gestalt. Der weiße Anzug leuchtete wie im Schwarzlicht einer Diskothek. Die gab es wahrscheinlich in unterschiedlichen Größen, doch er war immer noch viel zu groß für eine zarte Frau wie Luna Krupp, ebenso wie …

*… die Schuhe. Klar, wir sind davon ausgegangen, dass er welche trägt, die ihm zu groß sind. Aber da war noch was. Nur was?*

Das Dröhnen in Zorns Kopf wurde lauter. Die Wespen mutierten zu einem Schwarm wütender Hornissen.

*Auf dem Stadtgottesacker. Die gehäutete Frau. Dieselben Fußspuren der Arbeitsschuhe, nur da waren sie …*

*KLEINER.*

*Stimmt. Und ich hab zu Schröder gesagt …*

Zorn stierte zur anderen Seite. Drüben hatte sich die Staubwolke gelegt, hing in trägen, bläulich oszillierenden Schwaden über dem Abgrund. Schröder stand am Geländer, den Handlauf umfasst wie ein Tourist auf nächtlicher Besichtigungstour.

*SCHRUMPFT DER KERL?*

*Genau. Ich hab mich gefragt, ob er kleiner wird. Das war natürlich Blödsinn, aber es könnte doch sein, dass …*

»Hier.«

Der Hornissenschwarm war im Begriff gewesen, sich zu verziehen. Doch Zorns Grübeln wurde von Luna Krupp unterbrochen, die ein Stück von dem Seil abgerollt hatte und ihm das Ende entgegenhielt.

»Äh … was?!«

»Anfassen. Und festhalten.«

»Was soll das?« Zorn starrte auf das Seil. »Üben wir jetzt Seemannsknoten?«

»Nehmen Sie's einfach in die Hand.«

»Warum?«

»Nun machen Sie schon.«

»Was wird das hier?«

Das Seil war mit grauem Kunststoffgewebe ummantelt und weniger als einen Zentimeter dick. Es schien elastisch zu sein, wie die Seile, die zum Spannen von Planen oder als Gurtspanner benutzt werden.

»Bungeejumping?« Zorn zog die Stirn in Falten. »Nee, dafür bin ich wirklich zu alt.«

»Sie sind witzig«, lächelte Luna Krupp. »Genau wie Edgar, das hat er offensichtlich von seinem Vater …«

»Lass Edgar aus dem Spiel!«, zischte Zorn. »Ich warne dich, sonst …«

»Was … *sonst*?«

Ihre Augen, das wusste Zorn, waren braun. Ein warmes, tiefes Braun, das an dunklen, heißen Kakao erinnerte. Jetzt, im unwirklichen Zwielicht wirkten sie schwarz. Und bedrohlich.

Das Seil pendelte in ihren Fingern. Das Kunststoffgewebe am Ende war um das Gummi ausgefranst. Einen halben Meter von der Schnittstelle entfernt bemerkte Zorn eine wurstartige, zehn Zentimeter lange Verdickung, die mit silbernem Textilklebeband umwickelt und an den Enden mit Schraubschellen um das Seil befestigt war. Es war nicht die einzige, ein zweites, ähnliches Gebilde war am anderen Ende des zusammengerollten Seils angebracht.

»Wir haben nicht ewig Zeit, Herr Zorn.«

Unwillkürlich wanderte sein Blick über ihre Schulter zu dem unscheinbaren Kästchen auf dem Fenstersims.

**00:12:52**

»Und wenn ich nicht will?«

»Sie *wollen*, Herr Zorn.«

Ein Schatten huschte über die Mauer. Wahrscheinlich ein Vogel, der draußen vor den hohen Fenstern durch die Nacht flog.

»Na los.«

Luna Krupp klang ungeduldig.

»Nee.« Wie zur Bekräftigung versteckte Zorn die verbliebene Hand auf dem Rücken. »Ich mach das nicht.«

»Das sollten Sie aber.«

Mit der einen Hand hielt Luna Krupp ihm das Seilende unter die Nase, die Finger der anderen trommelten auf dem Handlauf.

»Ich denke nicht dran.«

Erneut drang ein Brummen herüber. Aus den Augenwinkeln sah Zorn, wie Schröder in die Tasche der Cordhose griff.

*

Ihr Kollege ist dumm. Sie sind klüger, also sollten Sie ihn schleunigst überzeugen.

Die Verbindung wurde getrennt. Schröder ließ die Hand mit dem Telefon sinken, den Blick unverwandt hinüber auf Zorn gerichtet, der vor der jungen Frau im weißen Schutzanzug stand wie ein störrischer, verängstigter Junge.

»Ich denke nicht dran!«, wiederholte er. »Zuerst ...«

*

»... will ich wissen, was ...«

»Tu es!«

Zorn hob überrascht den Kopf.

»Ach!« Blinzelnd beugte er sich über das Geländer. »Der feine Herr kann wieder sprechen?!«

»Mach, was sie sagt!«, rief Schröder herüber.

»Und warum?«, schrie Zorn. »Warum sollte ich überhaupt auf dich hören? Du hast heute 'ne Menge toller Entscheidungen getroffen! Du hattest mich schon losgemacht, und dann«, er zerrte an der Handschelle, »bindest du mich wieder fest! Aber das reicht nicht! Nee, dich selbst musstest du ja auch noch fesseln, und den verfickten Schlüssel, den hast du weggeschmissen, weil den ja *keine Sau mehr braucht*!«

Wutschnaubend trat Zorn gegen das Geländer. Die Streben vibrierten, ein tiefes Dröhnen waberte auf, wie das Schwingen gigantischer, verstimmter Klaviersaiten.

»Bitte.« Schröder klang müde. »Tu es einfach.«

Luna Krupp folgte ihren Worten, nachsichtig lächelnd, als würde sie zwei streitenden Schülern lauschen.

»*Warum*, Schröder?«

»Weil du sonst stirbst!«

»Oh! Das ist ja was ganz Neues!« Zorn fuchtelte mit der freien Hand. »Stell dir vor, so was Ähnliches hab ich mir schon gedacht! Ich glaube nämlich nicht, dass unser gemeinsamer Freund *Halo*«, er bedachte Luna Krupp mit einer sarkastischen Verbeugung, »hier irgendwelche Fesselspielchen mit mir treiben will! Ich soll hier sterben, Schröder! Egal ob ich dieses verschissene Seil in die Hand nehme oder nicht!«

»Das ist richtig.« Schröder beugte sich ebenfalls über das Geländer. »Aber wenn du's nicht tust, sterben wir beide.«

## Achtundneunzig

*Zweieinhalb Wochen zuvor*
*L wie Luna*

Sie steht auf der kleinen Stahlbrücke, sieht hinab auf den lautlos dahinziehenden Fluss, einen sumpfigen Nebenarm, der sich zwischen Wiesen und Auenwäldern heranschlängelt, hinter ihr an der Altstadt vorbeifließt und sich einen Kilometer nördlich wieder mit dem Hauptarm vereint. Ihr Atem kondensiert in der Nachtluft, es riecht nach Schlamm und moderndem Herbstlaub. Vom Markt dringen entfernte Glockenschläge über die vom Tau feuchten Dächer.

Fünf Uhr.

Arvid ist seit einer knappen Stunde tot.

Luna schaut sich um. Kein Mensch weit und breit. Rechts von ihr mündet die Straße im weitläufigen Areal eines Autohauses. Laternenlicht blitzt hinter den Bäumen am Ufer. Weiter hinten, auf der Spitze eines über sechzig Meter hohen Schornsteins, dreht sich ein riesiges, in grellem Gelb leuchtendes VW-Logo langsam um die eigene Achse.

Luna streift den Rucksack ab, wirft ihn über das Geländer. Ein Glucksen, dann versinken Arvids Sachen, der Druckluftnagler und das Messer in den trüben Fluten. Konzentrische Wellen kräuseln das Wasser, irgendwo gackert eine aufgescheuchte Ente. Dann herrscht wieder Stille, unterlegt vom monotonen Rauschen der schlafenden Stadt.

Reglos bleibt sie stehen und beobachtet, wie die Wellen allmählich verschwinden, bis der Fluss wieder unter ihr liegt wie eine regennasse, frisch asphaltierte Straße. Ihre Augen sind verquollen, sie hat den ganzen Weg hierher geweint.

Ihr Handy vibriert in der Jackentasche. Luna meldet sich, ohne auf das Display zu sehen. Oskar ist seit zwei Tagen in Konstanz. Sie hat seinen Anruf erwartet.

»Ist alles glattgegangen?«

»Du willst wissen, ob Arvid tot ist? Ja, das ist er. Und um deiner nächsten Frage zuvorzukommen: Niemand hat mich gesehen.«

»Du klingst traurig.«

Sie wischt mit dem Handrücken die Tränen aus den Augen. »Ich habe Arvid gerade erstochen. Was erwartest du? Soll ich Luftsprünge machen?«

»Er wollte es so. Vergiss das nicht.«

Luna hat sich geweigert, natürlich hat sie das. Arvid hat sie nicht weiter bedrängt, diesen Part hat Oskar übernommen: Arvid will sterben, hat er zu ihr gesagt. Du bist der Mensch, dem er am meisten vertraut. Er wünscht sich, dass du ihm hilfst.

Wir wissen beide, dass er sich nicht umstimmen lässt. Also tu ihm diesen letzten Gefallen. Sonst wird er einen anderen Weg finden.

Es ist zugig auf der Brücke. Luna duckt sich fröstelnd, nimmt das Telefon in die andere Hand, rafft den fellbesetzten Jackenkragen am Hals.

»Henry hat mich vor ein paar Stunden aus Lissabon angerufen«, sagt Oskar. »Er hätte um ein Haar seinen Flieger verpasst. Es gab Probleme mit dem Auto.«

Ein Knacken dringt aus dem Hörer, Oskar beißt in etwas hinein. Luna sieht ihn vor sich, wie er über vierhundert Kilometer entfernt im Hotelzimmer auf dem Bett liegt: ein Kissen im Rücken, das Prepaid-Handy am Ohr, auf dem Schoß eine Tüte Erdnüsse aus der Minibar.

»Wo bist du?«, fragt er kauend.

»Auf der Brücke.«

»Hast du ...«

»Ja, alles liegt im Fluss.«

»Auch das Messer?«

»Ja.«

»Die Handschuhe?«

»Die auch.«

Luna presst die Lippen aufeinander, streicht über die Jacke. Die Handschuhe stecken noch in der Innentasche. Doch sie hat keine Lust, sich Oskars Vorwürfe anzuhören. Sie wird die Dinger später loswerden.

»Wir können uns nicht den kleinsten Fehler erlauben, Luna. Ich glaube nicht, dass dich um diese Zeit jemand beobachten wird, aber du musst vorsichtig sein.«

Lunas Blick wandert am linken Ufer flussaufwärts. Knapp hundert Meter entfernt erhebt sich die schlossähnliche Ruine einer seit Jahrzehnten verlassenen Brauerei zwischen den kahlen

Baumkronen im ersten, kaum zu erahnenden Grau des nahenden Morgens.

»Du hast die Arbeitsschuhe noch an?«, fragt Oskar.

»Natürlich.«

»Henry hat deine Stiefel neben dem Eingang zu den Kellern abgestellt. Zieh sie erst an, wenn du auf dem Rückweg bist. Und wirf die anderen in den Fluss. Es ist unwahrscheinlich, dass dort jemals nach Spuren gesucht wird, und in ein paar Wochen wird sowieso alles abgerissen. Trotzdem müssen wir aufpassen.«

Ein neuerliches Knacken, Oskars Zähne zerteilen eine weitere Nuss.

»Du musst nur die Fesseln kontrollieren. Henry hat Bleeck geknebelt, sieh nach, dass er nicht erstickt. Mehr musst du nicht tun. Ich bin morgen früh wieder zurück, dann sehe ich nach ihm und gebe ihm etwas zu trinken. Bis dahin wird er schon nicht verdursten. Ach ja, schau dir die Schnittwunde am Arm an. Henry sagt, sie wäre nicht tief, aber …«

Ein Kichern dringt aus dem Hörer.

»Henry hat schon eine Menge behauptet. Er hat die komplette Kunstwelt an der Nase herumgeführt, mich eingeschlossen. Ich traue ihm nicht recht.«

Luna antwortet nicht.

»Was ist mit dem Blut?«, fällt Oskar ein. »Hast du …«

»Ich hab's abgeholt, wie besprochen.«

Bevor Henry zum Flugplatz gefahren ist, hat er das Glas mit Samuel Bleecks Blut in einem Schließfach am Bahnhof deponiert. Das fand Luna übertrieben, sie kam sich vor wie in einem billigen Agentenfilm. Doch auch darauf hat Oskar bestanden.

»Hast du eine Taschenlampe?«

»Nein. Aber mein Handy.«

»Wie gesagt, du … Was war das?«

Auch Oskar hat die Sirene gehört. Luna hebt den Kopf. Der

Marktplatz ist von hier aus nicht zu sehen, nur eine schwefelfarbene Lichtkuppel, die sich weit hinten über den Villen am rechten Flussufer erhebt. Eine weitere Sirene jault auf.

»Sie haben Arvid gefunden.«

»Gut«, sagt Oskar.

Luna wendet sich wieder flussaufwärts. Betrachtet die majestätische Ruine, die großen, schwarz gähnenden Fenster in den maroden Mauern.

»Ich muss los«, sagt sie. »Es wird bald hell.«

»Du musst nur kurz nachsehen, ob alles in Ordnung ist. Danach ruhst du dich aus.«

»In zwei Stunden muss ich in der Schule sein.«

»Bist du sicher, dass du das schaffst?«

»Natürlich.« Luna verzieht das Gesicht. »Ich bin eine gute Lehrerin.«

»Du bist mehr als das. Viel mehr.«

Nebel weht von den Wiesen heran, treibt über den Fluss in Richtung Altstadt.

»Vergiss nicht: Du tust es für Arvid.«

*Und für mich*, denkt Luna und trennt die Verbindung.

## Neunundneunzig

»Und nun?«, rief Zorn. »Was wird jetzt, Schröder?«

Das dünne Seil spannte sich zwischen ihnen über dem Abgrund. Schröder hatte widerspruchslos zugegriffen, als Luna Krupp ihm das andere Ende in die Hand gedrückt hatte. Zorns Brille lag in Splittern zertrümmert irgendwo weit unter ihm auf dem Boden, also erkannte er nur verschwommen, wie Luna

Krupp sich neben Schröder bückte, die Klappe öffnete, durch die Luke zur Eisentreppe stieg und wieder nach unten ging.

»Ach, Sie verlassen uns schon?«, rief Zorn ihr nach. »Wohin denn so eilig? Die Party hat doch noch gar nicht angefangen!«

Er stierte zum Timer:

**00:06:15**

»Es geht gleich los, Frau Krupp!«

Keine Antwort. Nur das Dröhnen der schweren Schuhsohlen auf den Stufen.

»Kannst du mir vielleicht erklären«, Zorn wandte sich wieder an Schröder, »was wir hier eigentlich machen? Tauziehen?«

Das Seil war straff gespannt, doch ohne größere Anstrengung zu halten.

»Und diese Dinger!« Zorn starrte auf den Wulst, der einen halben Meter von seiner Hand entfernt am Seil befestigt war. »Was soll das sein? Sieht aus wie 'ne mit Klebeband umwickelte Salami!«

Sein Blick wanderte am Seil entlang hinüber zu Schröder. Dieser stand so dicht am Geländer, dass sich die Streben in seinen Kugelbauch pressten. Die gefesselte Hand umklammerte den Handlauf, mit der anderen hielt er das Seil, den Arm in Zorns Richtung gestreckt wie ein kleiner, glatzköpfiger Fechter in abgetragener Cordhose, kariertem Hemd und grauem Strickpullunder.

»Wir haben ja schon viele bekloppte Spielchen probiert, aber das hier«, Zorn lehnte sich nach hinten, zog das Seil zu sich heran, »übertrifft alles! Echt jetzt, ich …«

»Nicht!«, hallte Schröders gepresste Stimme herüber.

»Was … *nicht*?«

Das Gummi dehnte sich, vibrierte über dem Abgrund.

»Nicht ziehen!«

»Ach, und warum?«

»Weil ich sonst loslasse!«

»Na und? Dann …«

»HÖR AUF!«

Zorn gehorchte, streckte ebenfalls den Arm über das Geländer. Das Seil entspannte sich, während sie einander gegenüberstanden wie Pistolenschützen beim Duell.

»Schröder.« Zorn zwang sich, ruhig zu klingen. »Was geht hier vor?«

Luna Krupps Schritte verhallten unter ihnen. Wie vorhin schüttelte Schröder den Kopf, wieder reflektierte das Licht blau schimmernd auf seiner Glatze, diesmal viel stärker, als würde er …

*Er schwitzt. Es ist saukalt, warum schwitzt er?*

Schröder hatte Angst. Diese Erkenntnis war schlimmer als alles andere, denn *ängstlich* hatte Zorn ihn noch nie erlebt. Schröder wusste, was ihnen bevorstand. Dass er's nicht sagte, musste einen Grund haben (*alles*, was Schröder tat, hatte einen Grund), doch tröstlich war das nicht, im Gegenteil, es machte Zorn nur noch wütender. Früher hatte er diese Wut an Schröder ausgelassen, bis ihm klargeworden war, was der kleine Mann ihm bedeutete. Jetzt, Jahre später, tat er's wieder. Zum einen, weil er kurz davor war, den Verstand zu verlieren. Zum anderen, weil niemand anders da war.

»Weißte, was?« Zorns hysterisches Lachen echote zwischen den dicken Mauern. »Ich hab die Schnauze voll! Dir macht das alles vielleicht Spaß, aber *mir*«, er hob die Faust mit dem Seil, »wird das zu blöd! Ich lasse jetzt los!«

Ein Wummern erklang, weit unten fiel eine schwere Tür ins Schloss.

»Hörst du das?« Zorn stierte in die Tiefe. »Madame Krupp

geht nach Hause! Ich glaube, ich mache mich jetzt auch langsam …«

»Tu es!«, schrie Schröder plötzlich. »Lass los!«

Zorns Augen weiteten sich perplex.

»Tu es!«, wiederholte Schröder, noch lauter als zuvor. »Jetzt!«

Das Seil straffte sich.

»Mach schon!«

Schröder trat zurück.

»LASS LOS!«

Zog mit aller Kraft.

»SOFORT!«

Instinktiv wehrte sich Zorn, seine Finger umklammerten das Seil. Ein trockenes Knacken erklang, gefolgt von einer blechernen Stimme, die den verbissenen Kampf beendete, bevor er begonnen hatte.

Ich muss doch sehr bitten, Herr Kommissar. Wir haben eine Abmachung.

Die beiden hoben die Köpfe. Zorn kannte den unsichtbaren Sprecher, dessen Stimme gelassen, ein wenig amüsiert aus einem Lautsprecher drang, der irgendwo über ihnen unter der Kuppel befestigt war.

Bisher haben Sie sich daran gehalten. Das sollten Sie auch weiterhin. Sie haben es vorhin selbst erwähnt: Wenn nicht …

## Einhundert

*O wie Oskar*

»… werden Sie beide sterben.«

Er schaltet das Mikro des Laptops wieder stumm, lehnt sich zurück, die Augen hinter der randlosen Brille auf das Display gerichtet, auf dem sich sechs Fenster mit den gestochen scharfen Bildern der Kameras verteilen.

Es ist dunkel in der Galerie, die Punktstrahler sind ausgeschaltet. Oskar Brava sitzt im bleichen Widerschein des Monitors hinten am Tresen. Die feisten Wangen sind gerötet, sein Atem geht schwer.

Es ist so weit, endlich. Lange, sehr lange hat er auf diesen Moment gewartet.

Er lauscht der schnarrenden, durch die kleinen Lautsprecher verzerrten Stimme des langhaarigen Kommissars, der seine hysterische Litanei wieder fortsetzt: *WAS IST HIER LOS, SCHRÖDER? DAS WAR BRAVA! WAS WILL DIESES FETTE ARSCHLOCH? WAS*

Oskar schaltet den Ton aus.

»Fettes Arschloch?«, murmelt er. »Wart's nur ab, Freundchen. Ich werde dir gleich Manieren beibringen.«

Der Mann ist dumm, Brava weiß es seit dem Moment, als er das erste Mal in die Galerie kam. Im Gegensatz zu seinem Kollegen. Der hat vorhin sofort verstanden, dass er keine Wahl hat.

Brava tippt auf die Tastatur. Das Fenster mit der Nahaufnahme von Kommissar Schröder vergrößert sich, füllt den Bildschirm. Schweiß strömt über sein rundes Gesicht. Die blitzenden Augen sind schmal, hinüber zu seinem lamentierenden

Kollegen gerichtet. Er schüttelt den Kopf. Sein Mund, ein farbloser Strich, öffnet sich:

*Sei still!*

Oskar liest die Worte von seinen Lippen ab.

*Festhalten!*

Er ist nicht nur klug, sondern auch stark. Doch selbst er hätte eben beinahe die Nerven verloren. Er hat gehofft, alles verhindern zu können. Als ihm klarwurde, dass das nicht möglich ist, wollte er es vorzeitig beenden. Gut, dass er zur Vernunft gekommen ist.

Brava klickt auf die Maus, zoomt näher. Er sieht die rötlichen Bartstoppeln auf den verschwitzten Wangen des kleinen Kommissars, die pochenden Adern an den kahlen Schläfen. Die Pupillen bewegen sich unter den halbgesenkten Lidern, sein Blick wandert umher. Nach links, rechts, hinauf zur Kuppel.

*Du suchst immer noch einen Ausweg.*

Brava lächelt still in sich hinein.

*Such nur weiter, Herr Kommissar. Es ist sinnlos.*

Ein Mausklick, das Bild reiht sich wieder zwischen die anderen Fenster. Blaugrau schimmernde Vierecke, auf denen die perfekt choreographierte Szenerie unter dem Dach des gigantischen Kolosses aus unterschiedlichen Perspektiven zu sehen ist: zwei einsame Gestalten, die einander auf einem schmalen, ringförmigen Umgang in schwindelerregender Höhe gegenüberstehen.

Brava nickt zufrieden, schaltet den Ton wieder ein.

Das Rauschen im Inneren des alten Gemäuers dringt aus den Lautsprechern. Dazu der keuchende Atem des Langhaarigen und ab und zu ein Klirren, wenn er an der Handschelle zerrt. Kommissar Schröder gibt keinen Laut von sich.

*Gut so. Sehr gut.*

Auch Oskar hat zunächst versucht, Arvid von seinem Plan abzubringen. Zum einen, weil er seit Jahren in ihn verknallt war.

Zum anderen, weil Arvid sich irrte. Sein Tod würde die Kunstwelt nicht aufrütteln. Allenfalls ein paar Wellen schlagen, mehr nicht. Doch je mehr Oskar darüber nachdachte, desto deutlicher wurde ihm das Potenzial: Wenn er Arvid schon nicht für sich haben konnte, warum sollte er ihn nicht *benutzen*?

*Kunst muss endgültig sein,* hatte Arvid gesagt. *Endgültig ist nur der Tod.*

Aber warum sollte sein Tod nicht ein Anfang sein? Der Auftakt für weitere Aktionen? Eine spektakulärer als die andere? Rätselhaft und nicht zu erklären, weil sie nicht das Werk eines Einzelnen sind, sondern das einer Gruppe, die im Verborgenen bleibt?

*Du musst nicht entscheiden, von wem du dir helfen lässt,* hat Oskar zu Arvid gesagt. *Zwischen Henry, Luna oder mir. Wir alle werden unsere Fähigkeiten bündeln, unsere Talente vereinen.*

Oskar hat von dem Mythos geschwärmt, den sie gemeinsam erschaffen werden. Eine Legende, die sich aus den Anfangsbuchstaben ihrer Vornamen zusammensetzt:

*DER GROSSE HALO*

So hat es Oskar versprochen.

Es war die Wahrheit.

Allerdings nicht die ganze.

Arvid hat geglaubt, dass außer ihm niemand sterben wird. Dieses Detail hat Oskar verschwiegen, ansonsten hätte Arvid niemals eingewilligt. Doch genau darin lag der Sinn:

Nicht *ein* Toter, sondern vier: Arvid, der Schmerzensmann, gestorben für seine Kunst. Samuel Bleeck, von allen vergessen, durch seinen Tod endlich von der Welt wahrgenommen. Die Frau auf dem Friedhof, gestorben, um ein geschändetes Kunstwerk heller erstrahlen zu lassen als jemals zuvor. Und jetzt, endlich, der krönende Abschluss. Das große Finale, das alles …

*Schröder?*

Wieder dringt die blecherne Stimme des Langhaarigen aus den Lautsprechern.

*Was immer hier auch gleich passiert …*

Er klingt verzagt.

*Ich … Ich hab dich lieb.*

Oskar klickt auf das Fenster mit der Nahaufnahme. Kommissar Zorns dunkle Augen flackern. Er hat sich die Unterlippe blutig gebissen. Als Kommissar Schröder ihm antwortet …

*Ich weiß, Chef.*

… hellt sich sein vernarbtes Gesicht ein wenig auf. Schräg hinter ihm ist der Timer auf dem Sims zu erkennen:

**00:01:23**

Oskar strafft sich.

Es wird Zeit. Zeit für das O. Den letzten Buchstaben. *Seinen* Buchstaben, der bereits über der Stadt leuchtet und durch die hohen Fenster in den Turm hereinstrahlt.

Er sammelt sich kurz.

Dann öffnet *DER GROSSE HVLO* das Mikro.

»Es wird Zeit, meine Herren. Bevor wir anfangen …«

# SCHLUSSAKT

## Das Opfer

Du musst mich töten, sonst sterbe ich!
*(Mission Impossible)*

## Einhunderteins

»… sollte ich die Situation noch einmal zusammenfassen. Sie, Kommissar Schröder, wissen ja Bescheid. Aber Ihr Kollege scheint mir noch ziemlich verwirrt. Wir sollten ihn aufklären, finden Sie nicht? Er fragt sich bestimmt, was unter dem Klebeband an den Seilenden befestigt ist. Es handelt sich um Sprengstoff. Jedem, der halbwegs mit den physikalischen Gesetzen vertraut ist, dürfte klar sein, was passiert, wenn einer von Ihnen loslässt.«

Zorn hört die Worte, scheppernd und dröhnend laut. Der Inhalt allerdings erschließt sich ihm nur nach und nach. Seine Finger umklammern das Seil, das raue Gewebe reibt auf der Innenseite der Hand. Das ist unangenehm, aber auszuhalten.

»Sie befinden sich in exakt zweiundvierzig Meter Höhe. Der Umgang, auf dem Sie stehen, diente ursprünglich zur Wartung des Wassertanks, der früher direkt unter Ihnen befestigt war. Sie haben sicherlich bemerkt, dass das Seil sehr elastisch ist. Theoretisch ließe es sich deutlich straffer spannen, doch die Länge ist so berechnet, dass jeder von Ihnen in der Lage sein sollte, den Zugkräften eine Weile standzuhalten. Je länger Ihnen das gelingt, desto besser. Wenn einer von Ihnen loslässt, wird das Seil sich zusammenziehen, das Ende auf das gegenüberliegende Geländer prallen und den Zünder auslösen. Auch dies wurde genau geprüft. Am Gebäude selbst dürfte der Sprengstoff keine größeren Schäden anrichten. Aber die Menge ist ausreichend, um auf kurze Distanz einen Menschen in Stücke zu reißen. Es gilt also, eine Entscheidung zu treffen, meine Herren. Einer von

Ihnen wird überleben. Er muss nur loslassen. Wenn er das tut, tötet er den anderen.«

Gänsehaut kriecht Zorns Rücken hinauf, gleichzeitig bricht ihm der Schweiß aus. Bravas Worte, reflektiert von den meterdicken Mauern, hallen umher wie die sonntägliche Predigt eines unsichtbaren Priesters in einer verlassenen Kathedrale. Brava müht sich, gelassen zu klingen, doch da ist ein Glucksen in seiner Stimme, als würde er jeden Moment in ein triumphierendes Lachen ausbrechen. Wie ein Kind, das versucht, seine Aufregung zu verbergen.

»Demjenigen, der überlebt, sichere ich freies Geleit zu. All dies habe ich Kommissar Schröder bereits ausführlich erläutert. Ich hoffe, dass auch sein Kollege jetzt endlich verstanden hat, worum …«

»Fick dich!«, schreit Zorn.

»Ich habe mit dieser Reaktion gerechnet, sie entspricht Ihrem Niveau.«

»FICK DICH, DU AUFGESCHWEMMTER BASTARD!«

»Sie sollten Ihr Verhalten noch einmal überdenken, denn in exakt dreiundzwanzig Sekunden starte ich die Aufnahme. Egal ob Sie überleben werden: Selbst jemand wie Sie dürfte wohl kaum ein Interesse daran haben, der Nachwelt als hysterisch kreischendes Nervenbündel in Erinnerung zu bleiben.«

Ein Kichern scheppert aus den Lautsprechern.

*Der filmt uns,* denkt Zorn. *Klar, der braucht Öffentlichkeit.*

Die Zahlen flimmern über das Display des Timers.

**00:00:22**

»Du erzählst Scheiße!«, ruft Zorn. »Wir beide wissen, wer du bist! Und wir wissen, dass die verfluchte Luna Krupp dabei ist! Du wirst uns *beide* hier verrecken lassen! Weil wir dich sonst nämlich jagen werden! Und zwar so lange, bis wir deinen aufgeschwemmten Arsch …«

»Ich halte mein Wort, denn es gehört zur Inszenierung. Danach werde ich verschwinden. Sie können sicher sein, dass niemand mich finden wird. Jetzt, meine Herren, ziehe ich mich zurück. Ich bin nur der Regisseur. Es wird Zeit, Ihnen die Bühne zu überlassen. Ihr Publikum wird riesig sein. Enttäuschen Sie es nicht.«

Ein hohles Knacken. Scheinwerfer, kreisförmig zwischen den Kameras angebracht, flammen auf. Zorn schließt geblendet die Augen.

»Ich sollte Ihnen noch den Titel verraten. Er mag ein wenig pathetisch klingen, doch er trifft die Bedeutung des Stückes am besten. Ich nenne es …«

Die roten Lichter an den Kameras erlöschen. Als sie wieder aufflackern, ist das Blinken in ein stetiges Leuchten übergegangen.

»… *Leben und Tod.*«

Ein weiteres Knacken, diesmal aus den Lautsprechern. Brava hat das Mikro ausgeschaltet.

Zorn steht mit gesenktem Kopf am Geländer. Der Handlauf presst den Gürtel gegen seinen Bauch. Er bewegt die ausgestreckte Hand, erst nach links, dann nach rechts, als würde er eine Wünschelrute tragen.

»Schröder?«

»Ja?«

Das Seil pendelt zwischen ihnen über dem Abgrund.

»Du wolltest dich für mich opfern«, sagt Zorn ruhig. »Hast du wirklich geglaubt …«

*

»... dass er mich gehen lässt?«

Zorn sieht müde aus, resigniert. Wie ein alter, erschöpfter Mann. Seine Augen allerdings erinnern Schröder an ein Kind. Nicht weil sie denen von Edgar ähneln, es liegt an Zorns Kurzsichtigkeit. Aus leeren, geröteten Augen starrt er herüber, er wirkt schutzlos, verängstigt.

»Es ist besser, wenn wir so wenig wie möglich reden«, sagt Schröder.

»Ja«, sagt Zorn, »so wenig wie möglich.«

Schröder verlagert sein Gewicht auf das andere Bein.

Nein, *geglaubt* hat er Brava natürlich nicht. Doch es bestand zumindest theoretisch eine Möglichkeit, anfangs, als Zorn noch nicht wusste, wer hinter alldem steckt. Deshalb hat Schröder geschwiegen; solange Zorn die Hintergründe nicht kannte, hatte er eine Chance. Als Luna Krupp unmaskiert aufgetaucht ist, hat sich diese Hoffnung zerschlagen. Auch Brava hat nicht versucht, seine Identität zu verbergen. Er hasst Zorn. Schröder hätte wissen müssen, dass er diesen Triumph bis zum Letzten auskosten würde.

»Eigentlich«, sagt Zorn, »ist es gar nicht so schlimm.«

Es klingt nicht wie eine Frage, ist aber so gemeint. Zorn fürchtet sich. Er braucht Zuspruch. Sucht nach Trost, Worten wie: *Klar, wir kriegen das schon hin, Chef. Es gibt immer einen Ausweg.*

Aber den gibt es nicht. Es wird Stunden dauern, bis es hell wird. Niemand wird hier nach ihnen suchen. Man wird bemerken, dass die Leuchtschrift am Turm nicht funktioniert, irgendwann wird ein Monteur kommen. Aber wann? Am Vormittag? Mittags? Abends? In sechs Stunden? Acht? Zehn? Kein Mensch kann das so lange durchhalten.

Schröder richtet den Blick auf das Seil. Die Haut strafft sich über den Knöcheln der linken Hand. Sein Nacken ist verspannt, die linke Schulter tut weh. Irgendwann werden die Krämpfe einsetzen. Dann könnte er das Seil kurz mit der gefesselten Hand halten, um die andere zu entlasten. Zorn hat diese Möglichkeit nicht.

»Schröder?«

Zorn erträgt die Stille nicht.

»Als du gekommen bist«, ruft er herüber, »da hätten wir abhauen können! Warum haben wir's nicht gemacht?«

Dafür gibt es mehrere Gründe. Oskar Brava ist verrückt, aber nicht wahnsinnig. Er hat jedes Detail bedacht. Schröder musste ihm sein Handy geben, danach hat Brava ihn gründlich durchsucht *(nehmen Sie's nicht persönlich, ich muss sichergehen, Herr Kommissar.)* Später ist Luna Krupp in der Galerie aufgetaucht, als sie Schröder in dem klapprigen Kombi zum Wasserturm fuhr, hat sie kein Wort gesagt. Auch das Prepaid-Handy hat sie ihm schweigend in die Hand gedrückt. Es wäre ein Leichtes gewesen, die junge Frau zu überwältigen, doch auch das hatte Brava – natürlich – bedacht.

Mit unverhohlenem Stolz hat er seine Technik präsentiert *(die Kameras sind der letzte Schrei, glauben Sie mir)*, er hat eines der Bilder herangezoomt, und Schröder erkannte, dass Zorn nicht allein im Turm war.

*Sehen Sie die Pistole, Herr Kommissar? Ein Wort von mir genügt. Er wird nicht zögern, sie zu benutzen. Also seien Sie nett zu Frau Krupp. Wenn nicht, ist Ihr Kollege sofort tot.*

Zorn sieht fragend hinüber. Er zwinkert, die Scheinwerfer blenden ihn. Sein Gesicht wirkt eingefallen, käsig im grellen Licht.

»Warum?«, wiederholt er.

Schröders Blick fällt schräg nach unten. Bisher hat er vermieden, dorthin zu sehen. Auch jetzt tut er's nur kurz.

Zorn kann den Mann nicht sehen, er steht direkt unter ihm

auf der Eisentreppe. Dort war er bereits, als Schröder heraufgestiegen ist. Der Mann musste sich an die Wand pressen, um auf der schmalen Treppe Platz zu machen. Als Schröder sich an ihm vorbeizwängte, hat er keine Miene verzogen.

Weder Luna Krupp noch Brava haben Zorn hier heraufgeschleppt, sie sind nicht kräftig genug. Mit dieser Vermutung lag er richtig. Auch die Frage, die Zorn nach dem dritten Mord gestellt hat …

*Schrumpft der?*

… war zwar (wie häufig) nicht sonderlich intelligent gewesen, doch ohne es damals zu ahnen, hatte er den wunden Punkt ihrer Ermittlungen getroffen.

Sie hatten nach *einem* Mörder gesucht. Angesichts dieser monströsen Mordserie hatte das auf der Hand gelegen. Mit dem Auftauchen von Luna Krupp hat sich gezeigt, dass es einen zweiten gibt.

Zorn geht noch immer davon aus, schließlich sieht er nicht, wer da direkt unter ihm an der Mauer lehnt, ebenso wie Luna Krupp in einen weißen Tyvekanzug gekleidet, die Arme vor der Brust verschränkt, Gesicht und Kopf im Schatten des Umgangs verborgen.

Der Dritte im Bunde.

Der Mann, der dabei war, als Luna Krupp Zorns Nachricht auf ihrer Mailbox abgehört hat und somit wusste, dass Zorn nach ihr sehen würde. Der ihn niedergeschlagen und hier heraufgeschleppt hat, ebenso mühelos, wie er vor anderthalb Wochen Samuel Bleeck auf das Hoteldach getragen hat.

Henry Gleizmann hat sich lange geweigert, einen Menschen zu töten. Es hat nichts genutzt.

Oskar Brava kann sehr, sehr überzeugend sein.

## Einhundertzwei

*Zwei Wochen zuvor*

»Vergiss es, Oskar. Ich mache das nicht.«

Gleizmann steht telefonierend im Keller der Brauerei vor der Stahltür. Er muss den Kopf unter der niedrigen Decke einziehen. Es stinkt nach Pisse, Fäulnis und dem nassen Putz, der von den bemoosten Wänden bröckelt und den Boden des Ganges bedeckt.

»Doch«, erwidert Oskar, »das wirst du.«

Sie schweigen einen Moment. Gleizmann lauscht dem statischen Rauschen der Leitung und dem rhythmischen Piepsen der Überwachungsgeräte, die Oskars Herztöne aufzeichnen.

»Ich habe Bleeck niedergeschlagen«, knurrt Henry. »Ich hab ihm das verdammte Blut abgenommen. Ich werde ihn heute Nacht zum Hotel bringen und oben festbinden. Es war nie die Rede davon, ihn zu töten.«

»Aber das musst du. Wen interessiert schon ein gefesselter, ohnmächtiger Mann? Damit kommen wir höchstens in den Lokalteil.«

»Ich bringe ihn nicht um.«

»Vergiss Arvids Mappe nicht, Henry.«

Das Lächeln in Oskars Stimme ist nicht zu überhören.

»Steck dir die verdammte Mappe in den Arsch! Weißt du, was? Geh von mir aus an die Öffentlichkeit, das ist mir SCHEISSEGAL!«

»Das könnte ich«, erwidert Oskar. »Wahrscheinlich würde ich dir sogar einen Gefallen tun. Weil du genug hast von dem Betrug. Denn das bist du, Henry. Ein Betrüger. Du hast Arvid bewundert. Er war dir immer einen Schritt voraus. Auch jetzt, wo er tot ist. Er hat dir gezeigt, was wichtig ist. Einzig und allein der Tod.«

»Ich bin kein … Mörder.«

Henry schüttelt den massigen Kopf. Es ist sein Ernst.

»Bist du schon da?«, fragt Oskar.

»Ich stehe vor der Tür.«

»Ich war heute früh bei ihm, bevor ich ins Krankenhaus bin.« Ein Knistern dringt aus dem Hörer, Oskar richtet sich im Bett auf. Als er fortfährt, klingt er nachdenklich, beinahe wehmütig. »Ich habe ihm zu trinken gegeben. Und getröstet habe ich ihn. Ich hab ihm gesagt, dass ich ihn beneide. Ich glaube, er hat mich verstanden. Als ich mich von ihm verabschiedet habe, hat er geweint.«

Gleizmann steht gebeugt im Keller. Hinter ihm ertönt ein Rascheln. Eine Ratte huscht unter einem Stapel schimmliger Kartons hervor und verschwindet in einer Mauerritze.

»Niemand«, wiederholt er, »macht aus mir einen Mörder.«

»Aber du wirst einer sein, Henry. Jedenfalls in den Augen der Öffentlichkeit.«

»Was soll dieser Schwachsinn? Ich muss mir diesen Mist nicht …«

»Hör mir kurz zu, ja?«

Gleizmann setzt fluchend zu einer Erwiderung an.

»Bleeck wird sterben«, unterbricht Oskar. »Egal, ob du ihn tötest oder nicht. Man wird seine Leiche finden, und wenn alles nach Plan läuft, wird es keinerlei Spuren geben, die zu uns führen. Es sei denn …«

Oskar macht eine Pause.

»Was?!«

»Es sei denn«, wiederholt Oskar gedehnt, »das Telefon taucht auf. Du weißt schon. Das Handy, mit dem du ihn hinter das Gebüsch gelockt hast. Man wird deine Fingerabdrücke finden. Aber das ist nicht alles.«

Gleizmann wird blass.

»Ich wollte das Handy entsorgen«, erklärt Oskar gut gelaunt. »Doch dann habe ich die Nachricht entdeckt. Du hast sie geschickt, bevor du ihn niedergeschlagen hast. ›Hallo, Samuel‹, dazu ein Smiley. Ich fand die Idee ganz lustig, aber ich fürchte, die Polizei wird das anders sehen. Sie werden im Handumdrehen wissen, wer die Nachricht gesendet hat, schließlich steht deine Nummer klar und deutlich auf dem Display.«

Gleizmann taumelt gegen die Wand. Putz rieselt hinter seinem breiten Rücken herab.

»Du mieses, verdammtes …«

»Ich muss jetzt Schluss machen.« Oskar gähnt übertrieben. »Man wird hier in aller Herrgottsfrühe geweckt. Die Drahtschlinge liegt neben der Pritsche. Direkt am Kopfende, du kannst sie nicht übersehen. Ach, und … Henry?«

Gleizmann ringt keuchend nach Luft.

»Was?«

»Ich habe ihm versprochen, dass es schnell gehen wird.«

## Einhundertdrei

*Gut so. Sehr gut.*

Oskars Blick wandert über die Fenster auf den Laptop. Sein Gesicht glänzt im Widerschein des Monitors. Das fahle Licht verleiht seiner Haut die Farbe geronnener Milch.

Kommissar Zorn hat Probleme, zittert am ganzen Leib. Immer wieder fährt seine Zunge über die blutig gebissene Unterlippe. Wie lange er durchhalten wird, steht in den Sternen. Minuten? Stunden? Womöglich sogar länger als Kommissar Schröder?

Vielleicht. Das ist es, was Oskars Inszenierung so einzigartig macht.

Es geht um mehr als um Leben und Tod. Es geht um das *Überleben*. Um die Frage, zu welchem Opfer ein Mensch fähig ist. *Ich sterbe, damit du leben kannst.* Zwei Männer, die eine Entscheidung treffen müssen. Für einen von ihnen wird es die letzte sein.

Und die Welt wird zusehen.

Natürlich wäre eine Liveübertragung effektvoller gewesen, doch Oskar kann den Film erst ins Netz stellen, wenn er in Sicherheit ist. Womöglich wird er das Ende nicht hier in der Galerie ansehen können, er darf seinen Flieger nicht verpassen. Dann wird er die Aufnahme laufen lassen und später vom Server herunterladen. Auch das ist zu verschmerzen. Die Medien werden sich sowieso überschlagen, wenn der Film auftaucht.

Zorn stöhnt auf. Sein vernarbtes Gesicht ist verzerrt.

*Jetzt schon?*

Oskar sieht auf die Uhr rechts oben in der Menüleiste. Achtzehn Minuten sind vergangen. Grinsend legt er den Kopf schief, richtet seine Aufmerksamkeit wieder auf Zorn.

*Ein bisschen kannst du ruhig noch durchhalten. Wir drehen hier doch keinen Kurzfilm.*

Zunächst hatte er vor, zwei eng miteinander verbundene Menschen gegeneinander antreten zu lassen. Vater und Sohn vielleicht. Oder ein junges, frisch verliebtes Paar. Willkürlich ausgewählt, ohne Verbindung zu den anderen Opfern. Dann kamen die beiden Kommissare in die Galerie. Der eine ein feinsinniger Kunstgeist, der andere ein primitiver Klotz. Trotzdem hat Oskar schnell bemerkt, wie wichtig sie einander sind. Und mit ihnen schließt sich ein weiterer Kreis: Das Phantom, nach dem sie wochenlang vergeblich gesucht haben, öffnet ihnen selbst die Augen. Sie erkennen die Wahrheit, indem sie Teil des Werkes werden. Dazu kommt auch, dass sich Oskar eine gewisse

Befriedigung nicht verkneifen kann: Der langhaarige Widerling hat seine Lektion mehr als verdient.

Oskar nähert sein Gesicht dem Monitor. Die Scheinwerfer bilden einen perfekten, kreisrunden Käfig aus gleißendem Licht, dazwischen erheben sich die majestätischen, blau schimmernden Fenster. Die Kommissare stehen verloren auf ihren Posten, zwischen ihnen das dünne Seil über dem düsteren Abgrund.

Die Kamera zoomt an Zorns Beinen entlang nach unten, verharrt auf Henry, der reglos im Zwielicht an der Mauer lehnt. Oskar wird ihn später herausschneiden, er stört das Gesamtbild. Henry hat seinen Zweck erfüllt, doch er wird erst gehen, wenn er die Erlaubnis bekommt.

Oskar hat ihn in der Hand. Er kann ihn doppelt vernichten. Nicht nur als Künstler, sondern auch als Mensch. Er kann dafür sorgen, dass Henry den Rest seines Lebens hinter Gittern verbringt. Ob die Nachricht auf dem Handy tatsächlich ausreichen würde, ist unklar. Wichtig ist nur, dass Henry daran glaubt. Und das tut er.

Oskar kneift ein Auge zusammen, mustert Gleizmann wie ein Insekt. Jahrelang hat er sich alles gefallen lassen. Gleizmanns Spott, weil er schwul ist. Die herablassende Arroganz, mit der er Oskars Bilder betrachtet hat.

Das alles ist nun vorbei. Endlich.

## Einhundertvier

*Luna,*
*ich werde den Kreuzweg gehen, es ist so beschlossen.*
*Nicht alle werden es verstehen, jemand muss es erklären.*

*Wenn nicht, war alles umsonst. Ich habe nicht die Worte dazu.*
*Du hast sie, Luna.*
*Meine Bestimmung ist der Tod. Deine Bestimmung ist, mir zu helfen. Aber nicht nur das. Du wirst es aufschreiben. Weil es deine Bestimmung ist.*
*Du bist Schriftstellerin, Luna. Du hast immer an dir gezweifelt. An deinen Gedichten und an den Geschichten, die du dir ausgedacht hast. Also schreib etwas anderes. Die Wahrheit.*

*Arvid*

Luna legt den Brief weg, sinkt auf dem Sofa zurück. Nachdem sie den Wasserturm verlassen hat, ist sie direkt zu Henrys Kirche gefahren, um dort ein paar Stunden zu warten, bis sie zum Flugplatz muss. Die Wohnung (*Loft* trifft es besser), die er sich über der Werkstatt eingerichtet hat, ist völlig vermüllt, ein Chaos aus herumliegender Wäsche, verkrusteten Pizzakartons und schmutzigem Geschirr.

Es ist kalt unter den grob abgeschliffenen Balken, die Luft unter dem abgeschrägten Dach abgestanden und muffig. Henry war nie sehr ordentlich, aber es scheint, als habe er sich aufgegeben, seit Oskar das Kommando übernommen hat.

Luna nimmt eine zerschlissene Wolldecke von den verstaubten Dielen, legt sie über die Schultern. Ihre Sachen stehen neben einem Haufen schmutziger Bettwäsche in der Ecke. Zwei Ledertaschen, mehr braucht sie nicht. In der einen ein paar Klamotten, in der anderen der Laptop und das ausgedruckte Manuskript.

Sie hätte auch in der Galerie bleiben können, doch sie will nicht zusehen, wie einer der beiden Kommissare stirbt. Oskar hasst Edgars Vater, doch Luna findet ihn nett. In ihren Augen ist er ein großer Junge, dessen mentale Entwicklung nur knapp über dem Niveau seines Sohnes zu stehen scheint. Diese Naivität macht ihn sympathisch. Und, wie schnell klargeworden ist, leicht zu steuern.

Dass Edgars Vater stirbt, kann sie nicht verhindern. Oder sein Kollege. Sie hat den kleinen Mann mit den strahlend blauen Augen vorhin zum ersten Mal gesehen, er hat ihr auf Anhieb gefallen. Kein Wunder, dass Edgar ständig von ihm schwärmt. Er nennt ihn Ögi. Als sie mit ihm zum Turm gefahren ist, hat er kein Wort gesagt. Erst als sie ausgestiegen sind, hat er sein Schweigen gebrochen:

»Warum tun Sie das?«

Eine gute Frage. Sie klingt kompliziert, doch die Antwort ist einfach.

*Jemand muss es den Menschen erklären.*

Luna faltet Arvids Brief, glättet das Papier auf ihrem Schoß.

*Wenn nicht, war alles umsonst.*

Arvid hat nicht geahnt, wie weit Oskar gehen würde. Auch Luna nicht. Als sie's erfuhr, war Arvid tot. Er konnte es nicht mehr verhindern.

Und Luna?

Sie zieht die Decke enger um die Schultern. Die Wolle kratzt, riecht wie das Fell eines Straßenköters. Doch es ist besser, als zu frieren. Oder womöglich selbst oben im Turm zu stehen, eine Hand an das Geländer gefesselt, in der anderen das gespannte Seil. Zuzutrauen wäre es Oskar, er ist zu allem fähig. Leider hat sie's zu spät erkannt.

Sie hat niemanden getötet (außer Arvid natürlich, doch das steht auf einem anderen Blatt). Nachdem Henry Samuel Bleeck getötet hatte, wollte Oskar, dass Luna das dritte Opfer ermordet. Sie hat sich geweigert. Sogar gedroht, zur Polizei zu gehen. Oskar hat gelächelt.

*Tu das, Luna. Ich fürchte, man wird dich gleich dort behalten und wegen Mordes anklagen. Niemand wird dir glauben, dass du nur getan hast, was Arvid von dir verlangt hat. Außer dir wissen das nur Henry und ich. Doch ich glaube nicht, dass wir deine Aussage bestätigen werden.*

Oskar hat nicht nur Henry in der Hand.

Luna ebenfalls.

Sie hat sich trotzdem geweigert, aber schließlich eingewilligt, das dritte Opfer zu bestimmen. Als sie im Club war, ein Glas Wein in der Hand, dem Brecht-Programm lauschend, war sie lange unschlüssig. Es war ein Fingerzeig, als sie im Gedränge mit dem rothaarigen Mädchen zusammenstieß. Größe, Figur, auch das Alter passte. Luna konnte nicht mit Sicherheit damit rechnen, dass Edgars Vater sie mit dem Mädchen verwechseln würde, doch es hat funktioniert. Jetzt kennt er die Wahrheit, ebenso wie sein kleiner Kollege. Die beiden sind die Einzigen, und wenn die Polizei Luna (zumindest vorläufig) für tot hält, verschafft ihr das Zeit.

Es war Oskar, der die Leiche zum Friedhof gebracht und alles arrangiert hat. Wer das Mädchen getötet hat, wollte Luna nicht wissen, erst recht nicht, wer ihr danach die Haut abzog. Wahrscheinlich Henry, er tut mittlerweile alles, was Oskar verlangt.

Luna steht auf, die Decke gleitet zu Boden. Als sie zu ihren Taschen geht, stößt sie mit dem Fuß gegen eine leere Weinflasche, die über die Dielen rollt und zwischen den Staubflusen unter dem Sofa verschwindet.

Sie geht in die Hocke, zieht einen Reißverschluss auf, schiebt Arvids Brief wieder in die Seitentasche und holt das Manuskript hervor. Vierundfünfzig eng beschriebene, beidseitig bedruckte Seiten.

Es hat lange gedauert, bis sie den richtigen Einstieg gefunden hat. Nach Arvids Tod hätte sie fast aufgegeben, sie wusste nicht, was sie schreiben sollte. Doch Oskar hat sie bestärkt:

*Es ist eine Frage der Perspektive, Luna. Nicht du wirst die Geschichte erzählen, sondern der, den wir gemeinsam mit Arvid erschaffen werden.*

Die Idee kam wie aus dem Nichts. Es war der Tag, nachdem Luna im Club auf das rothaarige Mädchen gestoßen war. Der Unterricht war beendet, Luna saß im Klassenzimmer und korrigierte Hausaufgaben. Vom Schulhof drang das Lärmen der Kinder herauf. Als sie den Kopf hob, fiel ihr Blick auf die aufgeschlagene Zeitung neben ihrem Laptop: *JAGD AUF DEN NÄCHTLICHEN SCHLÄCHTER GEHT WEITER*, hatte die Schlagzeile gelautet, *POLIZEI WEITERHIN RATLOS.*

Schlagartig wurde ihr klar, was Oskar gemeint hatte: Als Luna den Club betreten hat, ist sie zu jemand anderem geworden. Nicht sie war dort, sondern der, von dem mittlerweile alle Welt sprach. Luna würde ihm eine Stimme geben.

Sie hat den Stapel mit den Heftern beiseite geschoben, den Laptop geöffnet und einfach angefangen. Es ging wie von selbst:

Der Club ist gut gefüllt, mehr als hundert Menschen drängen sich vor der Bühne. Ein großer, dünner Mann steht im Scheinwerferlicht und singt ein Lied aus der *Dreigroschenoper*. Sein Gesicht ist blass geschminkt, die Lippen blutrot. Um seinen Hals hängt eine Federboa. Auf einem Stuhl neben ihm sitzt ein Gitarrist und begleitet ihn. Er singt mit hoher, weicher Stimme und ausladenden Gesten von einem Schiff mit acht Segeln und fünfzig Kanonen.

Alle lauschen gebannt.

Auch ich.

Luna blättert durch die Seiten. Nach der Begegnung mit dem rothaarigen Mädchen hat sie über Samuel Bleeck geschrieben.

Ich sitze auf einem Stuhl. Lausche den keuchenden, durch das Klebeband gedämpften Atemzügen und dem gelegentlichen Knarren, wenn der neue Gast an seinen Fesseln zerrt.

*Ist er das? Ein Gast?*

Manches hat sie mit eigenen Augen erlebt, anderes hat ihr Oskar erzählt. Als er berichtet, was ihm im Supermarkt durch den Kopf ging, schreibt sie es auf, manchmal ruft er mitten in der Nacht an und diktiert ihr seine Ideen:

Kunst kennt keine Regeln. Keine Gesetze. Kunst *ist* das Gesetz. Mächtiger als jedes Gesetzbuch, größer als die Zehn Gebote. Nicht Gott ist der Richter, der Künstler ist es. Dieser allein spricht das Recht. Er handelt nicht im Interesse der Menschen, sondern einzig und allein zum Wohle der Kunst. Nur danach trifft er seine Entscheidungen. Frei, unabhängig, jenseits aller Zwänge und Normen. Er wird sie in Frage stellen, und wenn es heißt: *Du sollst nicht töten,* dann wird er sich darüber hinwegsetzen, wenn es dem Werk dient.

Luna verstaut das Manuskript wieder in der Tasche. Sie hat hart gearbeitet und lange an den Formulierungen gefeilt, bis sie zufrieden war. Jetzt erscheint ihr der Text wie aus einem Guss. Ein paar Seiten fehlen noch.

Den Schluss kann sie erst schreiben, wenn sie ihn kennt.

## Einhundertfünf

»Schröder?« Zorn stiert auf seine Hand. »Ich … Ich hab 'nen Krampf. Ich … spüre meine Finger nicht mehr.«

Das Seil rutscht durch seine schweißnassen Finger. Die wurstartige Verdickung dreht sich um die eigene Achse, bewegt sich in Schröders Richtung. Langsam, doch unaufhaltsam. Zentimeter für Zentimeter.

»Es ist okay, Chef.«

»Nichts ist hier okay!«

Zorn hebt den Kopf. Das Haar klebt in verschwitzten Strähnen auf seinen Wangen. Sein Gesicht ist rot angelaufen, die Sehnen am Hals treten hervor, vibrieren über den Kieferknochen.

»Glaub mir«, wiederholt Schröder ruhig, »es ist okay.«

Er steht entspannt auf der anderen Seite. Als würde er am Bahnsteig auf einen heranfahrenden Zug warten und nicht auf einen Sprengsatz, der ihn zerfetzen wird.

»Für dich vielleicht!« Zorn kämpft verbissen. »Für mich ist es absolut nicht okay, dabei zuzugucken, wie du explodierst! Das wird *KEIN SCHÖNER ANBLICK, SCHRÖDER! ABSOLUT NICHT*!«

Zorn lehnt sich verzweifelt zurück. Das Seil strafft sich über dem Abgrund.

*Lieber Gott, lass nicht zu, dass ich …*

Zorn dreht die Handfläche nach oben.

*Ich muss meine Finger bewegen.*

Die Fingernägel krallen sich in den Ballen.

*Einen nach dem anderen.*

Er konzentriert sich auf den ersten. Als dieser sich zitternd hebt, hat der Nagel einen blutunterlaufenen Halbmond in die weiche Haut gegraben.

*Jetzt den nächsten.*

Nach und nach erlangt Zorn die Kontrolle zurück. Als das Seil erneut zu rutschen beginnt, spürt er das grobe Gewebe, und es gelingt ihm, wieder zuzupacken.

»Pech gehabt, Schröder!« Zorn stößt einen gellenden Jubelschrei aus. »Du hast gedacht, du spazierst hier gemütlich rein und rettest mich einfach so nebenbei?« Er lacht, während ihm gleichzeitig Tränen über das Gesicht laufen. »Nee, Freundchen! Da hat der feine Herr die Rechnung ohne, äh … das Opfer gemacht! Tja, läuft eben nicht immer nach deiner Nase!«

Zorn verhaspelt sich, als ihm dämmert, wie absurd sein infantiles Triumphgehabe ist. Der Kampf, den er hier zu führen glaubt, ist alles andere als ein Wettlauf. Und auf den Sieger wartet keine Medaille, sondern der Tod des einzigen Freundes.

»Und du da oben«, Rotz läuft aus Zorns Nase, er stiert hoch zu den Kameras, die in den grellen Lichtkegeln nicht zu erkennen sind, »wirst noch ein bisschen warten müssen! Falls dir langweilig wird, hol dir einfach einen runter! Du FETTARSCHIGER, AUFGEQUOLLENER KLEINER WICHSER!«

*

»Selber Wichser«, murmelt Oskar und lehnt sich enttäuscht zurück. Er liest die Uhrzeit in der Menüzeile ab. Knapp vierzig Minuten sind vergangen.

*Egal.*

Seine Miene hellt sich auf.

*Aufgeschoben ist nicht aufgehoben.*

*

Zorn leckt den Rotz von der Oberlippe. Die Handschelle schabt klirrend über den Handlauf. In seiner Raserei hat er seinem unsichtbaren Gegner die geballte Faust entgegenschütteln wollen und zu spät bemerkt, dass dies aus zweierlei Gründen nicht möglich ist: Selbst wenn sie noch vorhanden wäre, könnte er den gefesselten Arm unmöglich heben.

Schröder sieht gleichmütig zu ihm hinüber. Staub wirbelt in

den Strahlen der Scheinwerfer, die sich wie Lichtschwerter zwischen ihnen kreuzen.

»Wir können hier nicht weg«, sagt er lapidar. »Niemand wird uns helfen. Früher oder später wird einer von uns loslassen.«

*Früher oder später,* wiederholt Zorn im Stillen. *Was wäre, wenn …*

Ein Gedanke blitzt auf. Verschwindet, bevor er ihn greifen kann.

Vorsichtig bewegt er die Finger. Die Adern auf dem Handrücken treten hervor, die Sehnen spannen wie Stricke unter der Haut. Aber der Krampf ist vorbei. Vorerst.

»Du … Du hast keinen Plan B, oder?«

»Nein«, sagt Schröder.

»Das ist ganz schön doof.«

Zorn betrachtet das ausgefranste Ende des Seils. Nach ein paar Zentimetern verschwindet es in seiner geballten Faust. Ein kurzes, *zu* kurzes Stück.

Ein längst vergessenes Bild erscheint in seinem Kopf. Er hatte ein Wohnmobil gemietet und war irgendwo an der französischen Atlantikküste stecken geblieben. Ein bretonischer Bauer wollte ihn mit dem Traktor abschleppen. Das ist über zwanzig Jahre her, doch Zorn erinnert sich genau, wie das Seil mit einem trockenen Knall gerissen ist und die Windschutzscheibe in tausend Scherben zertrümmerte.

»Chef?«, ruft Schröder herüber.

»Ja?«

»Lass es uns in Würde zu Ende bringen.«

Das Abschleppseil damals war wesentlich dicker. Und natürlich viel stärker gespannt. Doch das Ergebnis wird schlimmer sein. Viel schlimmer. Die Windschutzscheibe hat Zorn ersetzen lassen (es hat ein Vermögen gekostet), bei Schröder wird das kaum möglich sein.

*Ich darf nicht loslassen. Ich darf nicht loslassen. Ich darf nicht.*

»Schröder?«, ruft er. »Weißt du, was ich nicht kapiere?«

»Nein, Chef, das weiß ich nicht.«

»Die müssen doch einen Grund haben. Warum machen die das?«

## Einhundertsechs

Oskar schiebt die fleischige Unterlippe vor.

*Sieh mal einer an.*

Er lehnt sich zurück.

*Selbst der größte Idiot stellt manchmal die richtige Frage.*

Was Arvid betrifft, liegt die Antwort auf der Hand: Er wollte es. Ebenso bei Henry, der *konnte* nicht anders. Und Luna? Die hat Arvid geliebt. Es war ein Kinderspiel, sie so lange zu manipulieren, bis es zu spät für einen Rückzieher war.

Fehlt nur noch Oskar.

Nun, der hat einfach weitergedacht. Und weil er das tat, hat er das Potenzial erkannt.

Er wird Lunas Manuskript dann mit dem Video ins Netz stellen. Nicht etwa, weil er es für bedeutende Literatur hält. Luna denkt, ihre Bestimmung gefunden zu haben. Oskar lässt sie in diesem Glauben, obwohl er an ihrem Talent zweifelt.

Trotzdem werden die Menschen den Text verschlingen, regelrecht aufsaugen. Nicht wegen des Inhalts. Sondern wegen seines Verfassers:

*DER GROSSE HALO*

Alles andere ist nebensächlich. Verquaster Nonsens, doch es wird den Mythos weiter anfachen, die Wellen noch höher treiben.

Die Welt wird das Monster verabscheuen, doch sie wird von ihm *sprechen*. Und sie wird danach gieren, mehr zu erfahren.

Oskar sieht hinüber zur Wand, wo das Bild hing. Die Polizei wird eine Menge DNA-Spuren finden, doch keine von ihm, dazu war er zu vorsichtig. Unter dem Haken sind die Umrisse des Rahmens nicht zu erkennen, dafür hing es nicht lange genug. Vor ein paar Wochen, als Henry vor seiner Ausstellungseröffnung in der Galerie war, hat Oskar ihm das Bild gezeigt. Henrys Urteil war eindeutig.

*

»Der Titel ist *Ars perturbandi* – Kunst der Verwirrung«, erklärt Oskar stolz. »Es besteht ausschließlich aus Bestandteilen des menschlichen Körpers.«

Henry mustert die Collage unter dichten, gesenkten Brauen.

»Du weißt schon«, sagt Oskar, »Blut, Sperma, Fäkalien und so weiter.«

»Wie originell.« Henry lacht auf. »Von wem ist das?«

»Na ja …« Oskar lächelt verlegen. »Ich habe seit dem Studium nicht mehr gearbeitet und dachte, dass ich's vielleicht noch mal …«

»Das ist Mist.«

Oskars Schneidezähne graben sich in die Unterlippe.

»Findest du?«

»Schrott«, blafft Henry. »Wertloser Schrott.«

Oskar sieht hinüber zum Safe, wo die Mappe mit Arvids Entwürfen liegt. Seine Enttäuschung weicht heißer, flammender Wut. Henry weiß, das Oskar ihn jederzeit hochgehen lassen kann. Die Selbstgefälligkeit wird ihm bald vergehen, er hat keine Ahnung, dass Oskar ihn schon jetzt wie einen Stier am Nasenring durch die Arena führt.

Der Gedanke gefällt Oskar, sein Herzschlag wird ruhiger.

»Du solltest respektvoller über unser Werk sprechen.«

Henry lacht auf. »*Unser* Werk?«

»Allerdings.«

Oskars Daumen berührt das Glas über der Signatur:

**H V L O**

»Wer soll das sein?«, fragt Henry.

»Ein neuer Künstler«, sagt Oskar. »Im Moment noch unbekannt, aber er wird die Kunstwelt erschüttern. Mehr, als es der …«

Seine Stimme trieft vor Sarkasmus.

»… große Henry Gleizmann jemals geschafft hätte.«

Er tritt näher. Zärtlich, beinahe ehrfürchtig streichen seine Finger über den Rahmen.

»Im Moment ist es wertlos. Aber das wird sich bald ändern.«

*

»Dann wird es Millionen wert sein«, murmelt Oskar, den Blick noch immer hinüber zur Wand gerichtet. Die Brillengläser flackern im Schein des Laptops.

Das Bild ist unverkäuflich, es wird in irgendeinem Regal einer Asservatenkammer der Polizei verschwinden. Auch das ist Teil von Oskars Plan, denn wichtiger, *viel* wichtiger ist etwas anderes: Irgendwann wird bekannt werden, dass es existiert. Was wird wohl geschehen, wenn es nicht das einzige ist?

Oskar kennt den Kunstmarkt. Er ist selbst Teil dieser monströsen Blase, außen schillernd, doch ausschließlich mit heißer Luft gefüllt. Es geht nicht um den Inhalt, sondern darum, etwas zu verkaufen. Oskar hat ein Phantom erschaffen, einen gesichtslosen Dämon, der nicht erschafft, sondern zerstört. So steht es in Lunas Manuskript, und wenn einige auch entsetzt ihre sorgfältig frisierten Köpfe schütteln werden – der Faszination dieses dunklen, furchteinflößenden Wesens wird sich niemand entziehen.

Mord als höchste Vollendung der Kunst.

Das ist Unsinn, lässt sich aber verkaufen.

Es ist kompliziert, ein Kunstwerk anonym auf den Markt zu bringen, doch damit kennt Oskar sich aus. Er hat nicht nur eine, sondern insgesamt fünf Collagen angefertigt, alle aus demselben Material, rechts unten die unverkennbare Signatur:

**H V L O**

Das erste Bild wird im Internet auftauchen, sobald Oskar in Sicherheit ist. Es ist nur eine Frage der Zeit, bis die Server unter dem Ansturm zusammenbrechen werden.

Zorns Stimme plärrt aus den Lautsprechern des Laptops. Er wiederholt seine Frage.

*Warum macht der das, Schröder?*

Sie werden's nie erfahren. Obwohl die Antwort simpel, geradezu lachhaft einfach ist:

Geld. Unendlich viel Geld.

## Einhundertsieben

Das Hemd klebt unter der Lederjacke an Zorns Rücken. Schweiß strömt über seine Arme, das Gesicht. Seine Beine hingegen sind von einer Gänsehaut überzogen, er kann die Zehen in den Stiefeln kaum noch spüren. Über ihnen flimmert die Luft, erwärmt von den Scheinwerfern, aus der Tiefe weht ein kalter, nach Fäulnis und Zersetzung riechender Hauch herauf.

»Wie lange hältst du noch durch?«

»Eine Weile, Chef.«

Zorn schiebt die Stiefel unter die Querstreben des Geländers, lehnt sich über den Handlauf, bis sein Oberkörper in einem rechten Winkel gebeugt ist. Der Abstand verkürzt sich ein wenig, der Zug des Seiles lässt etwas nach. Im Gegenzug reagiert Zorns Rücken mit einem heftigen Stechen.

»Scheiße«, stöhnt er. »Ich …« Er horcht auf. »Hast du das auch gehört?«

*

Brava richtet sich vor dem Laptop auf. Henry ist auf der Treppe unter dem Umgang vorgetreten. Ein Stück nur, doch Zorn wird die Erschütterung gespürt haben. Er hat das Rascheln des Anzugs gehört, vielleicht auch den Putz, der hinter Henrys Rücken auf die Treppe gerieselt ist. Oberhalb der Schultern wird sein Körper noch immer vom Umgang verdeckt, nur die schweren Arbeitsschuhe sind zu erkennen, über denen sich der weiße, papierartige Stoff bauscht. Der Pistolenlauf schimmert in der rechten Hand, die andere hält er hinter den Rücken.

Oskar murmelt eine leise Verwünschung, greift nach dem Handy, schickt eine Nachricht (*BLEIB!*) und starrt wieder auf den Monitor. Im nächsten Moment sieht er, wie Henry den linken Arm hebt. Sein Handy ist stummgeschaltet, doch er hat die Vibration gespürt. Als er die Nachricht gelesen hat, vergehen zwei Sekunden. Dann tritt er wieder zurück.

»Dein Glück«, zischt Brava.

Kommissar Schröder weiß, dass Henry da ist, er kann ihn sehen. Das muss auch so sein, doch zur Abmachung gehört, dass er es Zorn verschweigt. Der soll glauben, dass die beiden allein sind. Wenn Henry nach unten geht, wird er in seinem Blickfeld auftauchen, die Kameras würden ihn erfassen. Beides würde die Inszenierung stören.

Wahrscheinlich sind Henry wieder Zweifel gekommen. *Ich hab keinen Bock,* hat er gesagt, *mir von einem verfickten Sprengsatz die Rübe wegblasen zu lassen.* Oskar hat diese Zweifel zerstreut. Er hat beteuert, dass alles genau berechnet sei (was der Wahrheit entspricht). Selbst, wenn Kommissar Schröder wider Erwarten zuerst loslassen würde, ist Henry unter dem Umgang geschützt. Danach, hat Oskar versprochen, ist Henry frei.

*Es ist unsere letzte Aktion. Wenn wir's geschafft haben, bekommst du die Mappe zurück. Ich werde verschwinden, niemand wird jemals erfahren, dass du dabei warst. Dann kannst du tun, was du willst. Du hast genug Geld mit Arvids Entwürfen verdient, am besten, du setzt dich zur Ruhe. In den Augen der Öffentlichkeit wirst du weiter ein berühmter Künstler sein.*

Brava sieht auf die Uhr in der Menüleiste, rechnet kurz. Eine Stunde und neunzehn Minuten. Er nickt zufrieden, vergrößert das Fenster mit der Nahaufnahme des kleinen Kommissars. Dieser hält sich weiter an die Abmachung, vermeidet den Blick schräg nach unten zu Henry. Er öffnet den Mund, doch im nächsten Moment hat sich das Thema erledigt.

*

»Es … Es rutscht wieder!«, presst Zorn hervor.

Das Seilende hinter seiner geschlossenen Faust wird kürzer. Zwei Zentimeter, die vor seinen verkrampften Fingern erscheinen, das Gewebe dunkel von Schweiß. Knurrend kämpft er mit der verbliebenen Hand, einer krallenartig verzerrten Klaue, bis diese ihm tatsächlich wieder gehorcht.

»Geht's wieder?«, ruft Schröder.

»Klar, alles bestens!«

Zorn ringt schnaufend nach Luft. Schröder scheint noch immer keine Probleme zu haben.

*Lange halte ich nicht mehr durch. Früher oder später …*

Da ist er wieder, dieser Gedanke. Diesmal hält Zorn ihn fest.

*

Brava zoomt die Kamera auf das Gesicht von Kommissar Schröder. Um Zorn ist es nicht schade, um den kleinen Polizisten allerdings irgendwie schon. Nicht nur, weil er wie Oskar etwas von Kunst zu verstehen scheint. Auch körperlich ähneln sie einander: klein, übergewichtig, schon als Teenager von Haarausfall geplagt. In den runden, gutmütigen Gesichtszügen erkennt Oskar eine gewisse Melancholie, eine tiefe Traurigkeit. Sie haben dieselben Erfahrungen gemacht, sind beide verlacht und verspottet worden. Doch hinter der weichen, verletzlichen Fassade verbirgt sich ein stählerner Kern. Der Kommissar hat es bewiesen, indem er hergekommen ist. Auch Oskar, die schwitzende, parfümierte Schwuchtel, wird es beweisen.

Und zwar allen.

Eine verzagte Stimme dringt aus den Lautsprechern.

*Es geht zu Ende, Schröder.*

Brava horcht auf.

*Schade, ich hätte echt gern noch ein bisschen Zeit mit dir verbracht.*

Zorn ist kaum zu verstehen.

*Eigentlich war's doch ganz schön, oder?*

Brava erhöht die Lautstärke.

*Klar, wir hatten auch Stress, aber …*

Endlich, es geht los. Sie verabschieden sich.

*… auch Spaß.*

Brava streicht das Haar hinter die Ohren, rückt die Brille zurecht und macht sich bereit für ein letztes, emotionales Gespräch vor einem Finale, wie es die Welt noch nicht gesehen hat.

*

»Weißt du noch, damals im Büro?«, fragt Zorn. »Wir haben *Ich sehe was, was du nicht siehst* gespielt. Du hast sofort gewusst, dass ich deine Glatze gemeint hab. Aber ich hab's abgestritten.«

Er sieht hinauf zu den Scheinwerfern.

»Später haben wir gewürfelt, wer von uns beiden Chef werden muss. Hat aber nichts gebracht, wir sind uns trotzdem nicht einig geworden.«

Der Handlauf drückt gegen seinen Bauch. Nacken, Schulter und der gestreckte Arm sind wie versteinert.

»Und Edgar hast du Uno beigebracht. Wir haben ihn damals immer gewinnen lassen. Jetzt ist es umgekehrt.«

Er kann nicht erkennen, ob Schröder reagiert. Tränen brennen in seinen geröteten Augen, Lichtpunkte huschen durch sein Gesichtsfeld wie glühende Billardkugeln.

»Und vorgelesen haben wir ihm auch«, redet Zorn weiter. »Wir haben uns gestritten, wer von uns beiden darf. Es ging ja nicht … *gleichzeitig.*«

Auch jetzt sieht Zorn nicht, ob der kleine, verschwommene Schemen dort drüben registriert, dass er das letzte Wort ein wenig betont hat.

*Komm schon, Schröder.*

Die Chance ist gering, hauchdünn. Aber es ist eine.

»Und Schnickschnackschnuck«, sagt Zorn. »Du weißt schon, *Stein schleift Schere.* Das mag er immer noch.«

Seine Hand hängt am gestreckten Arm wie ein Fremdkörper. Nutzlos, tot. Ein bleicher, verkrampfter Fisch.

»Wir zwei haben das auch mal gespielt, weißt du noch?«

Das Seil rutscht nach vorn. Zorn spürt das raue Gewebe nicht mehr. Aber er sieht, wie sich das Ende bewegt. Einen Zentimeter. Noch einen.

»Ich hab dich angeschwindelt und behauptet, Edgar hätte 'ne Atombombe erfunden. Aber eigentlich war die Idee gar nicht schlecht, oder?«

Ein Schweißtropfen glitzert auf Zorns Nasenspitze. Löst sich und fällt geräuschlos in die Tiefe.

»Wir sollten unserem Publikum was bieten.« Er hebt den Kopf. »Was meinst du, Schröder? Spielen wir's noch mal? Ein letztes Mal?«

Das Seilende verschwindet in Zorns Faust.

»Schnickschnackschnuck?«

*Ich hab's nicht mehr unter Kontrolle.*

»Es gibt Brunnen, Schere, Stein und Papier«, presst Zorn hastig hervor. »Und 'ne *Bombe*, okay?«

*Herrgott, Schröder! Kapierst du's nicht?? Wer von uns beiden ist hier das Superhirn??*

»Eine *Bombe*, Schröder!«

Das Seil bewegt sich unaufhaltsam nach vorn.

»Du weißt, was ich … SCHEISSE!«

Zorn lockert den Griff, fasst wieder zu. Fast sieht es aus, als würde er das Gleichgewicht verlieren. Seine Füße strampeln in der Luft, der Oberkörper hängt über dem Geländer. Knirschend biegen sich die Streben unter seinem Gewicht. Er stößt einen erstickten Schrei aus. Im letzten Moment gelingt es ihm, das Seilende mit Daumen und Zeigefinger zu packen.

»Du musst was sagen! Ich … Ich sehe dich nicht!«

»Gut!«, ruft Schröder. »Spielen wir!«

*Wird auch Zeit!*

»Schnick!«, schreit Zorn.

Er bewegt den Arm nach rechts. Das Seil schwingt über dem Abgrund.

»Schnack!«

Das Seil pendelt in die andere Richtung.

*

Brava wird klar, was passieren wird. Er springt auf, der Stuhl poltert hinter ihm gegen die Wand.

»Das dürft ihr nicht«, keucht er. »Das …«

*SCHNUCK!*

Zorns Stimme scheppert aus den Lautsprechern. Bravas fleischiges Gesicht erstrahlt im gleißenden Licht, das plötzlich die Fenster auf dem Laptop füllt. Eine dumpfe, verzerrte Detonation lässt das Gehäuse über den Lautsprechern vibrieren, dann wird der Bildschirm schwarz.

## Einhundertacht

Zorn wirbelt um die eigene Achse, geht mit dem Rücken zum Geländer in die Hocke und presst seine Stirn gegen die Knie. Das Brüllen der Explosion erstickt jeden klaren Gedanken. Splitter zischen wie Geschosse umher, ein fauchender Sturmhagel prallt gegen das Geländer, gräbt sich in die Mauer. Querschläger heulen, Pulverdampf wirbelt. Der beißende Gestank raubt ihm den Atem.

»Alles okay, Chef?«

Schröders Stimme dringt weit entfernt durch das schrille Pfeifen, mit dem die Detonation in Zorns Ohren nachhallt. Etwas

Warmes läuft seinen rechten Arm hinab, doch er hat keine Schmerzen.

»Ich glaub schon!«, ruft er über die Schulter. »Jedenfalls …«

Ein Ruck, direkt unter ihm löst sich ein Träger aus dem Mauerwerk. Sein Magen hebt sich, als er mit der Galerie einen halben Meter in die Tiefe sackt. Knarrend neigt sich das Geländer hinter ihm über den Abgrund. Die Streben biegen sich, eine bricht mit einem trockenen Knall.

Zorn geht auf die Knie, richtet sich schwerfällig auf. Als sich die Kette am Armstumpf spannt, stiert er die Handschelle an, als sähe er sie zum ersten Mal. Die Tatsache, dass auch der Handlauf gebrochen ist, nimmt sein vom Schock gelähmter Verstand wie selbstverständlich hin.

Er streift die Handschelle ab, um hinüber zu Schröder zu laufen. Tastend, wie in Trance, bewegt er sich durch den dichten Qualm, hält sich nah an der Wand. Seine Lederjacke schabt über das Mauerwerk.

»Ich komme zu dir!«, ruft er. »Und dann … hoppla!«

Sein Fuß schwebt über dem Abgrund. Anstelle des Umgangs ragt nur ein grotesk verbogener Träger aus der Mauer. Der Rest ist auf einer Länge von über vier Metern in die Tiefe gerissen worden.

Zorn macht kehrt, schlurft mit hängenden Schultern in die andere Richtung. Die linke Hand hängt am angewinkelten Arm wie eine Vogelkralle vor dem Bauch, am anderen baumelt die Handschelle.

»Das war 'ne gute Idee, oder?«, ruft er.

Glasscherben bersten unter seinen Schritten. Kühle Nachtluft strömt durch die gesplitterten Fenster, verwirbelt den Pulverdampf.

»Eigentlich hättest du selbst drauf kommen können! Dass wir einfach nur gleichzeitig loslassen müssen! Hat ja auch geklappt!

Die verschissenen Sprengsätze …«, Zorn hustet eine Mischung aus Schleim, Staub und Blut aus, »sind genau in der Mitte zusammengeknallt!«

Er bleibt stehen. Schröders Gestalt schält sich aus dem Dunst.

»Du siehst aus wie …« Zorn mustert ihn mit ernstem, prüfendem Blick. »Wie hieß der noch? Sarotti-Mohr?«

»Wirklich?«

Als Schröder lächelt, blitzen seine Zähne wie Perlen im rußverschmierten Gesicht. Auch seine Sachen sind schwarz und verdreckt, die Karos auf dem Hemd unter einer Staubschicht verschwunden.

»Na ja, Chef. Du wirkst auch nicht gerade wie aus dem Ei gepellt.«

»Du blutest.«

»Ist nicht so schlimm.«

Eine halbmondförmige Schnittwunde zieht sich über Schröders rechte Wange. Blut läuft seinen Hals hinab, tropft auf den Kragen.

»Du hast dir das Hemd versaut.« Zorn klingt vorwurfsvoll.

»Ach«, wehrt Schröder ab, »ist ja zum Glück nicht mein einziges.«

Zorn deutet auf die Handschelle.

»Und wie kriegen wir dich hier wieder weg?«

Tiefe Dellen beulen das Geländer. Schröder steht auf einer dicken Schicht aus abgeplatztem Mörtel, Metallsplittern und gezackten Scherben. Die Mauer hinter ihm ist von Einschlägen übersät, als hätte er vor einem Erschießungskommando gestanden. Es ist ein Wunder, dass er nicht ernsthaft verletzt wurde.

»Wir müssen nur warten. Ich glaube«, Schröder hebt den Kopf, »sie sind schon unterwegs.«

Zorn nickt, auch er hat die Sirenen gehört.

»Wird nicht einfach.«

Allmählich lichtet sich der Qualm. Zorn beugt sich über das Geländer. Die Wucht der Explosion hat den oberen Teil der Treppe in Stücke gerissen. Die Überreste winden sich in die Tiefe wie eine surreal verzerrte Achterbahn.

»Die werden 'nen Kran brauchen«, sagt Zorn. »Oder zumindest …«

Er stockt.

»Schröder?«

»Ja?«

»Da unten hängt was. Über dem Geländer.«

»Ich hab's gesehen.«

Zorn kneift die Augen zusammen. Reißt sie so weit wie möglich auf.

»Ein Mensch.«

»Ja.«

»Ein *toter* Mensch.«

Zorn sieht Schröder an, deutet mit dem Arm nach unten. Die Handschelle pendelt am Stumpf hin und her.

»Da fehlt was.«

»Ich weiß, Chef.«

»Der Kopf.«

»Weißt du auch«, Zorn schluckt, »wem der gehört hat?«

»Henry Gleizmann.«

»Ach so«, nickt Zorn. »Klar. Henry Gleizmann. Wem sonst?«

Schröder tritt näher. Er kennt Zorn genau, ahnt, was jetzt geschehen wird, und als Zorn die Besinnung verliert, landet dieser nicht krachend auf dem harten Boden, sondern sanft in den weichen Armen seines umsichtigen Vorgesetzten.

## Einhundertneun

Lunas Handy klingelt.

Es ist Oskar, der auf dem Weg zum Flughafen ist und hysterisch erklärt, dass Luna ebenfalls aufbrechen muss. Etwas ist schiefgelaufen, die beiden Kommissare sind noch am Leben. Es ist nur eine Frage der Zeit, bis die Polizei nach ihnen fahnden wird.

Oskars Stimme überschlägt sich. Luna versteht kaum ein Wort, doch sie hat bereits genug erfahren. Sie trennt die Verbindung.

Denkt eine Minute nach.

Wählt eine andere Nummer.

*

Im Morgengrauen erreicht Oskar den Flughafen. Die Halle ist menschenleer, doch am Schalter wird er bereits erwartet. Allerdings nicht von Luna, sondern von vier Polizisten.

Und Luna?

Die sitzt derweil auf der verfallenen Mauer vor Henrys Kirche. Reifen holpern über die mit Kopfstein gepflasterte Straße, ein Auto nähert sich. Sie nimmt ihre Taschen und geht dem Streifenwagen entgegen.

Als die Handschellen um ihre Gelenke klicken, kräht irgendwo im Dorf ein Hahn.

## Epilog

*Eine Woche später*

Zorn saß rauchend auf Schröders Terrasse. Die Sonne stand tief über den Baumwipfeln am anderen Seeufer, blitzte auf den gekräuselten Wellen.

Schröders Stimme drang durch die geöffnete Glastür. »Hast du Hunger?«

»Nee«, rief Zorn zurück, drückte die Zigarette aus, stemmte sich ächzend aus dem Korbstuhl und ging wieder ins Haus. »Edgar fragt ständig nach Frau Krupp.« Er zog die Tür hinter sich zu. »Ich weiß nicht, was ich ihm sagen soll.«

»Gar nichts.« Schröder kniete vor dem Kamin, entzündete ein Streichholz und hielt es unter die Holzscheite. »Vorerst jedenfalls.«

Zorn sank auf das Ledersofa. »Glaubst du ihr?«

»Dass Walkow sterben wollte?«, gab Schröder über die Schulter zurück. »Ja.«

»Und den Rest?«

Schröder sah in die auflodernden Flammen.

»Gleizmann ist tot«, sagte er. »Brava schweigt. Im Moment haben wir nur ihre Aussage. Ich denke, sie sagt die Wahrheit.«

»Warum?«

»Sie hat sich freiwillig gestellt.«

»Weil sie wusste, dass wir sie kriegen.«

»Sie hätte mit Brava untertauchen können. Stattdessen hat sie geholfen, ihn zu fassen. Ohne ihren Hinweis wäre er jetzt in Singapur.«

»Wir hätten ihn trotzdem geschnappt, Schröder.«

»Aber es hätte gedauert.«

Brava hatte die Flucht genau geplant. Außer etwas Bargeld und einem hervorragend gefälschten Reisepass hatte man vier sorgfältig verpackte Collagen in seinem Gepäck sichergestellt, die ihm als vermeintliche Kunstwerke eines weltweit gesuchten Mörders ein Vermögen hätten einbringen sollen, nachdem er sich mit dem Pass eine neue Existenz aufgebaut hatte.

»Und das dritte Opfer?«, fragte Zorn. »Auch wenn die Krupp nicht selbst getötet hat, so hat sie's zumindest ausgewählt.«

Luna Krupps Aussage hatte sich bestätigt. Bei der Überprüfung der Konzertbesucher über das Ticketportal war man auf eine polnische Studentin gestoßen. Die junge Frau hatte allein gelebt, ihr Verschwinden war kaum jemandem aufgefallen.

»Das war 'n Todesurteil.« Zorn schüttelte den Kopf. »Nur weil sie ihr ähnlich sah.«

»Dafür wird sie bestraft werden.« Schröder nahm ein Kehrblech, fegte ein paar Holzspäne zusammen und warf sie ins Feuer. »Und wenn sie aus dem Gefängnis entlassen wird, dürfte sie wohl kaum wieder als Lehrerin arbeiten.«

Er richtete sich auf, klopfte den Staub von der Cordhose. Die Dämmerung setzte ein, er schaltete die Stehlampe an und setzte sich Zorn gegenüber in den Ohrensessel.

»Hast du Durst?«

»Nee.«

Ein Scheit knackte im Kamin.

»Steht dir gut, die neue Brille.«

Zorn schob den Bügel auf der Nase zurecht.

»Findest du?«

»Ja.«

»Aha.«

Stille kam auf. Eine angespannte, ungewohnte Stille. Sie wussten beide, warum Zorn gekommen war. Bisher hatten sie das Thema vermieden. Es wurde Zeit, darüber zu sprechen.

»Du bist klug«, begann Zorn dann auch. »Wie konntest du dich auf diesen hirnrissigen Deal einlassen?«

Schröder kratzte an der Schnittwunde auf seiner Wange.

»Simple Mathematik.«

»Komm mir jetzt nicht mit …«

»Ein Toter ist weniger als zwei Tote.«

»Was du nicht sagst.«

»Ansonsten wären wir beide gestorben.« Schröder betrachtete ein Stück Schorf in seinen Fingern. »Ich in der Galerie und du oben im Turm.«

»Du hättest Brava locker fertiggemacht«, widersprach Zorn.

»Vielleicht.«

»Hundertprozentig, Schröder. Aber dann hätte Gleizmann mich abgeknallt.«

Schröder antwortete nicht.

»Du hast Brava gesagt, dass ich ihm nicht gefährlich werde«, sagte Zorn. »Dass er mich laufen lassen kann. Weil ich zu blöd bin und sowieso nie kapieren würde, was dahintersteckt.«

»Ganz so drastisch«, lächelte Schröder, »habe ich's nicht ausgedrückt.«

»Aber als ich seine Stimme gehört habe, war klar, dass er mich niemals …«

»Auch da gab es noch eine Chance. Eine winzige nur, doch es war eine. Du hättest noch davonkommen können.«

»Aber …«

»Das ist doch jetzt nicht mehr wichtig«, wehrte Schröder ab. »Wir sind beide am Leben. Aber nur, weil du uns gerettet hast. Ich selbst wäre nie auf den Gedanken gekommen, einfach gleichzeitig …«

»Lenk nicht ab, Schröder.«

Zorn beugte sich vor, stützte die Ellbogen auf den Knien ab.

»Warum ich?«, fragte er leise. »Warum nicht du?«

Schröder sah zum Kamin.

»Simple Mathematik«, wiederholte er.

»Ach!« Zorn richtete sich auf. »Ist dein Leben weniger wert als meins?«

»Da hab ich noch nicht drüber nachgedacht.« Schröder hob die Schultern. »Aber wenn *ich* sterbe, sind weniger Menschen traurig als bei dir.«

Zorn lachte auf. »Du hast sie nicht mehr alle!«

Schröder sah ihn nur an. Es war sein Ernst.

»Okay«, sagte Zorn. »Dann lass uns mal rechnen. Fangen wir mit mir an.« Er hob die verbliebene Hand, streckte einen Finger nach dem anderen: »Edgar wäre traurig. Frieda, Malina und Rufus auch. Du ebenfalls«, fügte er nach einer Pause hinzu. »Davon gehe ich jetzt einfach mal aus.«

Zorn starrte auf die gespreizten Finger, tat, als müsse er rechnen.

»Fünf«, stellte er schließlich fest. »Die kann man also an einer Hand abzähl… Nein«, unterbrach er sich hastig, »das ist kein Wortspiel. Sondern 'ne Tatsache.«

Schröder schwieg. Eine Hälfte seines runden Gesichts lag im Schein der Stehlampe, auf der anderen flackerte der Widerschein des Kaminfeuers.

»Und jetzt zu dir.« Zorn schloss die Hand, wiederholte die Prozedur: »Edgar, Frieda, Malina und Rufus.«

Seine Miene verfinsterte sich.

»Das sind nur vier.«

Er sank in die Polster, musterte die erhobene Hand. Der Abdruck des Seils zeichnete sich noch immer als dunkle Linie auf der Innenseite seiner Handfläche ab, die halbmondförmigen Blutergüsse, die seine Fingernägel hinterlassen hatten, verblassten bereits.

»Tja, du hast recht, Schröder. Vier ist weniger als fünf. Wobei … Was ist eigentlich mit mir?« Zorn klang nachdenklich, wie im Selbstgespräch. »Wäre *ich* traurig?«

Ein paar Sekunden vergingen.

»Doch«, stellte er schließlich fest, »ein bisschen bestimmt. Einen Stepptanz würde ich jedenfalls nicht auf deinem Grab machen.«

Schröder schlug die Beine übereinander.

»Fünf zu fünf.« Zorn folgte seinem Beispiel, breitete die Arme auf der Lehne aus. »Gleichstand, würde ich sagen.«

Schröder öffnete den Mund, doch Zorn kam ihm zuvor:

»Liegt's vielleicht an der Größe? Du denkst, weil du kleiner bist als ich, ist auch der Verlust kleiner? Das wäre zumindest ein Argument.« Er kratzte sich an der Schläfe. »Nee«, korrigierte er sich selbst, »wäre es nicht.«

Er hob den Kopf.

»Wie viel wiegst du?«

»Äh … wie bitte?«

»Dein Gewicht, Schröder.«

»Ich weiß nicht genau, ich …«

»Doch, das weißt du.« Zorn wies mit dem Kinn zur Treppe, die hinauf zum Schlafzimmer führte. »Du hast 'ne Waage.«

»Woher …«

»Die hab ich gesehen. Neulich, als ich dich …«

Zorn biss sich auf die Zunge.

»Als du mich hochgetragen hast?«, lächelte Schröder. »Ich dachte …«

»Ist doch jetzt egal!«, wehrte Zorn barsch ab. »Es geht um dein Gewicht! Also, wie viel?«

»Zweiundachtzig Kilo.«

»Genau wie ich!«, triumphierte Zorn, der seit seiner Musterung nicht mehr auf einer Waage gestanden hatte. »Wieder Gleichstand!«

»Früher war ich leichter«, sagte Schröder.

»Aber größer warst du nicht.«

»Natürlich nicht.« Schröder runzelte irritiert die Stirn. »Was meinst du eigentlich mit …«

»Keine Ahnung!« Zorn verlor die Geduld. »Ich hab nicht den geringsten Schimmer, was ich meine! Ich rede Schwachsinn, Schröder! Aber nur«, er hob die Stimme, »weil *du* damit angefangen hast!«

Schröders Hinterkopf sank in die Lehne. Er schloss die Augen.

»Kein Schwachsinn«, sagte er leise.

»O doch! Wie kannst du überhaupt auf die Idee kommen, für jemanden wie mich sterben zu …«

»Weil es mir leichter fällt.«

»Weil es dir … *was*?«

Zorn hatte einen Sehtest machen lassen, mit der neuen Brille war das Bild ungewohnt scharf. Schröder sah müde aus, wirkte verloren in dem großen, altmodischen Ohrensessel.

»Du spielst den mürrischen alten Zausel, der eigentlich nur seine Ruhe will«, sagte Schröder, die Augen noch immer geschlossen.

»Ich spiele den nicht, Schröder. Ich *bin* mürrisch. Alt bin ich auch.«

»Aber du liebst das Leben.«

»Du doch auch!«

Schröder schwieg eine Weile. Fast schien es, als wäre er eingeschlafen.

»Ja«, sagte er schließlich. »Es gibt einige Gründe.«

Er hob die Hand, spreizte die kurzen Finger und sah Zorn lächelnd an.

»Mindestens fünf.«

Seine Augen funkelten wie Saphire.

»Aber ich kann Arvid Walkow verstehen.«

»Das heißt …«

»Nein, das heißt *nicht*, dass ich sterben will. Aber ich habe keine Angst vor dem Tod. Sicherlich, ich würde einiges verlieren. Doch ich würde etwas anderes finden.«

»Und was?

»Ruhe. *Echte* Ruhe.«

»Aber …« Zorn suchte nach den richtigen Worten. »Du hast doch …«

»Egal. Wir haben's ja überstanden.« Schröder stand auf, beugte sich vor und stützte die Hände auf den Oberschenkeln ab. »Abgesehen vom Muskelkater.« Er verzog das Gesicht, rieb sich den Rücken. »Geht's dir auch so?«

Die stumme Botschaft war eindeutig:

*Ich will nicht mehr darüber reden. Du weißt sowieso viel zu viel über mich.*

Das stimmte, doch Zorn ließ nicht locker. Er stand ebenfalls auf, hakte Schröder unter und führte ihn durch die Glastür auf die Terrasse.

»Es gibt 'ne Menge Menschen, denen du wichtig bist«, sagte er. »Du bist 'n verdammt guter Bulle, und du verstehst was von Kunst. Außerdem«, Zorn schloss die Augen, sog die würzige Abendluft durch die Nase ein, »hast du's wunderschön hier.«

»Ich weiß, Chef.«

»Guck mal!«, schwärmte Zorn. »Die Sonne geht gleich unter.«

»Das sehe ich.«

»Ist das nicht toll?« Zorn wies mit einer ausladenden Geste hinunter zum See. »Drüben am Anglersteg, das wogende Schilf! Die Birken, die sich im Wasser spiegeln! Die Seerosen! Die glitzernden Wellen, wie äh … flüssiges Gold!«

»Flüssiges Gold?«, zweifelte Schröder. »Also das erscheint mir ein wenig …«

»Und die Mücken!« Zorn ließ sich nicht aus dem Konzept bringen. »Schau nur, wie sie in den letzten Strahlen der Sonne über deinen Tomaten tanzen!«

»Das sind die Karotten. Das Tomatenbeet ist vorn neben dem …«

»Und da, der Apfelbaum!«, fuhr Zorn unbeirrt fort. »Der war total mickrig, als wir ihn zu Edgars Geburt gepflanzt haben. Wie groß der jetzt ist! Ist das nicht ein Wunder?«

»Eher nicht.«

»Aber sieh doch!«, rief Zorn begeistert. »Wie er wächst und gedeiht!«

»Weil ich ihn immer gegossen habe.«

»Stimmt!« Zorn riss scheinbar verwundert die Augen auf. »Gärtner bist du ja auch! Allein *das* ist ein Grund, noch ’ne Weile am Leben zu bleiben. Du hast also einiges zu tun. Deine … *Ruhe* wirst du irgendwann lange genug … Apropos Ruhe.« Er hielt inne. »Hörst du das?«

»Was meinst du?«

»Den Vogel.«

Schröder hob lauschend das Kinn.

»Ich höre nichts.«

»Da! Schon wieder!«

»Wo?«

»Dort drüben.« Zorn deutete zu den Kiefern. »Direkt über Edgars Schaukel.«

Schröder neigte den kahlen Kopf.

»Da ist nichts.«

»Klar doch, laut und deutlich!«

Bretter knarrten, Schröder trat einen Schritt vor.

»Nein.«

»Wirklich? *Nothing*?«

Schröder lauschte, die Augen angestrengt zusammengekniffen.

»Immer noch nicht?«, hakte Zorn nach. »*Niente*?«

»Nein.«

»Herrje.« Zorn ging ebenfalls vor, sah kopfschüttelnd auf Schröder hinab. »Kein Wunder, dass du so reagierst«, seufzte er. »Wenn man das Leben genießen will, muss man es *spüren*, Schröder.« Er senkte eindringlich die Stimme. »Ich hatte dich gewarnt, du darfst nicht abstumpfen. Erst waren's die Wolken, jetzt hörst du nicht mal mehr, wie schön die Lerche ihr Abendlied trällert, direkt vor deiner …«

»Hier gibt's keine Lerchen.«

»Ach.« Zorn lauschte ebenfalls in die Stille. »Stimmt«, korrigierte er sich dann. »Ist ein Kuckuck.«

»Aber …«

»Oder 'ne Möwe.«

»Möwen gibt's hier ebenfalls …«

»Dann eben 'ne Krähe. Fakt ist, dass du *dranbleiben* musst.« Zorn legte einen Arm um Schröders Schulter, drückte ihn väterlich an sich. »Nicht aufgeben, weiter an dir arbeiten und …«

»Weißt du, was?« Schröder machte sich los. »Rutsch mir einfach den Buckel runter.«

*

Als Zorn nach Hause kam, schlief Frieda bereits. Er streifte die Lederjacke ab, schlich auf Zehenspitzen ins Wohnzimmer und trat auf etwas Hartes. Mit einem unterdrückten Fluch bückte er sich und klaubte ein Gebilde bunter Legosteine vom Teppich. Seine schmerzverzerrte Miene hellte sich auf, er betrachtete die neueste Schöpfung seines Sohnes, eine Mischung aus Rennauto, U-Boot und Raumschiff, die Edgar mit den Drachenflügeln des

Ungarischen Hornschwanzes *vercoolert* hatte, wie er es nannte. Der Sinn erschloss sich Zorn nicht, doch das war unwichtig. Edgar wusste es. Nur das zählte.

Behutsam trug Zorn das kunstvolle Bauwerk zum Regal, schob ein paar Bücher beiseite und stellte es ab. Trat ein paar Schritte zurück und begutachtete das Ergebnis.

Seine Augen wurden feucht. Dieses Plastikgebilde berührte ihn tausendmal mehr als die Mona Lisa. Es war wundervoll.

Vielleicht bin ich ja doch kein Banause, überlegte Zorn. Aber allzu große Hoffnungen sollte ich mir nicht machen. Liegt bestimmt nur an der neuen Brille.

Kurz darauf lag er im Bett, stützte den Kopf mit der Hand ab und betrachtete die schlafende Frieda. Die Gardinen bewegten sich vor den Fenstern, Mondlicht schien herein und spielte in federleichten Wellen auf ihrem Gesicht.

Lange, sehr lange war er in diesen Anblick versunken. Als die Sonne aufging, war er immer noch wach. Zorn, der Banause, für den Kunst immer ein Buch mit sieben Siegeln bleiben würde. Doch das war egal.

Es ging um etwas anderes.

Um Schönheit.

Und *die* erkannte Claudius Zorn.

Sie lag direkt neben ihm.

## Schlusswort

Das war sie nun, die elfte Geschichte mit Zorn und Schröder. Die Betonung liegt auf *Geschichte*, denn darum handelt es sich.

Zorn und Schröder sind fiktiv, sie leben in unseren Köpfen (auch in dem des Autors, der mit den beiden abends ins Bett geht und morgens mit ihnen aufwacht). Das geht nun seit über zehn Jahren so, es wird wohl Zeit für die eine oder andere Bemerkung.

Auch der Ort der Handlung ist Fiktion. Natürlich ähnelt er der Heimatstadt des Autors (siehe unten), der sich allerdings immer wieder die Frechheit gestattet, die Örtlichkeiten der Handlung anzupassen. Das Tunnelsystem in Band eins beispielsweise existiert in dieser Form nicht, auch der Marktplatz liegt viel zu hoch, als dass er nach einem Dammbruch überschwemmt werden könnte (aber hey, es hat verdammt Spaß gemacht, das aufzuschreiben!). Dass der Fluss beim Erscheinen des Buches 2012 tatsächlich über die Ufer trat, steht auf einem anderen Blatt. Auch dass ein Kreisverkehr unter der Hochstraße wie im ersten Roman meterhoch unter Wasser stand, war befremdlich, es roch verdächtig nach der *sich selbst erfüllenden Prophezeiung*. In einem späteren Band werden ein paar Wohnblocks im Zentrum der Neustadt in die Luft gesprengt (ebenfalls ein Heidenspaß). Später kamen mir Zweifel, ob die Fiktion auch diesmal Realität werden würde. Also habe ich die Gegend monatelang gemieden. Das ist ein paar Jahre her, die Wohnblocks stehen noch.

Man darf also optimistisch sein.

Der Name der Stadt wird nie erwähnt. Zum einen, um die Schublade *Regionalkrimi* zu meiden (ich habe nichts gegen dieses Genre, eher gegen Schubladen allgemein), zum anderen, weil es die erwähnten Freiheiten bietet. Ein dritter Punkt ist mir erst später bewusst geworden: ein unschlagbares, geradezu tödliches Argument gegenüber aufmerksamen Lesern, die etwas zu bemängeln haben.

Beispiel gefällig?

Im vierten Teil wird eine Haltestelle der S-Bahn beschrieben, danach heißt es, der Hauptbahnhof sei fünf Stationen entfernt. Auf eine empörte Mail *(Moment! Das sind aber sechs!)* war die Antwort einfach: *Na und? Die Stadt ist fiktiv!*

Zugegeben, eine billige Ausrede.

Um weiteren Beschwerden vorzubeugen: Das in dieser Geschichte beschriebene *Interhotel* existiert. Auch dass es seit Jahren leer steht und zwischenzeitlich als Flüchtlingsheim genutzt wurde, entspricht der Wahrheit (inklusive der unsäglichen Diskussionen). Der riesige Schriftzug auf dem Dach wurde allerdings schon vor Jahren entsorgt. Im Buch ist er noch vorhanden (logisch, sonst hätte man den armen Samuel Bleeck dort nicht festbinden können).

Ähnlich verhält es sich mit dem Wasserturm. Der steht eigentlich weiter westlich, die Leuchtreklame ist längst nicht so eindrucksvoll und befindet sich an einem anderen, wesentlich kleineren Turm. Er ist noch immer in Betrieb, doch auch das musste geändert werden, sonst hätte der Showdown nicht funktioniert.

Also werden die Fakten angepasst. Das darf der Autor, es ist *seine* Geschichte. Er schafft die Figuren, und wenn eine stört, lässt er sie verschwinden. Auf dem Cover steht *THRILLER*, was bedeutet, dass dies durchaus blutig geschehen darf. Ich gebe zu, auch das ist ein großes Vergnügen, weise allerdings ausdrücklich darauf hin, dass ich keinerlei mentale Probleme habe. Nach der Lektüre des ersten Bandes kamen meiner Mutter zwar Zweifel *(Junge, was habe ich falsch gemacht?)*, doch sie wird bestätigen, dass ihr Sohn charakterlich stabil und absolut harmlos ist.

Ein Großteil der Geschichte spielt in der Gegenwart. Jetzt, da diese Zeilen geschrieben werden, befindet sich Deutschland im Lockdown. Im Buch wird das nicht thematisiert. Wie gesagt, es ist *meine* Geschichte, und dort hat ein verdammtes Virus nichts zu suchen.

Zurück zum aufmerksamen Leser:

Fehler passieren immer. Manchmal ist es leicht, sich herauszureden. Im zweiten Band zum Beispiel wird im Stadtwald ein Radfahrer geköpft, danach taucht ein Spatz auf, beäugt die Leiche und fliegt davon. Auf einer Lesung beschwerte sich ein älterer Herr, dass Spatzen als Stadtvögel wohl kaum im Wald anzutreffen seien. Der Einwurf wurde mit einem lässigen *»der hat sich verflogen!«* vom Tisch gewischt, doch so einfach ist es (leider) nicht immer.

Im siebten Band ist Schröder in Lebensgefahr. Im Text lesen wir, dass die Lippen des ertrinkenden Kommissars *drei stumme Worte formen: Ich kann nicht mehr.* Lange ist niemandem etwas aufgefallen. Die junge Frau, die sich zuerst daran stieß *(Drei Worte? Hey, das sind vier!)*, liegt dem Verursacher dieses peinlichen Schnitzers besonders am Herzen. Kein Wunder, es ist seine jüngste Tochter.

Danke, Ella. Ich bin sehr stolz auf dich.

Derlei Entgleisungen können in späteren Auflagen ausgemerzt werden. Das ist ein Glück, denn wenn jemand zum Pinkeln den Reißverschluss seiner Jeans öffnet, um sich kurz darauf den Hosenstall zuzuknöpfen, zieht auch das beste Argument *(Na und? Die Hose ist fiktiv!)* nicht mehr.

Die meisten dieser Hinweise stammen von freundlichen

Menschen. Besonders nett war der Herr, der nach Lektüre des zehnten Bandes in einer sympathischen Mail auf ein *vorbeibrummendes Ruderboot* aufmerksam machte.

Danke dafür.

Apropos Dank. Jetzt, da wir's angefangen haben, muss es auch durchgezogen werden. Die folgende Aufzählung könnte für den einen oder anderen ermüdend werden, doch sie alle haben den Dank verdient.

Zunächst der Nachwuchs (nach Alter geordnet):

Martha. Frieda. Die bereits erwähnte Ella. Michel. Karl. Und Hagen (mein Lieber, du gehörst jetzt auch dazu).

Petra Hermanns, meine Agentin, ohne die der Verfasser dieser Zeilen wahrscheinlich noch immer im Tonstudio sitzen und Werbespots für das Wasserbettenzentrum Dessau oder den Weihnachtsmarkt in Bad Neuenahr produzieren würde (klingt schlimmer, als es eigentlich war).

Iris Kirschenhofer, meine Lektorin, die verhindert, dass die meisten Patzer öffentlich werden. Und sofort merkt, wenn dem Autor die Pferde durchgehen. Eigentlich sollte Schröder im Showdown dieser Geschichte ebenfalls eine Hand verlieren. Ich fand das witzig, Iris nicht. Nun ja, sie hatte recht.

Dank an Volker Jarck, der den ersten Band lektoriert hat und nach über zehn Jahren wieder dabei ist.

David Nathan spricht die Hörbücher ein. Anstatt einer Lobeshymne nur kurz: Es geht nicht besser.

Dank an alle, die an den Verfilmungen beteiligt waren: Axel Ranisch, Stephan Luca, Mišel Matičević. Dank an Jana Brandt, die Filmteams und (fast) alle Regisseure. Es war eine tolle Zeit (auch finanziell, als Autor verdient man da ein Heidengeld).

Dank an alle, die bei den Lesungen waren (und irgendwann wiederkommen werden). Danke für die netten Gespräche, die kleinen Geschenke.

Besonderer Dank an den freundlichen jungen Mann, der mir nach einer Lesung einen Gutschein für eine *Verwöhn-Fußpflege inkl. Fußmassage* überreicht hat. Danke, lieber Falko. Den Gutschein habe ich neben meinem Rechner an die Wand gepinnt. Ich freue mich täglich darüber, aber ich fürchte, ich werde ihn nie einlösen.

Dank an den Fischer Verlag. Aus tiefstem, allertiefstem Herzen.

Nun sollte hier Schluss sein, doch etwas fehlt.

So ziemlich jeder Autor wendet sich an dieser Stelle an seine *treuen Leser*, die dem monatelangen, zermürbenden Kampf mit den Worten, den schlaflosen Nächten, den Zweifeln, der Einsamkeit (die Aufzählung ließe sich endlos fortsetzen) überhaupt erst einen Sinn geben.

Das ist nicht sonderlich originell, doch es ist die Wahrheit.

Also:

Danke.

*Halle, im März 2021*